오늘 아침, 나는 책을 읽었다

정민의 연암독본 2

오늘 아침, 나는 책을 읽었다

선비의 독서법, 연암의 산문 미학

초판 1쇄 발행 2020년 12월 15일
초판 2쇄 발행 2022년 1월 14일

지은이 | 정민
펴낸곳 | (주)태학사
등록 | 제406-2020-000008호
주소 | 경기도 파주시 광인사길 217
전화 | 031-955-7580
전송 | 031-955-0910
전자우편 | thspub@daum.net
홈페이지 | www.thaehaksa.com

편집 | 조윤형 여미숙 김선정
디자인 | 한지아 이보아
마케팅 | 김일신
경영지원 | 정충만
인쇄·제책 | 영신사

값 16,000원
ISBN 979-11-90727-49-5 03810

책임편집 | 조윤형
북디자인 | 이보아

정민의 연암독본 2

오늘 아침, 나는 책을 읽었다

—

선비의 독서법, 연암의 산문 미학

태학사

서문

이 책은 그간 내가 쓴 독서법과 문장론에 관한 글, 그리고 특별히 연암 박지원의 산문에 대해 쓴 논문을 모아 한자리에 묶은 것이다. 대부분 10년 전 40대 후반에서 50대 초반에 쓴 글들이다. 2010년 4월에 『고전문장론과 연암 박지원』이란 제목으로 펴냈던 것을 이번에 편집과 구성을 바꾸고 몇 편의 글을 덜어냈다. 내용도 손보아 전반적으로 고쳐 새롭게 선보인다. 2000년에 연암 산문 깊이 읽기로 펴낸 『비슷한 것은 가짜다』의 개정판 출간에 맞춰 이 책을 다시 펴내게 된 것을 기쁘게 생각한다.

1990년에 고전문장론으로 박사학위를 받고 나서, 독서법과 문장론에 관한 공부는 내 오랜 화두였다. 어떻게 읽고 또 쓸 것인가? 이 주제는 인류의 사고가 멈추지 않는 한 늘 열려 있는 질문이 아닐 수 없다. 옛글 속의 독서법과 문장론은 오늘의 책읽기와 글쓰기에도 여전히 유효하고 힘 있는 대답을 제시해 준다. 형식 차원이 아닌 원리의 문제를 다루고 있기 때문이다.

박사 논문을 쓴 뒤에야 처음으로 연암과 만났다. 그를 통해 내 공부에 큰 변화가 생겼다. 도무지 알 수 없는 암호 같은 문장과 아마득한 성채 같은 그의 사유 앞에 나는 늘 허기지고 막막했다. 밤늦게까지 원문을 들고 도상 분해를 하다 잠들면, 꿈속에서도 그 문장들이 기표가 되어 붕붕 날아다녔다. 신경이 창끝처럼 곤두서서 매 순간들이 슬로모션처럼 생생하게 느껴졌다. 먼동이 터 오는 이른 새벽, 퀭한 눈으로 간밤의 그 문장을 들고 아파트 놀이터로 나갔다. 그네에 혼자 앉으면 늘 이슬 기운이 축축했다. 그네를 끄덕이면서 꿈에서 건져 올린 토막 난 기억들을 메모하곤 했다. 책 속 글 한 편 한 편에 순수하게 농축된 그때의 시간들이 녹아 있다.

연암은 여태 풀지 못한 내 오랜 숙제다. 최근 10여 년 동안 나는 18세기 조선 지식인과 다산에 정신이 팔려서 오래도록 헤어나지 못하고 있다. 하지만, 내 학문의 마무리는 마땅히 연암이 될 것으로 믿는다. 그사이에 나는 40대에서 어느새 갑년의 나이를 맞았다.

예전 쓴 서문에서 나는 이렇게 썼다.

"학문의 세계는 가없고, 가야 할 길은 끝없다. 갈림길을 만날 때마다 다른 한 길을 그저 지나치는 것이 안타깝다. 지난 궤적들을 한자리에 모아 보면, 그래도 보이지 않는 맥락과 인연들이 나를 여기까지 끌고 왔지 싶다. 이제 한 시절을 털고 다시 나서는 길에서 어떤 숲과 오솔길을 지나 어떤 뜻하지 않은 인연과 마주하게 될는지 궁금하다."

이제 다시 나는 어떤 길을 찾아서 걸어가게 될 것인가? 묵은 기억의 먼지를 털어 빛이 나게 닦아 준 태학사 조윤형, 김성천 씨에게 고마운 인사를 건넨다.

2020년 세밑
행당산방에서 정민 쓰다

차례

1

옛 선비들의 독서법

고전 독서 방법론의 양상과 층위

옛사람들은 구체적으로 어떻게 책을 읽었을까? 선인들이 제시한 여러 가지 독서 방법론들은 오늘의 우리에게 어떤 점을 환기시키는가? 독서는 과거 선비들의 일상이었다. 옛 문헌 속에 실린 독서 관련 언급은 헤아릴 수 없이 많다. 이 가운데 특히 독서의 방법과 과정을 말한 독서론 및 독서설 종류의 글과, 잡록이나 서신 자료 중 독서 관련 글을 살펴보고자 한다.

　　오늘날 논술 교육 강화와 맞물려 독서 교육에 대한 사회 안팎의 요구는 갈수록 높아지고 있다. 청소년의 독서에 대한 열의와 능력은 갈수록 저하되고, 독서 시간도 급격히 줄어들었다. 정보화가 진전될수록 방대한 정보의 홍수 앞에서 사람들은 갈 길을 못 찾고 헤맨다. 이때 가장 요긴한 일은 넘쳐나는 정보를 비판적으로 선택하고 창조적으로 해석하여 적용하는 능력이다. 독서는 이러한 분석 및 판단 능력과 창조적 역량을 배양시켜 준다. 뿐만 아니라 독서는 어느 시대를 막론하고 인간다운 인간을 만들어 가기 위한 본질적 요소다. 과거 선현들이 독서의 본질과 방법에 관해 남긴 기록들은 오늘날에도 여전히 유효한 문화 자산이다. 이 글이 독서 교육 면에서 활용 가능한 대안적 경로를 찾는 데 도움이 되기를 바란다.

반복적 독서, 인성구기因聲求氣

예전의 책 읽기는 큰 소리로 리듬을 맞춰 되풀이해 읽는 성독聲讀이 기본이었다. 소리 내서 읽는 것을 '독서讀書'라 했고, 그저 눈으로만 읽는 것은 '간서看書'로 따로 구분했다. 같은 책을 읽고 또 읽어 아예 입에 붙고 귀에 젖도록 읽었다. 어찌 보면 매우 소모적으로 보일 법한 이 같은 방법이 가장 보편적인 독서법이었다.

이 경우 독서는 의미보다 소리로 먼저 왔다. 배움을 처음 시작하는 아이들은 뜻도 모른 채 읽기부터 시작했다. 서당에서 배운 글을 집에서 마저 다 외우고, 아침에 서당에 가서는 책을 앞에 두고 돌아앉아 외웠다. 이것이 배송背誦이다. 이렇게 무조건 외우다 보면 어느 순간 의미가 들어왔다. 한자는 일종의 외국어였으므로 반복해서 읽어 아예 통째로 외우는 방식은 나름대로 효과적인 측면이 있었다.

독서할 때 성독의 효과에 대해서는 여러 사람이 언급을 남겼다. 조선 후기 고문가인 서응순徐應淳은 「문장에 대해 논하여 이

근장에게 준 글論文與李近章」에서 모의하지 않으면서 뜻을 본받는 방법으로, 옛사람의 글을 입이 닳도록 줄줄 읽어 목구멍에 젖어 들게 할 것을 제시하면서, 이렇게 하면 글을 지을 때 저절로 옛글에 담긴 소리의 기운이 구현될 것이라고 말했다.[1]

홍석주洪奭周는 "옛사람의 이른바 독서라는 것은 무릇 펼쳐 뒤적이며 외우고 익히는 것 모두를 말한 것이었지, 다만 이오성呻唔聲, 즉 책 읽는 소리만을 두고 말한 것이 아니다. 하지만 한 붓으로 천 마디 글을 짓는 것도 소리내서 읽지 않고는 할 수가 없다."[2]고 했다.

책 읽기에서 소리 내어 읽기를 유난히 강조한 것은, 가락을 얹어 책을 읽는 동안 글 쓴 사람의 기운이 그 소리를 타고 내게로 들어와 자연스레 그 기운을 얻을 수 있다고 믿었기 때문이다. 서복관徐復觀은 기氣를 개성으로 보고, 작가 생명력의 표현인 기는 문자 가운데 스며들어 있는데 이는 소리를 통해서만 전달될 수 있으므로, 읽는 이는 그 글의 개성과 예술성을 소리로써 기를 구하는 '인성구기因聲求氣'의 방법으로 체득할 수밖에 없다고 주장했다.[3]

실제로 옛사람의 독서 행동을 기록한 여러 언급을 보면 소리를 내서 읽는 성독에 바탕을 둔 반복적인 독서의 양상이 자주 확인된다.

[1] 편지를 보니 다들 잘 있고 또 네가 독서에 부지런하다고

하니, 이보다 더 큰 효도가 있겠느냐? 기쁨을 금할 수가 없다. 『논어』를 다 읽은 뒤에는 첫 권부터 다시 날마다 한 권씩 익히도록 하여라. 처음부터 끝까지 두루 꿰어 걸림이 없게 하는 것을 목표로 삼아 잠시도 그쳐서는 안 된다. 『논어』 7권은 15~16일이 되지 않아 한 차례 다 훑을 수 있을 것이다. 능히 이같이 한 뒤로는, 비록 다른 책을 배울 때도 또한 하루에 한 차례씩 『논어』를 외울 수가 있다. 계속 이렇게 공부하면 단지 몇 달의 노력만으로도 백 번에 이를 수가 있을테니, 그 효과 또한 엄청나지 않겠느냐? 평생 이 한 책만 외워도 선비의 관을 쓰고 살아가는 데 족히 부끄러움이 없을 터, 하물며 너처럼 총명한 아이가 뜻을 세워 힘껏 배운다면, 그 진보하는 것이 장차 스스로 멈출 곳을 알지 못하게 될 것이다.[4]

[2] 4일, 눈보라가 크게 치고 추웠다. 「화식전貨殖傳」을 외웠다. 백 번을 채우고 그쳤다. 이 씨에게서 『상서尙書』를 빌려 와 「우공禹貢」을 심정審定하였다. / 5일, 「우공」을 읽었다. / 6일, 흐림. 「우공」을 다 외웠다. 「우공」은 모두 1,201자로 되어 있으나 중첩해서 쓴 글자가 워낙 많다. (중략) 「우공」의 '구주전부정착승강도九州田賦正錯乘降圖'를 그림으로 그렸다. 저녁에 회오리바람이 불고 눈보라가 날리더니 밤새 그치지 않았다. / 9일, 「우공」을 외웠다. 백 번을 채운 뒤에 그만두었다.[5]

[1]은 한양에 머물고 있던 백광훈白光勳이 해남에서 과거 시험 공부를 하던 아들 백형남白亨南에게 보낸 수십 통의 편지 중 한 통이다. 옛사람의 독서 방법이 잘 나타나 있다. 온종일『논어』를 소리 내서 읽고, 다른 학자들의 주석까지 따져 읽는다. 다 읽고 나서 다시 첫 권으로 돌아가 하루 한 권씩 읽는다. 몇 차례 읽어 전체 내용이 일목요연하게 들어오면, 그다음부터는 다른 책을 읽으면서도 하루에 한 번씩『논어』전체를 읽는다. 석 달만 산사山寺에 틀어박혀 읽으면 백 번 넘게 읽을 수가 있고, 그 효과는 평생 사람답게 살아가는 데 부끄러움이 없게 할 것이라고 했다.

임성주任聖周가 청주 옥화대玉華臺에서 한겨울을 나며 공부할 때 하루 일과를 적은 글에도 매일『논어』본문을 한 편씩 외우고,『주역』「계사繫辭」두세 장씩을 30번씩 소리 내어 읽었다는 이야기가 나온다. 날마다 읽은 것을 누적하여 매일 밤마다 외우는 방식도 백광훈의 경우와 같다.[6]

[2]는 유만주兪晚柱가 자신의 일기『흠영欽英』에 기록하고 있는 며칠간의 독서 일기다.『사기』의 「화식전」을 백 번씩 소리 내서 읽어 다 외우고, 이어 난삽하기로 유명한『서경』의 「우공」편을 매일 백 번씩 읽어 마침내 다 외웠다. 단순히 외우는 데 그치지 않고 외운 내용을 점검하기 위해 그림으로 지도를 그려 복습까지 했다.

독서의 바른 방법이 다독이냐 정독이냐를 두고 말이 많아도, 이들의 반복적인 독서는 단연 다독 쪽에 비중이 두어져 있다. 그들은 책 읽은 횟수를 서산書算으로 하나하나 표시해 가면서 읽었다. 그냥 소리만 내서 읽은 것이 아니라, 가락을 얹어 몸을 앞뒤로 흔들어 가며 읽은 숫자다.

다독 하면 떠오르는 사람은 김득신金得臣이다. 그의 「고문 36수 독수기古文三十六首讀數記」는 한마디로 경이롭다.

한유韓愈의 「획린해獲麟解」·「사설師說」·「송고한상인서送高閑上人序」·「남전현승청벽기藍田縣丞廳壁記」·「송궁문送窮文」·「연희정기燕喜亭記」·「지등주북기상양양우상공서至鄧州北寄上襄陽于相公書」·「응과목시여인서應科目時與人書」·「송구책서送區冊序」·「장군묘갈명張君墓碣銘」·「마설馬說」·「오자왕승복전圬者王承福傳」은 1만 3천 번씩 읽었고, 「악어문鱷魚文」은 1만 4천 번 읽었다. 「정상서서鄭尙書序」·「송동소남서送董邵南序」는 1만 3천 번 읽었고, 「십구일부상서十九日復上書」도 1만 3천 번 읽었다. 「상병부이시랑서上兵部李侍郎書」·「송료도사서送廖道士序」는 1만 3천 번 읽었고, 「용설龍說」은 2만 번을 읽었다. 「백이전伯夷傳」은 1억[10만을 뜻함] 1만 3천 번 읽었고, 「노자전老子傳」은 2만 번, 「분왕分王」도 2만 번을 읽었다. 「벽력금霹靂琴」은 2만 번, 「제책齊策」은 1만 6천 번, 「능허대기凌虛臺記」는 2만 5백 번 읽었다. 「귀신장鬼神章」은 1만 8천 번, 「의금장衣錦章」은 2만 번, 「보망장補亡章」도 2만 번, 「목가산기木假山記」는 2만 번, 「제구양문祭歐陽文」은 1만 8천 번 읽었다. 「설존의송원수재存義送元秀才」와「주책周策」은 1만 5천 번,「중용서中庸序」는 2만 번,「백리해장百里奚章」은 1만 5천 번 읽었다. 갑술년[1634]부터 경술년[1670]까지 읽은 횟수다. 그 사이에『장자』와『사기』및『한서』,『대학』과『중용』은 많이 읽지 않은 것은 아니나, 읽은 횟수가 만 번을 채우지 못했기 때문에 이 글에는 싣지 않았다. 만약 뒤의 자손이 내「독수기」를 보게 되면, 내가 독서에 게으르지 않았음을 알 것이다. 경술년 늦여름, 백곡 늙은이가 괴산의 취묵당醉默堂에서 쓰다.7

최소 1만 번 이상 읽은 글 36편에 대해 각각 읽은 횟수를 기록한 글이다. 실제로는 34편만 제시했다.「백이 열전」을 1억 1만 3천 번을 읽었다고 쓴 대목이 특별히 인상적이다. 실제로는 11만 3천 번을 읽은 것인데, 이것만으로도 엄청난 숫자다. 그는 이러한 자신의 독서를 자부하여 자신의 거처 이름을 아예 '억만재億萬齋'라 붙였다.8 황덕길黃德吉도 김득신의 이 글을 읽고 한유의 문장을 수천 번 읽은 김일손金馹孫 등 다독을 통해 득력得力한 고인의 여러 예를 나열한 바 있다.9 이들이 문장의 대가가 될 수 있었던 것은 무모할 정도의 반복적인 독서를 통해 그 성기聲氣를 자기화할 수 있었기 때문이다.

하지만 생각 없이 입으로만 되풀이해 읽는 도능독徒能讀은 철저히 경계했다. 송능상宋能相은「독서법」에서, 독서에는 '삼도三到'가 있는데, 심도心到·안도眼到·구도口到가 그것이라 하고, 처음 배움을 시작하는 사람들이 그저 입으로 읽고 귀로 듣는 것만 독서로 생각하여, 책 읽는 행위와 마음이 따로 노는 폐단을 지적한 바 있다. 이런 폐단을 막으려면 소리 내어 읽어 다 외운 후, 책을 덮고 눈을 감은 채 마음을 모아 글자와 구절로 갈라 점검하며 읽어야 한다. 되풀이해 읽는 동안 글의 내용이 내 안으로 무젖어 들게 된다고 보았다.[10]

성문준成文濬의 「독서의 7가지 비결讀書七訣」에도 비슷한 언급이 나온다.

> 독서는 반드시 한 책을 집중적으로 익혀야 한다. 1년이나 2년의 공부를 작정하고 수백 번씩 읽어 줄줄 외워 정밀하고 익숙하게 한다. 이렇게 하기를 어떤 사람이 강물을 건너고는 배를 불살라 버리는 것같이 한 뒤에 또 다른 책으로 옮겨 간다. 이처럼 정밀하게 집중해서 오래되면, 능히 가까운 데서 근원을 만나게 되어 글 쓰는 법을 개척해서 옛글이든 지금 글이든 다만 내가 하고자 하는 대로 되지 않음이 없다. 만약 마음과 뜻이 일정하지 않으면 작은 것만 보고 빨리하려는 마음을 이기지 못한다. 이번 달에 한 권의 책 읽기를 마치지 않았는데, 다음 달에 또 한 책을 바꾸면, 비록 다섯 수레의 책을 읽고 일생의 정력을 다 쏟아붓더라도 한갓 책 궤짝만 될 뿐 마침내 보람을 얻을 기약이 없다. 만약 한 책에만 붙들려 심기가 답답하고 막힐 것을 근심한다면, 혹 한두 권의 편안한 글을 곁에다

두고 읽으면서 이따금 음미하여 막힌 기운을 해소해도 무방하다. 공력을 나누어 날을 허비하면서 본래 공부하던 것을 어그러뜨리지만 않는다면 괜찮다.[11]

사실 선인들이 읽은 책의 양은 그리 많지가 않았다. 주로 사서삼경과 『소학』·『통감』·『사략』 정도를 읽었고, 그나마 『통감』은 원본을 3분의 1 정도로 간추린 『통감절요通鑑節要』의 앞부분만 읽었다. 시는 이백李白과 두보杜甫의 시 가운데 간추린 것, 문장은 『당송팔가문唐宋八家文』과 『문선文選』, 역사서로 좀 더 욕심을 낸다면 『한서漢書』나 『사기史記』 중 이름난 작품만 발췌해 읽었다.

'많이 읽어라. 하지만 이것저것 많이 읽지는 말고 필수적인 몇 가지 텍스트를 집중해서 되풀이해 읽어라.' 요컨대 선인들의 다독은 읽은 책의 가짓수가 많은 것이 아니라 몇 종류 되지 않는 책을 읽고 또 읽는 선택과 집중의 독서였다. 이때의 다독은 결국 정독의 다른 표현인 셈이다. 눈으로 읽고 입으로 읽어 가짓수만 늘이는 독서는 남독濫讀일 뿐이다.

이러한 집중적 독서는 자신도 모르는 사이에 성기의 체득과 지식의 체화로 이어져 식견을 고명하게 하고 안목과 역량을 고조시켰다. 반복된 독서는 어느 순간 단순한 암기를 뛰어넘어 텍스트 간의 네트워크를 형성하면서 텍스트의 장악력과 식견이 비약적으로 증폭되는 놀라운 효과를 가져왔다.

오늘날 독서에서 성독의 방식은 거의 사라졌다. 성독은 오히려 독서의 효율성을 떨어뜨리는 장애물로까지 인식되는 경향이 있다. 하지만 소리 내어 읽는 동안 언어의 리듬을 느껴 모국어의 리듬을 체화하게 되고, 글 속의 의미를 곱씹어 음미할 수 있다. 선인들은 독서에서 이 낭독의 효과를 충분히 숙지하여 십분 활용하였다. 독서 교육에서 정독의 한 방식으로서 행한 선인들의 다독, 그리고 독서성讀書聲을 강조한 성독의 중시는 새롭게 음미될 필요가 있다.

정보를 계열화하는 독서

독서 행위에서 중요한 것은 관련 정보를 체계적으로 계열화하여 조직하는 것이다. 이것과 저것을 관계 짓고, 일견 상관없어 보이는 것들 사이의 관계망을 설정하는 데서 인식의 지평이 확장된다. 배움을 시작하는 청소년들에게 이 문제의 환기는 특별히 중요하다.

독서 방법론에서 이 문제를 지속적으로 지적한 이는 다산茶山 정약용丁若鏞이다. 먼저 그가 엮은 아동용 교재 『소학주관小學珠串』의 편찬 배경을 서술한 「소학주관 서문小學珠串序」에 나오는 이야기를 보자. 촉蜀 땅에 슬슬주瑟瑟珠라는 구슬을 얻은 한 아이가 있었다. 이를 옷에 담고 입에 물고 손에 쥐고 낙양에 가서 팔려 했으나, 절반도 못 가서 구슬을 다 잃고 말았다. 실망하여 돌아온

소년에게 늙은 장사꾼은 색깔별로 꿰미를 만들어 각각 따로 상자에 담아 구슬을 운반하는 방법을 일러 준다. 이어 다산은 이렇게 덧붙였다. "오늘날 학문하는 방법도 이와 다를 것이 없다. 온갖 경전과 제자백가의 책에 나오는 사물의 이름이나 많은 목록들은 모두 고운 구슬이라고 할 수 있다. 꿰미로 이를 꿰지 않는다면 또한 얻는 족족 잃어버리고 말 것이다."[12] 『소학주관』은 학동들이 꼭 알아야 할 명물名物 300조를 가려 뽑아 정리한 책이다. "구슬이서 말이라도 꿰어야 보배"란 말처럼, 다산은 이 글에서 계통적 정보 습득의 중요성을 강조했다.

다산은 이와 똑같은 이유로 『천자문千字文』 학습에 대해서도 신랄하게 비판했다. 글자는 만물을 분류하기 위해 생긴 것이다. 비슷한 것끼리 모으는 유취類聚의 방법으로 정리해 널리 통하게 해야 한다. 『천자문』은 천지天地를 말한 뒤 일월日月·성신星辰·산천山川·구릉丘陵으로 이어 가지 않고 엉뚱하게 색채어인 현황玄黃을 가르친다. 현황을 가르쳤으면 청적青赤·흑백黑白·홍자紅紫·치록緇綠을 분별하는 것이 아니라, 다시 우주宇宙로 건너뛴다. 이런 식으로 가르치면 아이들은 혼동을 일으켜 글자의 뜻을 분별할 수가 없다. 그 결과 천지현황天地玄黃의 '검을 현玄'을 칭칭 감는다는 '감을 전纏'으로 이해하고, '누르 황黃'을 '누를 압壓'으로 잘못 해석하여 "하늘은 칭칭 감고 땅은 꾹꾹 누른다."고 해석하기에 이른다고 했다.[13] 그러므로 글자를 가르칠 때는 '맑을 청清' 자로 '흐릴 탁濁' 자를 가르치고, '가까울 근近' 자로 '멀 원遠' 자를 일깨워,

대조의 방식으로 두 가지 뜻을 함께 익히게 해야 한다고 주장했다. 그가 직접 엮은 『아학편兒學編』의 2천 자는 이를 몸소 실행에 옮긴 것이다.

다시 정약용의 글을 한 편 더 읽어 보자. 아들 정학유丁學游에게 부친 편지의 한 대목이다.

내가 최근 몇 년 이래 독서에 대해 자못 깨달은 점이 있다. 그저 읽기만 해서는 비록 날마다 백 번, 천 번을 읽는다 해도 읽지 않은 것과 다를 게 없다. 독서란 매번 한 글자를 읽을 때마다 뜻이 분명치 않은 부분이 있을 경우 널리 살펴보고 자세히 궁구窮究하여 그 근원이 되는 뿌리를 얻어야 한다. 그래야만 차례대로 글을 이룰 수 있게 된다. 날마다 늘 이렇게 하면 한 종류의 책을 읽더라도 곁으로 백 종류의 책을 아울러 살피게 되고 그 책의 내용도 환하게 꿰뚫을 수 있게 될 터이니, 이 점을 알아 두지 않으면 안 된다.

예를 들어 『사기』의 「자객 열전刺客列傳」을 읽는다고 하자. "조제祖祭를 지낸 뒤 길에 올랐다.(旣祖就道.)"는 한 구절을 마주하게 되면, "조祖란 무슨 말입니까?" 하고 묻지 않겠느냐? 그러면 선생님께서는 "전별할 때 지내는 제사니라."라고 말씀하실 게다. "어째서 조라고 합니까?"라고 다시 물으면, 선생님은 "잘 모르겠다."고 하시겠지. 그런 뒤에 돌아와 집에 이르면 사전을 꺼내서 조祖 자의 본래 의미를 살펴보아라. 또 사전을 바탕으로 다른 책에 미처서 그 풀이와 해석을 살펴 말의 뿌리를 캐고, 그 지엽적 의미까지 모아야 한다. 여기에 더해 『통전通典』이나 『통지通志』, 『통고通考』 같은 책에서 '조제'의 예법을 살펴 차례대로 모아 책을 만들면 길이 남을 책이 될 것이다. 이렇게 한다면 전에는 어느 하나도 제대로 알지 못하던 네가 이날부터는 조제의 내력에 대해 완전히 능통한 사람이 되겠지. 비록 큰 학자라 하더라도 조제 한 가지 일에 관해서는 너와 다투지 못하게 될 터이니 어찌 큰 즐거움이 아니겠느냐? 주자朱子의 격물 공부도 다만 이 같을 뿐이었다. 오늘 한 가지 사물에 대해 궁구하고, 내일 한 가지 사물에 대해 캐는 사람도 또한 이렇게 시작했다. '격格'이란 말은 밑바닥까지 다 캐낸다는 뜻이다. 밑바닥까지 다 캐지 않는다면 결국 아무 보탬이 없을 것이다.[14]

정약용은 꼬리에 꼬리를 무는 독서를 말한다. 책을 읽다가 어느 하나가 걸리면, 그냥 넘어가지 않고 계속 관련 자료를 찾아 나가는 독서다. '조제'는 고대에 먼 길 떠나는 사람이 아무 탈 없이 무사히 돌아올 수 있기를 비는 제사다. 그런데 왜 '할아버지 조祖' 자를 쓸까? 이것이 궁금하다. 사전을 찾아보면, '길 제사 지낼 조'란 뜻이 나오고, "먼 길을 떠날 때 행로신行路神에게 제사 지내는 일"이란 뜻풀이가 나온다. 그래도 왜 '할아버지 조' 자를 쓰는지에 대한 의문은 풀리지 않는다. 더 문헌을 뒤져 보면, 아득한 옛날

황제黃帝의 아들 누조累祖가 여행을 좋아하다가 길에서 죽었다는 기록과 만나게 된다. 그제야 조제가 바로 이 누조의 넋을 위로하기 위해 생긴 제사임을 알게 된다.

여기서 의문을 멈춰서는 안 된다. 그렇다면 이 조제는 어떤 방식으로 지냈을까? 이것은 역대 여러 종류의 제사 지내는 방법을 적은 책을 참고하여 알아본다. 알아보는 데 그쳐서도 안 된다. 목차를 세워 차례대로 옮겨 적으면, 조제에 관한 아주 훌륭한 소책자가 완성된다. 이렇게 모은 정보로 조제에 관한 한 최고의 권위자가 될 수 있다. 이것이 정약용이 말하는 꼬리에 꼬리를 무는 지식 경영법이다. 요즘 인터넷에서 링크를 통해 계속 의미를 파고 들어가는 것과 같은 원리다. 단계별로 미루어 확장하여 정보를 체계화하는 방식의 독서법이다.

또 다산이 아들 정학유가 닭을 친다는 말을 듣고 쓴 편지에도 일상의 삶과 독서 행위를 연결 지어 지식 경영으로 이어 나가는 내용이 나온다. 닭도 그냥 기르는 것이 아니라, 농서農書를 꼼꼼히 읽어 좋은 방법을 시험해 보고, 빛깔에 따라 구분하거나, 횟대의 크기를 바꿔 보는 등 다양한 방법을 적용해서 다른 집보다 더 낫게 길러야 한다고 했다. 뿐만 아니라 닭을 관찰하여 시詩로 그 정경을 묘사해 보고, 백가百家의 책 속에서 닭에 관한 글을 베껴 모아 주제별로 분류하여 한 권의 『계경鷄經』을 만들어 보라고까지 하였다.[15]

이 또한 앞서 말한 조제의 경우처럼 옛 전적에서 관련 기록을 모아 목차를 세워 정리하고, 직접 관찰한 내용을 보태 한 권의 책으로 엮을 것을 주문한 것이다. 산만한 정보를 체계화하여 효율적 정보 관리가 가능하도록 하는 다산식의 지식 경영법인 셈이다.

이렇듯 독서를 통해 지식을 확장하고 정보를 체계화하여, 읽기에 그치지 않고 쓰기로 이어지는 독서법은 특히 18세기에 성행했다. 예를 들어 이서구李書九의 『녹앵무경綠鸚鵡經』과 유득공柳得恭의 『발합경鵓鴿經』은 앞서 다산이 말한 『계경』처럼 각각 앵무새와 비둘기를 사육하면서 관찰한 내용을 갈래별로 나누어 정리하고, 여기에 여러 책을 통해 앵무새와 비둘기에 관련된 독서 정보를 수집하여 정리한 것이다.[16]

오늘 읽은 책이 내일 읽는 책과 연쇄 반응을 일으켜 생각하는 힘을 키워 줄 수 있으려면, 갈래를 나누고 체계를 세워 지식의 저장고에 차곡차곡 채워 두지 않으면 안 된다. 아무렇게나 닥치는 대로 읽기만 해서는 독서의 보람을 얻을 수 없다. 갈래와 체계를 세우는 일을 다산은 색깔별로 구슬 꿰는 일에 견주었던 것이다.

의문을 품는 독서, 격물치지格物致知

독서는 의미를 따지고 의문을 품는 데서 깊어진다. 그렇지 않고 그저 눈으로 읽고 입으로 외워 독서 목록만 추가한다면 읽지 않은 것과 다를 바 없다. 하홍도河弘度는 「독서에 대한 주장을 써서 남에게 보여 주다讀書說示人」에서 그저 읽기만 하는 독서의 병통을 이렇게 지적했다.

> 책은 많은데 읽은 것은 적다. 예전 배운 것은 몸에 익지 않았고, 새로 배운 것은 성글다. 눈이 한번 책 위를 지나기만 하면 게으른 마음이 생겨난다. 책이 많으면 많을수록 배움은 점점 더 거칠어져서 마침내는 새것과 옛것이 모두 없어지기에 이른다. 이것은 진실로 배움을 시작하는 젊은이의 일반적인 병통이다. 한 글자마다 한 글자의 뜻을 찾아보고, 한 구절마다 한 구절의 의미를 따져 본다. 한 단락을 이같이 하고, 한 권을 이같이 한다. 많기를 탐내거나 적음을 부끄러워 않는다. 다만 정밀함에 힘써 절로 익숙해진 뒤에는, 한 책을 쓰면 나의 소유가 되고, 두 책을 베껴도 나의 소유가 된다. 이처럼 해 나가면 열 권, 백 권, 천 권, 만 권의 많음에 이르더라도 나의 소유가 아님이 없게 되고, 책과 내가 하나가 된다. 그렇지 않다면 회계산의 등나무를 다 캐어 종이로 만들고, 중산 땅의 토끼를 다 잡아 그 털로 붓을 매어, 아침에 책 열 권을 쓰고, 저녁에 책 열 권을 써서 천하 고금의 책을 한 권도 남기지 않고 베낀다 하더라도 책은 책이요 나는 나일 뿐이어서, 네 몸에 아무런 유익함이 없을 것이다.[17]

책을 읽되 그것을 온전히 내 것으로 만들어야 한다. 읽을 때는 알 것도 같다가 읽고 나면 휑하니 남는 것이 없다면 그것은 읽지 않은 것과 같다. 물론 아무 책이나 이렇게 읽을 것은 아니다. 한 글자 한 구절을 따져 읽고, 온전히 내 호흡과 일치하여 투철하게 알아야 할 책은 학문의 바탕이 되는 기본 경전을 말한다. 이것은 모든 공부의 기초가 된다. 그러니 그 본질을 꿰뚫고 정수를 들이마셔야 한다. 그렇지 않고, 눈이 문자 위를 그저 지나치기만 한다면 여전히 책은 책이요 나는 나일 뿐이다. 둘 사이에 소통이 없다면 그것은 책을 읽은 것이 아니라 글자 적힌 종이를 잠시 뒤적이다 놓은 것일 뿐이다.

책과 내가 따로 놀지 않는 독서는, 본질을 꿰뚫고 정수를 들이마셔 내 안에서 온전히 체화된 독서를 말한다. 이는 의심과 회의에서 출발한다. 박세채朴世采는 「독서천설讀書淺說」에서 책을 읽고도 의심할 줄 모르는 것이 이제 막 배움을 시작하는 초학자들의 병통이라고 하면서, 자신이 체득한 의심의 방법을 이렇게 설명한다.

내가 경험한 것으로 말한다면, 어려서부터 배움에 뜻을 둔 지 수삼 년에 책을 읽어도 전혀 의심나는 점을 깨닫지 못하였다. 하루는 우연히 『논어』의 어떤 장을 보는데, 의미가 자못 긴밀한 곳인데도 전처럼 알 수가 없었다. 이에 마침내 마음을 정밀히 하여 이치를 모아 읽은 횟수를 한정하지 않고 보고 또 보아 자득自得하게 되었다. 한참 지나자 점차 얼음이 풀리듯 환해졌다. 그때 마음이 아주 통쾌했었다. 그제야 비로소 옛사람의 독서의 효과가 이와 같아, 비록 천하의 다른 즐거움으로 이것과 맞바꿀 수 없다는 것을 알게 되었다. 이때부터 아주 중요하여 이치를 깨달아야 할 만한 대목과 만나면 한결같이 이 방법을 썼더니, 통하지 않는 경우가 드물었다. 이것이 내가 부족한 방법으로 얻은 바이다.[18]

앞 절의 '정보를 계열화하는 독서법'이 의문점과 맞닥뜨려 관련 정보를 광범위하게 수집하여 전후 사실을 체계화하는 것이었다면, '의심과 회의의 독서법'은 주변으로 확장하는 대신 텍스트 속으로 깊이 들어가 의심이 풀릴 때까지 계속 따져 보고 끝까지 음미하는 심화 방식의 독서다. 전자가 바깥으로 확산되는 원심적 독서라면, 후자는 내부로 집중되는 구심적 독서인 셈이다.

의심의 심화를 통해 도달하고자 하는 궁극의 목표는 '치지致知', 즉 이치를 온전히 깨닫는 데 있다. 어떻게 해야 의심을 통해 치지에 다다를 수 있는가? 박세채는 치지에 도달하는 과정으로 '궁격窮格'과 '완미玩味'의 두 가지 방법을 제시했다.

치지致知하는 방법에는 궁격窮格과 완미玩味가 있다. 대문과 뜨락으로 들어가는 공부는 비록 한가지이나 그 의취意趣는 자못 다르다. 궁격이란 바로 『대학혹문大學或問』에서 의논하는 절차를 활용하여 공부하는 것이다. 예컨대 장재張載가 등불을 잡고서 빠르게 메모한 것이나, 주자朱子가 밤새도록 두견새 소리를 들은 것처럼, 성실하게 노력하여 붙들고 있다가 큰 의심에 이르러 크게 진보하는 것이 바로 궁격이다. 이른바 완미란 것은 정자程子가 말한 "장차 성현의 말씀을 오래도록 음미하면 저절로 얻음이 있으니, 논맹論孟에 미쳐서도 단지 부지런히 읽으면 문득 절로 뜻에 차게 된다."고 한 말을 아울러 취해 방법으로 삼는 것이다. 윤화정尹和靖의 문인이 그 스승의 학문을 찬양하여 "완미하여 찾으셨다."고 한 것이나, 연평延平 선생께서 늘 배우는 사람에게 "강학은 반드시 깊이 침잠하여 꼼꼼히 살핀 뒤에야 기미가 심장深長해진다."고 한 것처럼 해야 한다. 길을 잘못 접어들지 않은 사람은 누구나 나아가 얻을 수가 있다. 대개 궁격의 일은 반드시 고명하고 총명하며 민첩한 사람이라야 힘을 얻기가 쉽지만, 완미의 공부는 비록 조심스럽고 우둔한 사람도 익혀 도달할 수가 있다.[19]

요컨대 궁격은 의문을 물고 늘어져 끝장을 보는 집중과 몰두의 공부이고, 완미는 천천히 되새기고 음미하여 조금씩 차근차근 젖어들어 가는 공부다. 완급에 차이가 있을 뿐 이 두 가지는 모두 자득을 통한 치지를 최종 도달점으로 상정한다.

성호星湖 이익李瀷도 의심과 회의의 독서법을 다음과 같이 제시했다.

무릇 읽는 사람은 처음엔 의심이 아예 없다가 점차 조금씩 의심이 생겨난다. 한참 지나면 매 구절과 글자마다 온통 의심이 든다. 의심이 있다가 의심이 없는 데에 이르러야 비로소 얻었다고 할 수 있다. 처음에는 의심나지 않던 것이 참으로 시원스레 두루 통해서 그랬던 것이겠는가? 장자張子가 말한 "의심이 없는 곳에서 의심을 내어 살핀다."는 것이 대개 이를 말함이다. 배우는 사람이 배우기만 하고 생각하지 않는다면 마침내 도달할 수가 없다. 그래서 옛사람은 의심의 유무를 가지고 자기 공부가 진보하였는지 진보하지 않았는지를 징험해 보곤 하였다.[20]

남들이 으레 그러려니 하고 받아들이는 지점에서 의문의 끈을 놓지 않고 의심을 품는다. 무슨 말인가? 왜 그럴까? 어찌해야 하는가? 경전의 구절구절에 대해 이런 질문을 던져, 그 질문에 대한 의문이 툭 터져 시원스럽게 되어야만 비로소 의미의 본질로 진입할 수 있다고 했다. 의문을 품는다는 것은 음미하여 두드려 보는 것이다. 성호는 경전을 읽을 때 의심의 유무가 곧 자기 공부를 점검해 보는 한 척도가 될 수 있다고 보았다.

품은 의문을 발전시켜 의문이 없는 단계로 나아가는 방법으로 성호는 '질서疾書'를 제시했다.[21] 질서란 책을 읽다가 그때그때 문득 떠오른 생각을 서둘러 메모해 두는 비망록 방식의 독서를 말한다. 『성호사설』 시문문詩文門의 「묘계질서妙契疾書」조에 나온다. 송대의 학자 장재張載가 『정몽正蒙』을 지을 적에 집 안 곳곳에 붓과 벼루를 놓아두고, 간혹 밤중에도 얻은 바가 있으면 벌떡 일어나 등불을 가져다가 메모한 데서 이 말이 나왔다.[22] 이병휴李秉休가 지은 「가장家狀」에도 "선생의 학문은 남을 따르기를 기뻐하지 않고 자득하고자 하였다. 경문經文과 주설注說의 사이에서 의심나는 것이 있으면 반드시 생각했고, 생각하여 얻으면 빠르게 이를 써 두었다. 얻지 못하면 뒤에 다시 생각하여 반드시 얻고 나서야 그만두었다. 그래서 질서 중에는 전대의 유학자들이 밝히지 못한 뜻이 많았다."[23]고 했다.

성호는 자신이 경전을 읽다가 떠오른 의문을 그때그때 기록해 둔 것을 바탕으로 『사서삼경질서』, 『근사록질서』, 『심경질서』 등의 방대한 저술을 남겼다. 질서 정신의 핵심은 바로 의문을 품는 데 있다. 다음은 이익이 쓴 「논어질서 서문論語疾書序」의 한 대목이다.

오늘날 책은 존중하지만 그 정신은 잃었으며, 글은 읽으면서도 그 뜻은 저버리고 있다. 깊이 생각하면 잘못이라 하고, 의문을 제기하면 주제넘다 하며, 부연 설명을 하면 쓸데없는 짓이라고 한다. 지나칠 정도로 곧이곧대로 규정하여 모든 사소한 부분까지도 성역을 설정해 놓는 데 힘써, 둔한 사람과 총명한 사람을 구분할 수가 없게 되었다. 이것이 어찌 옛사람이 뒷사람에게 기대한 것이겠는가? 가령 사람이 백 리 길을 가는데 한 사람은 수레와 말을 갖추고 하인과 마부가 앞장을 서서 하루 만에 당도하였고, 한 사람은 옆길을 찾아가면서 곤란을 겪은 뒤에 비로소 도달하였다고 하자. 만일 이들로 하여금 다시금 그 길을 가게 한다면, 길을 찾아가며 다닌 사람은 정확히 알아, 길잡이를 앞세우고 간 사람처럼 갈림길이나 네거리에서 헤매지 않을 것이다. 그러므로 옛 주석만을 그대로 지키는 것은 마음으로 체득하는 것이 아님을 알 수 있다.[24]

주자의 『논어집주論語集註』를 읽고 나서 조금도 더 깊이 생각하려 들지 않고, 의문도 제기하지 않으며, 부연하여 설명할 필요도 없다고 여겨, 곧이곧대로 주자의 해설에서 한 발짝도 더 나아가지 않는다면, 이러한 독서는 옛 주석을 묵수하는 것일 뿐 마음으로 체득하는 공부법이 아니라고 했다. 나아가 의문을 품고 그 의문에 대답을 찾아가는 과정을, 성호는 옆길로 잘못 들어 갖은 곤란을 겪은 뒤 어렵게 목적지에 도달한 사람에 견주었다. 하지만 그냥 남의 도움을 받아 단번에 도달한 사람은 그다음 번에 혼자 갈 때는 갈림길이나 네거리마다 길을 잃고 헤매게 되는 반면, 한번 곤란을 겪어 본 사람은 다시는 길을 잃고 헤맬 염려가 없다. 남들 하는 대로 떠먹여 주는 독서로는 자득이 있을 수 없다. 자득이 없이는 치지 또한 불가능하다고 보았다.

이익은 혼자 공부하며 의문을 해결하는 질서 방식과 함께, 강론과 토론을 통해 학문을 진취하는 이택麗澤의 방법을 제시하였다. 이택은『주역』'태괘兌卦'에 나온다. 연못이 상하로 이어져 있어 서로 물을 풍부하게 해 준다는 뜻이다. 그 구체적 방법은 다음과 같다.

붕우 간에 모여 성인께서 가르쳐 주신 것을 서로 살펴 돕는 것은 후학이 반드시 힘쓰지 않을 수 없다. 혹 한가롭게 지내며 혼자 있을 때는 논할 만한 것이 한둘이 아니고 의문 나는 것도 몹시 많다. 그러다가 갑자기 엄한 스승이나 좋은 벗과 맞닥뜨리면 마음과 입이 서로 호응하지 않아 꺽격하여 어느 한 가지도 궁금한 점을 펴지 못하고 만다. 이것은 사람들의 보편적인 근심이다. 마땅히 일마다 메모를 남겨, 이해하기 힘든 곳에는 그 의문 나는 점을 적어 놓고, 나름대로 얻은 바가 있는 곳은 그 말을 기록해 두어, 혹 훗날 강학의 거리로 삼는다. 혹 서찰로 질문하여 더불어 밝게 살핀다면 깊고 잘 드러나지 않는 뜻을 얻는 데 이보다 나은 방법이 없다. 정자程子는 편지야말로 선비의 일에 가장 가깝다고 했는데, 대현大賢께서 분명 깨달은 바가 있어 말씀하신 것이다. 나는 늘 편지에 세 가지 유익한 점이 있다고 말한다. 의문점을 정확히 짚어 내어 깊은 뜻을 점차 깨닫게 해 주는 것이 첫 번째 유익함이다. 질문에 답하는 자 또한 감히 쉽게 주장을 세우지 못하는 것이 두 번째 유익함이다. 글 상자에 남겨 두어 뒷날에도 잊지 않게 해 주는 것이 세 번째 유익함이다.[25]

사제 간, 문생門生 간의 토론을 통해 의문을 해결하고 깨달음을 투철하게 하는 방식으로 메모와 편지를 통한 논쟁을 거론한 것이다. 이 밖에 이익은 직접 얼굴을 맞대고 토론하는 대면의 방식도 아울러 제시하였다.

의문을 품고, 관련 정보를 모으며, 연관되는 주제에 대해 토론하고, 그 과정을 기록으로 남긴다. 이렇게 독서의 단계 속에 끌어들여 의문을 발전시켜 깨달음으로 이어지게 하는 경로를 도입함으로써, 오늘날로 치면 토론과 논쟁 방식의 독서법을 제안한 것이다.

오성을 열어 주는 독서, 이의역지以意逆志

책은 왜 읽는가? 옛사람과 만나기 위해서다. 글 속에는 옛사람의 정신이 담겨 있으니, 그 글을 통해 만날 수 있다. 만난다는 것은 내 생각과 그의 뜻이 하나로 합쳐진다는 말이다. 먼저 연암燕巖 박지원朴趾源의 「경지에게 답하다答京之」 세 번째 편지를 읽어 보자.

그대가 태사공의 『사기』를 읽었다 하나, 그 글만 읽었지 그 마음은 읽지 못했구려. 왜냐구요? 「항우 본기項羽本紀」를 읽으면 제후들이 성벽 위에서 싸움 구경하던 것이 생각나고, 「자객 열전刺客列傳」을 읽으면 악사樂士 고점리高漸離가 축筑으로 치던 일이 떠오른다 했으니 말입니다. 이것은 늙은 서생의 진부한 말일 뿐이니, 또한 부뚜막 아래서 숟가락을 주웠다는 것과 무에 다르겠습니까? 아이가 나비 잡는 것을 보면 사마천司馬遷의 마음을 얻을 수 있지요. 앞발은 반쯤 꿇고 뒷발은 비스듬히 들고, 손가락으로 집게 모양을 해서 살금살금 다가가, 손은 잡았는가 싶었는데 나비는 호로록 날아가 버립니다. 사방을 둘러보면 아무도 없고, 계면쩍어 씩 웃다가 장차 부끄럽기도 하고 화가 나기도 하는, 이것이 사마천이 책을 저술할 때입니다.26

글만 읽고 글쓴이의 마음과 만나지 못한다면 제대로 된 독서라 할 수 없다. 사마천의 「자객 열전」이나 「항우 본기」를 읽고서 그 글 속에 담긴 사마천의 정신을 읽어내지 못하고 그저 그 문장력에 찬탄만 하는 것은 부뚜막 아래서 숟가락을 주워 놓고 무슨 대단한 발견이라도 한 양 "숟가락 주웠다!"고 소리치는 것과 다를 바 없다. 그러고는 마치 어린아이가 나비를 잡으려고 숨죽여 살금살금 다가가 잡았다 싶었는데 막상 나비는 날아가 버린 순간의 분하기도 하고 창피하기도 하고 부끄럽기도 한 그 마음을 읽어야만 사마천을 제대로 읽은 것이 아니겠느냐고 이야기했다.

홍대용洪大容은 「매헌에게 주는 편지與梅軒書」에서 '이의역지以意逆志', 즉 내 생각으로 지은이의 뜻에 거슬러 올라가서 만나는 독서법에 대해 이렇게 설명했다.

나는 일찍이 맹자가 말한 '이의역지'라는 네 글자가 독서의 비결이 된다고 생각했다. 옛사람이 글을 지을 때는 담긴 내용뿐 아니라, 비록 문장의 구성이나 기승전결 같은 말단의 기교에서도 각기 그 뜻이 없지는 않았을 것이다. 이제 나의 생각으로 옛사람의 생각을 거슬러 올라가 둘의 생각이 완전히 융합되고 간격이 없어 서로 기쁘게 하나가 되면, 이것은 옛사람의 정신과 식견이 내 마음속으로 파고 들어온 것이다. 비유하자면 귀신이 내려와 혼령이 붙게 될 때 무당은 모든 것을 환히 알게 되는데, 막상 이 깨달음이 어디로부터 와서 이렇게 되는지는 알지 못하는 것과 같다. 구절을 그대로 되풀이하거나, 옛글을 그대로 답습하지 않고도 글을 짓는 것이 끝없이 변화하여 가까운 데로부터 깨달음에 들어가게 되니, 이렇게 되면 내가 바로 옛사람일 뿐이다. 책은 이렇게 읽은 뒤라야 하늘의 교묘함을 빼앗았다고 할 수가 있다.[27]

읽고 나서도 책은 책이고 나는 나인 상태가 계속된다면 그런 독서는 하나 마나 한 독서다. 나의 뜻으로 옛사람의 생각을 거슬러 올라가 완전히 간격 없이 만나게 되는 경지, 그 결과 내가 그이고 그가 바로 나인 상태가 될 때 비로소 책을 제대로 읽었다고 말할 수 있다는 것이다.

비슷한 취지로 김창흡金昌翕은 "책을 덮은 뒤에 그 내용이 또렷이 눈앞에 보이면 산 독서이고, 책을 펴 놓았을 때는 알다가도 책을 덮은 뒤에는 아득하면 죽은 독서다."[28]라고 말했다. 위백규魏伯珪는 「김섭지에게 주다與金燮之」에서 "책을 읽을 때, 능히 담긴 뜻을 깊이 궁구하지 않고 다만 띄어쓰기와 음과 풀이만 입과 귀로 섭렵하기 때문에 마침내 하나로 꿰어 두루 통해 좌우에서 깨달음을 얻지 못한다. 때문에 글을 지은 것도 또한 절로 이와 같을 뿐이다. 대개 독서의 방법에서 단지 글로 글을 읽을 뿐인 사람은 마침내 그 오묘함에 나아갈 수 없다."[29]고 했다. 이 또한 책 따로, 나 따로 노는, 입과 눈으로만 읽는 독서를 경계한 내용이다. 나아가 그는 독서를 다음과 같이 우물 파기에 비유하였다.

글을 지으려는 사람은 먼저 독서의 방법을 알아야 한다. 예를 들어 우물을 파는 사람은 먼저 석 자의 흙을 파서 축축한 기운을 만나게 되면, 또 더 파서 여섯 자 깊이에 이르러 그 탁한 물을 퍼낸다. 또 파서 아홉 자의 샘물에 이르러서야 달고 맑은 물을 길어 낸다. 또 마침내 물을 끌어 올려 이를 마셔 보아, 그제서야 이 자연의 맛이 물을 그저 물이라 하는 것을 넘어서는 것임을 깨닫게 된다. 또다시 배불리 마셔 그 정기가 오장육부와 피부에 젖어 듦을 체득한다. 그런 뒤에 이를 펴서 글을 짓는다. 이는 마치 이 물을 길어다가 밥을 짓고, 희생을 삶고 고기를 익히며, 또 이것으로 옷을 빨고 땅에 물을 주어 어디든지 쓰지 않음이 없게 하는 것과 같다. 반드시 그 석 자 아래 젖은 흙을 겨우 가져다가 부엌 아궁이의 부서진 모서리나 바르면서 마침내 우물을 판 보람으로 여기는 일은 없어야 할 것이다.[30]

석 자를 파면 축축한 흙이 나오고, 여섯 자를 파면 탁한 물이 나온다. 여기서 석 자를 더 파 들어가야 달고 찬 샘물을 얻을 수 있다. 이 샘물은 가뭄에도 마르지 않을뿐더러 먹는 물과 빨래 물, 농사짓는 데 필요한 물까지 무엇에든 얼마든지 쓸 수가 있다. 하지만 석 자만 파다 말면 고작해야 부뚜막 바르는 데나 쓸 젖은 흙을 얻는 데 그칠 뿐이다. 그러니 바른 독서는 그저 글의 껍질만 읽고 고작 축축한 흙을 얻은 데 만족해서는 안 되고, 언제 어디서나 쓸 수 있는 달고 찬 샘물을 길어 올리는 데 미쳐야 한다고 주장했다.

이덕수李德壽도 「유척기에게 주는 글贈兪生拓基書」에서 비슷한 취지의 말을 남겼다.

책 읽기는 푹 젖는 것을 귀하게 여긴다. 푹 젖어야 책과 내가 융화되어 하나가 된다. 푹 젖지 않으면 읽으면 읽는 대로 다 잊어버려, 읽어도 읽지 않은 것과 별 차이가 없다. 이것이 독서에서 푹 젖는 것을 귀하게 여기는 까닭이다. 소나기가 내릴 때는 회오리바람이 불고 번개가 쾅쾅 쳐서 그 형세를 돕는다. 빗줄기가 굵은 것은 기둥만 하고, 작은 것도 대나무 같다. 급할 때는 화분을 뒤엎을 듯하고, 사납기는 벽돌도 세울 것 같다. 잠깐 사이에 봇도랑은 넘쳐흘러 못처럼 되니 참으로 대단하다. 하지만 잠깐 사이에 날이 개어 햇볕이 내리쬐면 지면은 씻은 듯이 깨끗해진다. 땅을 조금만 파 보면 오히려 마른 흙이 보인다. 이것은 다른 것이 아니다. 그 못이 능히 푹 젖지 못했기 때문일 뿐이다. 만약 하늘과 땅의 기운이 성대히 교감하고 거세게 장맛비를 내려 부슬부슬 어지러이 아침부터 저녁까지 내리면, 땅속 깊은 데까지 다 적시고 온갖 사물들을 두루 윤택하게 한다. 이것이 이른바 푹 젖는다는 것이다.

책을 읽는 것 또한 그러하다. 서로 맞춰 보고 꿰어 보아 따져 살피는 공부를 쌓고, 그치지 않는 뜻을 지녀, 푹 빠져 스스로 얼음에 이르도록 힘써야 한다. 이와 반대로 그저 빨리 읽고 많이 읽는 것만을 급선무로 한다면, 비록 책 읽는 소리가 아침저녁 끊이지 않아 남보다 훨씬 많이 읽더라도 그 마음속에 얻은 것이 하나도 없다. 이는 조금만 땅을 파면 오히려 마른 땅인 것과 한가지 이치이니, 깊이 경계로 삼을 만하다.[31]

독서에서 푹 젖어 듦의 중요성을 강조했다. 소나기가 휘몰아쳐 땅 위에 갑자기 도랑이 생길 지경이 되어도, 날이 갠 뒤 흙을 파 보면 금세 마른 땅이 나온다. 빨리 많이 읽기만 힘쓰고 의미를 살펴보고 따져 보아 깊이 젖어 들지 않는다면, 소나기가 잠깐 땅 위를 휩쓸고 지나간 것과 하나도 다를 것이 없다.

깊이 젖어 드는 것은 부지런한 노력을 전제로 한다. 그렇다고 무작정 노력만 한다고 젖어 드는 것도 아니다. 오성悟性이 활짝 열려야 한다. 김택영金澤榮은 「수윤당기漱潤堂記」에서 깨달음에 대해 이렇게 말한다.

천하에 이른바 도술이나 문장이란 것은 부지런함으로 말미암아 정밀해지고, 깨달음으로 말미암아 이루어지지 않음이 없다. 진실로 능히 깨닫기만 한다면, 지난날 하나를 듣고 하나도 알지 못하던 자가 열 가지, 백 가지를 알 수 있다. 앞서 아득히 천리만리 밖에 있던 것을 바로 곁에서 만나 볼 수 있다. 전에는 빽빽하여 어렵기만 하던 것이 너무도 쉽게 여겨진다. 옛날에 천 권, 만 권의 책 속에서 찾아 헤매던 것이 한두 권만 보면 너끈하게 된다. 이전에 방법이 어떻고, 요령이 어떻고, 말하던 것이 이른바 방법이니 요령이니 하던 것이 필요 없게 된다. 기왓장, 자갈돌을 금덩이나 옥덩이처럼 써먹을 수 있고, 되나 말로 부釜나 종鍾이 되게 할 수도 있다. 얼마든지 받아들일 수 있고, 아무리 써도 줄지 않는다. 어찌 이리 통쾌한가?
하지만 깨달음의 방법은 방향도 없고 실체도 없다. 잡을 수도 없고 묶어둘 수도 없다. 옛날에 성련成連이란 사람은 바다의 파도가 일렁이는 것을 보다가 거문고를 연주하는 방법을 깨달았다. 그는 정말로 그랬다. 가령 다시 어떤 사람이 성련의 일을 부러워해서 거문고를 끌어안고 파도가 일렁이는 물가에 섰다고 하면 어떻게 될까? 대개 성련의 깨달음은 여러 해 동안 깊이 생각한 힘으로 된 것이지, 하루아침 사이에 어쩌다가 이루어진 것은 아니다. 그러므로 사람에게 깨달으라고 권하기보다는 생각해 보라고 권하는 것이 낫다. 물가에서 물고기를 부러워하느니, 차라리 집으로 가서 그물을 짜는 것만 못하다. 도술과 문장을 사모하기보다, 우러러 한 번 생각해 보는 것만 못하다.[32]

부지런한 노력이 정밀함을 가져다준다. 하지만 깨달음이 없으면 정밀함도 소용이 없다. 오성이 열리는 순간 모든 것은 달라진다. 지난날 암중모색하며 헤매던 길을 활보할 수 있게 된다. 그렇다면 어떻게 해야 깨달을 수 있는가? 막상 깨달음의 길은 방법도 없고 방향도 없다. 깨달음은 노력하고 또 노력하다 보면 어느 순간 문득 열린다. 하지만 노력의 뒷받침 없이는 깨달음도 있을 수가 없다.

다음은 홍길주洪吉周가 『수여방필睡餘放筆』에서 한 말이다.

재주는 부지런함만 못하고, 부지런함은 깨달음만 못하다. '깨닫다[悟]'라는 한 글자는 도덕의 으뜸가는 부적이다. 옛사람의 책 가운데 경전과 역사책 종류 같은 것은 한 글자도 허투루 지나쳐서는 안 된다. 그 나머지 책 중 자질구레한 것은 하나하나 정밀하게 궁구하여 심력을 나눌 필요가 없다. 가령 한 권의 책이 대략 60~70쪽쯤 된다고 치자. 그중 정화精華로운 것만 추려 낸다면 십수 쪽에 불과할 것이다. 속된 선비는 처음부터 다 읽지만 정작 그 핵심이 있는 곳은 알지 못한다. 오직 깨달음이 있는 사람은 손 가는 대로 펼쳐 봐도 핵심이 되는 것에 저절로 눈이 가 멎는다. 한 권의 책 속에서 단지 십수 쪽만 따져 보고 그만둘 뿐인데도 그 효과를 보는 것은 전부 읽은 사람의 배나 된다. 그래서 다른 사람이 두세 권의 책을 읽고 있을 때 나는 이미 백 권을 읽고, 효과를 보는 것 또한 남보다 배가 되는 것이다.[33]

무조건 처음부터 끝까지 덮어놓고 읽을 일이 아니라, 책의 핵심처를 살펴 그 정화를 추려 내는 안목이 있어야 한다. 깨달은 자의 독서는 단지 부지런한 자의 독서와 이렇게 다르다. 노력은 절반도 안 되는데 보람은 몇 배나 된다.

이렇듯 오성을 강조하는 독서법은 단순한 지식과 정보의 체득을 넘어서는 통찰력을 요구한다. 이 점은 독서 교육에서 가장 중요한 요소라고 할 수 있다. '이의역지'로 글쓴이의 생각과 만나고, 푹 젖어 드는 독서로 그 의미를 체화하며, 이 경험의 누적이 오성의 개안으로 이어질 수 있어야 한다.

텍스트를 넘어서는 살아 있는 독서

책 읽기의 마지막 단계는 활자를 넘어서는 독서다. 우주만물이라는 텍스트를 한 권의 책으로 보아 의미를 읽어 내는 살아 있는 독서다. 독서법의 완성 단계다. 이런 의미에서 다음 연암 박지원의 「경지에게 답하다」 두 번째 편지는 흥미롭다.

독서를 정밀하고 부지런히 하기로는 포희씨包犧氏만 한 사람이 없다. 그 정신과 의태意態는 천지만물을 포괄 망라하고 만물에 흩어져 있으니, 이것은 다만 글자로 쓰이지 않고 글로 되지 않은 글일 뿐이다. 후세에 독서를 부지런히 한다는 자들은 거친 마음과 얕은 식견으로 마른 먹과 썩어 문드러진 종이 사이에 눈을 비비며 그 좀오줌과 쥐똥을 엮어 토론하니, 이는 이른바 술지게미와 묽은 술을 먹고 취해 죽겠다는 꼴이다. 어찌 슬프지 않겠는가?

저 허공 속을 울며 나는 것은 얼마나 생기가 넘치는가? 그런데 이를 답답하게 '새 조鳥' 한 글자로 말살시켜 빛깔도 없애고 그 모습과 소리도 누락시켰으니, 이 어찌 마을 제사에 나아가는 시골 늙은이의 지팡이 위에 새겨진 새와 다르겠는가! 어떤 이는 그것이 너무 평범하므로 산뜻하게 바꾼다면서 '새 금禽' 자로 고친다. 이것은 책 읽고 글 짓는 자의 잘못이다.

아침에 일어나니 푸른 나무 그늘진 뜨락에서 이따금 새가 지

저권다. 부채를 들어 책상을 치며 외쳐 말하기를, "이것은 내 날아가고 날아오는 글자이고, 서로 울고 서로 화답하는 글이로다." 하였다. 오색 채색을 문장이라고 한다면 문장으로 이보다 나은 것은 없을 것이다. 오늘 나는 책을 읽었다.[34]

포희씨는 팔괘를 만들었다는 고대 중국의 전설적 인물이다. 그의 시대에는 문자조차 없었으므로 책이란 것이 존재할 리 만무했다. 그런데 연암은 포희씨야말로 독서를 가장 꼼꼼히 한 사람이라고 치켜세웠다. 왜 그럴까? 그는 우러러 하늘을 보고, 굽어 땅을 살펴 깨달은 것을 팔괘라는 코드로 압축해서 설명했다. 이 팔괘의 원리를 부연한 『주역』은 지금까지도 세계를 이해하는 통로로서 강력한 영향력을 발휘하고 있다. 그렇다면 포희씨야말로 천지만물, 삼라만상이라는 살아 있는 책을 가장 훌륭하게 읽어 낸 사람이 아니겠느냐는 것이다.

연암의 말대로 포희씨가 읽은 책은 글자로 쓰여지지 않은 책이다. 포희씨가 읽었던 그 책은 지금도 우리 앞에 그대로 펼쳐져 있다. 그러나 이제 사람들은 삼라만상이라는 이름의 이 책을 읽을 줄 모른다. 그저 지금은 아무짝에 쓸모없게 된 낡은 책에 밑줄을 긋고, 소리 내어 외우면서 책을 읽는다고 말한다. 이런 것은 죽은 독서다. 술에 취해 죽을 작정이면 빈속에 깡술을 들이마셔야지, 왜 묽은 술과 술지게미만 배 터지게 먹고 있느냐고 연암은 타박한다. 삶의 정수를 통째로 들이마시고, 낡은 지식이나 죽은 문장에 더 이상 얽매이지 말라는 뜻이다.

허공을 울며 나는 새를 '새'라는 단어 속에 가두는 순간, 그 새는 더 이상 날갯짓도 없고 울음소리도 없는 지팡이 위에 조각해 놓은 새와 다를 바 없게 된다. 문자로 가두어진 지식이란 지팡이 위에 새겨진 새의 조각과 같다. 그러니 '나는 그런 죽은 새보다 이른 아침 창밖에서 우짖는 저 새의 살아 숨 쉬는 생명력을 읽겠노라.'고 연암은 말한 것이다. 이런 독특한 관점은 「소완정기素玩亭記」에서도 "대저 하늘과 땅 사이에 흩어져 있는 것이 모두 이 서책의 정기"라고 하여 거듭 천명된다.

홍길주는 「이생문고 서문李生文藁序」에서 또 이렇게 말했다.

공명선公明宣은 증자의 문하에 3년을 머물면서 책을 읽지 않았다. 내가 일찍이 말했다. 공명선이 『효경』과 『논어』를 읽은 것이 모두 만 번이니, 책을 읽지 않았다고 말할 수 없다. 하지만 이것은 오히려 성인을 얻어 스승으로 삼은 것일 뿐이다. 사람이 일상 속의 모든 동작과 보고 듣고 하는 일이 진실로 천하의 지극한 문장이 아님이 없다. 그런데도 사람들은 이것을 글이라 여기지 않고서 반드시 책을 펼쳐 몇 줄의 글을 뻑뻑하게 목구멍과 이빨로 소리 낸 뒤에야 비로소 책을 읽었다고 말한다. 이런 식으로야 비록 백만 번을 읽는다 해도 무슨 보람이 있겠는가?[35]

공명선은 3년간 증자의 문하에 있으면서 글 한 줄 읽지 않았다. 증자가 그 까닭을 묻자, 공명선이 대답했다. "선생님, 제가 선생님께서 가정에서 생활하시는 것을 보았고, 선생님께서 손님 접대하시는 것을 보았으며, 선생님께서 조정에 처하시는 것을 보았습니다. 배웠지만 아직 능히 하지는 못합니다. 제가 어찌 감히 배우지도 않으면서 선생님의 문하에 있겠습니까?"『소학』에 나오는 이야기다.

사실『효경』이나『논어』는 혼자 읽어도 읽을 수 있고, 다른 데가서도 배울 수 있다. 공명선은 이런 책을 열심히 읽는 대신 스승의 일거수일투족을 열심히 읽었다. '아! 저럴 때는 저렇게 하시고, 이럴 때는 이렇게 하시는구나!' 그는 이런 방법으로 3년 동안 하루도 빠짐없이 스승이라는 살아 있는 텍스트를 읽고 또 읽었다. 연암도 다른 글에서 공명선이야말로 책을 가장 잘 읽은 사람이라고 높이 평가한 바 있다.

홍길주는 또「강동현감으로 가는 김성원을 전송하는 서문送金性原宰江東縣序」에서 이렇게 썼다.

천하에는 책을 함께 읽을 만한 사람도 없고, 함께 읽지 못할 사람도 없다. 시서詩書와 육예六藝를 지은 옛 작자는 모두 죽고 없다. 내가 책에서 깨달은 것이 있다 한들 장차 누구와 함께 말하겠는가? 그래서 천하 사람 중에 더불어 책 읽을 만한 사람이 없다고 말하는 것이다. 하지만 저 산의 나무꾼이나 들의 농부, 저자의 장사치나 거간꾼의 경우, 그가 혹 한 글자도 모르는 무식한 사람이거나, 또 일찍이 나와 더불어 평소 한마디 말도 해 보지 않은 사람이라 할지라도, 만나서 그 하는 행동을 보면 눈길이 노니는 바와 발길이 가는 곳, 손에 들고 다니는 것과 입에서 나오는 말에서 천하에서 날로 쓰는 떳떳한 윤리와 인정의 선악, 그리고 별들과 비바람, 산천과 숲과 못, 안개와 구름, 새와 짐승의 변화가 뒤섞여 그 사이로 오간다. 그 소리와 모습이 천하의 지극한 문장 아님이 없는지라, 내가 모두 얻어서 이를 읽는다. 그래서 천하 사람 중에 더불어 책을 읽지 못할 사람이 없다고 말하는 것이다.[36]

옛날의 작자는 모두 죽고 없으니, 내가 그들의 책을 읽고 얻은 깨달음을 그들과 함께 나누려 해도 방법이 없다. 하지만 독서는 문자로 된 텍스트를 읽는 것만을 뜻하지는 않는다. 일상에서 만나는 보통 사람들의 일상과 그들이 무심히 던지는 한마디 말, 그 어느 것 하나 지극한 문장 아님이 없다. 내 눈앞에 펼쳐진 일상이라는 텍스트 속에서도 나는 옛사람의 책에서 발견하는 것 못지않은 깨달음과 수시로 만난다. 만날 때마다 기쁘고 즐거워서 그저 있을 수가 없다. 그렇다면 죽은 옛사람을 애석해할 것이 아니라, 내 눈앞의 무수한 이름 없는 작가들의 살아 있는 텍스트에 귀기울이고 눈길을 주어, 내 삶의 자양분으로 삼는 것이야말로 진정한 독서가 아니겠는가?

홍길주는 이런 취지에서 "문장은 다만 독서에 있지 않고, 독서는 다만 책 속에 있지 않다. 산천운물山川雲物과 조수초목鳥獸草木의 볼거리와 일상의 자질구레한 사무事務가 모두 독서다."[37]라고 말했다. 이렇게 보면 일상의 모든 일이 독서 아닌 것이 없다. 그는 이런 생각을 더 밀어붙여 다음과 같은 말을 남겼다.

영정嬴政[진시황]은 책을 불태웠으니 천고의 어리석은 사람이다. 책을 정말 불태울 수 있겠는가? 이는 다만 죽간으로 엮은 것에 실려 있는 것만을 가지고 책이라고 말한 까닭에 불태워 없앨 수 있다고 생각했던 듯하다. 책이란 진실로 천지와 더불어 함께 나서 장차 천지와 더불어 함께 없어지는 것이니, 어찌 불에 태워 없앨 수가 있단 말인가? 창힐倉頡과 주양朱襄이 태어나기 전부터 천지간에는 애초에 책이 없던 적은 없었다. 시험 삼아 일찍이 동틀 무렵 구름과 바다 사이를 살펴보면 언제나 수억만 권의 문자가 있다. 비록 만 명의 진시황이라 한들 어찌 능히 이것을 불태울 수 있겠는가. 진시황이 불태웠던 책은 유생들이 외워서 서로 전하여 한나라 때 이르러 육경六經의 글이 차례로 다시 나왔다. 세상에서는 이를 다행스럽게 여긴다. 하지만 설령 육경이 마침내 전하지 않는다 하더라도 구름과 바다 사이에 수억만 권의 책은 진실로 그대로 남아 있으니, 어찌 육경이 다시 지어지지 않음을 근심하겠는가?[38]

하늘과 땅의 사이에는 수억만 권의 책이 쌓여 있다. 그런데 이는 불로 태워 없앨 수 있는 책이 아니다. 그것은 종이 위에 쓰여진 것도 아니요, 활자의 숲 속에서 찾을 수 있는 것도 아니다. 그런 살아 있는 책, 펄펄 뛰는 텍스트를 읽을 때 비로소 우리의 독서는 완성된다.

책은 왜 읽는가? 책을 통해 새로운 세계와 만날 수 있고, 모르던 것을 알게 되며, 그 결과 내 삶을 향상시켜 주기 때문이다. 독서가 이런 기쁨을 주지 못한다면, 그것은 아무짝에도 쓸모가 없다. 그저 책장을 들춰 그 안에 담긴 활자를 읽었다 하여 그 책을 읽은 것은 아니다. 어떤 일이 나의 오성을 활짝 열어 주고, 새로운 세계로 이끌어 주며, 향상의 욕구를 일깨워 준다면, 비록 책을 읽지 않았다 하더라도 책을 읽었다고 말할 수 있을 것이다.

이 경우 독서 행위는 문자적 제약에서 벗어나 자유로울 수 있다. 사회 현상이나 시사적 주제를 분석하여 그 행간을 짚어 내는 일조차도 독서 아닌 것이 없게 되는 것이다.

옛 독서법의 현재적 의의와 활용

이제껏 살펴본 선인들의 독서 방법론은, 주로 방법론적 효과에 치중하는 서구의 독서 방법론에 비해 본질적 문제를 제기한다. 이러한 옛 독서법의 의의와 더불어 오늘날 교육 현장에서 어떻게 활용할 수 있을지를 간략히 살펴보자.

첫째, 소리 내서 읽는 '성독'의 경우다. 오늘날, 성독은 읽기의 속도가 더디고 체력적 소모가 적지 않아 비효율적인 방법이라고 생각하는 경향이 많다. 하지만 제대로 된 모국어의 리듬을 체화하여 표현력을 강화하려면 성독보다 더 효과적인 방식이 없다. 서양의 경우, 지금도 각 서점이나 지역사회에서 작가를 초청하여 낭독하거나 회원들이 돌아가며 장편소설을 완독하는 모임이 수시로 열린다. 좋은 명문장을 가려 뽑아 소리를 내서 낭독하는 것은 문장 훈련에 더할 수 없이 훌륭한 방법이다.

유아들은 어머니가 읽어 주거나 음성을 통해 동화를 들으면서 정서가 함양되고, 언어 능력을 효과적으로 습득한다. 언어 습득에서 듣기와 말하기의 중요성은 따로 논의할 필요가 없다. 습득기 아동의 경우 항상 소리가 의미에 앞선다. 우리의 경우 낭독 방식의 독서는, 유아기를 지나고 나면 초등학교나 중·고등학교 국어 시간에 이따금 돌려 읽기를 하는 것 외에는 효율성을 이유로 더 이상 이뤄지지 않는다. 교육 현장에서 낭독의 중요성을 재인식하고, 그 효과에 대해 더 깊이 살펴볼 필요가 있다. 실제로도 좋은 글과 나쁜 글은 소리 내서 읽어 보면 그 차이가 확연하다. 나쁜 글을 소리 내서 읽어 보는 것만으로도 글쓰기와 낭독의 상관관계는 명확하게 확인된다. 자기가 쓴 글을 남에게 읽혀 보아도 자신의 글쓰기 습관을 고치는 데 큰 도움이 된다.

'인성구기'의 반복적 독서는 종래 우리가 흔히 알고 있던 옛사람의 다독이 여러 종류의 책을 닥치는 대로 읽는 다독이 아니라, 몇 종류의 책을 완전히 자기 것으로 만들 때까지 되풀이해 읽는 정독의 다른 표현이다. 또 독서 행위에서 소리 내어 읽는 성독이 의미의 파악이나 글쓰기와 어떤 관련을 갖는지도 살필 수 있다. 오늘날의 독서에서 소리 내어 읽는 방식은 찾아보기 힘든데, 현장 교육에서 이 점에 대한 재고가 필요하다고 본다.

둘째, 정보를 계열화하는 방식의 경우다. 오늘날 인터넷 환경은 옛 독서 방법론에서 제시하고 있는 이 방식의 독서에 가장 적합한 여건을 마련해 준다. 정보화 사회의 문제점은 정보가 없는 것이 아니라, 정보가 너무 많아 그 가치를 바르게 판단할 수 없는 데 있다. 따라서 오늘날 독서 및 논술 교육은 정보 가치를 판단하는 힘을 기르는 훈련 과정을 아우르지 않으면 안 된다. 이것은 단지 독서 논술과 관련된 교과에만 해당하는 문제가 아니다.

특히 이러한 독서는 교육 현장에서 다양한 방식으로 적용이 가능하다. 앞서 다산이 말한 『계경』이나 '조제 사전' 같은 경우는 오늘날 독서 교육 및 논술 지도에서도 그대로 적용할 수 있다. 먼저 내가 관심이 있거나 탐구해야 할 분야를 결정한다. 계속해서 그 분야에서 정평 있고 내 수준에 알맞은 책을 골라 단계적으로 읽어 나간다. 어떤 책을 읽으면 그 책과 관련하여 다시 다른 책을 읽고, 그 책에서 소개한 또 다른 책을 읽는 방식의 독서다. 독서가 거듭되는 동안, 처음엔 막연하던 의미가 좀 더 구체적으로 이해되기 시작한다. 그리고 각 정보들 사이의 우열도 판단할 수 있게 된다. 다만 그 과정을 기록으로 남겨 사고의 발전 단계를 점검할 수 있도록 해야 한다.

이런 방식의 독서는 책을 읽는 행위가 바로 글쓰기로 이어지게 된다. 인터넷 시대의 글쓰기도 수많은 정보 사이의 우열을 판단하고 선택하여 재배열하는 과정인 경우가 많다. 고전 독서론에서 말하는 정보를 계열화하는 연쇄적 독서 방식은 수동적인 독서가 아니라 능동적인 탐구를 수반하고, 읽기와 쓰기가 동시에 진행된다는 점에서 매우 바람직하다.

다산 정약용은 정보를 정리하는 가장 효과적인 방법으로 초서법鈔書法을 중시했다. '초서'란 책을 읽으면서 중요한 부분을 베껴 쓰는 것이다. 무작정 베끼는 것이 아니라, 먼저 문목問目을 세우고 방향을 정해 그 작업의 목적과 핵심 가치를 결정한 후, 여기에 맞게 필요한 정보를 추출하는 방법이다. 현재 일선 중·고등학교에서 활용하고 있는 인터넷을 통한 정보 검색 방법은 어찌 보면 다산의 초서법과 상통한다. 하지만 대부분의 경우 문목을 세우고 방향을 정해 작업의 목표를 결정하는 작업이 선행되지 않고, 단지 어떤 주제에 대해 조사해 오라는 식으로만 과제가 부여된다. 이것은 사실을 확인하는 것이지, 정보를 평가하거나 해석하는 것과는 거리가 멀다. 이렇게 해서는 정보의 우열을 판단하는 힘도 생길 수 없고, 정보를 재배열하는 과정에서 주체적 역량을 향상시키기도 힘들다. 학생들은 정보를 모아 짜깁기하고 편집하는 솜씨만 익힐 뿐, 작업을 모두 마친 뒤에도 내용에는 아무런 관심조차 없거나 구체적 내용을 알지 못하는 경우가 많다.

다산의 초서법은 학생들에게 독서 활동에서 어떤 측면을 주목하고, 이와 관련된 정보를 어떤 방식으로 카드 작업하며, 나아가 수집된 정보를 바탕으로 글쓴이의 생각을 어떻게 구조화할 것인지로 분화, 확장할 수 있는 효율적인 방법이다. 나아가 이는 한 권의 책만이 아니라, 여러 권의 책에서 계열화된 정보를 수집하는 방식으로 확장할 수도 있다. 이 글의 작성 과정처럼, 우선 옛사람의 독서 관련 언급들을 광범위하게 수집하고, 이것을 갈래별로 나눠 정리하는 방식이 바로 그러한 예에 속한다. 고전 자료 가운데서 교훈이 될 만한 일화를 뽑아 자료를 누적하는 방식이라든가, 어떤 책을 읽고 공부의 방법에 관한 내용만을 간추려, 그 내용을 바탕으로 저자의 생각을 더 구조적으로 설명하는 예가 있을 수 있다. 실제 다산 정약용은 이런 방식으로 자식들에게 지속적으로 문목과 목표를 부여해서 초서의 작업을 훈련시켰다. 이 방식은 큰 효과를 거두었다.

정보를 계열화하는 독서는 인터넷 시대의 독서 행위나 창작 행위와 특히 밀접한 연관이 있다. 잡다한 정보 속에서 가치를 판단하고, 요령 있게 배열하여 체계적으로 계층화시키는 독서법은 읽기와 쓰기를 하나로 꿰는 데 매우 유용한 시사를 준다. 이는 지식의 원심적 확산, 문제의식의 확대와 관련된다.

셋째, 의문을 품는 '격물치지' 독서의 경우다. 사제 간의 토론과 논쟁을 통해 의문을 해결하고 과제를 확장하는 작업이 이를 통해 가능하다. 이 과정에서 가장 중요한 것은 각각의 단계를 반드시 기록으로 남겨야 한다는 점이다. 모든 독서 교육은 메모하고 기록하는 습관을 길러 주는 데 초점이 맞춰져야 한다. 그저 일과적으로 읽고, 엉성한 줄거리를 얽어 몇 가지 감상을 더해 독후감을 쓰는 것으로 끝나면 안 된다. 독서 행위는 반드시 새로운 의문과 탐구 과제로 확산되어야 의미가 있다. 궁금증이 호기심으로 발전하고, 호기심이 깨달음으로 이어지는 사고의 발전 경로를 확보하는 것이 아주 중요하다. 그저 단순히 줄거리를 요약하는 데 그치거나, 몇 줄 추상적인 감상을 쓰는 것으로 마치는 독후감 교육은 더 이상 계속되어서는 안 된다.

오늘날 토론 수업에서도 '질서疾書'와 '브레인스토밍brain-storming' 방식을 결합하여 문제를 제기하고, 의심의 확대를 통해 쟁점을 선명하게 하며, 기록을 통한 토론으로 핵심을 첨예화하는 방식 등을 유용하게 고려해 볼 수 있다. 예컨대 학생들은 책을 읽으면서 제기할 수 있는 몇 가지 질문을 먼저 구성한다. 이것을 토론의 과정을 거쳐 갈래별로 구분하고 정리한다. 이어 최종 정리된 질문에 대해 책을 읽는 과정에서 작성한 초서와 메모를 바탕으로 토론을 진행하는 것이다. 이때 교사는 학생들에게서 문제를 이끌어 내고, 해결 과정이 순조롭도록 도와주는 조력자의 역할에 그쳐야 한다.

중요한 부분을 베껴 쓰는 초서와 함께 책을 읽는 도중 그때그때 떠오르는 생각을 메모하는 습관은 독서 교육에서 정말 중요한 부분이다. 여기서 비로소 창의적이고 능동적인 독서 행위가 시작된다. 또한 초서와 메모 방식의 독서는 독서나 논술 관련 수업에만 적용해서는 안 된다. 이 방식은 모든 교과에 대해 상당히 위력적이다. 오늘날 대입 시험에서 말하는 교과통합형 논술이란 것도 모두 평소 여러 교과에 걸친 이런 훈련과 반복을 통해서 자연스럽게 그 역량이 높아질 수 있다.

의문을 품는 격물치지의 독서는 메모와 자료 수집, 나아가 토론과 논쟁을 통해 대상을 철저히 이해하는 수업 모델의 개발에 유용하다. 질서疾書와 이택麗澤, 면대面對와 서독書牘을 통한 문제의식의 심화는 독서 교육과 토론 수업을 하나로 묶어 준다. 이는 앞서와는 반대로 지식의 구심적 강화, 문제의식의 심화와 연관된다.

넷째, 오성을 열어 주는 '이의역지' 독서의 경우다. 무조건 읽고 보자는 식의 독서는 무의미하다. 덮어놓고 읽기보다는 방향과 설계를 해 놓고 읽어야 한다. 부지런히 읽기만 해서는 아무 소득이 없다. 또 무턱대고 처음부터 끝까지 다 읽을 필요도 없다. 책의 핵심 내용을 파악할 수 있어야 한다.

특히 문학 작품이나 역사서의 경우, 이 방식의 다양한 적용이 필요하다. 글쓴이의 의도를 파악하고 의미를 이해하며, 책의 행간을 읽어 낼 줄 아는 힘을 길러 줄 수 있어야 한다. 처음에는 짧은 호흡의 이야기에서부터 시작하여 점차 긴 호흡으로 옮겨 간다. 이때 중요한 것은 하나의 결론에 도달할 필요는 없다는 점이다. 하나의 텍스트에서 다양한 해석과 접근 방식이 용인되어야 한다.

오성을 열어 주는 이의역지의 독서는 내 뜻과 서책에 담긴 선인의 뜻을 합치시켜 나가는 과정이다. 문맥과 맥락을 제대로 짚어 의도를 파악하는 훈련이 이를 통해 가능해진다. 그 결과는 깨달음이다. 독서의 최종 목적은 오성을 열어 깨달음으로 이끄는데 있다. 어떤 성실한 노력도 깨달음이 없이는 소용이 없다.

다섯째, 텍스트를 넘어서는 독서의 경우다. 영화를 읽고, 그림을 읽고, 사회 현상을 읽는 것도 모두 독서 행위의 일종이다. 반드시 문자 텍스트를 책장을 넘겨 가며 읽는 것만 독서는 아닌 것이다. 이때 독서의 범위와 활용은 무한대로 확장된다. 읽는 질료가 문제가 아니라 무엇을 읽어 내느냐가 문제인 것이다. 독서 교육의 범위도 이와 같이 무한대로 확장되어야 한다.

이상 살펴본 대로 옛 독서 방법론은 오늘날의 교육 현장에서도 현장의 수요와 방법적인 측면만 고려한다면 얼마든지 활용 가능한 유용한 방법들이다. 보다 구체적인 경로의 제시는 이 글의 범위를 넘어서므로 더 이상 상세하게 다루지 않겠다. 하지만 좀 더 섬세하게 논의할 필요가 있다. 사실 옛 독서 방법론은 무슨 특별한 방법이 아니다. 이 방법들은 지극히 기초적이고 매우 보편적인 원칙에 기반하고 있다. 놀라운 것은, 이러한 보편적 가치들이 오늘날의 교육 현장에서는 거의 실행되지 않거나 무시된다는 사실이다.

단 몇 권의 책을 반복해서 다 외울 수 있도록 읽었음에도 삶의 맥락을 읽는 통찰력을 지닐 수 있었던 예전의 학생들과, 안 배우는 과목 없이 다 배우지만 막상 단순한 암기 외에는 변변히 잘하는 것이 없는 지금의 학생들을 비교해 보는 것만으로도 과거와 현재의 독서 교육의 차별성은 저절로 드러난다. 교육 주체의 능동적이고 주체적인 참여 없이는 독서 교육의 실효를 기대할 수가 없다.

텍스트를 넘어서는 독서는 서책의 범위를 뛰어넘는, 우주만물이라는 살아 있는 텍스트를 읽어 내는 독서다. 지혜가 열리면, 읽는 행위는 문자의 영역을 훌쩍 벗어난다. 독서 토론은 굳이 서책에 국한될 필요가 없다. 독서는 이 지점에 이르러 무한대로 확산된다.

이상에서 옛 독서법을 다섯 갈래로 나눠 살펴보았다. 소리 내서 되풀이해 읽는 인성구기因聲求氣의 독서, 정보를 계열화하여 정리하며 읽는 초서鈔書 방식의 독서, 의문을 품어 궁리하고 따져 보는 격물치지格物致知의 독서, 오성을 열어 통찰력을 길러 주는 이의역지以意逆志의 독서, 텍스트를 넘어서서 천하 사물로 확장되는 살아 있는 독서 등이 그것이다.

각각의 양상들은 나름대로 발전적 층위를 지닌다. 다섯 가지는 별개의 양상인 듯하지만 실은 하나로 꿰어져 맞물려 있다. 고전 독서론은 작문론과도 특별히 밀접한 관련이 있다. 책읽기와 글쓰기는 따로 떨어진 그 무엇이 아니다. 독서 교육과 논술 교육

이 따로 떨어질 수 없는 것과 같다. 선인들은 좀 더 힘 있게 이 둘의 관련과, 이를 통해 환기되는 다양한 방법들을 제시한다. 이제 거칠게 제시한 이런 방법들을 활용하여 보다 정치한 독서론과 작문론의 현대적 이론 모델 개발을 서둘러야 할 때가 아닐까 싶다.

2

옛 선비들의 글쓰기

고전 문장론의 '법', 그리고 고문에 관한 세 관점

한 편의 글에는 글쓴이의 정신이 담겨 있다. 문여기인文如其人, 즉 '글은 곧 그 사람'이라 했다. 한 사람의 글을 보면 그 사람이 보이고, 한 시대의 글을 보면 그 시대를 알 수 있다. 문장에 대한 관점과 취향은 그 시대가 요구하는 글쓰기의 방식에 따라 끊임없이 바뀐다. 그렇다면 서로 다른 시대, 각기 다른 형식의 글들을 관통하는 글쓰기의 원리는 없을까? 글쓰기의 방법이나 취향은 쉴 새 없이 변하지만, 글쓰기의 원리는 변하지 않는다. 아니 변할 수가 없다.

글이란 무엇인가? 어떤 것이 이상적인 글인가? 글은 어떻게 써야 하는가? 근대 이전 시기 고전 문장 이론 속에 보이는 이런 물음들을 되짚어 선인들의 문장 인식과 글쓰기의 원리를 찾아보고자 한다. 이를 위해 역대 문장 이론에서 규정하고 있는 법法의 문제를 검토하고, 아울러 문장이론사에서 지속적으로 쟁점이 되어 온 이상적인 고문古文에 대한 세 가지 관점을 살펴보기로 한다. 이를 통해 글쓰기 전통의 창조적 계승에 관한 실마리를 얻게 되기 바란다.

어떻게 해야 좋은 글을 쓸 수 있을까? 글쓰기에도 방법이 있나? 있다면 그 방법이란 구체적으로 어떤 것인가? 먼저 글쓰기의 방법에 대한 옛사람의 생각을 정리해 보자.

중국 고전 문장 이론에서 '법法'은 당송唐宋 이래로 문장가들의 중요한 관심사여서 이에 대한 논의도 활발하였다. 청나라 때 방포方苞와 원매袁枚·장학성章學誠·증국번曾國藩·임서林抒 등은 각각 「고문사의 금기 여덟 조목古文詞禁八條」이나 「고문의 열 가지 폐단古文十弊」, 「고문의 다섯 가지 금기古文五忌」, 「고문에서의 금기 규약古文禁約」, 「문장에서 꺼리는 열여섯 가지文有十六忌」와 같은 글을 남겨 글 쓸 때의 금기와 글 쓰는 이가 흔히 빠지기 쉬운 폐단을 구체적으로 지적한 바 있다. 송나라 때 진규陳騤는 「비유의 열 가지 방법取喩十法」을 지었고, 명나라 때 동기창董其昌은 「투식에서 벗어나고 진부함을 걷어 내는 방법脫套去陳之法」을 썼다. 청나라 때 유대괴劉大櫆의 「글 쓸 때 유념해야 할 여덟 가지 요점作文八簡」과 오눌吳訥의 「글 쓸 때 해서는 안 되는 네 가지作文四不可」, 위희魏禧의 「논을 지을 때 해서는 안 될 세 가지作論三不可」도 있고, 유희재劉熙載가 지은 「서사의 열여덟 가지 방법敍事十八法」과 호회침胡懷琛의 「좋은 글을 쓰기 위한 서른두 가지 방법古文筆法三十二法」 같은 글도 있다. 이처럼 과거 문장 이론에서 '법'을 하나의 원리로 범주화하려는 노력은 지속적으로 이루어져 왔다.[1]

우리나라 고전 문장 이론에서도 이 문제는 문장가들의 중요한 관심사의 하나였다. 문장에서 법이란 무엇인가? 법은 왜 필요한가? 법은 어떻게 배울 수 있을까?

법法, 글을 글답게 만들어 주는 원리

한나라 때는 문장을 일컬을 때 사마상여司馬相如를 으뜸으로 삼았다. 가의賈誼나 동중서董仲舒, 사마천司馬遷과 유향劉向, 양웅揚雄 같은 무리는 당시에 학술로 일컬어지고 정사政事로 이름이 높았을 뿐 그 문장의 아름다움에 대해서는 말하지 않았다. 대개 후대의 사람들이 이를 높여 훌륭한 글이라고 여겼을 뿐이다. 당송 이후로 근세에 이르기까지 행문行文의 논의가 크게 성하여, 도道와 사事는 버려 두고 행문만 따로 논하게 되니, 또 성향聲響과 기색氣色의 가운데서 구하지 않을 수 없다. 그러나 행문에서 기색을 구하는 것은 옛사람의 뜻이 아니다.[2]

구한말의 문장가 김윤식金允植이 「문장에 대해 논하여 정소운에게 답한 글答丁小耘論文書」에서 한 말이다. 한나라 이전에는 문장이란 말을 꾸밈 위주의 사부詞賦만을 일컫는 제한된 의미로 썼다. 행문行文, 즉 도道와 사事를 다루는 산문은 문장이라 말하지 않았다. 그러다가 당송 이후로 이것을 문장으로 높이게 되자, 산문에서 내용보다 성향聲響 즉 소리의 울림과, 기색氣色 곧 작가의 개성적 빛깔을 가지고 문장의 높고 낮음을 논하게 되었다. 이후 작문의 기술적 측면인 법法의 문제가 점차 문인들의 중요한 관심사로 대두되었다.

명나라 때의 나만조羅萬藻가 「제예 한임지에게 준 서문韓臨之 制藝序」에서 "문자의 규구規矩와 승묵繩墨은 당송 이후부터이니, 이른바 억양抑揚·개합開闔·기복起伏·호조呼照의 법은 진한秦漢 이전에는 결코 들은 바가 없다. 한유韓愈·유종원柳宗元·구양수歐陽脩·소식蘇軾 등 여러 대유大儒들이 이 주장을 펼쳐 마침내 일가를 이루었는데, 출입에 법도가 있고 신기神氣가 절로 흐르는 까닭에 예전의 문장이 여기에 이르러 별도의 한 경계를 이루었다."³고 한 지적은 바로 이를 두고 말한 것이다.

법이란 무엇인가? 법은 글을 글답게 만들어 주는 원리다. 법이 있으면 글에 생룡활호生龍活虎와도 같은 힘이 생겨나고, 법이 없으면 도무지 무슨 말인지 이해할 수 없는 글이 된다. 법은 일정한 규칙이 아니다. 나무마다 결이 다르고, 물이 만나는 곳에 따라 여울이 되고 폭포가 되듯이, 무어라 일률적으로 규정할 수 없는 변화다.

이천보李天輔는 「집안 아우 상경 이문보에게 답하다答族弟尚絅文輔」에서 다음과 같이 말한다.

문장은 비록 작은 기예지만 도道 가운데 한 가지 일이다. 『시경』에 "사물에는 법칙이 있다."고 했다. 문장이 사물이 아니라면 그뿐이지만, 진실로 사물이라면 이것만 법칙이 없겠는가? 글을 짓는 방법에는 근본이 있다. 그대가 말한 의意와 기氣라는 것이 그것이다. 의意로써 채우고, 기氣로써 이를 행한다면 문장의 도가 끝날 것 같아도, 법으로 이를 꾸미지 않고는 글이 멀리까지 전해질 수 없다.[4]

의意는 문장의 내용이고, 기氣는 이것을 끌고 가는 기세다. 하지만 무엇을 써야 할지 알고, 글을 끌고 나갈 식견을 갖추고 있다 해도, 법法이 없으면 널리 오래 읽히는 글이 될 수가 없다. 『좌전左傳』에서 말한 "말에 문채가 없으면, 행하여도 멀리 가지 못한다.(言之無文, 行而不遠.)"고 한 말을 부연한 것이다. 법이 문장에서 핵심은 아니지만, 이것이 잘못되면 사람들이 읽지 않는다. 결국 문장의 경쟁력을 가늠하는 가장 결정적 요소는 역설적으로 법에 놓이는 셈이다.

황현黃玹도 「이석정에게 답하는 글答李石亭書」에서 이렇게 적었다.

양웅揚雄은 "나무를 베어 바둑판을 만들고 가죽을 잘라 공을 만들 때도 법이 없을 수 없다."고 했으니, 문장이야 말해 무엇하겠는가? 이로 보건대 법을 가지고 문장을 논하는 것은 대개 오래된 일이다. 다들 그렇다고 말은 하지만, 다만 법만 가지고 는 믿을 만한 것이 못 된다. 법에서 중요하게 치는 것은 법도 를 따져서 솜씨 있게 운용하는 것이다. 이제 자와 컴퍼스를 들 고 사람들에게 외치기를, "이것은 공수公輸의 옛 법이다."라고 말한다면 법이야 믿는다 해도 그 사람이 반드시 공수인 줄을 믿을 수 있겠는가? 그렇다면 공수의 옛 법을 잃지 않는 것은 자나 컴퍼스에 달린 것이 아니라 솜씨에 달린 것이 분명하다. 천하에 어찌 자나 컴퍼스가 없겠는가?[5]

나무를 켜서 바둑판을 만드는 데도 법이 필요하듯, 문장에도 법이 있어야 한다. 하지만 정작 중요한 것은 법 그 자체가 아니다. 그것을 경우에 맞게 운용하는 솜씨다. 춘추시대의 뛰어난 장인匠 人 공수公輸의 방법을 안다고 해도, 내가 공수의 솜씨를 지니지 못 했다면 아무 소용이 없다. 마찬가지로 옛 문장 대가의 작문 방법 을 아무리 익혀 봤자 그것을 충분히 소화해서 내 글로 쓸 수 없다 면 아무 소용이 없다. 문장에는 법이 있다. 좋은 문장을 지으려면 그 법을 알아 제대로 운용할 수 있어야 한다. 그런데 그 법이 일정 치 않아서 시대나 사람에 따라 다르고, 문체나 상황에 따라 달라 지니 문제다.

법이 형식이라면 겉으로 드러나는 그 무엇이 있어야 한다. 그 것을 어떻게 파악할 수 있을까? 대개 문장에서 법을 말할 때는 편 장자구篇章字句의 법으로 나누어 설명하는 것이 일반적이다. 홍석주洪奭周는 "붓을 떨군 것을 자字라 하고, 자를 포개어 장章이라 하며, 장을 묶어 편篇이라 한다."[6]고 했다. 글자를 다루는 내용이 자법字法이고, 문장을 운용하는 요령이 장법章法이며, 단락을 처리하는 방법이 편법篇法인 셈이다.

편장자구의 운용 방법은 허균許筠의 「문설文說」에 자세히 보인다. 문답식으로 펼친 이 글에서 허균에게 던지는 객의 질문은 이렇다. "그대의 글은 너무 평이하여 줄줄 읽힌다. 내가 보기에 옛글은 이렇게 쉽지가 않다. 그런데도 당신은 옛글에서 배웠다고 말하니, 과연 옛것에서 본받았다는 증거를 어디서 찾을 수 있겠는가?" 객의 힐난에 대한 허균의 대답은 이렇다.

마땅히 편법篇法과 장법章法, 그리고 자법字法에서 찾을 수 있다. 편篇에는 하나의 주제로 곧장 내리쓴 것이 있고, 연거푸 말을 꼬고 자물쇠를 채우는 것이 있다. 구구절절 애틋함을 자아내는 것이 있는가 하면, 잔뜩 늘어놓다가 냉정하게 딱 끊어 맺는 것이 있고, 에둘러 시시콜콜히 말하면서도 법도가 있는 것이 있다. 장章에는 조리가 정연하여 흐트러지지 않는 것이 있고, 얽혀 있더라도 어지럽지 않은 것이 있다. 끊어져 동떨어진 듯하면서도 앞을 잇고 뒤와 맺어 주는 것이 있으며, 너무 말이 많거나 너무 짧은 것이 있고, 말을 하다가 마저 끝맺지 않는 것도 있다. 자字에는 울림이 있는 곳, 빙 돌려서 말하는 곳, 복선을 깔아 두는 곳, 거두어들이는 곳, 중첩되면서도 어지럽지 않은 곳, 굳세면서도 힘이 들어가지 않은 곳, 당기면서도 힘을 쓰지 않는 곳, 여닫는 곳이 있다. 글자가 분명하지 않으면 구절이 우아하지 않다. 단락이 적절치 않으면 의미가 이어지지 않는다. 이 두 가지가 갖추어져야 한 편의 글을 이룰 수 있다.[7]

허균 또한 문장을 편법과 장법, 자법으로 나눠 설명했다. 편법을 단락 개념으로 본 홍석주와는 달리 글 전체의 구성을 말하고, 장법은 단락 전개의 방법을, 자법은 문장과 어휘의 단련을 뜻한다고 보았다. 어휘 선택이 잘못되면 문장이 껄끄럽다. 문장 연결이 어색할 때 단락이 혼란스럽다. 단락이 유기적으로 결합되어야 전체 글의 의미가 분명해진다. 그러니 좋은 글인지 아닌지는 어휘 선택과 문장 맥락, 단락 연결과 주제 전달을 짚어 보면 알 수 있다는 말이다.

박지원朴趾源은 또 편장자구의 효과적 구성과 안배를 병법에 비유하여 인상적으로 설명한 바 있다.

글을 잘하는 자는 병법을 아는 것일까? 글자는 비유하자면 병사이고, 뜻은 비유하자면 장수다. 제목은 적국이고, 전거典據나 고사故事는 싸움터의 진지에 해당한다. 글자를 묶어 구절이 되고, 구절을 엮어 문장을 이루는 것은 부대의 대오 행진과 같다. 운韻으로 가락을 맞추고, 문사文詞로 표현을 빛나게 하는 것은 군대의 나팔이나 북, 깃발과 같다. 조응은 봉화이고, 비유는 유격 기병인 셈이다. 억양 반복은 끝까지 싸워 남김없이 죽이는 것이다. 파제破題한 뒤에 다시 묶어 주는 것은 성벽을 먼저 기어 올라가 적을 사로잡는 것이다. 함축을 귀하게 여기는 것은 반백의 늙은이를 사로잡지 않는 것이고, 여운이 있다 함은 군대를 떨쳐 개선하는 것이다.[8]

군대에 지휘관이 있고 무찔러야 할 적이 있듯이, 글에는 주제가 있고 공략해야 할 목표가 있다. 낱낱의 병사가 소대·중대·대대의 대오를 이루어 일사불란한 명령 체계를 이루듯, 글자가 모여 문장을, 문장이 모여 단락을, 단락이 모여 전체 글을 이룬다. 이 사이에 일관된 질서와 체계가 있어야 함은 물론이다. 적절한 고사나 알맞은 인용으로 주제를 다지는 것은 전쟁터에서 진지를 구축해 교두보를 확보하는 것과 같다. 군대에서 나팔이나 북, 깃발 등을 이용해 명령을 전달하고 사기를 북돋우듯이, 글에는 효과적 수사와 읽을 때의 가락이 살아 있어야 한다. 군대는 지휘관의 체계적인 통솔 아래 효과적인 전술을 구사하여 일사불란하게 움직여야 적군을 제압할 수 있다. 마찬가지로 한 편의 글은 편장자구의 긴밀한 짜임새를 바탕으로 적절한 비유와 함축 및 여러 수사적 장치를 통해 주제를 효율적으로 공략해야만 설득력을 갖추게 된다.

이환모李煥模도 「문장모범文章模範」에서 편장자구의 법에 대해 말했다.

> 수미首尾·개합開闔·번간繁簡·기정奇正이 각기 그 법도를 다
> 하는 것이 편법이다. 억양抑揚·돈좌頓挫·장단長短·절주節奏
> 가 각기 그 이치를 다하는 것은 구법이다. 점철點綴·관건關鍵·
> 금석金石·기채綺綵가 각기 그 조화를 다하는 것은 자법이다.
> 편에는 백 자나 되는 비단이 있고, 구에는 천 균鈞의 쇠뇌가
> 있으며, 자에는 백 번 단련한 쇠가 있다.[9]

한 편의 글은 씨줄과 날줄의 치밀한 조직으로 짜인 한 필의
비단이다. 단락과 단락 사이에는 시위를 팽팽히 당긴 쇠뇌의 긴
장이 있어야 한다. 거기에 놓인 한 글자 한 글자는 또한 백 번을
이리 재고 저리 잰 단련을 거쳐야만 한다. 이렇게 어휘의 선택에
서 문장의 배열, 단락의 전개에 이르기까지 섬세한 고려를 거쳐
야만 한 편의 완성된 문장이 된다. 다만 일반적으로 장법章法과
구법句法의 경계는 다소 모호하다. 구법은 경우에 따라 단락을 의
미하기도 하고, 좁게는 자구법으로 묶어 문장 단위를 가리키기도
한다. 편법에서 이른바 수미·개합·번간·기정 등과, 구법의 억양
·돈좌·장단·절주 같은 수사법의 구체적인 적용과 방법에 대해
서는 역대로 많은 설명과 논의가 있어 왔다. 이에 대한 논의는 여
기서 다루지 않는다.

정리하면, 문장에는 한 편을 통괄하는 원리인 편법이 있고,

단락을 구성하는 장법이 있으며, 문장과 어휘를 단련하는 구법과 자법이 있다.

이건창李建昌의 「작문에 대해 논하여 벗에게 답한 글答友人論作文書」의 설명은 좀 더 친절하고 자세하다.

무릇 글을 지을 때는 반드시 먼저 뜻을 구상해야만 한다. 뜻에는 수미首尾 즉 처음과 끝이 있고, 간가間架 곧 글의 짜임새가 있어야 한다. 앞뒤가 갖추어지고 짜임새가 알맞게 되면 바로 붓을 내달려 글로 쓴다. 다만 단락이 서로 연결되어 쉬이 알수 있어야 하므로, 어조사나 쓸데없는 글자를 쓸 틈이 없고, 저속한 말을 피할 겨를이 없다. 바른 뜻을 잃어 말하려 한 것을 못 싣게 될까 염려해서이다. 뜻을 세운 뒤에는 표현을 다듬는다. 무릇 수사라는 것은 글이 어우러지고 아름다우며 깔끔하고 정밀하게 만드는 것일 뿐이다.

앞구절을 다듬을 때는 뒷구절은 생각지 않고, 윗글자를 다듬을 때는 아랫글자는 살피지 않는다. 비록 천 마디, 만 마디의 글을 짓더라도, 한 글자마다 벌벌 떨기를 마치 짧은 율시 짓듯이 해야 한다. 그러나 글에는 쌍행雙行과 단행單行이 있고, 4자구와 3자구, 5자구가 있다. 글을 다듬을 때는 마땅히 이것을 먼저 선택해야 한다. 짝으로 맞춰 써야 할 것을 홑으로 해서는 안 되며, 홑으로 할 것을 짝으로 써도 안 된다. 넉 자와 석 자, 다섯 자의 구절도 또한 이와 같이 해야 한다. [중략]

뜻이 서고 문사가 다듬어지면 글쓰기는 끝났다 할 수 있다. 하지만 또한 뜻과 표현을 취해 무게를 달고 견주어 가늠하는 일이 남아 있다. 이에 긴 것은 짧게 하고, 짧은 것은 길게 한다. 성근 것은 촘촘하게 하고, 촘촘한 것은 성글게 한다. 느슨한 것은 조이고, 조인 것은 풀어 준다. 드러난 것은 감추고, 감춰진 것은 드러낸다. 빈 것은 채우고, 찬 것은 비워 낸다. 머리는 꼬리를 돌아보고, 꼬리는 머리를 올려다본다. 앞은 뒤를 부르고, 뒤는 앞과 호응한다. 앞에서 놓아주고 뒤에서 사로잡으며, 혹은 헤아려 보고 혹은 꺾으며, 맺거나 손질하기도 한다.

복잡해서 한 가지로 말할 수는 없지만, 분명하여 곁가지를 쳐서는 안 되고, 적절해서 서로 합당해야만 한다. 표현은 뜻에 합당하고, 의미는 문사에 맞아야 한다. 표현이 뜻에 합당치 않으면, 비록 표현이 교묘해도 뜻을 졸렬하게 만들 수 있다. 의미가 문사에 걸맞지 않으면, 의미가 가지런해도 문사를 어지럽게 만들 수 있다. 졸박한 뒤에 더욱 공교로워지고, 어지러운 뒤라야 더욱 가지런해진다. 구절마다 모두 공교로운 것은 반드시 뜻에 해가 된다. 말마다 모두 바른 것은 반드시 문사에 누가 된다. 표현과 의미는 서로에게 병통이 되지 않아야 마땅하다. 마땅한 것을 법으로 삼아, 법이 정해지면 글 쓰는 일은 끝마쳤다고 할 만하다. 하지만 또 어찌 제 스스로 옳다고야 할 수 있겠는가?[10]

글쓰기는 수미首尾와 간가間架, 즉 앞뒤 차례와 개요를 짜는 일로 시작된다. 무엇을 쓸지 결정해야 구상이 나온다. 골격이 짜여지면 바로 글쓰기에 들어가는데, 단락의 연결이 분명하고, 이해가 쉬워야 한다. 이 단계에서는 전체 흐름을 중시할 뿐 세부는 돌아보지 않는다. 부분에 집착하다가 전체 흐름을 놓치게 될까 염려해서다. 이는 편법에 해당한다. 뜻이 선 뒤에 비로소 말을 다듬는다. 한 글자, 한 구절을 저울질하되, 넘치는 부분은 없는지, 부족한 데는 없는지 꼼꼼하게 살핀다. 쌍행과 단행을 안배하여 글의 리듬을 결정하고, 석 자, 넉 자, 다섯 자의 구절로 문장에 변화를 준다. 긴 것은 짧게, 짧은 것은 길게, 성근 것은 촘촘하게, 느슨한 것은 급촉하게, 드러난 것은 감추고, 빈 것은 채워 어느 한 부분도 허튼 구석이 없도록 한다. 머리와 꼬리가 서로 호응을 이루고, 앞뒤가 알맞게 호응하며, 놓아두고 사로잡고, 헤아려 보고 꺾고, 맺고 펴는 변화가 적절하여 합당하게 하라고 한 것은 장법을 말한 것이다. 이렇게 해서 편장자구가 전체 글의 입의立意에 절로 들어맞는 글이 바로 법이 살아 있는 글이다.

한편 조귀명趙龜命은 「또 임언춘에게 답한 글又答林彦春書」에서 이렇게 말한다.

옛 문장의 법도는 옛사람의 글을 읽어서 배울 수가 있다. 하지만 옛 문장의 뜻은 옛사람의 글을 읽는다고 배울 수 있는 것이 아니다. 다만 그 뜻을 펴낸 까닭을 배우는 데 그칠 뿐이다.

그렇다면 어떻게 해야 배울 수 있을까? 형상이 아직 드러나지 않은 상태에서 사물의 이치를 꿰뚫어 찾아보고, 글로 지어지기 이전의 식견을 함양해야 한다. 눈으로 본 것과 마음에 간직한 것으로 하여금 오묘함을 다하고 현묘함을 지극하게 한다면, 글로 펼쳤을 때 입은 신령스럽고 손은 지혜로우며, 종이는 신통하고 먹이 조화를 부려 그 글이 절로 훌륭하게 된다. 옛사람의 법에도 맞을 뿐 아니라, 옛사람의 법이 능히 나와 어긋남이 없게 된다. 저 옛사람의 글 또한 어찌 일찍이 법에 맞추려던 것이겠는가? 후세에 그 아름다운 것을 보고서 억지로 법이라고 이름 지은 것일 뿐이다. 그렇지 않다면 옛사람이 또 어디에서 그 법을 받았겠는가?[11]

옛글을 꼼꼼히 읽으면 그 속에 담긴 법은 배울 수가 있다. 하지만 옛사람이 그 글을 쓰지 않을 수 없었던 까닭, 그 글 속에 담긴 정신은 그저 읽기만 해서는 배울 수가 없다. 표피의 형식, 즉 드러난 법만을 주목하면 결코 좋은 글을 쓸 수 없다. 아직 드러나지 않은 형상 속에서 이치를 발견하고, 그것을 문장으로 써낼 수 있는 식견을 기르는 것이 더 중요하다. 법이란 사물 속의 이치를 읽어 내고, 그것을 담아내는 식견이 갖추어졌을 때 절로 이룩되는 것이다. 옛사람들은 글을 쓸 때 결코 법을 의식하지 않았다. 그 글이 훌륭하므로 후세 사람들이 거기에 법이란 이름을 붙인 것이다. 법이란 글쓴이의 정신과 식견을 온전히 드러내어 아름답게 해 주는 힘일 뿐, 원래부터 있었던 외형적 형식이 아니다.

이렇듯 고전 문장 이론에서 법은 고정된 규칙을 뜻하는 것이 아니다. 김택영은 「고문에 대해 논하여 어떤 사람에게 답한 글答人論古文書」에서 "법이란 편과 장의 사이에서 일으키고 이어받으며 전환하고 결합시키는 기승전합起承轉合을 이름한 것"이라 하고, "기승전합은 글 짓는 사람이 만세토록 바꾸지 못하는 정법定法이다. 이것이 아니고서는 말에 차례가 없어 의미가 전달될 수 없어서 글이랄 것이 없다."[12]고 하였다. 정법定法이란 변화할 수 없는 일정한 법칙이다. 김택영은 그 정법을 기승전합의 구성에서 찾았다. 하지만 이어지는 글에서 "그러나 법이 비록 만세토록 바뀌지 않는다 해도, 바뀌지 않는 가운데 반드시 크게 변화함이 있은 뒤라야 법도 살고 글도 공교롭게 된다. 이것이 출입종횡出入縱橫이나 장단고하長短高下 따위를 운용하는 묘가 있는 까닭이다."[13] 라고 하여, 변하지 않는 가운데 큰 변화를 갖출 때 살아 있는 문장이 될 수 있다고 했다. 정법 가운데서 활법活法을 추구하라는 뜻이다.

정법이 기승전결의 구성과 같은 정형화된 형식이라면, 활법은 한 편의 글에 질서와 힘을 부여해 주는 뼈대와도 같다. 이는 일률로 규정할 수 없는 변화요 기세다. 이에 대해 조익趙翼은 「월정선생께 올리는 글上月汀先生書」에서 "문사에 완급과 장단이 있는 것은 글의 기세다. 글자를 묶고 글을 엮는 데 어찌 일정한 법칙이 있겠는가? 진실로 그럴 수밖에 없는 형세가 있다. 마땅히 느리게

해야 할 것을 급하게 할 수 없고, 급히 해야 할 것을 느리게 해서
도 안 된다. 기세가 그럴 수밖에 없는 것은 한 글자만 보태도 늘어
지고, 한 글자만 깎아도 말이 끊겨져 글이 이루어지지 않는다. 학
의 다리가 길고 오리의 다리가 짧다 해도, 마땅히 그 길고 짧음을
따를 일이지 자르거나 붙일 일이 아니다. 그런 까닭에 옛글에는
혹 한 글자나 두 글자, 혹은 세 글자로 구절을 이루는 경우가 있
고, 혹 예닐곱 글자에 이르기도 하며, 아예 수십 자로 이어지기도
한다. 진실로 말이 연결되고 뜻이 이어지면 모두 한 구절일 뿐이
니, 이것이 글의 기세다."[14]라고 분명히 짚어 말한 바 있다.

이렇듯 고전 문장 이론에서 중시하는 법은 고정된 정법이 아
닌, 살아 있는 변화를 추구하는 활법이다. 활법은 스스로 느껴 깨
달을 뿐 언어로 설명할 수 있는 범위 밖에 있다. 그러나 한 편의
글을 생동하는 문장으로 만드는 힘이 바로 여기에서 나온다.[15]

문장에서 법은 왜 필요한가?

찬성 박충원朴忠元은 글을 지을 때 초고를 작성하지 않았다.
한참 동안 깊이 생각하고는 종이 한 장을 펴 들고, 혹 점 하나
를 얹기도 하고, 동그라미를 치기도 하며, 꺾어진 획을 쓰거
나, '수연雖然'이나 '오호嗚呼' 같은 글자를 쓰기도 한다. 그런
뒤에 정자체로 시험 답안지에 쓰는데 한 글자도 고치지 않았

다. 어떤 사람이 묻자 이렇게 말했다. "무릇 글을 지음에 있어 어려운 것은 뜻을 세우는 것이다. 문자에 이르러서는 붓 아래 있다."[16]

유몽인柳夢寅의 『어우야담於于野譚』에 보이는 예화다. 한참 동안 깊이 생각에 잠긴 것은 글 전체의 편법을 구상하기 위함이다. 점을 얹거나 동그라미를 치는 것은 자법과 구법에 대한 안배를, '수연雖然'과 '오호嗚呼'는 단락의 전환과 변화를 주는 장법에 대한 고려다. 글쓰기에서 가장 중요한 것은 '입의立意'다. 입의란 단순히 작문에서 주제를 결정하는 것에 한정되지 않는다. 주제를 어떻게 펼칠 것인지 따져 보고 편장자구로 안배하는 전 과정을 포괄하는 개념이다. 이런 과정 없이 그저 무턱대고 글을 쓰려 들면, 박지원이 「소단적치인騷壇赤幟引」에서 적절히 지적한 바와 같이 "용감하지도 않은 장수가 마음에 정한 계책도 없이 갑작스레 제목에 임하고 보니 아마득하기가 굳센 성과 같은지라, 눈앞의 붓과 먹은 산 위의 풀과 나무에 먼저 기가 꺾여 버리고, 가슴속에 외웠던 것들은 벌써 사막 가운데 원숭이와 학이 되고 마는 것과 같"[17]게 되고 만다.

써야겠다는 의욕만으로 글이 잘 써지는 법은 없다. 자료를 많이 조사하고 공부를 많이 했다고 해서 글을 잘 쓸 수 있는 것도 아니다. 좋은 글을 쓰려면 법을 운용하는 역량을 길러야 한다. 문장 공부에서 법을 익혀야만 하는 이유가 여기에 있다.

서응순徐應淳은 「문장에 대해 논하여 이근장에게 주다論文與 李近章」에서 법을 배워야 하는 또 다른 이유를 제시한다.

어떤 사람이 말했다. "글을 얻는 방법이 있으니, 도에 통달하면 글을 얻는다. 어찌 반드시 글을 배우겠는가?" 선생께서 말씀하셨다. "옛날에 태어난 사람은 배우지 않고도 잘하였으나 지금 태어난 사람은 배우지 않고는 잘할 수가 없다. 중국에서 태어난 자는 배우지 않고도 잘하겠지만 우리나라에서 태어난 사람은 배우지 않으면 잘할 수가 없다. 어째서 그런가? 진한秦漢 이전에는 말하는 것과 글 쓰는 것이 합하여 하나가 되었다. 그래서 말이 유창한 사람은 글도 반드시 법도가 있었다.
이런 까닭에 「국풍國風」의 시는 부인에게서 나온 것이 열에 아홉이고, 『서경』의 고誥와 서誓는 일반 백성도 다 알아들을 수 있었다. 당송唐宋 이후는 그렇지가 않아서 말하는 것은 저기에 있고 읽는 것은 여기에 있으니, 서로 어그러져 맞지 않는 것이 또한 당연하다. 하지만 중국 말은 오히려 문자와 따로 떨어지지 않는데, 우리나라 말은 문자와 서로 상관이 없어서, 말을 글과 맞추면 종종 이름과 실지가 맞지 않는다. 이런 까닭에 말을 글로 옮기면 그 담겨 있는 뜻을 다 전달하지 못하고, 글을 말로 옮기면 내 생각을 다 전하지 못한다. 지금 나고, 우리나라에 나서, 배우지 않고 글을 쓸 수 있겠는가?"[18]

글 속의 선생은 서응순의 스승인 봉서鳳棲 유신환兪莘煥이다. 질문하는 사람은 도에 통달하면 문장은 절로 이루어지므로 문장에만 힘 쏟을 이유가 없다고 말했다. 학문의 온축蘊蓄이 있으면 문장은 저절로 좋아진다는 주장이다. 유신환의 반론은 이렇다. 지금 우리나라에서 태어난 사람은 반드시 배워야만 좋은 글을 쓸 수가 있다. 진한 이전에 중국의 글과 말은 차이가 없었다. 그러다가 당송 이후 글과 말이 갈라져 둘로 되었다. 당송 이래로 법의 문제가 관심사로 대두되는 것은 글과 말이 어그러져 그 뜻을 전할 수 없게 되었기 때문이다. 당송 때의 형편이 이럴진대, 아득한 지금에 동방에 태어나서야 어찌 글을 배우지 않고 잘 쓸 수 있겠는가? 고문으로 자신의 생각을 설득력 있게 전달하려면 단순히 뜻만 짐작해서는 안 되고, 마치 외국어를 배우는 것과 같은 연습과 훈련이 필요하다. 후세 사람들이 법을 배워야 하는 까닭이 바로 여기에 있다.

　이정섭李廷燮은 「서군수에게 답하다答徐君受」에서 이렇게 말한다.

　　문장이 비록 이치를 위주로 하지만, 표현 방법 또한 쉬이 여겨 소홀해서는 안 된다. 이제 그대가 지은 것은 명의命意가 진부하고 비루함을 면치 못한 데다 장구章句 또한 법도에 맞지 않으니, 어찌 두 가지를 다 잃은 것이 아니겠는가? 사정이 이러한데도 "나는 열매를 귀하게 여기고 꽃은 천히 보며, 이치를 숭상할 뿐 꾸밈은 숭상하지 않는다."고 말한다면 정신 나간 사람에 가깝지 않겠는가? 이는 다만 문자를 잃게 될 뿐 아니라, 덕에 나아가고 사업을 닦는 데도 크게 방해되는 까닭에 누구이 말한 것이 이에 이르렀으니, 그 성심을 헤아려 주면 다행이겠다.[19]

문장에서 이치가 중요하다 해도, 사법詞法 즉 표현 방법 또한 소홀히 해서는 안 된다는 말이다. 주제가 진부하고 표현이 법도에서 벗어난 것은 글이 아니다. 내용만 좋으면 표현은 상관없다거나, 표현을 가다듬는 것은 꾸밈을 숭상하는 것이라서 하지 않겠다고 한다면 미치광이의 헛소리에 지나지 않을 뿐이라고 했다. 그 구체적 방법은 조존영趙存榮의 「문장에 대해 논하여 어떤 사람에게 답한 글答人論文書」에 잘 나와 있다.

"한편 글을 읽을 때마다 글자로 분석하고, 구절을 따져 보며, 나를 작가의 자리에 두고 작가를 내 자리에 놓고서 그 입언立言과 명의命意가 어떠한지, 문장의 변화를 구사함은 어떠한지를 살펴보고, 기起를 어째서 꼭 이렇게 일으켰는데 결結은 왜 반드시 이렇게 맺어야만 했는지 살펴보았다. 그렇게 하고도 마음에 편안치 않으면 되풀이해 이를 읽고, 읽고 나서도 자세히 살펴보며, 말로 하고 마음으로 생각해 보아 반드시 그 지극히 마땅하고 타당함을 얻은 뒤에야 그만두었다."[20]

한편으로 문장에서 법을 배워야 하는 이유는 각 문체별 특성에 따른 전개 방법을 알아야 하기 때문이다. 남공철南公轍이 「문장에 대해 논하여 국기 김재련에게 주는 글與金國器載璉論文書」에서 한 말을 들어 보자.

법이란 무엇인가? 편에는 편법이 있고, 구에는 구법이 있으며, 자에는 자법이 있다. 서기序記에는 서기의 법이 있고, 비지碑誌에는 비지의 법이 있다. 장소章疏나 책론策論에는 장소와 책론의 법이 있고, 서독書牘과 제발題跋에는 서독과 제발의 법이 있다. 법이란 서로 그 정신을 본받을 뿐 답습하지 않는다. 서기는 도탑고 깨끗하며 가지런한 것을 위주로 한다. 비지는 정신을 그려 내는 데 힘쓰며 글을 펼침은 간결하면서도 자세하다. 장소와 책론은 곡진하면서도 간절하게 정을 이끌어 내며, 일에 대해 서술할 때는 분명하면서도 엄격하게 한다. 간혹 강물이 옆으로 넘쳐흘러 달리듯 변화가 백출百出하지만 각자 공력의 미치는 바에 이른다. 척독과 제발은 청신하면서도 기절奇絶하며 섬세하여 끊어질 듯 이어지니, 때로 제멋대로 휘갈긴 희작戲作에도 각기 그 묘를 다하였다. 지금 사람들은 글을 지을 때 법을 알지 못하는 것이 걱정이다. 사마천이나 반고의 필력을 척독이나 제발에 옮겨 놓으면 법도를 잃고 만다. 명청明淸의 소품을 가지고 왕공王公의 비지에 본뜨면 잘못되고 만다. 한유·유종원의 서기와 구양수·왕

안석의 비지, 삼소三蘇의 장소와 책론은 스스로 뛰어난 바가
있어 각기 그 체를 얻었다. (중략) 일찍이 사람들이 글씨를 배
우는데, 이왕二王 즉 왕희지와 왕헌지를 좋아하는 자가 제액題
額의 큰 글자를 쓰면서 『난정첩蘭亭帖』이나 『낙신첩洛神帖』 등
여러 법첩을 임서臨書하되 이를 키워서 써 봐도 『난정첩』이
나 『낙신첩』은 아닌 것이 되고, 안진경과 유공권을 좋아하는
이가 그림이나 글씨에 제명을 쓰면서 「가묘비家廟碑」나 「현비
탑비玄秘塔碑」 등 여러 비석을 모방하여 이를 작게 써 보아도
「가묘비」나 「현비탑비」가 아닌 것을 이상하게 여겼다. 만약
이왕이나 안진경, 유공권이 이런 경우를 당했다면 반드시 한
가지 법에만 얽매이지 않았을 것이다. 글을 배우는 것은 글씨
를 배우는 것과 같아 그 사람의 통변通變이 어떠한가에 달려
있다. 그런 까닭에 "법이란 서로 그 정신을 본받는 것이지 그
형식을 답습하는 것이 아니다."라고 하는 것이다.[21]

남공철은 이 글에서 편법·구법·자법 외에 각 문체별로도 나
름의 법이 있음을 말하면서 "법이란 그 정신을 본받을 뿐 서로를
답습하지 않는다."고 못 박았다. 말하자면 법이란 고정불변의 변
할 수 없는 원칙이 아니라, 그때마다 달리 적용되는 원리임을 분
명히 한 것이다. 편장자구의 법이 문장 전개상의 일반 원리라면,
여기서 말하는 서기·비지·장소·책론·서독·제발의 법은 문장
의 용도와 성격에 따른 변별이다. 만일 이를 무시하고 서기의 법

으로 비지에다 쓰고, 장소·책론의 법을 서독·제발에다 적용하면 문장의 법이 흐트러져 혼란스러워진다.

사마천과 반고의 사필史筆을 편지글이나 제발에다 휘두르거나, 섬세한 소품을 웅장해야 할 왕공의 비지에다 쓰면, 문장의 표현이 비록 아름답다 해도 격에 맞지 않는 이상한 글이 되고 만다. 이는 마치 세자細字로 분방하게 휘갈긴 왕희지의 초서체를 현판의 큰 글씨로 확대하거나, 방정하고 엄숙한 안진경과 유공권의 해서체를 그림과 글씨 옆에 방제傍題로 써 놓으면 도무지 격에 어울리지 않는 것과 같은 이치다. 이는 왕희지의 글씨나 안진경·유공권의 글씨가 잘못되어서가 아니라 그 쓰임이 적절한 장소를 잃었기 때문이다. 글씨 쓰는 사람이 때와 장소를 가려 서체를 선택하듯이, 글 쓰는 사람은 문체를 가려서 그 글 쓰는 목적에 맞게 옛 법을 변화시켜 자기화해야 한다고 했다. 그러자면 법에 대한 이해가 충분치 않고는 불가능하다. 이정직李定稷도 「1만 편을 지으면서 한 글자의 부족함을 논하다富於萬篇貧於一字論」에서 이렇게 말했다.

글을 짓는 것은 나라를 다스리는 것과 같다. 글에서 글자는 나라의 백성과 다름없다. 무릇 나라를 다스릴 때는 공경대부公卿大夫와 각 부서의 책임자로부터 방백方伯과 연수連帥 및 주목州牧의 관리에 이르기까지 각자 직분이 있어 서로 겸하지 못한다. 적임자를 얻으면 그 직분이 제자리를 찾고 적임자를 얻지 못하면 그 직분은 폐하여진다. 요순堯舜의 세상에서도 사도司徒의 직분은 설契만이 적임자였으나, 그가 능히 음악을 담당할 수는 없었다. 질종秩宗의 직책은 백이伯夷가 오직 적임 자였지만, 그는 백곡百穀을 파종하는 일은 잘하지 못했다. 그런 까닭에 벼슬은 다 잘하는 것을 구하지 않고, 다만 능한 것만을 볼 뿐이다.

글을 다듬는 것도 마찬가지다. 조정에는 조제詔制와 주의奏議의 글이 있고, 과거 시험장에는 책策·부賦·시詩·논論이 있다. 서사序事·기언記言의 글과 송공頌功·잠명箴銘의 말, 강학하는 유자儒者의 훈고訓詁·전석箋釋과 전쟁터의 전격傳檄 및 노포露布 따위의 글, 그 밖에 살아 축하하고 공궤히고 안부 묻고 사례하는 글과, 죽어 조문하고 애도하며 비문 쓰고 행장 짓는 글이 모두 체재가 있어 서로 뒤섞일 수가 없는 것이다.[22]

글쓰기를 나라 다스리는 일에, 글자를 백성에 비유한 것이 참신하다. 공경대부와 여러 관리가 직분에 따라 그 역할을 분담하여 백성을 다스리는 일은 글자를 묶어 문장과 단락을 이루는 일에 해당한다. 관리들이 저마다 지닌 능력을 발휘하여 직분에 충실하고, 그 직분이 상호 유기적 연관을 지녀 국가의 통치 기능이 제대로 맞물려 돌아가도록 하는 것은 문장과 문장, 단락과 단락 사이에 보이지 않는 질서가 있어 한 편의 완성된 문장을 지향하는 일과 같다. 한편으로 글에는 체재가 있고, 각각의 체재에는 그에 따른 법이 있으니, 이것이 뒤섞여서는 안 된다. 그러기에 글 쓰는 이들은 각 체재에 따른 법을 익혀 배우지 않으면 안 된다.

아는 것이 많아도 법을 체득하지 못하면 한 줄의 글도 쓸 수가 없다. 한 편의 글 속에 법이 없으면 두서가 없어 도대체 무슨 말인지 알 수 없는 횡설수설, 오리무중의 혼란스런 글이 되고 만다. 법이란 글 속에 숨겨진 보이지 않는 질서다. 이 질서로 인하여 글쓴이의 의도가 분명히 드러나고 문장에 힘이 생긴다. 더욱이 고문은 우리의 글이 아니고 지금의 글이 아니므로, 문장을 자기 뜻대로 운용할 수 있으려면 별도의 공부가 필요하다. 그 공부는 어떤 것인가? 편장자구의 법 외에도 각 문체에 따른 특성을 이해하고 그 전개의 방법을 익히는 숙련의 과정을 포괄한다.

문장의 법은 어떻게 배우는가

예전에 이고李翱는 이렇게 말했다. "육경의 표현은 창의적으로 말을 만들어 서로 답습하지 않았다. 그래서 『춘추』를 읽으면 『시경』이 있지 않은 것만 같고, 『시경』을 읽으면 『주역』이 없는 것 같다. 『주역』을 읽으면 또 『서경』이 없는 것만 같아, 마치 산에 항산恒山과 화산華山이 있고, 강에 회수淮水와 제수濟水가 있는 것과 같다." 대저 육경은 문사의 화려함을 뽐내고 자랑하려 쓴 글이 아니다. 그 돌아감을 볼진대 모두 왕도王

道와 패도覇道를 말하고 도덕과 정교政敎 및 풍속이 일어나고 어지러워지는 근원을 논한 것이다. 그 말 속에 담긴 뜻이야 서로 이어받았겠지만 서로 다르기가 이와 같다.[23]

이규보李奎報의 「문장에 대해 논하여 전이지에게 답한 글答全履之論文書」 중 한 대목이다. 옛글은 그 법을 달리하여 서로를 흉내 내지 않았다. 산마다 모양이 다르고 물마다 흐름이 다르듯, 글에는 제각기 서로 다른 빛깔과 소리가 있었다. 다만 거기에 담긴 취지만은 모두 일관되게 흐르는 정신이 있었다. 그러나 후세에는 형식에 얽매인 나머지, 내용은 버려 두고 형식의 높고 낮음만으로 문장의 고하를 따신다. 결과적으로 법은 한결같아졌으되 정신의 알맹이는 찾아볼 수 없게 되었다. 김석주金錫冑의 표현을 빌리면, "이를 그림 그리는 것에 비유하자면 눈은 옆으로 째지고 코는 오똑하며 터럭은 드리워져 비록 한두 가지 비슷한 점은 있어도, 그 정신이 모인 바 성난 듯 웃는 듯하고, 슬퍼 강개한 듯 기뻐 유쾌한 듯하여, 생동감 넘치거나 낙담한 듯한 데 이르러서는 마침내 모두 지리멸렬하여 미치지 못하였다."[24]는 것이다.

이규보는 같은 글에서 "배와 귤이 맛은 달라도 입에 맞지 않음이 없다."[25]고 하여 문장에는 나름의 개성이 있어야 함을 재차 강조했다. 성현成俔은 "대저 육경은 오곡의 알곡과 같고, 『사기』는 맛있는 고기 산적과 같으며, 제자백가의 기록은 과일이나 채소와 한가지다. 맛은 달라도 입에 맞지 않은 것이 없으니, 입에 맞는다면 모두 몸을 보양하는 데 보탬이 될 것"[26]이라고 하였다. 허균도 같은 뜻으로 "문장이란 저마다의 맛이 있는 법이다. 만약 어떤 사람이 대궐 푸줏간의 고기며 표범의 태胎와 곰의 발바닥을 맛보고 나서 자기가 천하의 진미를 다 먹었다고 생각하여 마침내 메기장과 차기장, 날고기와 구운 고기를 내버리고 먹지 않는다면, 굶어 죽지 않는 사람이 드물 것이다. 이러한 사람은 진한을 으뜸으로 받들고 구양수·소식을 가볍게 여기는 사람과 어찌 다르겠는가?"[27]라고 했다.

　법은 어디에 있는가? 옛사람의 문장 속에 담겨 있다. 그런데 그 문장의 법도는 한결같지가 않다. 시대에 따라 다르고, 쓰는 사람마다 달라지며, 작품마다 같지 않다. 그렇다면 우리는 옛글에서 법을 어떻게 배울 것인가? 그것은 한유韓愈가 「유정부에게 답한 글答劉正夫書」에서 '사기의師其意, 불사기사不師其辭', 즉 그 정신을 본받되 그 표현은 흉내 내면 안 된다고 정곡을 찔러 설명한 바 있다. 글은 시대에 따라 바뀐다. 표현도 시대에 따라 변한다. 그러니 글의 외재적 형식이나 표현이 중요하지 않고, 그 안에 담긴 정신이 관건이 된다. 동공이곡同工異曲 즉 공교로움은 한가지이되 곡조는 달라야 한다거나, 상동구이尙同求異 곧 같음을 숭상하면서도 다름을 추구해야 한다는 등의 말이 있었던 것은 모두 이를 강조하여 한 말이다. 이정직은 「1만 편을 지으면서 한 글자의 부족함을 논하다」에서 이를 이렇게 설명하였다.

사마천이 『사기』를 지을 때, 무릇 『서경』의 일을 적으면서 '극
克' 자만 만나면 대부분 '능能' 자로 바꾸었다. 대저 '극'이라는
글자는 그 말이 전아한 데 반해, '능'은 말이 예스럽지가 않다.
사마천처럼 뛰어난 이가 예스럽지 않은 것이 전아한 것만 못
한 줄을 몰랐을 리가 없겠으나, 그래도 이를 바꾸었다. '극' 자
의 전아함이 옛날의 『서경』에 마땅하고, '능' 자의 예스럽지
않음이 자신이 지은 『사기』에 마땅하기 때문이 아니었겠는
가? 『서경』에는 『서경』의 체재가 있고, 『사기』에는 『사기』의
체재가 있다. 사마천은 오직 그 체재를 잃지 않아야 함을 알
았을 뿐, 어찌 전아함과 예스럽지 않음의 차이를 따졌겠는가?
모르는 자는 반드시 '극' 자가 좋다 할 것이나, 오직 글쓰기에
깊은 조예를 지닌 뒤에야 그것이 충분치 않음을 알아, 깊이 생
각하여 '능' 자로 바꿀 것이다.[28]

사마천이 『사기』에서 『서경』의 '극克' 자를 모두 '능能' 자로
고친 것은 그 시대에 맞추려 해서였다. 『서경』 시대에 쓰던 '극' 자
는 사마천 당시에는 이미 쓰지 않는 말이었다. 그래서 옛 경전을
인용하면서도 과감히 그 시대의 언어로 고쳐 썼다. 우리가 옛글
을 배울 때 지녀야 할 바른 태도를 일러 준다. 옛사람이 이렇게 썼
으니까 나도 이렇게 써야 한다는 생각은 옳지 않다. 이것은 활법
活法이 아니라 글을 죽이는 사법死法이다.

조존영도 「문장에 대해 논하여 어떤 사람에게 답한 글」에서

"이제 만약 유종원의 날카롭게 가르는 것을 꾸짖어, '어찌 한유처럼 웅혼한 글을 쓰지 않는가?'라고 하고, 왕안석의 간결함을 나무라 '어찌 구양수같이 화평하게 하지 않는가?'라고 하며, 소식의 거침없음을 탓하여 '어찌 증공처럼 전아하게 쓰지 않는가?'라고 한다면, 어찌 더불어 글을 논할 수 있겠는가? 만약 이 여덟 분으로 하여금 나란히 문단에서 붓과 종이를 잡게 한다면, 장점은 적고 단점만 많게 되더라도 결코 서로를 본떠 배워 끌려 다니지는 않았을 것이다."[29]라고 핵심을 찔러 지적한 바 있다.

이식李植은 "고금의 풍속은 사정이 현격히 다른데, 문장과 사령詞令이 그 사이를 통하게 한다. 비록 옛사람으로 하여금 지금 세상에 나게 했더라도 반드시 지금의 글을 했을 것"[30]이라고 했고, 김매순金邁淳은 "천하가 생겨난 지 오래되었으나 삼라만상은 날마다 쉼 없이 변화한다. 지금이 옛날이 될 수 없는 것은 옛날이 지금이 될 수 없는 것과 같다. 더구나 글의 요체는 적용함에 달려 있다. 지금의 글이 진한秦漢의 글이 될 수 없는 것은 재주가 부족해서가 아니라, 진실로 형세가 어쩔 수 없기 때문일 뿐이다."[31]라고 하였다.

그러나 사람들은 통변通變의 정신을 망각하고 옛사람의 말투를 흉내 내고 그 형식을 답습한다. 그러면서 이것을 옛날을 본받는 가장 좋은 방법으로 착각한다. 홍양호洪良浩는 「계고당기稽古堂記」에서 이렇게 말했다.

옛날은 그때의 지금이고, 지금은 후세의 옛날이다. 옛날이 옛날로 되는 것은 연대만으로 말하는 것이 아니다. 대개 그사이에는 말로 전할 수 없는 것이 있다. 옛것은 귀히 여기면서 지금 것은 천하게 여기는 것은 도리를 아는 말이 아니다. 세상에서 옛것에 뜻을 둔 자들은 그 이름을 사모하고 그 자취에 빠진다. 비유컨대, 음악을 배우는 자가 상고 적의 악기인 추려追錌를 잡고 질장구를 두드리면서도 순임금의 음악인 소韶와 주周 무왕武王의 음악인 무武의 변화를 알지 못하는 것과 같다. 맛을 좋아하는 자가 땅을 파서 묻은 술동이에서 손으로 떠 마시고, 아무 조미하지 않은 대갱大羹을 마시면서 정작 간을 맞추는 것은 모르는 것과 다르지 않다. 그리면서 남에게 외치기를 "나는 옛것을 잘 안다. 나는 옛것에 능하다."고 한다면 되겠는가?**32**

법을 따른다면서 그 자취만을 인순고식因循姑息하여 제 목소리는 하나 없이 옛사람의 말투만 흉내 내고 있으니, 이것은 마치 "진秦나라 인사가 대왕大王의 지팡이를 짚고 순임금이 만든 그릇만을 들고 다니면서 태공太公과 구부九府의 옛날 돈만 구걸하는"**33** 격이다. 다시 조귀명趙龜命의 말에 귀를 기울여 보자.

나는 말세의 사람이다. 이미 넓은 집과 바른 평상을 갖춘 거처에 익숙해져서, 능히 다시 띳집과 부들자리의 거처로 돌아갈 수가 없다. 이미 단 고기와 누룩 술의 맛에 길들여져서 다시는 대갱大羹과 현주玄酒를 먹지 못한다. 나만 그런 것이 아니라, 3대의 성인 또한 다를 바 없다. 어째서 그런가? 태고에는 몸을 편케 하려고 집을 지었고, 입에 맞게 하려고 음식을 만들었을 뿐이다. 저들이 일부러 화려함을 버려 검소함을 취하거나, 단 것을 싫어하고 담백한 것을 좋아한 것이 아니었다. 나무 둥지로부터 띳집과 부들자리로 옮기니 몸이 편안하고, 나무 열매를 먹다가 대갱과 현주를 먹으니 입에 맞았다. 3대로 내려와 지혜가 날로 넓어지고, 제도가 나날이 갖추어졌다. 이에 띳집과 부들자리를 버리고 넓은 집과 바른 평상으로 대신하니 궁실의 제도가 서게 되었다. 대갱과 현주를 폐하여 단 고기와 누룩 술로 바꾸자 음식의 구분이 정해졌다. 이는 다만 형편에 따른 것일 뿐이다.

저 문장의 도道란 것도 마찬가지다. 좌씨左氏는 일을 기록하면서 『서경』의 드넓고 엄숙함을 취하지 않았고, 사마천은 좌씨의 간결하면서도 뜻이 깊은 것을 추구하지 않았다. 말을 엮을 때 『주역』의 상象은 이미 단사彖辭보다 자세해졌고, 『십익十翼』은 또 상象보다 자세하였다. 이는 대개 풍기가 점차 변해 당시의 문체가 그럴 수밖에 없었던 것일 뿐이다. 그대가 장차 힘껏 고문을 따르려 하는가? 그렇다면 그 실질을 따르고 이름은 따르지 말며, 그 뜻을 배우되 말소리와 웃는 모습은 배우지 않도록 하게. 스스로 얻은 참됨을 추구하려고 노력할 뿐 본떠

흉내 내는 가짜를 추구하기에 힘쓰지 말게.[34]

상쾌한 말이다. 나무 둥지에 살다가 떳집으로 옮기고, 다시
넓은 집으로 바꾼 것은 문명의 발전에 따른 필연의 결과일 뿐이
다. 나무 열매만 먹다가 현주玄酒와 대갱大羹, 즉 제사에 쓰는 술
과 고깃국을 먹으니 그 맛이 기막혔다. 하지만 단 고기와 누룩 술
을 만들 줄 알게 되자 현주와 대갱은 더 이상 먹을 수 없는 음식이
되었던 것일 뿐이다. 다시 말해 옛사람은 담박함을 좋아해서 현
주와 대갱만을 먹었는데, 지금 사람은 담박함을 싫어해서 단 고
기와 누룩 술만 찾는 것이 아니라는 것이다. 문장의 변화도 이와
마찬가지다. 『서경』의 근엄하고 난삽한 표현이 『춘추좌씨전』에
오면 훨씬 부드러워져 설명이 자세해진다. 하지만 후대 『사기』의
풍부한 표현에 비하면, 『춘추좌씨전』은 너무 간결하고 함축이 깊
어 정확한 뜻을 헤아릴 수 없는 부분이 적지 않다. 이 또한 문장이
발전한 데 따른 변화일 뿐이다. 각 괘卦의 뜻을 풀어 놓은 단사彖
辭만으로도 이해가 충분했다면 『주역』에서 '상象'의 풀이를 덧붙
일 까닭이 없고, 다시 공자가 『십익十翼』으로 부연할 이유가 없다.
시대가 변하면 언어도 변한다. 언어가 변하면 생각도 바뀐다. 이
런 변화는 너무도 자연스런 것이다. 그러니 왜 옛것만을 옳다고
하고, 그것만을 흉내 내려 하는가?
　지금 글과 옛글은 같지가 않다. 귀고천금貴古賤今이라 하고
후고박금厚古薄今이라 하여, 사람들은 언제나 옛것만을 귀하다

하고 지금 것은 우습게 안다. 그러나 지금과 옛날이 같지 않은 것은 시대 변화에 따른 필연일 뿐, 옛것이 지금보다 무조건 좋을 수는 없는 것이다. 사람들의 기술은 날로 교묘해지고, 천하 일도 날로 변화하므로 전에 없던 것들이 끊임없이 새로 만들어진다. 문장이라고 예외가 있겠는가? 더욱이 옛글이라 해서 모두 훌륭한 것이 아니요, 지금 글이라고 전부 보잘것없는 것도 아니다. 어찌 옛날만 올려다보며 지금을 우습게 보는 이치가 있겠는가? 심노숭沈魯崇은 「신천능에게 주다與愼千能」에서 이러한 맹목적인 복고 지향을 미수眉叟 허목許穆을 예로 들어 통렬하게 비판하였다.

내가 세상에서 문장을 한다 하는 자들을 보니, 스스로 일컫기를 "고문이다, 고문이다."라고 한다. 지금 사람이 어찌하여 고문古文을 한단 말인가? 옛사람 이전에도 고문은 있었다. 옛사람이 어찌 옛것만 좋아하고 지금 것을 미워했겠는가? 만약 지금 사람이 자구字句의 껍데기에 골몰하면서 비슷함을 추구하여 간절히 좋아하더라도, 구할수록 더 비슷하지 않게 될 것이다. 미수 허목은 성벽이 옛것을 좋아하여 글을 지을 때 전모典謨가 아니면 짓지 않았고, 시도 아송雅頌이 아니면 짓지 않았다. 그러나 그 문집을 보면 사람을 웃게 만드는 곳이 많다. 주차奏箚의 끝에는 반드시 "오직 전하께서는 힘쓰소서, 힘쓰소서!"라고 하고, 시詩는 반드시 사언四言으로 하며, 끝에다 또 장을 나누어 '제 몇 장, 몇 구'라고 하였으니, 이런 것을 참으로 전모나 아송이라 할 수 있겠는가? 조금도 살아 있는 기운이 없고, 참된 뜻이 없게 될 뿐이다. 사람의 모양을 하고 살아 있는 기운이 없는 것을 인형[偶人]이라 하고, 글이면서 참된 뜻이 없는 것은 가짜 글[僞文]이라고 한다. 글을 쓴다면서 어찌 인형을 만들고 가짜 글을 쓴단 말인가?[35]

문장의 법은 어디에 있는가? 옛글 속에 녹아 있다. 그 법을 어떻게 배울까? 글을 글답게 만드는 원리를 배워야지, 껍데기를 흉내 내면 안 된다. 박지원은 이렇게 말한다. "어찌하여 비슷해지려 하는가? 비슷해지려는 것은 진짜가 아니다. 천하에서 서로 같은 것을 두고 '꼭 닮았다'고 하고 구분하기 어려운 것을 '진짜 같다'고 말한다. 진짜 같다거나 꼭 닮았다는 말 속에는 가짜이고 다르다는 뜻이 담겨 있다. 때문에 천하에는 이해하기 어려우면서도 배울 수는 있는 것이 있고, 완전히 다른데도 서로 비슷한 것이 있다. 통역과 번역으로도 뜻을 통할 수가 있고, 전서篆書와 주문籀文, 예서隸書와 해서楷書로도 모두 문장을 이룰 수가 있다. 왜 그럴까? 다른 것은 겉모습이고, 같은 것은 마음이기 때문일 뿐이다. 이로 말미암아 보건대, 마음이 비슷한 것은 뜻이고, 겉모습이 비슷한 것은 피모皮毛일 뿐이다."[36] 법을 배우는 바른 태도가 겉모습의 비슷함을 추구하는 데 있지 않고 그 안에 내재한 실질에 있음을 지적한 것이다.

96

이제까지 법이란 무엇인가, 법은 왜 필요한가, 법을 어떻게 배울까 하는 물음을 옛사람의 문장론 자료를 겹쳐 읽음으로써 살펴보았다. 굳이 장황한 인용을 마다하지 않은 것은 옛 문장 이론 자료의 풍성한 논의를 환기하기 위해서였다.

글쓰기에서 법의 문제는 과거뿐 아니라 지금도 여전히 중요하다. 고전 문장 이론에서 말하는 법은 서구 문장 이론의 작문법과는 자못 다르다. 문장 작법에는 정법定法이 있고 활법活法이 있다. 서구의 문장 이론은 주로 정법 방면에 치중한다. 이에 반해 동양의 문장 이론은 활법 즉 살아 있는 변화를 중시한다. 서구 문장 이론은 작문의 각종 방법을 규정짓고 범주화하는 데 힘을 쏟는다. 반면 우리의 문장 이론은 원리를 강조하여 획일화를 거부하고 다양한 변화를 지향한다.

작문의 테크닉을 많이 아는 것은 정작 글쓰기에 큰 도움이 못 된다. 그보다 세상을 읽는 안목과 식견을 기르는 것이 중요하다. 이 바탕 위에서 다른 이의 글을 읽고 소화하여 자기화하는 과정에서 비로소 문장의 수련이 요구된다. 법은 규칙이 아니다. 원리일 뿐이다. 규칙에 얽매일 때 죽은 글이 되고, 원리를 깨우치면 산 글이 된다. 깨달음으로 이어지지 않는 글쓰기는 아무 의미가 없다. 이 글에서는 논의를 법의 문제로 국한시켰지만, 이 밖에도 반드시 다루어야 할 내용들이 적지 않다. 사실 문장 이론에 관한 논의는 단순히 '어떻게 하면 글을 잘 쓸 것인가?' 하는 작문 방법의 문제에 국한되지 않는다. 여기에는 시대마다의 역사적 맥락과 그에 따른 이데올로기적 속성 또한 내재되어 있다. 우리 옛 문장 이론에 대한 검토는 오늘의 글쓰기 교육을 되돌아보고 바람직한 방향을 모색하는 데도 유용한 시사를 준다. 이를 통해 고전 문장 이론과 오늘의 글쓰기 교육 문제를 잇는 발전적 전망을 얻을 수 있다.

이상적인 글인가, 낡은 글인가 — 옛글을 보는 세 관점

중국 문화에는 본질적으로 세대가 내려올수록 풍속이 말류로 떨어져 왔다는 세강속말世降俗末 인식이나, 옛것만 귀하게 치고 지금 것은 우습게 보는 귀고천금貴古賤今의 사고방식이 존재한다. 정치는 언제나 요순堯舜 시절을 꿈꾸고, 학문은 공맹孔孟에서 할 말을 다 했다. 문장은 사마천司馬遷에서 완성되었고, 시는 이백李白과 두보杜甫에서 끝났다. 이후의 역사는 주석과 부연, 모방과 추종의 과정일 뿐이었다. 이상적인 것은 미래에 있지 않고 아마득한 과거 속에 있다고 믿었다.

고문古文은 시문時文에 대對가 되는 말이다. 이때 고문은 단순히 시간적으로 옛글이 아니라 이상적인 글이란 의미다. 지금 여기를 살고 있는 사람들이 그때 거기의 옛글에 지향을 두었다. 하지만 '옛날'은 추상적인 개념이어서, 어디부터 어디까지를 옛날로 규정하는가에 따라 '옛글'의 함의가 달라졌다. 문장가치고 스스로 고문을 한다고 하지 않은 사람은 없었다. 다만 고문의 함의가 각자 달랐으므로 지향이나 취향, 작품의 성과 또한 판이했다. 하늘 아래 새로운 것이 없다. 그렇지만 새롭지 않은 것도 없다. 옛것과 지금 것은 언제나 이렇게 만나고 갈등한다. 옛날에 없던 것들이 자꾸 생겨나고, 새것은 만들어지는 순간 어느새 낡은 것이 된다.

고문은 옛글이다. 옛글을 이상적인 글로 보는 입장이 있고, 이미 효용 가치가 사라진 낡은 글로 보는 관점이 있다. 옛글을 이상적으로 보면 문장학 수련의 목표 또한 옛글과 같아지는 데 놓인다. 같은 옛글을 배운다면서도 방향은 서로 달랐다. 문체나 말투, 표현을 그대로 재현하는 데 치중한 그룹과 시대에 따른 문체의 변화를 인정하면서 그 안에 담긴 정신의 재현에 비중을 둔 그룹도 있었다. 반대로 옛글을 현실에 맞지 않는 낡은 글로 보는 쪽에서는 옛글과의 변별성을 확보하는 데 공부의 역점을 두었다.[37]

고문에 대해 서로 상이한 이해를 가졌던 문장가 집단이 시대에 따라 교체되는 과정은 고전 문장 이론사의 맥락을 짚어 보는 데 아주 유용한 관점을 제공한다. 중국 고전 비평사에서 고문이 쟁점으로 떠오른 것은 당나라 한유韓愈 등을 중심으로 한 고문운동에서였다. 그는 당시 위진남북조 시대 이래로 통용되던, 글자 수에 맞춰 안팎으로 짝을 맞추는 변려문騈儷文이 알맹이 없는 꾸밈만을 거듭해서, 글 한 편을 다 읽고 나도 건질 내용이 하나도 없는 것을 통탄했다. 땅에 떨어진 문장의 도道를 회복하는 길은 변려문 이전의 옛글, 즉 선진양한先秦兩漢의 고문의 정신을 되찾는 것에서 출발해야 한다고 보았다.

한유는 진한고문秦漢古文을 배우기에 힘쓰는 한편, 변려문 이후 발달한 수사적 성취를 십분 활용하여, 개성적이면서 전달의 효용성을 극대화한 새로운 문체를 선보였다. 이러한 문체는 이후 송나라 구양수歐陽脩 등으로까지 이어져 이른바 당송팔대가로 대표되는 당송고문唐宋古文의 뛰어난 성과를 이룩하였다.

명나라 초기에 이르러 진한고문과 당송고문은 문장가 집단 내부에 미묘한 갈등을 일으킨다. 명나라 초기는 복고주의의 열풍이 문단을 휩쓸었다. 이민족인 원나라의 지배에서 벗어난 한족漢族들은 자신들의 민족 정체성을 회복하는 데 온갖 노력을 경주하였다. 오랑캐에 의해 훼손되기 이전의 옛것을 되찾는 것이 이들의 운동 목표였다. 이들은 옛것에 대한 맹목적 확신 아래, 옛날로 돌아갈 것을 주장하는 복고의 기치를 높이 세웠다.

이들의 주장은 "문필진한文必秦漢 시필성당詩必盛唐"이란 여덟 자에 압축되어 있다. 글을 쓰려거든 진한의 문장을 배워야 하고, 시를 지으려면 성당의 시를 배우지 않을 수 없다고 했다. 진한은 명나라에서 이미 천 년도 더 된 아득한 옛날이었다. 그 아마득한 옛날을 본받고, 그것을 복원하기 위해 이들 중 일부는 진한 이후의 문장은 아예 읽지도 않는 극단적인 방법을 택했다. 이들에게 진한 이후 문장의 역사는 하강과 퇴보의 연속이었다. 시대가 내려오면 올수록 그 쇠락의 기미는 점점 더 강해졌다. 그러니 당송 이후의 문장은 읽을 가치도 없고, 읽어서도 안 된다고 주장했다. 그 대신 『춘추』나 『좌전』, 제자백가의 문장을 흉내 내어, 구절도 잘 떼어지지 않고, 읽어도 무슨 말인지도 모를 글을 열심히 지었다. 이들을 문장론의 역사에서는 '의고문파擬古文派' 또는 '진한파' 고문가라고 부른다.

그 결과 이들은 당시 유행하던, 앞선 시기 변려문보다 규칙이 더 엄격한 팔고문八股文과 전혀 다른 예스럽고 질박한 글을 제작할 수 있었다. 그렇지만 이 글은 잘 읽히지가 않았다. 말투도 생경하고, 뜻도 모를 말뿐이었다. 이들이 쓴 글을 온전히 해득할 수 있는 사람은 몇 되지 않았다. 글이란 자기 생각을 남에게 오해 없이 충분하게 전달하기 위해서 쓰는 것이다. 하지만 이들의 글은 전달에 심각한 문제가 있었다. 천 년 전의 말투로 이야기하니 도무지 무슨 말인지 알기가 어려웠다.

의고문파의 문장론은 당대 꾸밈에만 열중하던 팔고문의 폐단을 바로잡고 한족의 정통성을 회복하는 데 목표가 있었다. 하지만 이들의 주장이 몰고 온 폐단도 적지 않았다. 몇 사람만을 위한 글, 읽을 수 없는 글, 껍데기만 옛날인 글은 금세 읽는 이들의 혐오를 불렀다.[38] 그래서 진한 시대의 문장이 비록 훌륭하지만, 지금과 시대가 너무 떨어져 있어서 그냥 그대로 본뜨기만 해서는 진정한 고문이 될 수 없다고 주장하고 나선 일군의 문장가들이 있었다.

이들은 진한고문 대신 당송고문을 대안으로 들고 나왔다. 한유와 유종원을 필두로 구양수와 소식에 이르는 당송팔대가들의 문장이 새로운 전범으로 부상하였다. 그들의 문체는 명대와 시대 간격이 그리 크지 않아 소통에 아무런 문제가 없었다. 간명하면서도 힘이 있었고, 서정적 감염력과 서사적 긴장감도 두루 갖추고 있었다. 『당송팔가문초唐宋八家文抄』와 같은 책이 새롭게 출판되었고, 그것은 이들에게 새로운 문장학 교과서로 각광을 받았다. 이들은 문장의 형식보다 도道, 즉 내용의 문제에 더 관심을 두었다. 작문에서 내용과 형식의 일치가 가장 핵심이 되는 관건이라고 믿었다. 본질인 도는 변할 수 없으니 옛것을 본받고, 외양인 문은 시대에 따라 변하는 것이 당연하다고 주장했다.[39] 후대는 이들을 '당송파' 고문가라고 부른다.

그다음부터는 진한파 고문가와 낭송파 고문가들의 길고 지루한 싸움이 끊이지 않았다. 어느 고문이 진짜 고문이냐를 두고 이들은 밑도 끝도 없는 논전을 계속했다. 한쪽에서는 당송이 어떻게 옛날이 될 수 있느냐면서 진한 고문만이 진짜 고문이라고 몰아세웠다.[40]

다른 쪽에서는 단지 옛사람의 복장을 입는다고 해서 지금 사람이 옛사람이 될 수 있느냐고 따지면서, 중요한 것은 글 속에 옛사람의 도가 담겨 있느냐의 여부일 뿐이라고 맞섰다. 절충적 입장에 선 사람들은 진한은 저 하늘과 같으니 그저 올라갈 수가 없고, 당송을 배워 그것을 사다리 삼아 올라가야 한다고 주장하기도 했다. 이렇게 진한파 고문가와 당송파 고문가는 팽팽한 평행선을 그으며 대립을 거듭했다.

한편으로 이런 지루한 반복에 염증을 느낀 새로운 그룹들이 있었다. 그들은 옛날이란 것은 그 당시의 지금일 뿐이라고 생각했다. 왕희지王羲之의 글씨를 우리는 고전 중의 고전이라고 믿지만, 당시에 그는 새로운 서체를 잘 썼던 신진 서예가였을 뿐이라는 것이다. 우리가 오늘날 '옛날'이라고 믿는 것도 그 당시에는 하나의 '지금'이었을 뿐이다.[41] 앞서의 두 관점과는 태도가 근본적으로 다르다.

한유는 진한고문을 통해서 자기 시대에 맞는 당송고문을 창도했다. 한유를 가장 열심히 배웠다고 스스로 말한 적이 있는 구양수의 문장은 어디를 뜯어보아도 한유와 비슷한 데가 한 군데도 없다. 그러니까 후대가 앞 시대를 배우는 것은, 한유가 진한고문을 배우고 구양수가 한유를 배우듯 해야 한다고 이들은 생각했다.[42] 사마천이 지금 세상에 다시 태어난다 해도, 『사기』를 쓰지 않고 지금 시대가 요구하는 글을 썼을 것이라고도 했다. 이들에게 옛것을 배우는 행위는 새것을 만들어 내는 성취로 이어질 때만 비로소 의미를 획득할 수 있었다.

진한고문을 배울 수도 있고 당송고문을 배울 수도 있지만, 그것과 같아지려고 하는 순간, 나는 사라지고 만다. 나는 없고 진한만 있으면 그것은 글이 아니다. 나는 없고 당송만 있으면 그것도 글이 아니다. 진한이 없고 당송이 없어도 내가 있을 때 그것은 글이 된다. 그러니까 모든 옛날은 바로 지금 여기를 위해서 존재한다. 내가 옛것을 배우려는 까닭은 지금 여기를 위해서다. 그러니까 진정한 의미의 고문은 진한에도 있지 않고 당송에도 있지 않고, 바로 지금 여기에 있다. 지금 여기가 필요로 하는 글이야말로 진정한 의미의 고문이다. 이들은 굳이 이름 붙인다면 '금문파今文派' 고문가라고 할 수 있다.

결국 고전 문장 이론의 역사는 세 종류의 고문가를 만들어냈다. 무조건 옛날이 좋다는 '진한파 의고문가' 계열과 도를 우위에 두고 당송을 바탕으로 진한에 소급해 가자는 '당송파 고문가' 계열, 지금 여기에서 필요로 하는 글을 쓰면 그것이 훗날에 고문이 된다는 '금문파 고문가' 계열이 그것이다. 이 세 그룹의 문장가들은 모두 자기들이 쓴 글이야말로 진정한 의미의 고문이라고 목청을 높였다. 누구나 고문을 한다고 했지만, 사실 그 고문에 대해 지닌 생각은 하늘과 땅 사이만큼이나 차이가 있었다.

우리 고전 문장 이론사에서 고문의 개념을 둘러싼 논란이 아직도 원론 수준에서 소모적으로 반복되는 것은 그간 이 고문의 계보에 대한 인식이 선명치 않았기 때문이다. 한 예로 연암 박지원이 고문가이냐 아니냐를 둘러싼 논쟁은 고문에 대한 어느 한 관점을 전제하지 않고는 아무 의미가 없다. 한쪽에서는 정조正祖가 날로 무잡스러워지는 문체를 바로잡고자 문체반정文體反正의 정책을 펴면서 연암을 패관소품체稗官小品體를 유행시킨 장본인으로 지목하고 반성문을 쓰게 했으니, 그야말로 소품가이지 고문가일 수 없다고 주장한다. 그러나 김택영金澤榮은 『여한십가문초麗韓十家文抄』에서 우리나라를 대표하는 고문가의 한 사람으로 당당히 그를 꼽았다. "지금 글이 바로 옛글"이라고 투철하게 인식한 연암이야말로 진정한 의미에서 한유의 고문 정신을 올바로 계승한 고문가라고 보았던 것이다.

고문을 바라보는 세 가지 관점은 진한파 고문가에서 당송파 고문가로, 다시 금문파 고문가로 교체되는 과정을 보여 준다. 물론 중간에도 이 세 관점은 계속 긴장 관계에 놓이면서 구한말까지 반복적인 논쟁을 벌였다. 진한파 고문가들은 어느 시기고 존재했지만, 중국에서와 달리 우리나라에서는 큰 세력을 형성하지 못했다.[43] 어려운 진한고문을 소화하는 데 근본적인 한계가 있었기 때문이다. 선조 때 한문 4대가 이래로 당송파 고문가들은 '정주학문程朱學問 한구문장韓歐文章', 즉 정호程顥·정이程頤 형제와 주희의 학문, 그리고 한유와 구양수의 문장을 내세우며 문도합일文道合一의 대명제를 실천하여 문단의 중심에 설 수 있었다. 그들의 영향력은 구한말까지 문단을 압도했다.[44] 금문파 고문가들은 18세기 연암 박지원 이후 한 세력을 형성했다. 중세적 질서가 급격히 와해되면서 도道의 구속력이 점차 이완되어 가던 시기였다. 그러나 수구적인 보수 집단에 의해 이들의 주장은 이단시되어 배척받고 늘 주변부에 머물러 있었다.

명나라 말엽의 문장가 원굉도袁宏道는 "천하에 백 년이 되어도 변하지 않는 문장이란 없다."고 했다. 청나라 때 장조張潮는 『유몽영幽夢影』에서 이렇게 말했다.

필획이 쌓여 글자를 이루고, 글자가 포개져서 구절이 되며, 구절이 모여 편을 이루는 것을 문장이라고 한다. 문체는 나날이 증가해 왔으나 팔고문八股文에 이르러서는 마침내 그치고 말았다. 고문이나 시부詩賦·사곡詞曲·설부說部·전기소설傳奇小說 등은 모두 이전에 없던 것에서 생겨난 것들이다. 바야흐로 그것이 만들어지지 않았을 때는 진실로 후대에 이 같은 문체가 있게 될 줄은 생각도 못 하다가, 이미 이러한 문체가 생겨난 뒤에는 또 마치 천지가 이를 만들고 베풀어서 세상에서 반드시 없지 못할 물건이 되고 말았다. 그러나 명나라 이후로는 새로운 문체를 창조하여 사람의 이목을 새롭게 한 것을 보지 못하였다. 멀리 백 년 뒤를 헤아려 보면 반드시 그 사람이 있을 터이지만 내가 직접 보지 못하는 것이 애석할 뿐이다.[45]

지금 우리가 본받아야 할 이상적인 고전으로 믿는 옛것도 그 당시에는 전혀 낯선 것들이었다. 훗날에는 우리가 예상조차 하지 못했던 형태의 글들이 새롭게 쏟아져 나올 것이다. 지금 우리가 배척해 마지않던 글들이 그때에는 또 어엿한 고전의 자리를 차지하고 있을지도 모를 일이다. 우리가 옛글을 배우는 자세가 어떠해야 하는지를 일깨워 준다.

선인들의 문장론—문장의 본질을 찾아서

고문에 대한 인식은 저마다 달랐지만, 그렇다고 문장의 본질과 효용, 표현과 전달에 대한 인식에 공통분모가 없는 것은 아니다. 여기서는 옛 문장론 속에 보이는 선인들의 문장관文章觀을 일별해 보기로 한다.

> 문장이라는 것은 말인데도 법이 있다고 한다. 문文이라는 것은 말이고, 장章이라는 것은 법이다. 사람은 반드시 뜻이 있은 뒤에야 말할 수가 있고, 말은 반드시 법이 있은 뒤에야 글로 지을 수가 있다. 그런 까닭에 문이라는 것은 뜻에 바탕을 두고 법에서 이루어지는 것이다. 그러나 뜻에는 기정奇正의 차이가 있고 법에는 고금古今의 변화가 있으니, 이것을 알아 두지 않을 수 없다.[46]

조선 후기의 문장가 신완申琓이 「문설文說」에서 한 말이다. 문장이란 법도가 있는 말이다. 법도만 있어서는 안 되고 뜻에 바탕을 두어야 한다. 뜻이란 글의 내용이나 주제에 해당한다. 그러니까 문장은 하나의 주제를 형식에 맞추어 쓴 것이다. 장유張維는 「문장에 대해 논하여 답하다答人論文」에서 "대저 글에는 꽃이 있고 열매가 있으니, 문사文辭는 꽃이요 이치는 그 열매"[47]라고 했다. 지극한 글은 꽃과 열매를 아울러 갖추는 것이니, 꽃만 있고 열매가 없다면 쓸데가 없다고 하여 문장에서 이치 즉 뜻의 중요성을 강조했다. 아예 "문이라는 것은 도가 드러난 것이니, 도를 버리면 문이 아니"[48]라고 했다. 권채權採는 「포은집 서문圃隱集序」에서 "문은 도를 싣는 까닭에 시서예악詩書禮樂의 위엄 있는 문장은 모두 지극한 도리가 깃들어 있는 바"[49]라고 했다. 글이 담아야 할 뜻이 다름 아닌 '지극한 도리至道'임을 강조한 것이다.

이렇듯 글쓰기에서 항상 뜻을 강조했기 때문에, 옛 문장론은 실제적인 작문법의 세부 내용보다는 도道나 이理, 그리고 이를 문면文面에 실행시키는 기氣의 문제에 더 관심을 기울였다. 김택영金澤榮은 「옛글에 대해 논하여 어떤 이에게 답한 글答人論古文書」에서 체體·법法·묘妙·기氣를 문장의 네 가지 강령으로 삼아 문장이 체와 법을 바탕으로 묘와 기의 운용을 통해 이루어짐을 밝혔다. 남공철南公轍은 「문장에 대해 논하여 국기 김재련에게 준 글與金國器載璉論文書」에서 "문장은 기를 주로 하고 법은 다음이다. 기란 무엇인가? 기는 육경에 있다. 반드시 먼저 육경을 읽어 그 이치와 도리의 모인 곳을 살펴, 이를 기르고 쌓아 충실하게 하고 빛나게 해서 나의 기운을 기르고, 내 기운에 도달하게 해야 한다. 그러고 나서 이를 글에다 펴면 글은 그렇게 되려 하지 않아도 절로 기운이 있게 된다."[50]고 하였다. 또 신완이 「문설」에서 "글이란 진실로 뜻에 바탕을 두고 법에서 이루어진다. 그러나 마땅히 기를 가지고 주를 삼는다. 글에 기가 있는 것은 불에 기름이 있고 숲에 신령이 있으며 초목에 수액이 있는 것과 같다. 불은 기름이 없으면 꺼지고, 숲은 신령이 없으면 황폐해지며, 초목은 수액이 없으면 말라 죽고 만다. 무릇 글의 빛깔과 윤기가 메말라 능히 그 말하려는 것을 다 하지 못하는 것은 모두 기가 막혀서 붓이 껄끄럽게 되기 때문이다."51라고 한 것도 모두 한 가지 뜻에서 나왔다.

문장가들은 문장의 수사나 표현의 아름다움 따위는 말단의 기술일 뿐이라고 여겼다. 송대 이후 도학道學의 발전은 문장론에서 문文과 도道, 즉 형식과 내용의 문제에 대해 이전보다 더 심각한 고민을 하게 만들었다. '글이 도를 싣고 가느냐, 글이 도를 꿰고 가느냐'를 두고 재도론載道論과 관도론貫道論이 서로 팽팽히 대립하였다.

주돈이周敦頤 같은 이는 글은 도를 실어 나르는 수레와 같다고 보았다. 수레는 짐을 잘 실어 나르는 것이 중요하지, 바퀴의 장식이 화려한가 화려하지 않은가는 중요하지 않다고 했다. 하물며 물건을 싣지 않은 빈 수레는 존재 가치도 없다고 보았다. 마찬가지로 좋은 글은 내용이 충실하면 그뿐이지, 표현이 군이 아름다울 필요가 없다. 정이程頤는 작문해도設作文害道說을 내세워, 문장 공부는 도학 공부에 방해가 될 뿐이라고 주장했고, 심지어 문장학의 수련을 완물상지玩物喪志 즉 사물에 정신이 팔려 뜻을 잃게 되는 것으로 몰아 극력 배척하기까지 했다.

이에 반해 문장가들은 글이 없이 옛사람의 도가 어떻게 후세에 전해질 수 있겠느냐고 반문했다. 글은 도를 전달하는 수단일 뿐이지만, 글이 없이는 도도 존재할 수 없다고 보았다. 글이 도를 꿰어 함께 가기 때문이다. 글은 왜 쓰는가? 후세에 도를 전하기 위해서이다. 쓰는 사람은 글이란 도를 통해 나온다는 의미에서 문종도출文從道出을 말하지만, 후세는 인문입도因文入道 즉 그 글을 통해 도에 들어갈 수밖에 없으니, 도에 도달하기 위해서라도 글을 익히지 않을 수 없다고 했다.

이에 따라 문장과 내용이 조화를 이루어야 한다는 의미의 '문질빈빈文質彬彬', 좋은 글은 뜻을 잘 전달하는 것이라는 '사달이이辭達而已', 말이 문장을 이루지 못하면 써 봤자 읽히지 않는다는 의미의 '언지무문言之無文 행이불원行而不遠' 같은 옛 경전의 구절들이 새롭게 해석되고 부연되었다.

공자는 문질이 빈빈해야 한다고 했다. 내용과 형식이 알맞게 조화를 이루지 않으면 안 된다고 한 것이다. 공문사과孔門四科에서 덕행·언어·정사政事·문학을 꼽았고, 『논어』「헌문憲問」에서 수식과 윤색의 필요성을 강조한 것도 문장학의 존재 의의를 뒷받침하는 논거로 강조되었다.

또 '사달이이', 즉 말은 뜻을 전달할 뿐이라고 했다. 이를 두고 문장가들은 뜻을 올바로 전달할 수 있으려면 표현이 적절함을 얻어야 하니, 이 말이야말로 표현의 중요함을 강조한 것이라고 주장했다.[52] 도학가들은 글은 뜻만 통하면 되는 것이지 쓸데없이 꾸미고 부연하는 것은 성인의 뜻과는 거리가 먼 말이라고 일축했다. "말이 문장을 이루지 못하면 글을 써도 멀리 가지 못한다."는 『좌전』의 말도 구구한 해석을 낳았다. 문장가들은 표현 즉 수사의 중요성을 강조한 말이라고 생각했고, 도학가들은 단지 말과 글의 차이를 지적한 것이지 문사에 방점을 둔 말이 아니라고 이해했다.

문장이란 무엇인가? 문장이란 도를 담은 글, 달리 말해 알맹이가 있는 글이다. 인간의 삶을 올바른 곳으로 이끌어 주는 내용을 담은 글이다. 그래서 좋은 문장을 쓸 수 있으려면 무엇보다 바탕 공부가 요구되었다. 아니, 문장 공부는 바탕 공부를 위한 한 방편일 뿐이었다. 송나라 때 고문가 왕우칭王禹偁은 "대저 문이란 도를 전하고 마음을 밝히는 것이다. 옛 성인은 부득이 이를 하였다. 사람이 마음을 깨달아 도에 이르고, 몸가짐에 허물이 없고 임금을 섬김에 업적이 있음에도 불구하고 그 지위에서 물러나게 될 경우, 마음에 담아 둔 것을 밖에다 밝히지 못하거나, 도의 온축蘊蓄을 뒤에 전하지 못할까 염려하여 말을 하게 된다. 그러나 말은 쉬이 없어지니 이를 염려해 글이 있게 된 것이다. 어쩔 수 없어서 글을 지었다는 말을 믿을 수 있겠다."[53]고 했다. 쓰고 싶어 쓴 글이 아니다. 쓰지 않을 수 없어서 쓴 글이 옛글이다. 간절하고 절박한 마음을 담아 쓴 글이 옛글이다. 그러나 지금 글은 그렇지가 않다. 자기가 지금 무슨 말을 하는지도 모르면서 그저 현학을 뽐내고 박식을 자랑한다. 문장의 폐단이 갈수록 심각해지는 까닭이다.

문장이 도를 전달한다고 해도, 도의 구체적 내용을 가지고는 생각이 저마다 다를 수 있다. 고전 문장 이론에서 도란 보통 요순·공맹의 도를 의미한다. 옛 경전을 통해 성현의 도를 배우고 익힌다. 그 도를 완전히 소화해서 내 목소리로 터져 나온 것이 문장이다. 그렇다면 도만 체득한다면 문장은 저절로 이루어질까? 도학가들은 그렇다고 주장해 왔지만 이것은 그렇게 단순한 문제가 아니다.

유정부劉正夫란 제자가 한유에게 문장을 지을 때 무엇을 본받아야 하느냐고 물었다. 한유는 옛 성현을 본받으라고 대답했다. 그러자 유정부는 옛 성현의 책을 보면 한 말이 모두 다른데 어느 것을 본받아야 하느냐고 되물었다. 그러자 한유는 "사기의師其意, 불사기사不師其辭"하라고 대답했다.[54] '그 정신을 본받아야지 말투를 본받아서는 안 된다'고 따끔하게 충고한 것이다. 옛글이 하나도 같지 않은 그것을 배워야 한다고 했다.

이러한 정신으로 한유는 진헌고문을 배워서 이전과는 완전히 다른 당송고문의 새 길을 개척했다. 법고창신法古創新이란 이를 두고 하는 말이다. 한유는 '사필기출詞必己出'을 말했다. 자기 말이 아닌 것은 다 버려야 한다고 요구했다. '진언무거陳言務去'라 하여 남이 써서 진부해진 말은 한마디도 쓰지 말라고도 했다. 이런 것이 바로 상동구이尙同求異다. 같되 달라야 한다는 것이다.

정신을 본받는 것은 원리를 본받는다는 말이다. 표현을 본받는다는 것은 껍데기를 흉내 낸다는 뜻이다. 한나라 때의 무장 한신韓信은 산을 등지고 물을 앞에 두고 진을 쳐야 한다는 병법의 기본을 완전히 무시하고 배수진背水陣을 쳐서 이겼다. 그때 상황이 그렇게 하지 않으면 이길 수가 없었기 때문이다. 임진왜란 때 신립申砬은 한신을 본받아 배수진을 쳤다가 군대가 전멸당하고 말았다. 그때 상황이 그래서는 안 되었기 때문이다. 한 사람은 병법을 무시했는데 이겼고, 한 사람은 앞 사람이 이겼던 방법을 똑같이 따라 했는데 무참히 졌다. 한신은 원리로 싸웠고, 신립은 껍데기만 흉내 냈기 때문에 생긴 결과였다.

상동구이의 정신만이 이러한 문제를 해결할 수 있다. 같은 것은 정신이고 원리다. 그러나 거기에 담기는 것은 지금 여기를 살고 있는 나의 목소리, 나의 개성이어야 한다. 조선 후기의 문장가 홍길주洪吉周가 「문장에 대해 논하여 어떤 사람에게 준 글與人論文書」에서 "혈기가 방장한 사람이 스스로를 기름을, 늙은이가 앉고 눕는 것같이 하여 사람을 시켜 밥을 떠먹이게 하고 고기를 빨아 오게 하며 미음만을 마신다고 하자. 1년이나 반년이 못 가 지체가 약해져서, 마침내는 고칠 수 없는 병이 들어 죽게 될 뿐이다. 이와 같은데도 스스로 '나의 생활과 섭양攝養이 아무 늙은이와 같으니 장수하는 것도 또한 마땅히 그 노인과 같을 것'이라고 여긴다면, 그것을 옳다 하겠는가?"[55]라고 지적한 것이 바로 이 뜻이다.

글쓰기에서 가장 우선할 일은 뜻을 세우는 것이다. 뜻이 서면 그 뜻을 글로 펼친다. 이때 자기의 목소리를 갖는 일이 가장 중요하다. 남 흉내만 내다가 자기 개성을 잃으면 내가 없는 죽은 글이 된다. 제 목소리를 내려면 옛글에서 그 원리를 배워야 한다. 옛글과 꼭 같으면서 전혀 다른 글을 쓸 수 있어야 한다. 같기 때문에 힘이 생기고, 다르기 때문에 생명력이 있게 된다.

그러자면 글의 효과적인 구성을 위한 안배가 필요하다. 여기서 편장자구篇章字句의 작문법이 대두된다. 이정섭李廷燮은 「서군수에게 답하다答徐君受」에서 "문장이 비록 이치를 위주로 하지만, 표현 방법 또한 쉬이 여겨 소홀해서는 안 된다."[56]라고 했다. 내용이 아무리 훌륭해도 알맞은 표현을 얻지 못하면 도무지 읽을 수 없는 글이 되고 만다. 애써 쓴 글이 읽히지 않는다면 쓰지 않은 것과 다를 바 없다.

박지원은 글 쓰는 사람이 결코 잊지 말아야 할 것으로 '갈 길'과 '요령'을 들었다. "대저 갈 길이 분명치 않으면 한 글자도 쓰기가 어려울 뿐 아니라 항상 더디고 껄끄러운 것이 병통이 되고, 요령을 얻지 못하면 헤아림을 비록 꼼꼼히 하더라도 오히려 그 성글고 새는 부분이 있는 것을 근심하게 된다."[57]고 했다. 갈 길을 분명히 하라는 말은 주제 의식을 뚜렷이 가져야 한다는 주문이다. 요령을 얻어야 한다는 말은 목적지로 도달하는 가장 효과적인 길을 선택하라는 뜻이니 글의 구성과 관련된다.

문제는 생각하는 힘에 있다. 생각하는 힘이 튼튼하면 글은 저절로 따라온다. 옛 문장 이론 속에는 글쓰기의 기술에 해당하는 수사적 방법들에 대한 논의도 물론 적지 않다. 이른바 편장자구篇章字句를 구성하는 원리인 이른바 정법에 대한 언급이 풍부하다. 그러나 정법은 그 자체가 목적일 수 없다. 변화에 응하여 적용하는 능력인 활법의 획득에 작문 교육의 목표가 두어졌다. 법을 수사적 형식과 같은 정법定法에서 찾지 않고, 정신의 원리인 활법活法에서 찾으려 한 것은 동양 고전 수사학의 기본 바탕이 된다.

조존영趙存榮은 「문장에 대해 논하여 어떤 사람에게 답한 글 答人論文書」에서 "무릇 글이란 것은 살아 있는 물건이다. 얽매임 도 없고 정해진 형식도 없으며, 일정한 모습도 없고 경계도 없다. 바르게 쓰거나 기이하게 쓸 수도 있고, 교묘하게 할 수도 있고 졸 렬한 듯이 할 수도 있으며, 법도를 따라 답습할 수도 있고 법도를 벗어던져 거기에서 벗어날 수도 있다. 이끌어 가매 이르지 못할 곳이 없고, 간추려 감추면 감추어지지 않는 바가 없다."[58]고 했다. 또 황현黃玹은 「이석정에게 답한 글答李石亭書」에서 "옛사람의 문 장 중에 지극히 수준 높은 작품에 나아가면 웅혼雄渾한 것도 있고 기굴奇崛한 것도 있고 이아爾雅한 것도 있으며, 농려濃麗하고 수 경瘦勁한 것, 고졸古拙하고 섬교纖巧한 것도 있으니, 그 천만 가지 다채로운 형상이 능히 궁구하여 캐물을 수 없을 정도다. 그러나 제가끔 스스로 일가를 이루고 있다. 세상에 내놓으면 어진 이는 이를 보고 인仁이라 하고, 지혜로운 이는 이를 일러 지智라 한다. 이를 억지로 이름 지어 법이라 하나, 저 글을 지은 사람이 애초에 어찌 일찍이 어떤 어떤 법을 만들어서 뒷사람이 뒤따라오도록 해 야겠다고 생각하였겠는가. 비록 그렇기는 해도 법이 이미 남에게 서 이루어지자, 이를 보고 배우려는 자가 마침내 많아졌다. 하지 만 똑바르지 않으면 변형되고, 치우치지 않으면 평범하며, 거창 하지 않으면 잗달아서, 저기에서 나와 여기로 들어가니, 내 비록 법을 떠나 홀로 내 길을 가려 하여도 마침내 법에 얽매이는 바가 됨을 면하지 못한다. 그렇다면 비록 법에서 벗어남을 구하여도 오히려 얻지 못하거늘 하물며 즐겨 속박되려 함에 있어서이겠는가."[59]라고 하여, 활법의 획득이 문장 작법의 원리를 깨닫는 관건이 됨을 거듭 강조하였다. 대개 이런 반복된 언급들은 우리 고전 문장 작법에서 활법의 추구가 얼마나 중시되었는지를 잘 보여 준다.

법이란 글을 글답게 만들어 주는 원리다. 물에 물결이 있고 바람에 바람결이 있고 나무에 나뭇결이 있듯이, 글에도 결이 있다. 결이 없는 글은 법이 없는 글이고, 법이 없는 글은 죽은 글이다. 정법이 기승전결의 구성과 같은 정형화된 형식이라면, 활법은 한 편의 글에 질서와 힘을 부여해 주는 뼈대와도 같은 것이다. 그것은 일률적으로 규정할 수 없는 변화요 기세다.

옛날 과거 시험 문제의 난이도를 보면 오늘날 논술 시험에 견줄 바가 아니었다. 질문부터가 다층적이었고 한꺼번에 복합적인 답변을 요구했다. 전거가 되는 경전 내용을 줄줄이 꿰고 있어야 했고, 당대의 현안을 통찰하는 폭넓은 안목을 요구했다. 그런데도 그 답안지를 보면, 옆에 관련 자료를 있는 대로 벌여 놓고 쓴 학술논문처럼 인용도 풍부하고 논리도 정연해서 어느 한구석 빈틈이 없다. 옛사람들은 이런 작문 교육을 어디서 받았을까? 교과 과정에 특별히 작문 시간이 있지도 않았고 따로 글쓰기 공부를 배운 적도 없는데, 어떻게 이렇게 뚝 떨어지는 글을 쓸 수 있었을까?

초·중·고등학교 때는 물론이고, 대학 입학을 위해 논술고사도 치르고 대학에 입학한 뒤에는 작문 교육도 받았지만 우리 학생들의 글쓰기 능력은 좀체로 향상될 줄 모른다. 학교의 작문 교육도 내용 면에서 좀체 변할 줄 모른다. 1930년대에 성립된 서구의 형식주의 작문 이론이 여전히 허물 수 없는 강고한 틀로 작용하고 있다. 서사·묘사·설명·논술의 4분법으로 글을 분류하고, 두괄식·미괄식을 따지고, 연역법과 귀납법을 운위한다. 정의법과 예시법을 이야기하고, 비교와 대조를 가르친다. 글쓰기의 원리는 접어 두고, 뜻만 세워지면 저절로 써질 글쓰기의 기술만 전수하기에 바쁘다.

그나마 오늘날 인터넷 환경의 빠른 보급은 글쓰기의 기본을 심각하게 파괴하고 있다. 소리 나는 대로 적는 통신언어는 글의 기본 질서를 교란시킨다. 과제로 제출하는 독후감도 다른 사람이 쓴 글을 그대로 내려받아 약간의 가필을 더할 뿐, 굳이 골치를 썩여 가며 책을 읽으려 들지 않는다. 기계에만 의존하므로 생각하는 힘은 갈수록 약해진다. 콘텐츠는 하나도 없이 그것을 담는 그릇만 발전한다. 글쓰기는 우리의 문화 역량을 향상시키는 데 더 이상 유력한 도구가 될 수 없는 듯이 보인다.

대학 신입생들의 논술고사 답안지 표정을 두고 횡설수설형·자아도취형·노상방뇨형·비분강개형 등으로 분류한 글을 흥미롭게 읽은 적이 있다. 조금씩 양상은 다르지만, 알맹이는 없이 좌충우돌 일단 쓰고 보자는 식이라는 공통점이 있다. 머릿속에 든 것이 없는데 무조건 쓰라고 하니 논술학원에서 주워들은 관련도 없는 배경 지식이나 나열하고, 허세를 부려 목청을 높이다 보니 노상방뇨도 되고 비분강개도 되고 하는 것이다.

옛 문장론에 귀를 기울이는 것은 좋은 글을 쓰기 위해서이지 옛글을 쓰기 위해서가 아니다. 옛 문장론이 전하는 글쓰기의 원리는 여전히 힘이 있다. 단순히 오늘날 작문 교육에서 뒷받침 문장과 소주제문의 관계를 논하고, 두괄식·미괄식의 효과를 따지는 것과는 비교할 수 없는 호소력이 있다. 문제는 생각의 힘에 있다. 사물의 핵심을 꿰뚫는 안목 없이는 우리는 글 한 줄도 쓸 수가 없다.

서구의 문장 이론은 작문의 방법을 규정짓고 범주화하는 데 힘을 쏟는다. 우리의 문장 이론은 이른바 정법定法을 내재화시키고 활법活法을 추구함으로써 획일화를 거부하고 다양한 변화를 지향한다. 옛 문장 이론 속에서 법은 규칙이 아니라 원리로만 작용한다. 글쓰기가 부단한 '깨달음'으로 이어질 것을 요구한다. 과거의 글쓰기는 단순히 개인의 문예적인 재능을 드러내는 수단에 그치지 않았다. 세상을 읽고 자신을 세우는 통찰력이 여기서 다 나왔다.

3

진지함과 발랄함으로 던지는
연암의 풍자와 질타

「황금대기黃金臺記」로 본 박지원의 글쓰기 방식

이 글은 연암燕巖 박지원朴趾源의 「황금대기黃金臺記」를 통해 중세적 인식론의 변환과 새로운 담론의 모색 과정을 추적하는 데 그 목적이 있다. 조선 후기 조선 지성인의 사유가 어떻게 변화되는지를 살펴, 이를 토대로 동아시아 사유 체계의 변화 양상으로까지 인식의 지평을 확장해 보려는 시도이다.

황금대黃金臺는 전국시대 연燕나라 소왕昭王이 황금을 대 위에 놓아두고 천하의 어진 선비들을 불러 모았던 데서 붙여진 이름이다. 조선시대 사신들의 연행燕行에서, 황금대는 늘 후례초현厚禮招賢, 즉 후한 예로써 어진 선비를 초대한 어진 군주를 추억하는 장소로 기려져, 많은 사람들이 적지 않은 관련 시문을 남겼다. 이들 시문은 한결같이 황금대를 긍정적인 시선으로 바라본다. 반면 연암 박지원은 황금대보다 황금의 의미에 주목함으로써, 이 공간과 여기에 집착하는 당대 지식인들의 의식을 예리하게 파헤쳤다. 이것이 비록 황금대에 관한 연암의 새로운 독법을 제시한 것에 지나지 않지만, 이 글의 저변에 깔린 담론의 의미는 그리 단순한 것만은 아니다.

　문장은 시대에 따라 변한다. 문장의 변화는 단순히 문체의 변화를 의미하지 않고, 인식의 변화까지를 포함한다. 이전 시기 문장의 변화는 속도가 그리 빠르지 않았다. 인식의 변화도 성향의 차이를 반영할 뿐, 문제 삼을 만한 본질적인 것은 아니었다. 그러나 이른바 '도道'로 대변되는 중세적 질서가 급격하게 와해되는 18세기 이후에는 사정이 현격히 달라진다. 문체의 변화는 사유의 변화를 전제로 하고 있고, 창작 주체는 명확한 문제의식을 가지고 변화된 사유 체계를 글 속에 담으려 했다.

　이 시기에 이르면 도만을 높이는 존도론尊道論은 눈앞의 진실을 추구하는 상진론尙眞論으로 대체되고, 옛것만 귀하게 보고 지금 것을 우습게 아는 귀고천금貴古賤今의 강고한 고금론古今論의 틀에도 본질적인 변화가 나타난다. 평담平淡하던 문체는 기이함을 추구하고, 평면적 나열은 특징적 구심화로 변모했다. 이 과정에서 주변부에 있던 가치들이 중심부로 진입했고, 중국적인 가치는 조선적인 가치에 자리를 내주었다. 절대주의가 퇴조하고, 이른바 '조선풍'의 주체적인 목소리가 커져 갔다.

　여기서 중점을 두어 살피려는 연암 박지원의 「황금대기」는 이러한 변화를 잘 담지해 내고 있는 글이다. 이제 「황금대기」와 주변 텍스트를 꼼꼼히 읽어, 중세적 인식론의 변환을 담론화하는 연암의 글쓰기 방식을 살펴보자.

황금대란 어떤 공간인가

「황금대기」는『열하일기』중「황도기략黃圖紀略」가운데 실려 있다. 박지원은 사신으로 중국에 가는 연행 도중 노이점盧以漸 등과 함께 황금대 터를 찾는데, 그 경과를 비교적 소상하게 적은「황금대」라는 글과는 별도로「황금대기」를 남겨 이 공간을 둘러싼 일단의 소회를 피력하였다.

황금대는 과연 어떤 의미를 지닌 공간이었을까? 황금대는 전국시대 연나라 소왕이, 선왕이 제나라에게 죽임을 당한 치욕을 갚고자 궁실을 지어 천금千金을 대 위에 얹어 놓고 천하의 선비를 불러들였던 고사와 관계있는 누대다. 연암 당시에는 장소도 불분명한 채 초라한 흙언덕으로만 남아 있던 이곳은 조선 사신의 연행 노정에 근접해 있었으므로, 역대로 연행 길에 올랐던 사신들이 한 번씩 들러 보며 회고의 감회에 젖었던 곳이기도 하다.

이곳을 두고 조선시대 여러 문인이 시문을 남겼다. 이들에게 공통적으로 확인되는 황금대라는 공간의 상징적 의미는, 임금이 재물을 아끼지 않고 어진 이를 초청해서 나라를 일으킨 일에 대한 찬미다. 홍성민洪聖民도「황금대기黃金臺記」를 남겼다. 이 가운데 몇 대목을 추려 보면 다음과 같다.

"대저 황금은 물건 가운데 가장 귀한 것이고 사람들이 누구나
보배로이 여기는 바다. 나는 이것을 귀하게 여기지 않고, 이것

을 보배로 여기지도 않는다. 이것보다 더 귀하게 여기고 보배롭게 여기는 것은 단지 어진 선비일 뿐이다. 어진 선비가 왔는데 쉴 만한 곳이 없어서는 안 되니 황금을 쌓아서 대를 만들도록 하라!" 이에 조정의 신하가 머리를 조아리고 감격하여 울면서 물러났다. (중략) 천하에 기이한 재주를 품은 자가 다른 곳으로 가지 않고 반드시 연나라로 가서 장차 뭇사람의 힘을 맞들고 지혜를 모아서, 지키면 굳세어 무찌를 수가 없고, 치면 반드시 이겨 천하에 무적이 되었다. (중략) 황금은 천지 사이에 있으되, 달관한 사람의 입장에서 본다면 쓸데없는 한 물건일 뿐이다. 그러나 물건에는 이미 운수가 있고, 일 또한 시기가 있게 마련이다. 하늘이 장차 망해 가는 나라에 밝은 임금을 내려 이를 열어 주고, 또 어진 인재를 내려 이를 보좌케 하며, 재화 가운데 황금을 만들어 내어 어진 이를 보배로이 여기는 수단으로 삼아 그 쇠퇴함을 붙들어 세워 발연히 일어나게 하였으니 진실로 우연한 일이 아닐 뿐이다.[1]

사람들은 황금을 천하의 보배로 여긴다. 그러나 황금보다 귀한 것은 어진 인재다. 연 소왕은 황금을 아끼지 않고 내던졌다. 어진 이를 예우하자 천하의 인재들이 모여들었다. 나라가 쇠퇴에서 일어나 부강해졌다. 그러니 이 어찌 아름다운 일이 아니냐는 것이다. 다음은 조위한趙緯韓의 「황금대」 시다.

그때에 소왕이 황금대를 쌓으니	昭王當日築金臺
재물을 아끼잖고 예로 현인 청하였지.	厚禮招賢不愛財
탐락할 땅 일구기 위함이 아니요	非爲經營耽樂地
시대 건질 인재를 부르려는 까닭이라.	只緣延訪濟時才
제齊를 쳐서 장성 치욕 갚고자 하였더니	圖齊要雪長城辱
위나라서 마침내 악의가 찾아왔네.	自魏終看樂毅來
천 년토록 성대한 일 전하는 사람 없고	千載無人傳盛事
빈터는 적막하고 석양만이 슬프도다.	遺墟寂寞夕陽哀

역시 '후례초현厚禮招賢'의 옛일을 기렸다. 특히 조위한의 경우 세상을 건질 인재를 고대하며 장성의 치욕을 씻으려 한 일은 임진왜란과 병자호란의 국치를 잇달아 겪었던 당시 우리의 상황에서 남다른 의미로 읽힌다. 그러나 지금 남은 것은 적막한 빈터뿐이라고 했다. 권필權韠이 중국으로 가는 이안눌李安訥을 전송하며 지어 준 「연경으로 가는 이자민을 전송하며燕都行送李子敏」의 끝 두 구에도 "이번 길에 황금대를 꼭 지날 테지 / 날 위해 연 소왕을 한 번 조문해 주게."[2]의 구절이 있다. 이런 시의 문맥 속에는 초현招賢의 성사盛事를 기리는 외연적 의미 외에, 재주를 품고도 자신을 알아주는 임금을 만나지 못한 회재불우懷才不遇의 탄식이 내재되어 있다. 황금대 고사를 긍정적인 의미로 이해하는 태도에는 차이가 없다.

이 밖에 성현成俔과 정수강丁壽崗, 민제인閔濟仁과 주세붕周

世鵬 등이 「황금대」 시를 한 수씩 남겼다. 신광한申光漢은 「황금대
부黃金臺賦」를 지었다. 특히 이 작품은 진사시進士試에 제출한 시
권試卷 즉 시험 답안지다. 이렇듯 조선 전기에 황금대는 어진 신
하를 구하는 임금의 마음을 기리는 찬양의 뜻을 담아 많은 이들에
의해 창작되었고, 심지어는 과거 시험에 출제되기까지 하였다.

　　조선 후기에 이르러서도 연행 길에 오른 사신들에게 황금대
는 계속 관심의 대상이 되었던 모양이다. 각종 연행록에 실린 황
금대 관련 글을 살펴보면, 당시에는 이미 황금대에 대한 전문傳聞
도 차이가 있어 위치 비정마저도 일정치가 않다. 군관 최덕중崔德
中이 1712년 사행을 따라가며 쓴 『연행록燕行錄』에는 "이 경성 서
북쪽에 요원遼元의 옛 도읍이 있었는데, 여기가 계구薊丘 지역이
었던 것이다. 그리고 이 성 동남쪽에 황금대 터가 있었는데, 지금
은 사람이 집을 지어서 연경팔경燕京八景에 들었다 한다."[3]는 언
급이 있다. 김정중金正中이 1792년 사행에 수행하며 쓴 『연행록』
에는 황금대의 위치가 "성의 서문인 덕승문德勝門 밖 10여 리 되
는 곳에 있는데, 인가는 없고 시든 풀 사이에 있어 찾기 어렵다."
는 내용으로 나온다.[4]

　　김경선金景善이 1832년과 1833년 사이 동지사 겸 사은사 서
경보徐耕輔의 서장관으로 다녀오면서 쓴 일기인 『연원직지燕轅直
指』 권4, 「유관록」 중 「금대사기金臺寺記」를 보면, "만류당萬柳堂에
서 서쪽으로 1리쯤 가니 금대사가 있다. 금대의 저녁놀[金臺夕照]
을 연도팔경燕都八景의 하나로 치기 때문에 혹 '석조사夕照寺'라고

일컫는다고 한다. 어떤 사람은 '황금대가 곧 이곳이기 때문에 황금대 옛터를 따라 절을 지었다.' 한다. 대개 금대金臺가 전기傳記에 보이는 것이 셋이니, 하나는 이주易州에 있고 둘은 도성에 있는데, 『여지명승지輿地名勝志』에 '부府의 동남쪽 16리 지점에 있고 또 소금대小金臺가 1리쯤 떨어져 있으며, 지금 조양문朝陽門 밖에 우뚝 솟은 흙 둔덕이 있다.' 하였다. 그래서 호사자들은 이것으로 실증을 삼는다고 한다.'5고 하여, 황금대로 비정되는 곳이 무려 세 군데나 된다고 했다. 이 가운데 석조사가 곧 황금대의 옛터라는 비정은, 그 후 서경순徐慶淳이 1855년 종사관으로 수행하면서 쓴 『몽경당일사夢經堂日史』나 무명씨가 1803년에 동지사를 수행하며 쓴 『계산기정薊山紀程』에도 반복적으로 나타난다.6

이들 조선 후기 연행록의 저자들이 황금대에 대해 달리 이렇다 할 소회를 피력한 것은 없다. 다만 『계산기정』에서 "지금 조양문 동남쪽에 우뚝 솟은 흙언덕이 있는데, 호사자들은 곧 이것을 황금대의 옛터라고 한다."고 하면서, 황금대의 옛터 위에 절집이 들어선 현재를 보는 소감을 노래한 한시 한 수를 실어 놓았을 뿐이다.7

대체로 조선 전기 문집에 실린 황금대 관련 시문에는 두터운 예로 어진 이를 초빙하는 군주의 뜻을 성사로 기리는 외연적 의미 속에, 때로 지금의 임금을 향한 은미한 풍자를 담거나 회재불우懷才不遇의 심회를 가탁하는 뜻을 담은 것으로 정리된다. 모두 황금대 고사가 갖는 중세적 의미의 자장에서 벗어남이 없다. 이 밖에 조선 후기 여러 연행록에 이따금씩 보이는 황금대 관련 글은 특별한 감정 피력 없이, 다만 이곳이 당시까지도 우리나라 사신 일행들에게 관습적인 관심의 대상을 벗어나지 않고 있음을 증언하고 있다.

황금대를 찾아가는 과정의 기록, 「황금대」

이전까지 관습적 문맥으로만 읽히던 황금대는 박지원의 글에서 갑자기 낯선 의미로 새롭게 부각된다. 황금대를 바라보는 연암의 시각은 전대前代 시문의 그것과 확연히 구분된다. 연암에게 황금대는 더이상 후례초현의 성사를 추억하는 장소가 아니다. 황금의 가치를 바라보는 시각도 판이하다. 왜 이런 변화가 일어났을까? 그리고 그 변화는 연암 개인의 개성적 인식의 결과인가, 아니면 크게 보아 중세적 인식론의 변환과 맞물려 나온 것인가?

먼저 「황금대기」의 앞쪽에 실린 별도의 글 「황금대」를 꼼꼼히 읽어, 여기에 보이는 연암의 문제의식과 그것을 담론화하는 과정을 검토해 보자. 논의의 편의를 위해 해당 글을 네 부분으로 나누어 인용한다.

[1] 노이점盧以漸 군은 우리나라에 있을 때 경술經術과 행검行
儉으로 일컬어졌다. 평소 춘추의 존왕양이尊王攘夷하는 의리

에 엄격한지라, 길에서 사람을 만나면 만주족이든 한족이든 할 것 없이 한가지로 오랑캐라 일컫고, 지나는 곳의 산천과 누대도 누린내 나는 고장이 되었다 하여 거들떠도 보지 않았다. 그러나 고적古跡 가운데 황금대나 사호석射虎石·태자하太子河 같은 곳은 거리가 멀어 돌아가야 하거나 이름이 잘못되어도, 따지지 않고서 반드시 끝까지 찾아보고야 말았다.[8]

「황금대」의 첫 단락은 경서에 밝고 행실이 바르기로 이름난 노이점에 관한 이야기로 시작된다. 그는 춘추 의리에 투철한 사람이다. 청나라가 다스리는 중국은 그에게는 이미 중국이 아니라 오랑캐의 나라일 뿐이다. 그래서 그는 만주족이든 한족이든 만나는 사람마다 오랑캐라고 욕하고, 그곳의 장려한 경관을 보고도 누린내가 나는 고장이라 하여 거들떠도 보지 않았다.

그런데도 그가 유독 관심을 표하는 곳이 있는데, 그것은 한족의 역사 속에 기록된 문화 고적에 대해서이다. 있지도 않은 '황금대'나 호랑이인 줄 알고 쏜 화살이 바위에 가 박혔더라는 '사호석射虎石', 진시황을 암살하기 위해 형가荊軻가 떠날 때 연나라 태자 단丹이 그를 전별했다는 '태자하太子河' 같은 곳은 아무리 멀어도, 혹은 다른 이름으로 전해져도 꼭 고증하고 뒤져서 찾아내고야 만다. 그는 지금 청나라를 여행하고 있다. 하지만 정작 그가 보고 느끼려는 것은 눈앞에 펼쳐진 청나라의 것이 아니라 아득한 기억 속 한나라의 예악문물들이다. 이것이 그가 경술과 행검의 인사로 기림을 받게 된 까닭이고, 그가 그토록 중시하는, 왕실을 존숭하고 오랑캐를 배척하는 존왕양이의 가르침인 것이다.

[2] 하루는 나와 함께 황금대를 찾기로 약속하였다. 내가 널리 사람들을 찾아다녔으나 아는 사람이 없었고, 옛 기록을 뒤져 보아도 그 주장이 한결같지 않았다. 『술이기述異記』에는 "연나라 소왕이 곽외郭隗를 위해 대를 쌓은 것이니, 지금의 유주幽州, 연왕의 옛 성 가운데 있다. 그곳 사람들은 현사대賢士臺라 부르고, 초현대招賢臺라고 말하기도 한다."고 했다. 지금의 황도皇都는 바로 기주冀州의 땅인데, 연왕의 옛 성조차 내가 어느 곳에 있는지 알지 못하거늘 하물며 이른바 황금대이겠는가? 『태평어람太平御覽』에는 "연나라 소왕이 누대 위에 천금을 놓아두고서 천하의 선비를 불러들였으므로 이를 일러 황금대라 한다."고 하였으니, 후세에 한갓 그 이름만 전해 올 뿐 그 누대는 없었음을 알 수 있다.[9]

다시 이어지는 두 번째 단락이다. 황금대에 대한 연암의 태도가 단적으로 드러난다. 황금대의 위치는 그곳에 사는 사람들 중에도 아는 사람이 없다. 연암은 결국 중국의 옛 문헌을 뒤져 겨우 두 군데 관련 언급을 찾아낸다. 『술이기』에는 황금대가 연왕의 옛 성 가운데 있다고 했다. 지금에 와서는 연왕의 옛 성이 어디인지도 분명히 알 수가 없다. 그러니 그 안에 있었다는 황금대를 어찌 찾는다는 말인가? 『태평어람』에는 누대 위에 천금을 놓아두었다고 해서 황금대라 한 것일 뿐이라고 했다. 그렇다면 황금대란 고유명사가 아니라 보통명사일 뿐이 아닌가? 오히려 이 누대의 이름은 초현대招賢臺 또는 현사대賢士臺라고도 한다. 황금대란 이름은 애초에 있지도 않았다. 설사 있었다 하더라도 지금에 와서 그것을 어떻게 찾으며, 찾은들 무슨 의미가 있겠는가? 이것이 황금대에 대한 연암 박지원의 태도다.

『술이기』와 『태평어람』의 전거를 슬쩍 들이댐으로써 연암은 황금대가 본래부터 있었던 특정한 누대가 아니라 어떤 누대 위에 천금을 놓아두었다고 해서 붙여진 이름일 뿐임을 강하게 암시했다. 황금대가 실재의 존재가 아니라 중세적 관념이 투사된, 즉 중세적 군신 관계의 맥락 안에서만 의미화될 수 있는 것임을 시사한 것이다. 이것이 경술과 행검으로 일컬어지고 춘추의 의리에 엄격하였던 노이점이란 인물의 행동과 맞물리면서, 비로소 행간이 드러나기 시작한다. 당시 상방비장上房裨將의 낮은 신분으로 사행에 참여했던 노이점에게까지 전이되어 있는 당대 조선 지식인의 피라미드식 혹은 동심원적 지배체제를 재현하는 가상세계의 실체가 황금대를 매개로 서서히 의미화되고 있는 것이다. 이러한 암시는 이어지는 세 번째 단락에 의해 뒷받침되면서 논의가 계속 확장된다.

[3] 그런데 노 군이 하루는 몽골 사람 박명博明에게서 얻었다

면서 그 적은 것을 보여 주는데,『장안객화長安客話』라 하였다. 거기에 이르기를, "조양문朝陽門을 나가서, 해자垓子를 따라 남쪽으로 가다가 동남쪽 모서리에 이르러 우뚝 솟은 하나의 흙언덕이 바로 황금대다. 해가 서산에 걸려 아득히 지려 할 때, 옛날을 조상弔喪하는 선비로서 이 누대에 오르는 자는 문득 고개를 숙이고 둘러보며 천고의 사념에 잠기게 된다."고 하였다. 노 군이 이로 말미암아 실망하여 가 보려던 것을 그만두더니, 다시는 황금대에 대해 말하지 않았다.[10]

이번에는 노이점이 박명에게서『장안객화』라는 듣도 보도 못한 책을 구해 와서 마침내 황금대의 정확한 위치를 비정해 냈다. 정작 한나라 때의『술이기』나 송나라 때 엮은『태평어람』같은 권위 있는 책에는 나오지도 않은 황금대의 위치가, 한족도 아닌 몽골 사람이 가진『장안객화』라는 듣도 보도 못한 책에 버젓이 실려 있다. 박지원의 이 말 속에는, 평소 존왕양이의 의리에 엄격해 만주족, 한족 할 것 없이 모두 오랑캐라 비웃던 노이점의 행동에 대한 비꼼의 태도가 한 번 더 드러난다. 정작 노 군은『장안객화』의 이야기를 읽어 보고는 실망해서 다시는 가잔 말을 하지 않았다.

[4] 한가한 날 노 군과 함께 동악묘東嶽廟의 연극을 보기 위해 수레를 같이 타고서 조양문을 나섰다가, 돌아오려 할 때 태사

太史 고역생高棫生을 만났다. 고 태사는 사헌簧軒 능야凌野를 함께 태우고서 황금대를 찾아가는 길이라고 했다. 능야는 월중越中 사람으로 또한 기특한 선비였는데, 연경에는 초행인데도 고적을 찾아가는 길이었다. 나더러 함께 가자고 하니, 노군이 크게 기뻐하며 하늘이 낸 연분이 있다고 하였다. 가 보니 주인 없는 황량한 무덤 같은 몇 자의 무너진 언덕에 지나지 않았는데, 억지로 이를 이름 붙여서 황금대라 하였다. 별도로 기문을 지었다.[11]

이번에는 연극 구경을 하러 조양문을 나섰다가 만난 고역생과 능야란 인물이 등장한다. 능야는 남쪽 오랑캐의 땅인 월중의 인사였다. 그도 노이점과 비슷한 인물이었던지 연경에 처음 온 터수에 하필이면 고적만 골라서 찾아다니는 사람이었다. 동이인東夷人 노이점과 남만南蠻의 능야는 참으로 재미있는 공통점을 지녔다. 같은 오랑캐이면서 정작 현지의 한족들은 위치조차 모르는 중화의 해묵은 고적을 그토록 사모한다는 점이다. 가 보니 황금대는『장안객화』란 책에 써 있던 그대로 주인 없는 황량한 언덕일 뿐이었다. 노이점이 하늘이 내려 준 연분 운운하며 그토록 설레어 달려간 곳이 말이다. 잔뜩 기대에 부풀었다가 끝에 가서 단 한 구절로 황금대의 정체를 폭로함으로써 글은 큰 낙차를 남기며 끝나 버린다.

이「황금대」기사는 여러모로 흥미롭다. 박지원의 관심은 황금대에 앞서 노이점의 행동에 놓여 있다. 흥미롭게도 최근에 노이점이 쓴 연행일기 『수사록隨槎錄』의 존재가 학계에 알려졌다.[12] 그렇다면 노이점은 그의 일기에서 이 황금대 관련 대목을 어떻게 기록했을까? 자못 궁금해지는 대목이다.

> 초열흘. 맑음. 황금대의 남은 터가 조양문 밖 5리쯤 되는 곳에 있단 말을 듣고, 그 진위를 떠나 한번 가 보고 싶었다. 역예驛隸 중에는 이곳을 아는 자가 거의 없어 가 볼 길이 없는지라 몹시 안타까웠다. 어제 박명을 만났다가 그 논변하는 것을 들어 보니 참으로 박학다문博學多聞한 사람이라 할 만했다. 그 용모는 그리 잘생기지 못했지만 눈빛은 쏘는 듯하였으니, 이야말로 이인異人이 아니겠는가? 박명은 몽골 사람인데, 그 증조가 청조淸朝의 부마가 되었다고 한다.[13]

정작 노이점의 일기 속에는 황금대 탐방에 관한 기록이 쏙 빠져 있다. 그는 진위를 떠나서 가 보고 싶었지만 그곳을 아는 자가 없어 애석했다고 적고, 그 저간의 경위에 대해서는 시치미를 뚝 떼고 있는 것이다. 그러고는 앞서 『장안객화』란 책을 빌려주었다는 몽골 사람 박명에 대해 이야기하는 것으로 화제를 옮겨 가 버렸다. 일기만 보면 노이점은 황금대를 아주 대수롭지 않게 여겼고, 한번 가 보고 싶었지만 결국 가 보지 않은 것으로 되어 있다.[14]

그런데 노이점의 『수사록』을 보면 박명과 주고받은 문답이 전후 여러 날에 걸쳐 매우 장황하게 인용되어 있다. 8월 14일의 일기에서는 "박명은 문학으로 일세에 이름이 높아 중국 사람도 그를 당할 자가 많지 않다. 10년간 한림에 있으면서 건륭 황제의 은총을 우악하게 많이 입었다. (중략) 그 학문은 몹시 넓어 천문 지리와 의술·음률에 이르기까지 통하지 않는 바가 없다."[15]고 적고 있다. 또 8월 22일 일기에는 박명과 주고받은 성리학에 대한 토론과 역대 문장에 대한 품평이 여러 면에 걸쳐 장황하게 이어진다. 한족의 땅에 가서 동쪽 오랑캐와 북쪽 오랑캐가 한족이 거들떠보지도 않는 중화의 문화를 두고 길게 토론한 셈이다.

같은 날의 일기 끝 대목을 보면 그날 나눈 문답에 다소 실망스러운 부분도 있었던 모양이다. "연암도 또한 여러 가지를 물어보았는데, 좌우로 묻고 대답하는 즈음에 잘못 대답하는 것이 많았다. 그러나 그 박식함은 실로 속유俗儒가 미칠 수 있는 바는 아니었다."[16]고 적고 있는 것이다. 연암도 노이점과 함께 박명과 긴 시간 이야기를 나누었음에도 불구하고, 『열하일기』에는 그에 대해서 이렇다 할 주목할 만한 언급을 남기지 않았다. 요컨대 노이점이 그토록 열광했던 박명에 대해 연암은 몹시 심드렁한 태도를 지녔던 것이다.[17]

결국 황금대에 대해 별 흥미가 없었던 박지원은 「황금대」와 「황금대기」를 남겨 이곳에 대한 자신의 생각을 길게 밝혔고, 황금대를 가 보지 못해 안달하던 노이점은 가 놓고도 그곳에 갔던 사실을 전후 일기 속에 기록하지 않았다. 노이점이 황금대를 찾은 것은 위의 일기를 쓴 며칠 뒤의 일이었다. 그러나 역시 며칠 뒤 동악묘에 연극을 보러 갔던 날의 기록도 노이점의 일기에는 전혀 나오지 않는다. 결국 노이점은 황금대와 관련된 일을 별로 기억하고 싶지 않았던 것이다.

그렇다면 연암은 왜 이 황금대 이야기를 이토록 장황하게 적고 있을까? 춘추 의리를 지켜 존왕양이의 정신에 투철했던 노이점 같은 이가 다른 중국의 장관들은 하나도 볼 것이 없다면서 굳이 찾아가 보려 했던, 그러나 막상 갔다 와서는 부끄러워서 갔었다는 언급조차 남길 수 없었던 황금대 이야기를 통해, 연암은 노이점처럼 중세적 인식론에 절어 새로운 세계를 결코 인정할 수 없었던 사람들의 낡은 가치관에 대해 우회적으로 신랄한 비판을 하고 싶었던 것이다. 문제는 연암이 긍정적으로 보여 주려 했던 새로운 세계의 실체일 터이나, 여기서는 우회적인 비판에만 비중을 둔 채로 글을 마쳤다.

황금을 탐내는 이들의 허위의식을 질타하다, 「황금대기」

박지원은 「황금대」를 쓴 뒤 「황금대기」를 따로 남겼다. 막상 어렵사리 황금대에 다녀와서는 말할 수 없는 무슨 회포가 있었겠는데, 이것을 별도의 글로 남겨 풀어 보이려 했던 것이다. 다섯 단락으로 나누어 살펴보자.

[1] 조양문을 나서서 해자를 따라 남쪽으로 가다 보면 몇 자 남짓한 무너진 언덕이 나오는데, 이곳이 옛날의 황금대라고 한다. 세상에서 전하기는, 연나라 소왕이 궁실을 짓고 천금을 대 위에 두고서 천하의 선비를 불러 강한 제나라의 원수를 갚으려 했다고 한다. 그런 까닭에 옛날을 조문하는 선비가 이곳에 이르러서는 슬픈 감회로 감개치 않는 이가 없고 방황하며 능히 떠나가지 못한다. 아아! 누대 위의 황금이 없어지자 국사國士는 오지 않게 되었다. 그러나 천하의 사람들에게 본시 원수가 없으면서도 원수를 갚는 자는 없어질 때가 없으니, 반드시 이 누대의 황금이 천하에서 서로 돌고 돌지 않음이 없을 것이다.[18]

다섯 단락 가운데 황금대에 관한 이야기는 다만 이 첫 단락뿐이다. 그 외에는 황금대 이야기는 쏙 빠지고 황금 이야기만 나온다. 첫 단락의 황금대에 대한 설명도 앞서 소개한 『장안객화』의 이야기를 한 번 더 되풀이한 데 지나지 않는다.

연왕은 제나라가 연나라를 정벌하고 유린한 데 대한 복수를 하기 위해 황금을 걸고 어진 선비를 구했다. 그래서 연왕은 마침내 제나라 70성을 정복해서 그 원수를 되갚았다. 복수는 복수를 낳고, 그 복수는 다시 다른 복수를 부른다. 세상엔 복수의 사슬이 끝이 없다. 더구나 어진 이를 청하면서 연왕이 내건 것은 인의仁義가 아닌 황금이었다. 황금을 가지고 원수를 갚는다면, 그 원수는 다시 황금으로 원수를 되갚으려 들 것이다. 황금은 없어지지 않는 것인데, 빼앗고 빼앗기며 결국 그 주인만 돌고 도는 셈이다.

첫 단락의 끝에서 연암은 이렇게 적었다. "아아! 누대 위의 황금이 없어지자 국사國士는 오지 않게 되었다." 황금을 걸고 선비를 부르자, 악의樂毅와 극신劇辛 등 천하의 장한 선비들이 몰려들었다. 그러나 그 황금이 다 소모되고 나자 더 이상 국사는 오지 않게 되었다. 그 결과 연나라는 제나라 70성을 다 빼앗고도 하루아침에 그 땅에서 다시 쫓겨나고 말았고, 훗날 진나라에게 멸망되고 말았다. 그 국사는 본시 황금을 보고 온 자들이므로, 다시금 황금 있는 곳을 찾아 떠나갔기 때문이다. 결국 연암은 연 소왕의 황금대가 단지 돌고 도는 복수의 연쇄를 가져왔을 뿐이며, 그 원수란 것도 단지 더 많이 가지려는 욕심에 말미암은 것일 뿐이라고 말하는 것이다. 그러니 황금대를 두고 재물을 아끼잖고 후례초현하는 어진 임금의 성사를 상징하는 공간으로 찬양하는 것은 얼마나 부질없는 짓이냐는 것이다.

[2] 청컨대 원수를 크게 갚은 사례를 차례로 들어서 천하에 황금을 많이 쌓아 둔 사람에게 고하련다. 진나라 때 황금을 가지고 제후의 장수들에게 뇌물로 주어 그 나라를 모두 멸망시킨 것은 몽씨蒙氏가 유력하다.[19] 이사李斯는 본디 제후의 문객으로, 제후를 위해 몽염에게 복수하였다.[20] 천하에 원수 갚는 자들을 이에 조금 가라앉힐 수 있었다. 나중에 조고趙高는 이

사를 죽이고, 자영子嬰은 조고를 죽였으며, 항우가 자영을 죽이고, 패공沛公이 항우를 죽였으니, 그 황금이 4만 근이었다. 석숭石崇의 재부財富도 가져온 곳이 있을 것인데, 이에 도리어 욕을 하면서 "종놈이 내 재물을 탐내는구나." 하였으니 어찌 이다지도 어리석단 말인가? 그러나 옮기어 전하는 동안 서로 보복하면서 천 년이 지난 지금까지도 그 황금은 아직도 있을 것이다.[21]

이제 연암은 지나간 역사 속에서 황금이 빌미가 되어 죽고 죽이는 복수전을 연출했던, 황금에 눈멀었던 자들에 대한 기억을 환기한다. 진나라 때 몽씨 3대는 여러 제후국을 차례로 격파했지만, 제후의 문객이었던 이사의 손에 죽었다. 그리고 그를 죽인 이사는 조고에게, 조고는 자영에게, 자영은 항우에게, 항우는 패공에게 연쇄적으로 죽임을 당했다. 누가 옳고, 누가 그른가? 석숭은 몰락을 앞에 두고 '저 나쁜 놈이 내 재물을 탐낸다.'고 욕하며 죽었다. 그런데 그 재물은 처음엔 남의 것이었던 것을 자기가 빼앗아 온 것으로, 처음부터 주인이 있던 것이 아니었다.

황금이 관계되어 빚어내는 일들이란 모두 이와 같을 뿐이다. 이들은 서로를 죽이고 또 죽임을 당했지만, 이 사이에 개입된 것은 황금일 뿐 의리가 아니었다. 여기에 무슨 정의가 있는가? 황금을 향한 집착만 있을 뿐이다.

[3] 무엇으로 그런 줄을 안단 말인가? 원위元魏 이주조爾朱兆의 난리 때, 성양왕城陽王 휘휘徽가 황금 백 근을 지니고서, 낙양령洛陽令 구조인寇祖仁의 한집안에서 난 세 명의 자사刺史가 모두 자기가 뽑아 준 바였으므로 거기에 가서 의탁하였다. 구조인이 그 집안사람에게 말하기를 "오늘에 부귀가 지극하지만, 휘 때문에 걱정"이라고 하였다. 잡으러 온 장수가 이르자, 휘에게 다른 곳에 도망하라고 하고는 길에서 맞아 이를 죽이고 그 머리를 이주조에게 보냈다. 이주조의 꿈에 휘가 알려 주기를 "내게 황금 200근이 있는데 구조인의 집에 있으니 그대가 이것을 가질 수 있다."고 하였다. 이주조가 구조인을 잡아다가 꿈대로 이를 찾았으나 얻지 못하고 구조인을 죽여 버렸다. 이것은 바로 그 원수를 갚으려는 자가 아직도 있다는 것이 아니겠는가?

오대五代 시절, 성덕절도사成德節度使 동온기董溫箕가 황금이 몇만 금이었는데, 온기가 거란에게 사로잡히게 되자 아문 안의 지휘사인 비경秘瓊이 동온기의 가족을 모두 죽이고서 한 구덩이에 이를 묻어 버리고 그 금을 취하였다. 진晉 고조高祖가 즉위한 뒤 비경을 옮겨 제주방어사齊州防禦使로 삼으니, 그 황금을 싸 가지고 위주魏州 길로 나서는데 범연광范延光이 국경에 군대를 숨겨 두었다가 비경을 죽이고 이를 모두 취하였다. 범연광도 끝내는 황금 때문에 양광원楊光遠에게 죽임을 당하였고, 양광원은 진晉 출제出帝에게 목 베인 바 되었다. 그러고 나서 그 옛 부하였던 송안宋顔이 그 황금을 모두 취하여서 이수정李守貞에게 바쳤는데, 뒤에 이수정은 주周 고조高祖에게 패한 바 되어 처자와 더불어 스스로 불타 죽었다. 그러나 그 황금만은 틀림없이 아직도 인간 세상에 남아 있을 것이다.[22]

이하의 문장에서 연암은 "무엇으로 그런 줄을 안단 말인가?(何以知其然也?)"란 표현을 세 번 반복한다. 황금은 지금도 그대로 있다. 어떻게 그것을 아는가? 첫 번째 물음이다. 박지원은 먼저 『자치통감』 권154, 「양기梁紀」 10, 〈무제 대통大通 2년(530)〉 기사에 실려 있는 성양왕 휘의 이야기를 예화로 들었다. 북위 이주조의 난리 때 성양왕 휘는 구조인에게 구원을 청했다. 그에게서 큰 은혜를 입었던 구조인은 제게 불똥이 튈까 봐 성양왕 휘를 죽여 반란군에 넘겼다. 죽은 휘는 이주조의 꿈에 나타나 제게 있던 백 금을 곱으로 부풀려 이백 금이라고 말해 준다. 이 말을 들은 이주조는 구조인을 죽여 결과적으로 성양왕 휘의 원수를 갚아 주었다. 은혜를 원수로 갚고, 원수가 원수를 갚아 준 결과가 되었다. 그렇다면 이주조는 성양왕 휘를 죽게 만든 원수인가, 원수를 갚아 준 사람인가? 구조인의 일가붙이 셋을 자사로 추천했던 휘는 구조인에게 은혜로운 사람이었는데, 구조인은 그를 배신했고, 휘는 이주조의 꿈에 나타나 그 원수를 갚았으니, 휘는 구조인에게 은혜로운 사람이면서 원수이기도 하다.

두 번째 이야기는 『자치통감』 권281, 「후진기後晉紀」 2, 〈고조高祖 천복天福 2년(937)〉 기사와 전후 관련 언급에 나온다. 오대 적 성덕절도사 동온기의 황금을 비경이 빼앗았다. 비경은 다시 범연광의 매복에 걸려 죽고, 범연광은 양광원에게 죽였으며, 양광원은 진 출제에게 죽임을 당했다. 양광원의 황금은 엉뚱하게 그 집 부하였던 송안의 차지가 되었다가 이수정의 손에 들어갔다. 이수정은 다시 주 고조에게 패해서 자살하고 말았다. 그렇다면 이수정의 황금은 그 뒤로도 계속 돌고 돌아 지금도 어느 누군가의 수중에 있으면서 계속해서 뺏고 빼앗기는 복수의 혈전을 만들어 내고 있을 것이 아닌가?

연암은 이렇듯 『자치통감』을 뒤져 황금과 관련된 물고 물리는 복수전의 예를 전거로 들어, 황금을 가지고 인재를 얻어 나라를 구하려 한 연 소왕의 황금대 이야기가 얼마나 허망한 일인지를 역설한다. 황금을 가진 자는 더 많은 황금을 취하려 할 것이고, 황금을 못 가진 자는 남의 황금을 빼앗으려 들 터이다. 결국 황금을 통해 인재를 구하려 한 것은 끝없는 죽음의 연쇄를 가져올 뿐이라는 것이다.

[4] 무엇으로 그러한 줄을 알겠는가? 옛날에 세 명의 도둑이 있었다. 함께 무덤 하나를 도굴하고서 서로 말하기를 "오늘은 피곤하고 황금을 많이 얻었으니, 술과 밥을 사 오지 않겠는가?" 하니, 한 사람이 선뜻 일어나서 갔다. 길을 가며 혼자 기

뻐하며 말하기를 "하늘이 좋은 기회를 주는구나. 셋으로 나누느니 차라리 혼자 차지하고 말 테다." 하고는 그 밥에 독을 넣어 돌아왔다. 두 도적이 갑자기 일어나 그를 때려죽이고서 우선 술과 밥을 배불리 먹고서 황금을 둘로 나누었다. 그러고 나서는 함께 무덤 옆에서 죽고 말았다. 아아! 이 금도 반드시 장차 길가에 굴러다니다가 어떤 사람이 주워서 얻었으리라. 이것을 주워 얻은 자도 또한 반드시 하늘에 묵묵히 감사하면서 이 황금이 바로 무덤 속에서 꺼내어져 독약을 먹은 끝에 나온 것인 줄은 알지 못했을 것이다. 그리고 이 앞뒤로 해서 또 몇천, 몇백 명을 독살하게 될지도 미처 몰랐으리라. 그런데도 천하 사람 중에 황금을 사랑하지 않는 자가 없는 것은 어째서인가? 『주역』에 말하기를 "두 사람이 한마음이 되면 그 예리함이 쇠를 끊는다."고 하였으니, 이것은 반드시 도적의 점괘일 것이다.[23]

황금은 아직도 세상에 돌고 있다. 무엇으로 그 이유를 아는가? 두 번째 물음이다. 앞서 역사 사실에서 전거를 끌어온 것과는 달리, 연암은 도둑놈 세 명의 이야기로 말문을 연다. 한마음으로 훔쳐 놓고 혼자 다 차지하고 싶어서, 한 놈은 밥에 독을 타고, 두 놈은 작당해서 한 놈을 죽이고서 독이 든 밥을 먹고 같이 죽었다. 처음에는 한마음으로 시작한 도둑질이었는데, 결과는 다른 마음을 먹고 다 죽고 말았다. 결국 그 황금은 길 가던 자의 차지가 되었을 터이고, 그도 그 금을 얻은 이후 죽고 죽이는 사슬의 연쇄에서 결코 벗어날 수 없었으리라. 금으로 맺어진 관계는 항상 피를 부르고 죽음으로 끝난다.

번스타인은 『황금의 지배』에서 "금은 사회 전체에 의욕을 불어넣고, 경제를 산산조각 내고, 왕과 황제들의 운명을 결정하고, 가장 아름다운 예술 작품을 위한 영감의 원천이 되었다. 또한 사람들로 하여금 서로에게 끔찍한 짓을 저지르게 만들고, 순식간에 부자가 되어 불안을 없애 버리겠다는 희망을 안고 엄청난 고난을 견디도록 만들었다."고 하면서, "많은 나라들이 다른 나라들을 통제하기 위해 금을 찾아 온 지구를 뒤졌지만, 결국은 금이 자신들의 운명을 좌지우지했음을 깨달았을 뿐"이라고 적고 있다.[24] 그러고 보면 변치 않는 것은 인간도 아니고 인간이 만든 누대도 아니고, 단지 황금뿐이다. 황금은 변치 않는다. 그래서 그 변치 않음을 천하 사람들은 한결같이 사랑해서 목숨조차도 초개같이 내던져 조금도 애석해하지 않는다.

[5] 무엇으로 그런 줄을 아는가? 끊는다는 것은 가르는 것이고, 가르는 대상이 황금일진대, 그 한마음의 이로움을 알 수가 있겠다. 의로움을 말하지 아니하고 이로움을 말하였으니, 그것이 의롭지 못한 재물인 줄을 알 수가 있겠다. 이것이 바로 도적이 아니고 무엇이겠는가? 나는 천하 사람들이 황금이 있다 해서 꼭 기뻐하지도 않고, 없다 해서 반드시 슬퍼하지도 않

기를 바란다. 까닭 없이 재물이 갑자기 앞에 이르거든 우레나 천둥처럼 놀라고 귀신처럼 무서워하며, 길 가다가 풀섶에서 뱀을 만나매 머리털이 쭈뼛하니 움찔 멈춰 서지 않음이 없는 듯이 해야 하리라.[25]

그때의 황금은 지금도 세상에 돌아다니고 있다. 어떻게 알 수 있는가? 세 번째 마지막 물음이다. 둘이 한마음이 되었다고 해 놓고, 그 결과는 그 단단한 쇠를 끊어 둘로 나눈다고 했으니 하는 말이다. 더군다나 나누는 것이 황금이고 그것이 이롭다고 했으니, 그들이 한마음이 된 것은 잇속을 차리기 위한 방편이었을 뿐 의로움과는 애초에 거리가 먼 것이었다. 연암은 『주역』의 동인同人 괘를 기발하게 해석함으로써, 도적의 일화를 자기 글의 삽화로 활용하여 우언적 효과를 작동시킨다. 황금은 재앙의 시작일 뿐이다. 그것을 보면 뱀 보듯이 도망쳐라. 이것이 연암의 마지막 주문이다.

그렇다면 연암의 이 글은 그 주제가 어디에 있는가? 그 긴 사설을 늘어놓고 시시콜콜한 전거를 들이대면서 연암이 이 글을 통해 말하고자 한 것이 고작 '황금을 돌같이 보라.'였던가? 연암 박지원은 왜, 세상에 존재하지도 않았고 지금 있지도 않은 황금대를 위해 그토록 장황하게 고사를 인용해 가며 「황금대기」를 썼을까?

우선은 노이점의 행동을 통해 드러나는 의미에 주목할 필요가 있다. 당시 조선의 지식인들은 대개 노이점과 같은 행태를 옳게 보아 기리고 칭찬한다. 그러나 그 고생 끝에 노이점이 얻은 것은 무너진 흙더미를 본 것뿐이다. 정말 볼만한 것들을 그는 거들떠도 보지 않는다. 볼만한 것은 누린내가 난다며 쳐다보지도 않으면서, 껍데기만 남은 볼 것도 없는 옛 자취는 굳이 찾아가서 본다. 그러니 참 웃긴다는 것이 연암이 첫 번째로 하고 싶었던 말이다.

두 번째로 연암은 황금대에서 황금의 의미에 주목한다. 연 소왕은 황금으로 국사國土를 사려 했다. 말하자면 돈으로 지식인을 사려 했던 것이다. 그 결과 그는 잠깐의 승리를 얻었지만 결국은 흙무더기 언덕만을 남겨 놓고 역사 속에 지워져 버렸다. 이때 황금은 단순히 금전의 의미에 그치지 않는다. 왕이 의리나 인의로 신하를 부르지 아니하고 고작 황금의 이로움을 미끼로 지식인들을 부르고, 황금의 유혹에 앞뒤 가릴 것 없이 연나라로 달려갔던 지식인들에 대한 비판과 함께, 목적을 위해 수단 방법을 가리지 않는 태도와 정당치 못한 명분에 대한 힐난 등을 포괄적으로 상기시킨다.

황금으로 만난 사람은 황금 때문에 서로 죽고 죽인다. 앞서 예시한 역사의 거울에 비추어 볼 때 황금은 역사의 주인공 대부분을 단지 죽음의 궁지로 몰아넣었을 뿐이다. 황금은 지금도 인간 세상을 떠돌고 있다. 인간은 결코 한 번도 진정한 의미에서 황금의 소유자가 된 적이 없다. 오히려 황금이 그들을 소유했을 뿐이다. 이것이 연암이 황금대를 앞에 두고 떠올리는 두 번째 생각이다.

조선의 지식인이 청나라에 가서 그 앞선 문물을 유심히 살펴보아 나라에 보탬이 될 생각은 않고, 소중화小中華의 되잖은 자존심만을 앞세워 오랑캐라 얕잡아 보고 눈앞의 현실은 외면하며, 허위에 찬 옛 중국의 예악문물만을 동경하는 자기기만적이고 자아도취적인 허위의식을 연암 박지원은 이런 식으로 아프게 지적하고 있는 것이다.

중세적 이념의 틀을 깨는 연암만의 방식—글의 행간과 글쓰기 방식

지금까지 연암이 황금대 이야기를 통해 말하고자 한 속뜻을 살펴보았다. 「황금대」는 일기의 본문에 해당하고, 「황금대기」는 일기의 중간에 끼어든 독립적인 논설문이다. 연암은 예의 성동격서의 방식으로 「황금대」와 「황금대기」의 기술記述을 분리시킴으로써 행간을 확장시켰다.

「황금대」에서는 황금대보다 노이점의 행동에 기술의 초점을 두어 황금대란 공간이 갖는 상징성을 암시하였다. 「황금대기」에서는 세 차례의 반복된 예시를 통해 황금대가 아닌 오직 황금의 의미만을 천착하였다. 결국 두 편의 글 모두에서 글의 중심에 놓여야 마땅한 황금대는 배경화되고 마는데, 바로 여기에 연암이 말하려 한 핵심 의미가 놓인다.

각각의 예시 사이에도 맥락이 존재한다. 먼저 몽염에서 항우로 이어지는 복수의 계보 끝에 석숭의 예화를 삽입함으로써 복수의 목적이 의리도 아니요 명분도 아닌, 단지 재물이나 권력 때문이었음을 갈파하였다. 이어지는 성양왕 휘와 구조인의 얽히고설켜 누가 원수이고 은인인지조차 분간할 수 없는 은원恩怨 관계는 원수 갚는 일의 허망함을 강조한다. 다시 동온기의 황금이 여러 차례의 유전流轉을 거쳐 아직도 천하에 돌아다님을 말하여, 황금을 향한 결코 끝나지 않는 인간의 욕망을 드러내었다.

마지막에 등장하는 세 도둑의 이야기는 이러한 욕망의 행로가 다다르게 되는 종착점을 암시한다. 눈앞의 이익에 눈이 멀어 공멸을 부르고 만 이들 세 도둑의 이야기는 앞서 역사적 전거를 통해서만 이끌어 오던 황금에 눈먼 인간의 역사를 종합한다. 결론은, 황금은 인간에게 죽음을 가져왔을 뿐인데도 천하에 황금을 사랑하지 않는 인간은 없다는 것이다. 그러니 황금을 보면 우레나 천둥처럼 놀라고 귀신이나 뱀처럼 무서워하라는 것이다. 황금을 가지고 어진 선비를 부르려 한 연 소왕의 행위는 결국 더 많은 황금을 차지하려는 싸움 끝에 공멸의 파국만을 불렀을 뿐이다. 그런데도 조선의 지식인들이 황금의 종착점을 상징하는 그 허울 좋은 흙무더기 언덕만을 찾으려 애쓰는 모습을 보니 참으로 안타깝기 그지없다는 것이다.

이렇게 해서 황금대는 이전까지의 후례초현의 관습적 의미의 틀을 깨고, 중세적 지식인의 명분에 절어 있는 허위를 폭로하는 장소로 탈바꿈하게 되었다. 세상은 하루가 다르게 급변하고 있는데, 이른바 경술經術과 행검行儉으로 무장한 지식인들의 존왕양이의 허울 좋은 명분은 날이 갈수록 더욱 강고해져만 가고 있다고 연암은 파악했다. 문면만으로 볼 때 노이점에 대한 연암의 부정적인 태도는 그다지 심각하게 드러나지 않는다. 그것은 「황금대」와 「황금대기」가 분리됨으로써 문맥이 간접화되는 효과를 거두었기 때문이다. 그러나 실제로 그에 대한 연암의 태도는 매우 냉소적이고 신랄하다. 불 보듯 뻔한 세계의 변화를 군이 외면하고 자기 기만 속에 갇혀 마침내 공멸의 길로 향해 가고 있는 조선 지식인 사회에 대한 분노 섞인 질타를 박지원은 「황금대기」를 통해 던지고 있다.

연암의 이러한 진단은 이 글뿐 아니라 『열하일기』 곳곳에서 반복적으로 나타난다. 「일신수필馹迅隨筆」 중 이른바 '장관론壯觀論' 대목은 특히 「황금대」와 관련하여 흥미롭게 읽힌다. 여기에는 상사上士와 중사中士, 그리고 하사下士의 이야기가 등장한다. 중국에 다녀와 이번 길에 구경한 것 중 제일 장관이 무엇이냐고 물으면, 상사는 인상을 찌푸리며 제법 씁쓸하고 근심 겨운 표정으로 낯빛을 변하며 도무지 볼만한 게 없다고 대답한다는 것이다. 어째서 볼만한 것이 없느냐고 되물으면 그는 이렇게 대답한다.

황제도 머리를 깎아 변발을 했고, 장상과 대신, 여러 신하들도 머리 깎고 변발했으며, 일반 백성마저도 머리 깎고 변발했다.

비록 공덕이 은나라, 주나라에 비길 만하고, 부강하기가 진한
秦漢 적보다 낫다고 해도, 사람이 생긴 이래로 머리 깎고 변발
한 천자는 있지 않았다. 비록 육롱기陸隴其나 이광지李光地의
학문과 위희魏禧나 왕완汪琬, 왕사징王士徵의 문장, 그리고 고
염무顧炎武와 주이존朱彝尊의 박식함을 갖추었다 하더라도,
한 번 머리 깎아 변발하고 보면 오랑캐일 뿐이다. 오랑캐는 개
나 양이니, 내가 개나 양에게서 무엇을 본단 말인가?[26]

아무리 국가가 부강하고 백성들의 삶이 평화로워도, 학술이
제아무리 발전해도 옆머리를 밀고 뒤로 길게 땋는 한 그것은 개
돼지와 같은 오랑캐일 뿐이다. 머리 땋은 천자는 오랑캐일 뿐 천
자로 인정할 수가 없다. 눈에 보이는 것이 모두 오랑캐의 것인데
무에 볼 것이 있느냐는 것이다. 한편으로 중사는 이렇게 대답한다.

성곽은 장성의 나머지요, 궁실은 아방궁의 찌꺼기일 뿐이다.
일반 백성들은 위진魏晉의 부화함이 있고, 풍속은 수나라 대
업大業 연간이나 당나라 천보天寶 연간의 사치스러움이 있다.
중국이 망하매 산천은 변하여 비리고 누린내 나는 고장으로
변하고 말았다. 성인의 실마리는 인멸되어 묻혀서 언어조차
변화하여 야만의 습속을 따르게 되었으니, 볼만한 것이 무에
있겠는가? 진실로 10만의 무리를 얻어 내달려 산해관으로 들
어가 중원을 깨끗이 쓸어버린 뒤에야 장관을 논할 수 있을 것

이다.[27]

예악문물은 예전 중국 것을 그대로 쓰고 있지만, 명나라가 망한 뒤 산천에선 누린내가 나고 언어마저 야만의 습속을 따르게 되었으니, 이것은 중국이되 중국이랄 수 없다는 것이다. 오직 10만의 군대로 북벌의 기치를 높이 들어 중원을 한번 평정하는 것만이 급선무일 뿐, 그 이전에는 그곳에 가서 듣고 볼 것이 하나도 없다는 것이다. 여기 보이는 상사와 중사의 이야기는 앞서 모든 것이 다 오랑캐요 나느니 누린내라 도무지 볼 것이 없다던 노이점의 이야기를 그대로 옮겨 놓은 것이나 다름없다. 이 이야기의 끝에 연암은 다시 이렇게 부연한다.

사해가 하늘이 무너지고 땅이 갈라지는 운수를 만남에 미쳐, 천하의 머리털을 죄다 깎아 버려 온통 오랑캐가 되고 말았다. 한 귀퉁이에 자리한 우리나라가 비록 이러한 수치를 면하였다고는 하나 중국을 위해 복수하여 부끄러움을 씻겠다는 마음이야 어찌 단 하룻들 잊을 수 있겠는가? 우리나라의 사대부로 춘추의 존왕양이를 논하는 자가 우뚝이 잇달아 나와 백 년이 하루와 같으니 가히 성대하다 할 만하다.[28]

박지원이 이 대목에서 우뚝하고 성대하다고 치켜세우고 있는 사람은 바로 앞서 존왕양이의 춘추 의리에 충실했던 노이점

같은 인물이다. 연암은 『열하일기』 곳곳에서 겉으로는 이렇게 존왕양이를 주장하는 사람들을 우뚝하고 성대하다고 치켜세우고는 있지만, 그 속내는 정반대다. 위 인용 가운데 "중국을 위해 복수하여 부끄러움을 씻겠다는 마음"을 '연나라를 위해 복수하여 치욕을 씻어 보고 싶은 생각'으로 환치시켜 읽으면, 연 소왕의 황금대가 당시 우리나라 지식인에게 지니는 의미의 질량이 드러나고, 그러한 생각의 허무맹랑함은 이미 「황금대기」를 통해 십분 갈파한 바 있다. 더욱이 청나라는 지금까지의 중국의 예악문물을 그대로 계승하고 있음에랴.

그리하여 연암은 이어지는 글에서 자신을 하사로 자임하며, 깨어진 기와 조각과 냄새나는 똥거름이야말로 장관 중에 장관이더라는 독설을 던졌다. 그리고 곧이어 "천하를 다스리는 사람은 진실로 백성에게 이롭고 나라에 보탬이 될 수만 있다면 비록 그 법이 혹 오랑캐에게서 나왔다 하더라도 진실로 장차 취하여서 이를 본받아야 한다."[29]고 갈파했던 것이다.

모처럼 만나기 어려운 기회를 만나 청나라에 들어가서, 백성을 이롭게 하고 국가를 두텁게 할 수 있는 현실적 가치들은 누린 내 나는 오랑캐의 것이라고 굳이 외면하면서 있지도 않은 황금대만 찾아다니는 지식인들의 가증스런 위선을 벗겨 내는 길만이, 당시 조선이 진정한 의미에서 북벌에 성공할 수 있는 유일한 길이라고 그는 생각했다. 이러한 그의 생각은 「호질」이나 「양반전」뿐 아니라, 『열하일기』 속의 다른 여러 글 속에서도 일관되게 펼쳐진다.

여기서 우리는 박지원이 「황금대기」에서 말하고 있는 이利의 문제에 대해 다시 한번 생각하지 않을 수 없다. 중국과 변방의 문제, 임금과 신화의 결합, 인간과 물질의 관계에서 연암은 과연 '이' 아닌 '의'로 맺어진 관계만을 말하려 한 것일까? 그렇다면 이때의 '의'는 노이점이 지녔던 중세적 가치와는 어떻게 변별될 수 있는가? 깨어진 기왓장과 똥거름의 이로움을 추구하겠다고 할 때의 '이'는 앞서의 '이'와 어떻게 같고 어떻게 다른가?

결국 연암은 노이점이 소중하게 지키려 했던 황금대로 상징되는 가치가 인간 삶을 이롭게 하는 이로움이 아니라 실제로는 인간 사이를 끊고 가르는 예리함이었음을 지적하는 동시에, 기왓장과 똥거름의 이용후생利用厚生하는 이로움이야말로 인간 삶을 이롭게 하는 이로움임을 말하려 했던 것으로도 보인다. 한 걸음 더 나아가 이렇게 생각해 볼 수도 있다. 주인은 계속 바뀌어도 황금은 천하에 그대로 남아 있다. 천하의 주인이 바뀌었어도 나라와 제도, 인간 삶을 구성하는 제반 조건들은 하나도 변하지 않았다. 그렇다면 주인이 누구로 바뀌었는지는 중요한 것이 아니다. 더 중요한 것은 주인이 바뀌어도 변치 않고 상존하는 것들에 대한 관심이 아닐까?

연암의 이런 생각이 지닌 잠재적 파괴력은 엄청난 것이었다. 강고한 중세적 이념의 틀이 깨져 나가는 현장을 우리는 그의 이러한 글쓰기를 통해 분명히 감지할 수 있다. 연암 문체의 변화는 이러한 생각의 힘, 발상의 전환에 의해 안받침되고 있기에 조선 후기 전통사회의 변동을 추동하는 방향성을 얻을 수 있었다.

박지원의 「황금대기」는 연암 특유의 발랄함과 진지함이 잘 드러나는 글이다. 이 글에서 우리는 연암이 당시 맹목적 이데올로기의 망령에서 헤어나지 못하고 있던 지식인 사회를 향해 어떤 방식으로 신랄한 풍자와 질타를 던지고 있는지를 살필 수 있다. 당시 조선의 지식인 사회는 연암의 진단처럼 시대 변화를 거슬러 현실을 외면하고, 효용성을 상실한 지 오래인 존왕양이의 명분에만 붙들려, 있지도 않은 황금대를 찾아 흙무더기를 뒤지느라 한 세월을 보내고 있었다. 정작 보아야 할 것, 배워야 할 것은 누린내가 난다며 외면하고 오랑캐라고 무시하며, 정작 자신들이 하는 일이야말로 오랑캐의 작태임은 자각하지 못하고 있다고 연암은 보았다.

다만 이것을 정면에서 담론화하기는 어려웠으므로, 연암은 「황금대기」와 같은 우회적 경로를 통해 문제를 제기했던 것이다. 그러나 그 맥락을 짚어 보면 연암이 지녔던 문제의식은 너무도 선명하고 단호하다. 그의 『열하일기』는 처음부터 끝까지 이러한 문제의식으로 일관되어 있다.

「황금대」에 보이는 노이점은 나이 예순에 상방비장에 불과한 미천한 신분으로 연행에 참가했던 인물이다. 그런 그에게서까지 결코 넘을 수 없는 사고의 한계를 발견하고 연암은 그 안타까움을 「황금대기」 일문一文에 담아 토로했던 것이다. 이러한 답답함은 『열하일기』 「도강록渡江錄」에서 장복이를 돌아보며 "만일 네가 중국에 태어났더라면 어떻겠느냐?" 하고 묻자, "중국은 오랑캐인걸입쇼. 쉰네는 원하지 않습니다요." 하는 대목에서도 반복된다.

연암 당대에 『열하일기』가 받았던 대접이 그러하였듯, 조선의 근대는 아직도 캄캄한 밤 속을 헤매고 있었다. 그의 목소리는 그 완고한 어둠 속에서 잠시 피었다가 꺼진 횃불이었다. 「황금대기」가 비록 연암 사유의 한 편린을 보여 주고 있지만, 우리는 이 글에서 중세적 인식론의 견고한 각질이 깨져 나가는 한 단초를 명확하게 감지할 수 있다.

4

지식인 사회를 향한
연암의 거침없는 항의와 분노

박지원의 「홍덕보 묘지명洪德保墓誌銘」 명사銘詞에 대하여

묘지명墓誌銘은 망자의 생애 사실을 적어 무덤 앞에 묻어 두는 글이다. 끝에는 그의 삶을 간추린 운문 형식의 명사銘詞가 붙는다. 후대에 무덤의 주인을 알 수 없게 될 때를 대비해서 땅속에 파묻어 두는 것이다. 비석은 지위가 높은 관원만 쓸 수 있어서 그렇지 않을 경우 묘지명으로 대신했다.

연암 박지원과 담헌湛軒 홍대용洪大容은 가까운 벗이었다. 두 사람 모두 연행燕行의 체험을 통해 조선 사회에 북학北學의 새 바람을 일으켰다. 박지원과 홍대용의 우정은 특별했다. 그런 홍대용이 갑작스레 세상을 뜨자, 박지원은 깊은 슬픔을 담아「홍덕보 묘지명洪德保墓誌銘」을 지었다. '덕보'는 홍대용의 자字이다

그런데 박지원의『연암집燕巖集』과 홍대용의『담헌서湛軒書』에 실린「홍덕보 묘지명」에는 명사銘詞가 사라지고 없다. 문집에서 사라진 명사는 정작 박지원의 둘째 아들 박종채朴宗采가 엮은『과정록過庭錄』과 집안에 전해진 필사본 등 다른 여러 경로로 전

한다. 그 내용 또한 조금씩 달라서, 명사가 함축하는 의미를 파악하는 데 고려할 만한 차이를 보여 준다. 또 명사 중에 보이는 '영맥유詠麥儒'라는 표현은 「호질虎叱」의 '발총유發塚儒'와 연결되면서 그 속에 담긴 의미가 증폭된다. 글 속에 나오는 '반함飯含'의 문제도 단순치가 않다.

묘지명의 명사는 누가 왜 삭제했을까? 명사 내용 중 어떤 부분이 당시 사회적 금기를 저촉했던가? 명사가 발신發信하는 의미는 구체적으로 어떤 것인가? 연암은 왜 명사를 여러 번 고쳤을까? 오늘에 와서 이것이 왜 문제가 되는가? 이 글은 이러한 의문에 답을 찾아가는 과정이 될 것이다.

「홍덕보 묘지명」에 대해서는 이동환 교수의 언급 이래, 김혈조 교수의 새로운 문제 제기가 있었다.[1] 작품의 구성과 주제야 별 이견이 없겠으나, 명사의 내용과 의미는 논란의 여지가 있다. 이것은 사소하지만, 당대 지식인 사회, 나아가 그 시대를 바라보는 연암의 시선을 이해하는 데 매우 핵심적인 부분이다.

이 글은 25자에 불과한 명사의 해석을 둘러싼 미시적 논의다.[2] 텍스트에 대한 '꼼꼼히 읽기'와 '뒤집어 읽기'는 언제나 방법론의 모색보다 우선해야 한다고 믿는다.

명사銘詞의 행간

통행본 『연암집』에 실린 「홍덕보 묘지명」에는 명銘 없이 서序만
실려 있다. 박영철본 『연암집』에는 본문 끝에 '명왈銘曰'이라 해
놓고, 뒤이어 작은 글자로 "명일원고銘佚原稿", 즉 "명은 원고를 잃
어버렸다."고 적고 있다. 왜 본문은 그대로 남아 있는데 명만 원고
를 분실하였을까? 정말 분실한 걸까, 아니면 의도적으로 삭제한
걸까? 의도적으로 삭제했다면 그 이유는 뭘까? 그런데 박종채가
엮은 『과정록』에는 박지원이 홍대용을 위해 지었다는 뇌사誄辭,
즉 홍대용의 생전 공덕을 칭송하며 애도하는 글이 실려 전한다.
뇌사라 했지만, 이 글이 바로 문집에서 사라진 명사다. 모두 네 구
로 되어 있다.

[1]

서자호西子湖에서 서로 만나 보리니	相逢西子湖
그대가 자신을 부끄러워하지 않을 것을 아노라.	知君不羞吾
입안에 구슬을 머금지 않음은	口中不含珠
보리 읊은 유자儒者를 슬퍼함일세.	空悲詠麥儒

　　매 구마다 상평성上平聲 우운虞韻을 보운하였다. 그런데 연암
후손가에서 나온 사본 『연암산고燕巖散稿』 제3책에도 본문과 함
께 명사가 실려 있는데, 여기에는 위의 네 구 앞에 "의소가무호宜

笑歌舞呼"의 한 구가 더 첨가되어 있다.[3] 이를 다시 읽으면 이렇게 된다.

[2]

웃고 노래하고 춤추고 소리쳐 마땅하도다.	宜笑歌舞呼
서자호에서 서로 만나 보리니	相逢西子湖
그대가 자신을 부끄러워하지 않을 것을 아노라.	知君不羞吾
입안에 구슬을 머금지 않음은	口中不含珠
보리 읊은 유자를 슬퍼함일세.	空悲詠麥儒

그런가 하면 연암의 주손胄孫 박공서朴公緒 옹의 집안에 전하는 필사본 『열하일기』 가운데도 「홍덕보 묘지명」이 실려 있다.[4] 여기에도 잃어버렸다던 명이 멀쩡하니 그대로 실려 있다. 실려 있기는 한데 글씨 위에 알아볼 수 없도록 먹으로 뭉개 놓았다. 이로 보아 명이 분실된 것이 아니라, 모종의 문제에 저촉될까 염려하여 인위적으로 삭제한 것임을 알 수 있다. 이렇듯 글자를 뭉개어 지우는 것은 옛 문헌에서 혐의를 피하기 위해 흔히 쓰는 방법이다. 여기에 실린 명사는 위의 것과 조금 차이가 있다.

[3]

넋 떠나매 모름지기 초혼招魂할 것 없도다	魂去不須招
서자호에서 서로 만나 보리니.	相逢西子湖

입속에 구슬을 머금지 않음은

보리 읊조린 유자를 슬퍼함일세.

口裏不含珠

怊悵詠麥儒

'초招'는 하평성下平聲 소운蕭韻이나 우운虞韻과는 통용하므로 크게 문제 될 것이 없다. 전혀 보이지 않던 1구가 새로 나오고, "지군불수오知君不羞吾" 즉 "그대가 자신을 부끄러워하지 않을 것을 아노라."가 없어졌다. 3, 4구는 앞의 것과 비교해 보면 '구중口中'이 '구리口裏'로, '공비空悲'가 '초창怊悵'으로 바뀌는 출입이 있다. 시상詩想의 전개에는 큰 차이가 없다. 다만 '공비'가 '초창'보다 어감이 더 강한 데다, [2]의 1구가 빠져 [3]은 다소 문맥을 누그러뜨린 느낌이 있다.

이렇게 볼 때 정작 『연암집』이나 『담헌서』에는 전하지 않던 명사가 세 곳에 각기 조금씩 다른 모습으로 전하고 있는 셈이다. 이 세 가지 서로 다른 명사의 존재는 과연 무엇을 의미하는 것일까? 그리고 그것들이 드러내는 의미는 무엇일까?

[2]는 [1]에 첫 구 하나가 부가된 것일 뿐이다. 다만 이 경우 홀수 구로 된 것이 문제인데, 매 구마다 운자를 달고 있으므로 꼭 짝수 구를 고집할 필요는 없다. [2]를 꼼꼼히 읽어 보면 [1]은 저절로 풀릴 것이다.

1구는 "의소가무호宜笑歌舞呼"다. 웃고 노래하고 춤추고 소리 질러 마땅하다고 했다. 도저히 그냥 있을 수 없을 만큼 기쁜 일이 일어났다는 것이다. 그 기쁜 일이란 것이 도대체 무엇인가? 이것을 이동환은 "국내에서 지우를 받지 못하고 울울히 지내던 담헌이 중국의 명류들에게서 지우를 받은 것이 그야말로 마땅히 소무가호笑舞歌呼할 일이라는 뜻"이라고 풀었다.[5] 김혈조는 [2]와 [3]을 조합하여 명사가 원래 6구였을 것으로 추정하고, 1구를 "담헌이 살아 있다면 마땅히 중국인들과 웃고 춤추고 노래하고 부르짖고 했을 것"이라는 뜻으로 이해했다.[6] 한 사람은 그 기쁜 일을 과거의 시점을 반추하는 것으로 보았고, 한 사람은 '만약 살아 있다면'의 가정법을 전제한 것으로 읽었다.

1구에서 웃고 노래하고 춤추고 소리 질러 마땅할 정도로 기쁜 일이란 "상봉서자호相逢西子湖" 하는 2구의 정황이다. 서자호에서 서로 만나게 된 것이 기뻐 죽겠다는 뜻이다. 이동환은 이 2구를 두고 "담헌이 만난 중국의 지기 세 사람 모두가 항주 사람들이기에, 실제는 북경에서 만났으나 서자호에서 만난 것으로 의설擬設하여 앞 구절의 소무가호笑舞歌呼에 하나의 봉장적逢場的 성격을 부여하면서, 미경으로 이름난 명호名湖 서자호를 가지고 서序에서 기술한 바 세 사람이 모두 문장예술지사로서 중국의 명류였다는 내용에 상징적으로 대응시키려 한 것"[7]이라고 풀었다. 서자호라는 허구적 공간 설정을 통해 만남의 장소로서의 성격을 부여했다는 논의다. 김혈조는 청나라 때 학자 반정균潘庭筠이 담헌에게 써 준 시를 인용하면서, "이제 죽어서 그들이 만날 공간"[8]으로 서호를 설정했을 법하다고 했다.

1, 2구를 해석할 때 이동환은 모두 연암이 담헌과 중국 선비

들과의 만남을 회상하는 설정을 하고 있는데, 문맥상 껄끄러운 점이 한두 가지가 아니다. 그들과의 만남이 정말 1구에서 말하듯 춤추고 소리 지르며 날뛸 만큼 감격적인 것이었는지부터가 의문이고, 북경에서 만난 선비를 서자호에서 만났다고 한 것에 대한 설명도 왠지 궁색하다. 김혈조는 이 부분에서 아주 중요한 언급을 하고 있는데, 바로 그들이 죽어서 만날 공간으로 서자호를 설정했다는 대목이다. 정곡을 찔렀다.

내 생각은 이렇다. 1구의 정말 너무 좋아서 춤이라도 덩실덩실 추며 노래라도 부르고 싶은 기쁜 일이란 바로 담헌의 죽음이다. 담헌의 죽음이 어째서 기쁜가? 넋이 훨훨 날아가 꿈에도 그리던 서자호의 벗들과 마음껏 만날 수 있게 되었기 때문이다. 이것은 하나의 역설이다. 살아서 국내에선 변변한 지우知遇를 한 번도 입어 보지 못한 그가, 이제 세상을 뜸으로써 비로소 자신을 알아주는 서자호의 선비들과 상봉할 수 있게 되었음을 기뻐한다는 것이니, 그 기쁨은 기쁨이 아니라 오히려 통곡에 가까운 슬픔이다.

실제로 『담헌서』의 「건정동 필담乾淨衕筆談」 속에는 여러 곳에 서자호의 이야기와 재상봉 문제가 화제로 등장한다. 2월 3일의 기록에서 반정균이 서호의 아름다운 풍광을 이야기하자, 김평중金平仲이 "두 분과 함께 나귀를 타고 그곳에 가 노닐며 시라도 읊고 싶지만 될 리가 없겠지요?" 하는 대목이 보인다. 그다음 날 엄성嚴誠이 이제 헤어지면 언제 다시 상봉할 수 있겠느냐고 하자, 담헌이 "마침내 한번 이별할 것이라면, 애당초 상봉하지 않은 것만도 못합니다그려."라고 대답하는 말이 나온다. 다시 김평중이 "옛말에 '남아가 어느 곳에선들 상봉하지 않으리오?'라 하였으니, 이 뒤에라도 혹시 다시 만날 날이 있을는지요?" 하는 언급이 보인다. 또 2월 23일의 필담에서 김평중은 "아우는 동방에 살면서 서호의 명승을 듣고 마음이 쏠린 지가 이미 오래였으나, 한번 구경했으면 하는 숙원을 풀 길이 없음을 탄식하였습니다."라고 말한 것이 있다.[9]

또 엄성이 임종 하루 전에 홍대용에게 부친 시를 보면, "정은 이미 형제와 한가지이고, / 사귐의 진실함은 변함없었네. / 서로를 그리면서 보지 못하니, / 가을바람 향하여 통곡하노라. / 마주할 날 없음을 슬퍼하면서, / 마음 논할 편지 있음 기뻐하노라."[10]고 하여, 보고 싶어도 살아서는 다시 만나 볼 수 없는 슬픔을 무한히 안타까워하는 심정을 노래했다. 이렇게 볼 때 담헌 등에게 서자호는 가고 싶어도 결코 갈 수 없는 공간이었고, 그곳의 벗들은 애타게 만나고 싶지만 살아서는 결코 만날 수 없는 사이였던 것이다.

그런데 이제 담헌이 세상을 뜸으로써 훌훌 서호로 날아가 사무치게 그리던 엄성 등과 넋으로나마 만날 수 있게 되었으니, 그야말로 웃고 노래하고 춤을 추고 소리 질러 마땅한 기쁜 일이 아니겠냐는 것이다. 홍대용을 알아주지 않은 당대 지식인 사회를 향한 연암의 싸늘한 냉소와 분노가 깔려 있다.

3구는 "지군불수오知君不羞吾"다. 그대가 스스로를 부끄러위하지 않을 것을 안다고 했다. 이동환은 같은 글에서 이 대목을 "담헌이 중국 인사들과 필담으로 경지經旨·천인성명天人性命·고금출처대의古今出處大義 등 철학과 역사와 현실 문제에 이르기까지 광범한 논의를 벌이는 가운데, 담헌이 그들에게서 대유大儒로 추앙받았다는 서序의 내용에 대응한 표현"으로 이해했다. 중국 인사들과 경전의 뜻에 대해 토론하고, 성리학의 주요 개념과 출처의 의리에 대한 논쟁을 나누어 그들의 존경을 받았다는 뜻이다. 그렇지만 담헌과 그들의 대화는 연암이 익히 알고 있던 바로, 새삼스럽게 부끄럽지 않은 행동을 했을 것을 안다는 말은 맥없는 표현이다. 김혈조는 이 대목을 "서로 만나 자신의 생전의 일생을 회고해 보면 담헌은 스스로에게 부끄럽지 않은 삶을 살았다고 자부하였을 것이라는 사실을 연암이 알겠다는 뜻"으로 풀었다.

1, 2구와 관련지어 이를 풀면 다음과 같다. "그대가 죽어 서자호로 훨훨 날아가 그곳의 벗들과 상봉할 것을 생각하니 나는 그대의 죽음이 슬프기는커녕 기뻐서 견딜 수가 없다. 그리고 그대가 그곳에 가 그들과 만나서도 스스로에게 조금의 부끄러움이 없을 것을 나는 믿는다." 이 대목은 묘지명 앞쪽에 붙은 서문[幷序]의 "작별하고 떠나옴에 미쳐서는 서로 보며 눈물을 흘리면서 말하기를, '한번 헤어지면 다시는 만나지 못할 터이니, 저승에서 상봉하더라도 부끄러운 빛이 없기를 맹세합시다.'라고 말하였다."[11]는 대목과 완전히 호응하는 것이다. 즉 살아서의 맹세처럼 부끄러움 없는 삶을 살았기에 저승에서 서로 상봉해도 조금의 부끄럼

이 없을 줄을 연암은 확신한다는 것이다.

4, 5구는 '반함飯含'과 '영맥유詠麥儒'의 해석이 걸려 있다. 잠시 뒤로 미룬다. 여기서 다시 문제가 되는 것은 명사 [3]이다. [3]은 "의소무가호宜笑歌舞呼"의 자리에 "혼거불수초魂去不須招"가 들어가 있고, [2]의 3구인 "지군불수오知君不羞吾"가 누락되어 있다. 가전 필사본 『열하일기』 속에 [3]이 수록되어 있다면, 이 4구만으로도 의미 파악에 문제가 없었다는 뜻이 된다. 말하자면 [3]은 명사의 다른 버전이다. 이런 여러 가지 버전이 동시에 전해진다는 것은 이 명사가 모종의 민감한 문제를 건드렸고, 그것이 계속 문제가 될 듯하자 연암 자신이 문맥을 누그러뜨리기 위해 개작했을 가능성을 열어 준다.[12]

과연 김혈조의 추정처럼 [3]은 일실된 명을 후인들이 짐작하거나 들은 내용을 추정하여 보완하느라 이렇게 된 것일까?[13] [3]은 그 자체만으로 충분히 이해가 가능하다. 먼저 1구 "혼거불수초"는 '넋이 떠났어도 모름지기 초혼하여 그 넋을 불러올 필요가 없다.'는 뜻이다.[14] 쉽게 말해 죽은 것이 너무너무 잘되었다는 것이다. 그 이유는 역시 [2]와 마찬가지로 "상봉서자호"에 걸린다. 이제 넋이 떠나 서자호로 가서 그곳의 벗들과 만날 텐데, 그의 죽음을 아쉬워해서 초혼할 필요가 조금도 없다는 것이다. 이렇게 보면 [3]의 1, 2구는 [2]의 1, 2구의 의미와 조금도 다르지 않다. [2]는 '웃고 노래하고 춤추며 소리 지를 만큼 기쁘다. 왜냐하면 서자호로 가서 그곳의 벗들과 만날 수 있을 테니까.'의 뜻이다.

[3]은 '담헌의 넋이 떠나갔지만 초혼하지 않으련다. 왜냐하면 서자호의 벗들과 만나게 될 테니까.'가 된다.

그렇다면 [2]의 1, 2구와 [3]의 1, 2구가 발신하는 의미는 대동소이하다. 다만 문맥상 [2]가 매우 과격한 어투로 되어 있는 반면, [3]은 온건하다. 문맥의 강도만으로 선후를 따진다면 [2]가 원작에 가깝고, [3]은 뒤에 다시 문맥을 완화시켜 손질한 것이다. 이때 꼭 요긴하지 않은 [2]의 3구, 즉 "지군불수오"가 [3]에서 삭제되었다. 반대로 『과정록』에 수록된 [1]에서 "의소무가호"가 누락된 것도 망자를 앞에 두고 그 죽음을 좋아 죽겠다고 한 과격한 어투 때문이었던 것으로 보인다. 그러나 이 구절이 없고 보니 [1]은 맥없는 글이 되고 말았다. 명사의 의미 또한 두리뭉실해서 의미의 핵심을 파악하기 힘들게 되어 버렸다. 이 점이 바로 앞선 연구에서 명사의 내용 파악에 혼선을 빚은 까닭이다. 요컨대 명사는 당초 [2]와 [3] 두 개의 버전이 존재했던 것으로 보인다. [1]에서 "의소가무호"를 누락시킨 것이 박종채의 판단에 따른 것인지의 여부는 확인하기 어렵다.

이 명사의 해석에서 이동환은 시종 과거 연경의 건정동에서 만났을 당시를 추억하는 문맥으로 이해함으로써 명사 앞부분의 핵심 내용을 전혀 다른 방향으로 해석했다. 반면 김혈조는 [2]의 2, 3구의 해석이 정곡을 찔렀음에도 불구하고, [2]와 [3]을 조합하여 굳이 하나의 문맥으로 설명하려다가 오히려 앞뒤가 연결되지 않는 어색한 풀이가 되고 말았다.

반함飯含과 영맥유詠麥儒

이제 앞에서 잠시 미뤄 두었던 [2]의 4, 5구, 또는 [3]의 3, 4구의 의미를 파악해 보기로 한다. 4구는 "구중불함주口中不含珠"다. 입 가운데 구슬을 머금지 않았다는 뜻이다. 박종채는 『과정록』에서 이 일을 두고 "담헌은 평소 지론이 상례喪禮의 반함飯含은 꼭 행할 것이 없다 하였고, 또 선군께 그의 상사를 점검하도록 부탁하였다. 이때 그의 아들 원에게 일러 주셨는데, 원 역시 유지를 들었었다. 마침내 증贈을 하고 반함은 하지 않았으니 그의 뜻을 따른 것이다."15라고 적었다.

담헌은 왜 당시 누구나 의례적으로 행하던 반함이 불필요하다고 생각했던 걸까? 여기에 무슨 특별한 이유라도 있었던 걸까? 자료가 남지 않아 명확한 이유를 알 수는 없지만, 한두 가지 짚이는 대목이 있기는 하다.

반함은 망자의 입속에 망자의 신분에 따라 주옥珠玉이나 미패米貝 등을 물리던 상례의 습속을 말한다. 『예기』「단궁 하檀弓下」에서는 "반은 쌀이나 조개를 쓰니, 차마 비워 둘 수 없어서이다.(飯用米貝, 弗忍虛也.)"라고 했고, 「춘추설제사春秋說題辭」에서는 "입에 채우는 것을 함이라 하니, 살았을 때 음식을 상징한다.(口實曰含, 象生時食也.)"고 했다.16

실제 중국에서 반함의 흔적으로 보이는 옥기玉器가 출토된 가장 오래된 예는 기원전 3900년에서 3300년 사이의 것으로 보이는 상해 청포현青浦縣의 숭택문화묘崧澤文化墓에서이다. 옛사람들은 옥이 시신의 부패를 방지해 주고, 사자死者가 지하에서 영원히 먹을 수 있는 양식이 된다고 믿었다. 시신의 입속에 넣는 옥을 함옥唅玉이라 하는데, 가장 많은 것은 매미의 형상을 한 옥이다. 매미를 넣었던 것은 『후한서』「여복지輿服志」의 유소劉昭의 보주補注에 보이는 "매미는 높은 데 살고, 깨끗한 것을 마시며, 입이 겨드랑이 아래에 있다."는 설명이나, 서광徐廣의 "매미는 청고하여 이슬만 마시고 다른 음식을 먹지 않는 것을 취한 것이다."고 한 것, 또 『사기』「굴원 열전屈原列傳」에서 말하고 있는, "매미는 더러운 것을 허물 벗고 티끌 세상 밖에서 노닐어 세상의 더러움을 입지 않는다."는 의미를 취해 온 것이다. 또 '선태蟬蛻'란 말은 매미가 허물을 벗듯 환골탈태하여 다른 세상으로 건너감을 의미하기도 한다. 『공양전公羊傳』 하휴何休의 주에는 "천자는 주珠로 하고, 제후는 옥玉으로 하며, 대부는 벽碧으로, 사士는 패貝로 하니, 춘추의 제도다. 문가文家에서는 쌀로 반飯을 넣는다."고 하여 반함의 내용물이 신분에 따라 차별이 있었음을 밝히고 있다.[17]

성호星湖 이익李瀷은 일찍이 「반함설飯含說」을 지어, 반함에 대해 매우 흥미로운 주장을 폈다.

나는 상례의 반함에 대해 전혀 모르겠다. 그러나 장차 반함을 하려 하면 어쩔 수 없이 먼저 설치楔齒를 하게 된다. 돌아가시자마자 실행하기는 차마 하기 어려운 점이 있다. 설설楔을 끼운 뒤에는 입을 서둘러 다시 다물릴 수가 없다. 이로써 염하여 장사 지냄은 눈을 감기지 않고 장례를 치르는 것과 무에 다르겠는가? 게다가 쌀이나 곡식은 하루가 못 되어 부패하는지라 죽은 이에게 해가 된다. 성인의 제도를 비록 망령되이 내 생각을 가지고 버리거나 취할 수는 없겠다. 하지만 옛날의 번다한 의례는 지금에 와서 반드시 모두 다 행할 필요는 없다고 본다.[18]

설치楔齒란, 옛날에 사람이 죽자마자 숟가락을 이빨 사이에 끼워 반함하기에 편하게 했던 절차를 말한다. 그러나 막상 반함을 하고 나서는 시신이 경직되어 입이 다물어지지 않는 폐단이 있어, 시신이 입을 벌린 채 장례를 치르게 된다. 그러니 눈을 감지 못하고 죽는 것이나 다를 바 없다는 것이다. 게다가 반함으로 옥이 아닌 쌀이나 곡식을 넣게 되면 하루도 못 가서 부패하여 오히려 시신의 손상을 가져올 뿐이니, 무엇하러 이런 허례를 행하느냐는 주장이다.

이익의 이러한 주장은 홍대용이 평소에 반함이 불필요하다는 지론을 지니고 있었다는 박종채의 증언과 연관되어 흥미로운 시사를 준다. 요컨대 홍대용 또한 이익과 비슷한 생각을 지녔을 것으로 짐작된다.

5구는 "공비영맥유空悲詠麥襦"다. 연암은 여기에서 슬며시 영맥유詠麥襦를 끌어들임으로써 담헌이 반함을 하지 않은 이유를 다른 차원으로 전환시켰다. 입속에 구슬을 머금지 않은 까닭이

다름 아니라 영맥유를 슬퍼하기 위함이라고 했다. 혹 이를, 입속에 구슬을 머금지 않고 감으로써 부질없이 영맥유를 슬프게 하겠다고 해석할 수도 있다. 어느 쪽이든 영맥유의 정체성이 문제가 되겠는데, 이에 대한 견해는 선행 연구에서 극단적으로 엇갈리고 있다.

이동환은 4, 5구에 명사의 핵심 의미가 있다고 보아, 영맥유가 『장자』 「외물」에 나오는 "입으로는 '시례詩禮'를 담론하면서 뒤로는 발총發塚과 같은 흉악한 짓을 유유히 저지르고 있는 유자"를 가리킨다고 보았다.[19] 반면에 김혈조는 은나라가 망한 뒤 기자箕子가 폐허가 된 은의 도읍지에 보리가 무성함을 보고 상심하여 불렀다는 맥수지가麥秀之歌를 가리키는 것으로 풀이했다. 그 결과 그는 영맥유가 연암 당대의 흉악하고 몰염치한 지식인을 가리키는 것이 아니라 "청조 지배하에서 고뇌하고 저항하는 불우한 한족 지식인"을 의미하는 것으로 건너뛰었다. 따라서 5구는 "까닭 없이 한족 지식인을 슬프게 하네."로 읽어야 하며, 이는 담헌의 죽음이 한족 지식인에게 큰 충격을 주었음을 강조하기 위해 한 말이라고 해석했다. 나아가 그는 "민족은 서로 다르지만 다 같이 불우한 운명을 살아가는 사람끼리 지기의 우정을 맺은 지식인들에게 한 사람의 죽음은 큰 충격을 주어 실의에 빠트리게 만들었다는 뜻"으로 이 구절을 이해했다.[20]

영맥유를 맥수지가로 보는 것은 문제가 있다. 김혈조의 풀이대로 본다면 4, 5구는 "입속에 구슬을 머금지 않아, 까닭 없이 한족 지식인을 슬프게 하네.'가 된다. 부질없이 슬퍼한다는 말은 그들을 불쌍히 여긴다는 뜻이다. 구슬을 머금지 않은 것이 한족 지식인을 슬프게 하는 까닭은 죽어서조차 곤궁한 담헌의 '불우한 운명' 때문이다. 이렇게 읽으면 범범한 내용이 되어 명사를 삭제하고 말고 할 이유가 없다. 더욱이 홍대용이 반함을 하지 않은 것은 곤궁해서가 아니라 평소의 소신 때문이었다.

어쨌든 4구의 "구중불함주"가 5구 "공비영맥유"의 원인이다. 연암은 담헌의 '불함주'를 영맥유를 부질없이 슬퍼하려는 뜻을 암시하기 위한 상징적인 행동으로 읽었다. 영맥유는 이동환의 지적대로 입으로 시례를 말하면서 뒤로는 발총 같은 흉악한 짓을 저지르는 허위에 찬 위선적 지식인을 지칭한다고 보아야 마땅하다. 말하자면 담헌은 죽을 때 반함을 하지 않음으로써 이들 위선적 지식인들에 대한 연민의 뜻을 표시한 셈이 된다. 그렇다면 그 구체적 내용은 무엇인가? 『장자』를 인용한다.

유자는 시례로 무덤을 파헤친다. 대유大儒가 말을 전했다. "동방이 밝아 온다. 일이 어찌 되었느냐?" 소유小儒가 말했다. "수의를 다 못 벗겼고, 입안에는 구슬이 있습니다." "시에 진실로 '푸릇푸릇 보리가 무덤가에 돋아났네. 살아 베풀지 않았으니, 죽어 어이 구슬을 머금으리오.'라 한 것이 있지 않더냐? 그 살쩍을 잡고 턱수염을 눌러라." 소유가 쇠망치로 그 턱을 두드려 천천히 그 볼을 벌려 입안의 구슬을 다치지 않게 하였다.[21]

야음을 틈타 무덤을 도굴하는 대유와 소유의 이야기다. 보리를 노래하는 유자가 있고, 사자의 함주含珠도 나온다. 이것만 보아도 '영맥詠麥'을 맥수가로 풀 일이 아님은 자명하다. 대유는 살아서 세상을 위해 한 일도 없으면서 어찌 죽어 반함을 하겠느냐는 내용의 『시경』일시逸詩를 끌어다가 구슬을 훔쳐내는 명분을 세운다. 흉악한 도적질을 하면서도 입으로는 시례를 되뇌고 있는 것이다.

이때 담헌의 '불함주'는 어떤 의미를 갖는가? 이동환은 이를 발총 유자들의 위선적 추악성을 공격하기 위한 우언寓言으로 이해했다. 그러나 어떻게 위선적 추악성을 공격하는 의미가 되는지는 충분히 설명하지 않았다. 내 생각은 이렇다. 담헌은 반함을 하지 않았다. 설령 발총을 당하더라도 유자들은 공연히 헛수고만하게 될 것이다. 죽은 뒤 망치로 턱이 깨지는 수모도 받을 필요가 없다. 이때 발총은 위선적인 인간들의 시례를 빙자한 비방이나 헐뜯음이 될 터이고, 입속의 구슬은 비방의 빌미가 될 것이다. 그러니까 담헌이 구슬을 머금지 않은 것은 위선적 유자들에게 헐뜯음의 빌미를 원천 차단하겠다는 상징적 행위가 된다. '나는 함주含珠하지 않았으니 나를 건드리지 말라.'는 뜻이 된다.

또 한 가지, "살아 베풀지 않았으니, 죽어 어이 구슬을 머금으리오."에 비중을 둔다면, '나는 살아서 아무것도 베푼 것이 없다. 그러므로 함주하지 않겠다. 그러니 내 묘혈을 파헤칠 생각을 마라.'의 의미로 읽을 수도 있다. 여기서 우리는 묘지명의 본문 가운데 "세상에서 덕보를 사모하는 사람들은, 그가 진즉 스스로 과거 보기를 폐하고 명리에 뜻을 끊어 한가로이 지내면서 좋은 향을 사르고 거문고를 타는 것만 보고서는, 장차 담박하게 스스로 기뻐하며 세상 밖에서 마음을 즐긴다고 말하곤 한다."[22]고 한 평가를 상기한다. 담헌에 대해 호의적인 생각을 지녔던 사람마저도 그를 고작 세상 밖에서 마음을 즐기는 선비로 생각했다. 조선 땅에서 담헌은 자신의 학문과 경세의 포부를 펼쳐 볼 기회를 한 번도 제대로 갖지 못했다. 그러니 중국의 선비들이 담헌에게 그랬던 것처럼 큰선비로 받들어 승복하는 일을 기대할 수 있겠는가? 이렇게 울울히 살다 가는데 어찌 반함을 하겠는가? 나는 함주할 자격조차 없다. 이런 비꼼이 되는 것이다. 물론 이것은 담헌의 본래 의도와는 무관하게 연암이 말하고 싶었던 내용이다.

연암은 그의 한문 단편 「예덕선생전穢德先生傳」에서 더러움 속에 덕행을 묻고서 세상 속으로 은둔한 엄행수의 이야기를 소개한 바 있다. 이 작품에서도 "사람이 죽으면 주옥을 물리는데, 그 결백함을 밝히려는 것이다."[23]라 한 바 있다. 다만 "진실로 의로운 것이 아니면 비록 만종萬鍾의 녹봉이라도 불결함이 있을 따름이고, 힘쓰지 않고 모은 재산은 비록 큰 부자라 해도 그 이름에 악취가 나는 법"[24]이라고 하여, 평생 더러운 짓을 해 놓고서 죽어 반함을 하여 결백을 증명하려 든다면, 이것은 똥 지고 거름 메는 엄행수보다도 훨씬 더러운 인간이 아니겠느냐고 되물었다. 더러운 짓을 잔뜩 해 놓고 구슬만 채워 깨끗한 체하는 것이 무슨 소용이냐는 것이다. 이렇게 보면 담헌의 '불함주'는 드러낼 만한 결백함이 없다는 겸손의 뜻인 동시에, 가증스런 위선자들에 대한 못마땅함의 표시이기도 했던 셈이다. 뿐만 아니라 연암은 소설집『방경각외전放璚閣外傳』「자서自序」에서「역학대도전易學大盜傳」의 창작 동기를 설명하면서 "시례로 머금은 구슬을 꺼내, 도적이 의관을 어지럽힌다."[25]고 말하기도 했다. 이렇게 보면 함주와 발총유는, 연암에게는 그 시대를 들여다보는 화두와도 같았던 것임을 짐작할 수 있다.

또 연암이 단편「호질」의 후지後識에서 적고 있는 "이제 이 글을 읽어 보매, 말이 많이 이치에 어긋나니「거협胠篋」이나「도척盜跖」과 뜻이 같다."고 한 대목을 당장『장자』「거협」편 가운데 한 구절인 "옥을 내던지고 진주를 깨어 버리면 작은 도적이 생기지 않을 것"[26]이란 말과 관련지어 보아도 역시 '불함주'의 행위가 갖는 상징성은 암시적으로 드러난다.

이상 명사 [2]와 [3]을 중심으로 5구의 구절이 지닌 의미를 살펴보았다. 이를 다시 풀어서 정리하면 이렇다. "(담헌이 죽었으니 너무 좋아서) 웃고 노래하고 춤추고 소리 질러 마땅하다. (왜냐하면 담헌은 꿈에도 그리던) 서자호의 벗들과 상봉할 수 있게 되었으니까. (나는 담헌이 그들을 만나더라도 생전에 서로에게 다짐했던 대로) 스스로에게 조금도 부끄러움이 없을 것을 확신한다. 이제 그는 입속에 구슬을 머금지 않고 가는데, 그 까닭은 시례로 발총하는 위선적인 유자들을 슬퍼하는 뜻을 보이기 위함이다."

발총유發塚儒와 북곽선생北郭先生

그렇다면 영맥유, 즉 발총유는 구체적으로 누구를 지목하는 것인가? 여기서는 이 점에 대해 논의해 보자. 마침 「호질」 후지에 다음과 같은 대목이 있다.

> 세상의 운수가 긴 밤으로 접어드니, 오랑캐의 화가 사나운 짐승보다도 심하다. 선비 가운데 부끄러움이 없는 자들은 장구章句를 주워 모아 당세에 아첨을 하니, 발총하는 유자로 시랑豺狼조차 먹지 않는 바가 아니겠는가?[27]

여기에도 발총유가 등장한다. 문맥에서 발총유란 부끄러움을 모르고 경전의 글귀나 주워 모아 시세에 아첨하는 자들이다. 그러나 「호질」의 문맥에서 '발총유'란 말은 전후로 연결됨 없이 돌올하다. 박지원의 연행燕行은 1780년이었고, 홍대용의 사망은 1783년이었다. 『열하일기』가 연행 후 여러 해에 걸쳐 저술된 것에 주목할 때, 두 글 「호질」과 「홍덕보 묘지명」은 전후로 거의 비슷한 시점에 지어졌다. 「호질」 후지에서 앞뒤 맥락을 무시한 채 느닷없이 발총유를 들고 나온 사정을 혹 이렇게 이해할 수도 있다.

그러고 보면 연암에게 영맥유 또는 발총유는 꽤 복합적인 상징어로 반복되고 있는 셈이다. 「호질」에서 발총유는 다름 아닌 북곽선생을 가리킨다. 열녀로 표창을 받았지만 실제로 성이 다른

다섯 아들을 둔 과부와 수작하는 자리에서 시를 읊조리며 구실을 찾는 것도 앞서 『장자』의 발총유와 꼭 같고, 새벽 들판에서 만난 농부 앞에서 똥을 뒤집어쓴 채로 『시경』의 시를 인용하며 둘러대는 것도 다를 바 없다.

북곽선생은 정읍鄭邑에 사는, 벼슬을 좋아하지 않는 선비다. 나이 마흔에 손수 교정한 책이 만 권이나 되고, 구경九經의 뜻을 부연하여 다시 만오천 권의 저서를 남긴, 천자와 제후도 사모해 마지않는 대학자다. 왜 북곽선생인가? 북곽은 성곽의 북쪽이니, 공동묘지가 있는 곳이다. 『후한서』 권82 「방술 열전方術列傳」에 요부廖扶의 열전이 실려 있는데, "항상 선인의 무덤 곁에 살면서 일찍이 성시에 들어오지 않았으므로 당시 사람들이 인하여 그를 '북곽선생'이라고 불렀다."는 대목이 있다. 그는 북지태수北地太守로 있던 아버지가 어떤 일에 연루되어 옥사하자, 벼슬아치 되기를 꺼려 노자의 "이름과 몸 가운데 어느 것이 가까운가?"라 한 말을 되뇌며 세상에 뜻을 끊고 경전 연구에만 몰두했던 인물이다. 주군州郡에서 그 학식을 사모하여 여러 번 청하였으나 일절 응하지도 않고 학문에만 잠심하다 80세에 죽었다.[28]

겉모습만 보아서는 「호질」의 북곽선생은 『후한서』에 나오는 북곽선생과 같다. 그런데 「호질」의 북곽은 겉으로는 벼슬에 뜻이 없이 학문에만 몰두하는 선비인 체하지만, 속으로는 음란한 행실과 아첨을 일삼는 지극히 위선적인 인간이다. 다시 말해 북곽선생은 세상에 뜻이 없음을 보이기 위해 북곽에 살면서, 실제로는 그곳에서 배운 학문을 남의 묘혈이나 파는 데 활용하는 가식에 찬 인간이라는 것이다. 북곽과 발총유는 이렇게 연관된다. 그리고 그 발총유가 다시 「홍덕보 묘지명」 명사 속의 '영맥유'와 포개지면서 '불함주'의 내포를 확장시킨다. 여기에 다시 동리자東里子의 이미지가 겹쳐진다. 동리자는 정읍의 동리東里에 산다. 이것의 함의는 어디에 있는가? 『논어』「헌문憲問」에 "동리 자산이 윤색했다."고 했고, 『논어집주』에는 "동리는 지명이니, 자산이 살던 곳이다."라고 했다.[29] 그러니까 동리는 윤색에 능한 정자산鄭子産이 살았던 실제 지명이다. 여기에 다시 『논어』「위령공衛靈公」의 "정나라 음악은 음탕하다.(鄭聲淫.)"를 포개 놓으면, 동리자는 실제로는 음탕하지만 동리에 살았던 정자산처럼 윤색을 잘해서 열녀로 봉해진 여자가 된다.

그러니까 「호질」은 정읍 성문 밖 북곽에 살면서 벼슬에 뜻이 없이 학문에만 몰두하는 체하는 학자 북곽선생과, 실제로는 음란하기 짝이 없으면서 윤색을 잘해 열녀로 기림을 받는 동리자의 위선적인 행각이 범의 입을 통해 신랄하게 고발되는 내용으로 되어 있다. 그리고 후지에서는 북곽선생을 『장자』에 나오는 발총유로 명백히 규정하였다.

결국 연암은 「홍덕보 묘지명」의 명사에 영맥유를 홀연 등장시킴으로써 「호질」의 발총유, 즉 북곽선생 같은 인간을 슬퍼하기 위해 홍대용이 반함을 하지 않았던 것이라고 말한 셈이 된다. 홍대용이나 박지원이 보기에, 당시의 선비들이란 알량한 학문으로 시세에 영합하여 일신의 영달이나 꾀하면서 뒤로는 온갖 구린 짓을 서슴지 않는 쓰레기 같은 인간들이라고 보았던 것이다.

그렇다면 남는 문제는 왜 명사가 문집文集에서 사라져 버렸는가 하는 것이다. 명사가 세상에 나갈 경우 심각한 문제를 일으킬 소지가 있었기 때문일 터인데, 그 문제가 과연 무얼까? 애초에 홍대용이 반함을 할 필요가 없다는 지론을 가졌던 것은, 앞서 이익李瀷이 「반함설」에서 말하고 있는 것처럼, 반함하기 위해 벌려 놓은 입이 시신의 경직으로 다물어지지 않아 입을 벌린 채 장례를 치르게 되고, 입속에 넣은 곡식이 하루도 못 가 썩어 오히려 시신의 부패를 조장하는 결과가 되는 폐단 등 현실적인 이유 때문이었을 가능성이 높다.

그런데 연암은 여기에 『장자』의 발총유를 슬쩍 끌어들여 당대 허위에 찬 지식인 사회를 향해 분노에 찬 고함을 질렀던 것이다. 그뿐 아니라 망자의 죽음을 슬퍼하기는커녕 "의소무가호" 즉 웃고 노래하고 춤추고 소리 지르고 싶을 만큼 기쁘다고 말하거나, 또는 "혼거불수초" 즉 넋이 떠나갔지만 초혼하여 이곳에 조금이라도 더 머물게 할 뜻이 없음을 밝힘으로써, 홍대용을 알아주지 않은 조선의 지식인들에 대한 분노를 노골적으로 드러내었다. 그러니까 「홍덕보 묘지명」의 명사에는 앞뒤로 당대 지식인 사회를 향한 거센 항의와 거침없는 분노가 전혀 여과 없이 토로되어 있다. 특히 '영맥유'는 '발총유'의 직접적인 표현을 한 번 걸러낸 완곡한 어법을 취하긴 했으되, 당대 지식인 사회를 싸잡아서 시랑豺狼 즉 승냥이와 이리조차 물어 가지 않을 가증스런 위선자 집단으로 매도한 형국이어서, 표현의 강도나 수위 면에서 자못 위태로운 감이 없지 않다. 대개 이러한 사정이 결국 통행본「홍덕보 묘지명」에서 명사가 사라지게 된 까닭이다. 그러나 가전의 기록 속에는 이것이 남아 있고, 더욱이 서로 다른 모습으로 남아 있는 명사의 존재는 어떤 방식으로든 이 명사를 남기고 싶었던 연암 자신의 고민의 흔적까지도 보여 준다고 하겠다.

연암의 텍스트는 하나하나가 독립적으로 존재하면서 복합적인 의미를 드러낸다. 이 글은「홍덕보 묘지명」명사 25자 속에 감춰진 의미를 밝히는 데 진력하였다. 선학의 연구 성과를 참작 절충하여 새로운 독법을 제시하였고,「호질」로까지 읽기를 확대하였다.

사실「홍덕보 묘지명」은 그 본문의 구성에서부터 파격적인 형식을 취한 글이다. 생애 사실을 나열하는 대신 대뜸 중국에 보내는 부고 형식으로 글을 시작한 것에서도 연암의 단단히 뒤틀린 불편한 심기를 읽을 수 있다. 홍대용의 부고는 중국의 지기들에게나 필요한 것이지, 조선의 지식인들에게야 아무 의미가 없지 않느냐는 비아냥거림의 뜻마저 담겨 있다. 잠깐 동안 그와 만난 일을 평생 잊지 못해, 엄성은 그가 준 먹을 가슴에 얹고 세상을 떴다. 해내海內의 명류로 알아주던 중국 선비들에게서 대유大儒로 떠받들어짐을 입었던 그가 정작 조선에서는 서류나 잘 정리하는 원님으로 가야금이나 뜯으며 시골구석에서 썩다가 죽었다.

명사에는 당대 지식인 사회를 향한, 퍼렇게 날이 선 연암의 분노가 점철되어 있다. 죽은 것이 오히려 너무 기쁘다는 언급과 '불함주' 하며 영맥유를 슬퍼한다는 명사의 내용은 앞뒤로 연암의 비통한 심정을 직설적으로 토로하고 있다. 그것이 너무도 거칠고 또 다른 시비를 불러일으키기에 충분한 것이었으므로 명사는 결국 통행본의 문집에서 삭제되지 않을 수 없었다.

5

참신한 비유와 절묘한 기법, 연암체의 절정

박지원의 「주공탑명塵公塔銘」 행간과 주제 읽기

탑명塔銘은 불교 승려의 사리탑이나 부도에 새기는 명문으로, 승려의 생애를 압축적으로 요약해서 소개하고 후생을 깨달음으로 이끄는 성격의 글이다. 「주공탑명麈公塔銘」은 연암 박지원의 여러 산문 중에서도 당대에 이미 걸작으로 손꼽혔던 작품의 하나다. '큰 사슴 주麈'는 사슴보다 몸집이 크고 꼬리가 가리키는 대로 뭇 사슴들이 그 뒤를 따른다 해서 사슴 중의 왕으로 꼽힌다. 큰 사슴의 꼬리인 주미麈尾는 고승이 설법할 때 번뇌와 어리석음을 물리치는 표지로서 손에 쥐는 불자拂子다. 승주僧麈라고도 부른다.

주공麈公은 송도 송악산 인근 적조암寂照庵에 살았던 승려로 보이는데, 그 밖에 알려진 것은 특별히 없다. 박지원이 개성 시절에 지은 작품으로 보인다. 하지만 주공에 대해 알려진 것이 거의 없어, 승주를 의인화한 가상적 고승을 설정한 것으로 보기도 한다.

「주공탑명」은 그 비유가 참신하고 수법이 교묘하여 이른바 '연암체燕巖體'가 지닌 개성이 생생하게 드러나는 절품絶品이다.

그간 이 작품은 논의된 바 없다가 안대회에 의해 그 표현 기법에 대한 검토가 이루어졌고, 김윤조는 『역주 과정록』과 최근의 논문에서 「주공탑명」과 관련한 새로운 자료들을 소개하였다.[1] 이러한 검토와 자료 소개로 인해 「주공탑명」에 대한 논의는 새로운 국면을 맞게 되었다.

이 글에서는 「주공탑명」을 둘러싼 몇 문제를 검토하고, 이를 실마리 삼아 「주공탑명」을 분석하여 그 구성과 주제, 미학 가치 등에 대해 논의하고자 한다.[2]

「주공탑명」을 둘러싼 논의

「주공탑명」은 연암이 살아 있을 당시 윤광심尹光心이 펴낸 『병세집幷世集』에 이미 그의 대표작 가운데 하나로 수록되었다.[3] 뿐만 아니라 이덕무李德懋의 손자 이규경李圭景의 『시가점등詩家點燈』에도 실렸을 만큼 당대 문인들에게서 그 예술성을 인정받았다.[4] 또 박지원의 둘째 아들 박종채朴宗采는 『과정록過庭錄』에서 이렇게 적고 있다.

선군의 젊었을 때 저작에 「주공탑명」이 있다. 벗인 김공 노영 金公魯永은 이를 읽고, "이는 지극히 정교한 글이다." 하고 드디어 암기하여 외웠다. 매양 시원한 밤, 맑은 아침이면 낭랑하게 한 차례 외우곤 하였다. 뒤에 내종內從인 이정리李正履는 나를 위해 말하기를, "요즈음 「주공탑명」을 다시 읽어 보고 그 것이 불교를 배척하는 작품임을 알았습니다. 김공이 말한 바 지극히 정교한 글이란 본디 의미를 깊이 터득한 말씀입니다." 하였다. 나는 매양 남들이 이 글을 평론하는 말을 들었으나, 일찍이 이렇게 해석하는 사람은 있지 않았었다. 하루는 한 늙 은 승려에게 보였더니 늙은 승려는 한 번 읽고는 곧 멋쩍어하 면서, "이는 불교를 배척하는 글이로구먼." 하였다.[5]

김노영은 추사秋史 김정희金正喜의 부친이다. 그는 「주공탑 명」을 '지정지문至精之文' 즉 지극히 정교한 글이라 하여 아예 암 송하곤 했다. 당대에 문명文名이 높았던 이정리도 이 작품에 대해 특별히 언급을 남긴 것으로 보아, 이래저래 「주공탑명」이 당시에 널리 회자되었던 정황을 짐작게 한다. 김노겸金魯謙의 『성암집性 菴集』권7, 「예술囈述」에서도 「주공탑명」의 한 부분을 인용한 뒤 "이 또한 기이한 말이다.(此亦奇語也.)"란 평을 덧붙인 바 있다.[6]

「주공탑명」은 『연암집』권2에 실려 있다. 본문은 모두 319자 다. 서序에 해당하는 산문 부분이 있고, 통상 명銘에 해당하는 5언 26구에 달하는 시를 뒤에 붙였다. 윤광심의 『병세집』에는 시에 이어 214자에 달하는 장편의 게송偈頌이 덧붙어 있다. 그렇다면 이 게송 부분은 연암이 지은 것일까, 아니면 다른 사람이 지은 것 일까? 연암이 지은 것이라면 왜 『연암집』에서는 이 부분이 누락되고 말았을까? 연암이 지은 것이 아니라면 왜 윤광심은 이를 작품 속에 나란히 적어 두었을까? 이런 의문들이 두서없이 일어나게 된다. 이 부분은 당시에도 혼란스러웠던 듯, 『병세집』해당 부분 상단에 "이 한 단락은 마땅히 산삭해야 한다.(此一段當刪.)"는 두주頭注를 달아 놓았다.

여기서 잠깐 윤광심의 『병세집』에 실린 연암 산문에 대해 살펴보기로 한다. 윤광심은 족보로 확인한 생몰년으로 보아 연암보다 열다섯 살 아래였고, 연암 사후 12년 뒤에 세상을 떴다. 다만 『병세집』은 연암이 살아 있을 당시 엮은 것으로 보인다. 흥미롭게도 여기 실린 연암의 글은 박영철본 『연암집』의 그것과 다른 부분이 적지 않다. 잘 알려진 「백자 증정부인 박씨 묘지명伯姊贈貞夫人朴氏墓誌銘」의 경우 「백자 유인 박씨 묘지명伯姊孺人朴氏墓誌銘」으로 되어 있고, 원문도 상당한 차이가 난다. 또 「사장애사士章哀辭」도 앞부분에 『연암집』에는 없는 126자가 덧붙어 있다.[7] 또 박영철본 『연암집』에는 실려 있지 않은 시 「만조숙인輓趙淑人」도 『병세집』에는 실려 있다. 이러한 점은 『병세집』이 연암 당대에 나온 선집임을 확인시켜 주면서 이와 함께 연암 당대나 후대 『연암집』의 유통 과정 및 텍스트 확정 문제와 관련해서도 의미 있는 시사를 준다.[8]

『병세집』에 덧붙어 있는 이 게송 부분은 이규경의 『시가점등』에도 몇 글자의 출입과 부분의 도치를 제외하곤 그대로 수록되어 있다. 이규경은 이 글을 「주공탑명 병명麈公塔銘幷銘評」이란 제목 아래 소개했다. 첫머리에는 "연암 박지원 공의 「주공탑명」은 지극히 영환괴기靈幻瑰琦하여 평범한 글에 견줄 수 있는 것이 아니다."[9]라 하여, 그 문장의 신령스러우면서도 기이한 점을 높이 평가하였다. 그러고는 「주공탑명」의 본문을 실은 뒤, 다시 '평왈評曰'이란 문자를 덧붙여 예의 게송을 실었다. 따라서 『병세집』을 보지 못한 채 『연암집』과 『시가점등』만 보아서는 이 평을 이규경의 것으로 오해하기 쉽다.

다만 '평왈'이라 한 것은 연암의 글이 아니고 제3자의 평이라는 의미다. 이규경은 이 게송 끝에 다시 '평지우평왈評之又評曰', 즉 평에 대해 또 평을 단다고 한 뒤, "불가의 말을 빌려다가 유가의 뜻을 깃들였다. 용필用筆이 은미하고도 완곡하다. 강랑江郞이 '암연히 넋을 녹인다.'고 했는데, 내가 이 말을 끌어다 써서 「주공탑명」을 평한다."[10]고 한 평어評語를 덧붙였다.

그렇다면 『병세집』에 첨부된 214자의 장편 게송은 누가 쓴 것일까? 김윤조는 이 게송 부분이 이재성李在誠·박제가朴齊家·이덕무李德懋 등 동시대 인물 중 누군가에 의해 쓰여진 평으로 본 바 있다.[11] 다만 윤광심이 『병세집』에서 이규경과 달리 '평왈'을 붙이지 않고 그대로 본문에 잇대어 적는 바람에 그간 텍스트 이해에 혼선이 없지 않았다. 김영진은 홍대용 수택본 『종북소선鍾北小選』에 대해 소개했는데, 이 책은 이덕무가 친필로 연암의 『종북소선』을 필사한 것인데, 그 상단 여백에 주묵朱墨으로 이 게송이 적혀 있음이 확인되었다.[12] 이로써 「주공탑명」 말미에 붙은 게송

은 연암의 작품이 아닌 이덕무의 평어였음이 분명해져서 그간의
논란이 정리되었다.

「주공탑명」의 작품 분석

이제 「주공탑명」을 세 부분으로 나누어 차례로 검토해 보자.[13]

[1]
주공塵公 스님이 입적한 지 엿새 되던 날 적조암寂照菴 동대東
臺에서 다비茶毘를 하였다. 그곳은 온숙천溫宿泉 노송나무 아
래에서 열 걸음 거리도 되지 않았다. 밤마다 항상 빛이 있었
는데, 벌레의 등에서 나는 초록빛이나 물고기 비늘의 흰빛, 썩
은 버드나무의 검은빛과도 같았다. 대大비구 현랑玄郎이 대중
들을 이끌고서 마당을 돌다가 재계하고 두려워 떨며 마음으
로 공덕 쌓기를 맹세하였다. 나흘 밤이 지나서야 스님의 사리
3매를 얻어, 장차 부도를 세우려고 글과 폐백을 갖추어 나에
게 명銘을 청하였다.[14]

첫 단락은 명을 쓰게 된 전후 사실을 적고 있다. 주공 스님의
입적 사실과 다비식을 거행하는 과정에서 생긴 이상한 일들, 그
리고 사리 수습 및 부도탑을 세우려고 탑명을 자신에게 청탁해

192

온 일 등을 기술하였다.

　주공 스님이 입적한 지 엿새 만에 다비식을 거행하는데, 그곳은 적조암의 동대였다. 회나무 그늘 아래의 동대에선 이후로 밤마다 이상한 빛이 떠돌았다. 반딧불 같기도 하고, 희뜩한 물고기 비늘 빛인가도 싶고, 또 어찌 보면 썩은 버드나무의 거무스레한 빛인 것도 같았다.

　안대회는 밤마다 나타난 초록과 희고 검은 세 가지 빛에 대해, 고승대덕高僧大德의 죽음을 안받침하는 엄숙한 빛으로 형상화하지 않고 곤충의 등, 물고기 비늘, 썩은 버드나무의 빛 등 자연물 중 미물의 괴기하고 작은 불빛으로 표현한 것은 "은연중 주공의 이승에서의 삶을 미미한 것으로 드러내는 설색처設色處"로 보고, 겨우 3과顆의 사리밖에 남기지 못한 보잘것없는 스승의 공덕을 기려 부도를 세우겠다는 제자의 요청이 가소롭다는 뜻이라고 이 대목을 해석하였다.[15] 매우 설득력 있는 견해다.

　그런데 연암이 즐겨 빌려 읽었다는 이덕무의 『이목구심서耳目口心書』에 이와 관련된 언급이 보인다.

　　물고기의 부레나 밤버섯은 모두 밤중에 빛을 낸다. 썩은 버드나무는 한밤중에는 마치 인불[燐火] 같다. 고양이가 캄캄한 밤에 등을 털면 불빛이 번쩍번쩍한다. 이 네 가지 것들은 음陰의 종류이지만 음이 지극하게 되면 밝음과 통하게 된다.[16]

이 인용에 따르면 위 본문에서 "벌레의 등에서 나는 초록빛이나 물고기 비늘의 흰빛, 썩은 버드나무의 검은빛"이란 다름 아닌 '지음至陰'한 기운이 뿜어내는 '밝음'이니, 이를 단지 "주공의 이승에서의 삶을 미미한 것으로 드러내는 설색처"만으로 이해하는 데 그쳐서는 다소 부족하다. 시신을 안치한 대좌 위로 밤마다 떠돌던 음산한 빛을 보고 스승의 육신을 다비하려 무리와 함께 마당을 돌던 대비구 현랑 등은 돌아가신 스승의 정신이 아직도 여기 머물러 자신들을 질책하는가 싶어 놀라 두려워 떨며 공덕 쌓기를 다짐했던 것이다. 다시 그렇게 나흘이 지난 뒤에야 거기에 답하기라도 하듯 주공 스님은 3과의 사리를 남겨 응험應驗하였다. 감격한 제자들은 이 일을 자세히 적어 연암을 찾아와 사리탑에 명문 써 줄 것을 간청하기에 이르렀던 것이다.

[2]

내가 평소에 불가의 말을 잘 알지 못하지만 애써 부탁하는지라, 이에 시험 삼아 물어보았다. "여보시게 현랑! 내가 옛날에 병으로 지황탕地黃湯을 복용할 적에 즙을 걸러 그릇에 따르는데 자잘한 거품이 부글부글 일지 뭔가. 금싸라기나 은별 같기도 하고, 물고기 아가미에서 나오는 공기 방울 같기도 하고, 벌집인가도 싶더군. 거기에 내 모습이 찍혀 있는데, 마치 눈동자에 부처가 깃들어 있기나 한 듯이 제가끔 상相을 드러내고 영락없이 성性을 머금었더란 말일세. 그런데 열이 식고 거

194

품이 잦아들어 마셔 버리자 그릇은 그만 텅 비고 말더란 말이야. 앞서는 또렷하고 분명했는데 누가 자네에게 그것을 증명해 보일 수 있겠나?" 현랑은 머리를 조아리며 말했다. "아我로써 아를 증명할 뿐, 저 상이란 것은 상관할 것 없겠습지요." 내가 크게 웃으며 말했다.

"마음으로 마음을 본다고 하니, 마음이란 게 몇 개나 있더란 말인고?"[17]

이어지는 두 번째 단락이다. 연암은 현랑의 요청에 불교를 잘 모른다며 사양한다. 통상적으로 이 대목은 주공의 일생 사적이 기술되어야 할 장면인데, 연암은 정작 독자들이 궁금해하는 주공 스님에 대해서는 한마디도 하지 않은 채 엉뚱한 이야기를 꺼내 든다. 바로 지황탕의 비유다.

이 비유를 풀어 설명하면 다음과 같다. 지황탕을 복용할 때, 약탕관에 끓여 건巾으로 받쳐 내어 막대를 엇걸어 즙을 짜내면, 부글부글 거품이 일어 그릇 위를 덮는다. 그 모양은 꼭 물고기가 뱉어 내는 물방울 같기도 하고 벌집 모양인가도 싶다. 그런데 그 거품 방울 하나하나마다 신기하게도 내 모습이 모두 찍혀 있다. 현상함성現相含性이라는 말 그대로, 내가 어떻게 백이 되고 천이 되어 헤아릴 수 없는 상 속에 제가끔 성을 드러낼 수 있을까? 그런데 약이 식어 거품이 잦아들어 다 마셔 버리자, 거품 위에 떠 있던 수백 수천의 나는 그만 간 곳도 없이 사라져 버렸다. 그 많던 나는 어디로 갔을까? 좀 전엔 분명히 있었는데 금세 찾을 길이 없는 나, 좀 전에 내가 보았던 것은 허깨비였을까? 그렇지 않다. 그러나 거품이 사라지고 난 지금, 금방 내 두 눈으로 똑똑히 보았던 그 많던 나의 실체를 증명해 보일 방법이 없다.

무슨 얘길까? 주공이 며칠 밤을 이상한 빛으로 떠돌다가 세 개의 사리를 남기고 떠났듯이, 인간이 이 세상에 왔다가 가는 것은 지황탕 위에서 어느 순간 사라져 버린 거품과도 같은 것일 뿐이다. 밤마다 허공을 떠돌던 이상한 빛을 누가 증명해 보일 수 있을까? 주공이 남긴 단 세 개의 사리가 그것의 증명이 될 수 있을까? 그 사리를 담은 부도를 세워 거기에 내 글을 적어 새기면 주공이 이 세상에 왔다 간 존재 증명이 될 수 있을까? 주공은 분명히 이 세상에 존재했었다. 그가 죽은 뒤에는 밤마다 이상한 빛이 떠돌았었다. 이 사리탑이, 또 거기에 새긴 탑명이 그것을 증언할 수 있을까? 그것은 마치도 분명히 있었지만 있지 않은 지황탕 위의 거품, 또 거기에 비쳐 보이던 나의 모습과도 같은 것은 아닐까?[18]

그러자 현랑은 공손한 태도로 대답한다. "선생님! 저 외물의 상相으로서야 무엇을 증명할 수 있겠습니까? 단지 마음으로 보아 마음으로 느껴 깨달을 따름입지요. 거품 같은 외물이야 상관할 것이 있겠습니까?" 이에 연암은 크게 웃는다. "상과는 무관하다? 마음으로 마음을 본다? 그럴진대 그대는 어찌하여 스승이 남긴 사리라는 상에 집착하여 탑을 세우려 하는가? 마음으로 마음을 본다니, 마음을 증명하는 그 마음은 또 어떤 마음이란 말인가? 본래무일물本來無一物일진대 어찌 아我로써 아를 증명할 수 있으랴! 아는 본시 허무이고 적멸인 것을. 그대의 그 말이 심히 허탄虛誕하지 않은가?"

이렇게 윗글의 비유와 문답을 풀어 보면, 대개 연암이 「주공탑명」을 통해 하려 했던 이야기의 맥락이 짚인다. 요컨대 스승의 시신 위로 떠돌던 이상한 빛과 스승이 남기고 간 3과의 사리, 어쩌면 지황탕 위의 거품과도 같을 뿐인 그것을 스승의 전부인 양 여겨 사리탑을 세우겠다고 수선을 떠는 현랑 등이 마땅치 않다는 것이다.

연암의 지황탕 비유를 통한 힐난에 현랑은 "이아증아以我證我, 무관피상無關彼相."이라는 자못 현학적 수사로 대답을 비껴가려 했다. 그러면서도 자신은 정작 '피상彼相'에서 전혀 자유롭지 못하고 거기에 얽매여 조금도 벗어나지 못하고 있는 것이다. 존재로서의 '아我'와 그것이 '아'임을 증명하는 '아'는 별개의 '아'일 수가 없다. 그렇다고 그것이 '아'와 무관한 '상相'일 수도 없다. 현랑은 아로써 아를 증명할 뿐이기에 저 바깥의 상과는 무관하다고 주장했지만, 정작 그는 아로써 상을 보고, 상으로써 아를 증명하려 든 셈이다. 그렇다면 어찌해야 마음으로 증명하여 서로를 비추는 증심상조證心相照의 담연湛然한 깨달음을 얻을 수 있을까?

그러고 나서도 연암은 주공의 생애에 대해서는 조금의 관심도 보이지 않고 선문답처럼 시 한 수를 현랑에게 던진다.

이에 시로 잇대어 말하였다.   乃爲係詩曰

9월이라 하늘엔 서리 내리니   九月天雨霜

온갖 나무 시들어 잎이 떨어지네.   萬樹皆枯落

얼핏 보니 꼭대기 나뭇가지에   瞥見上頭枝

벌레 먹은 잎 사이로 열매가 하나.   一果隱蠹葉

위는 붉고 아래는 누릇푸른데   上丹下黃青

굼벵이가 반쯤 먹어 씨가 나왔네.   核露蠐半蝕

아이들 올려다보고 섰다가   群童仰面立

손을 모아 앞다퉈 따려고 하네.   攢手爭欲摘

돌멩일 던져 봐도 멀어 안 맞고   擲礫遠難中

장대를 잇대지만 높아 안 닿네.   續竿高未及

갑자기 바람 맞아 툭 떨어지니   忽被風搖落

온 숲을 뒤져 봐도 찾을 수 없네.   遍林索不得

아이들 나무 돌며 잉잉 울면서   兒來繞樹啼

애꿎게 까마귀와 까치 욕하네.   空罵烏與鵲

내 이에 아이들에 비유하노니   我乃比諸兒

네 눈엔 마땅히 나무 있으리.   爾目應生木

우러러보다가 이를 놓쳐도   爾旣失之仰

굽어보아 주울 줄은 모르는도다.   不知俯而拾

열매야 떨어지면 땅에 있는 법   果落必在地

발밑에서 응당 밟힐 터인데,   脚底應踐踏

어이해 허공에서 이를 찾는가	何必求諸空
실리는 보존된 씨와 같거니.	實理猶存核
씨를 일러 '인仁' 또는 '자子'라고 하니	謂核仁與子
생생불식 그 이치를 말한 것이라.	爲生生不息
마음으로 마음을 전한다면은	以心若傳心
주공탑에 나아가서 증명해 보게.	去證塵公塔

지황탕의 비유가 이번에는 높은 나뭇가지에 걸린 열매의 비유로 전개된다. 정상적인 글이라면 이른바 탑명塔銘이 들어설 자리이다. 그런데 그는 비슷한 성격의 다른 글에서 예외 없이 그랬던 것처럼 분명하게 '명왈銘曰'이라 하지 않고, 단지 "내위계시왈乃爲係詩曰"이라고만 말하여 아예 명을 쓰지 않을 작정임을 슬며시 내비쳤다. 아니 '명'뿐 아니라 그에 앞서 기술되었어야 마땅할 주공의 생애마저도 완전히 외면해 버렸다.

서리 맞은 나뭇잎은 죄 떨어지고, 벌레 먹은 잎새 사이로 미처 덜 익은 감 하나가 내걸려 있다. 열매에는 벌레가 갉아 먹어 드러난 씨앗이 보인다. 그 아래엔 군침을 흘리며 그 과일을 올려다보는 꼬맹이들이 있다. 돌멩이도 던져 보고 장대를 이어도 보지만 종내 어찌해 볼 도리가 없다. 그러다 느닷없이 불어온 바람에 그 열매는 땅에 떨어지고 말았다. 그러나 아이들은 여전히 허공만 바라보며, 군침을 삼키면서 바라보던 그 감을 까마귀와 까치가 먹어 버린 줄로만 생각한다는 이야기다.

이것은 또 무슨 얘길까? 서리 맞아 잎을 다 떨군 나무에 걸린 열매 하나, 혹은 벌레가 먹어 드러난 씨앗은, 바로 세상을 뜬 주공의 시신 위로 떠돌던 이상한 빛이거나, 시신을 태우고 난 재에서 추슬러 낸 세 알의 사리와 대응된다. 군침 흘리며 그것만 바라보던 꼬맹이들은, 마당을 돌며 그 빛을 보고 두려워 떨던 현랑의 무리다. 어느덧 땅에 떨어져 찾을 길 없게 된 열매는, 다비 끝에 한 줌 재로 화해 버린 주공의 육신이다. 발을 동동 구르는 아이들은, 안타까워 부도라도 세우겠다고 다짐하는 현랑 등이다. 그러나 정작 열매는 땅 위에 떨어져 있는 것을 그들은 모른다. 정작 주공의 정신은 다 타 버린 한 줌 재 속에 살아 숨 쉬고 있음을 현랑은 알지 못한다. 열매를 열매 되게 하는 이치가 씨 속에 담겨 있다. 그러나 주공을 주공 되게 하는 이치는 과연 세 알의 사리 속에 담겨 있는 것일까? 한 개의 작은 씨 속에 한 그루 커다란 나무의 생생 불식生生不息하는 이치가 담겨 있듯이, 주공이 남기고 간 세 알의 사리 속에서 우리는 주공의 본래 면목과 만날 수 있을까? 어쩌면 그것은 지황탕 위에 잠시 끓어오르다 스러져 버린 거품 방울 같은 것은 아닐까? 현랑이여! 그대는 지금 마음으로 마음을 전할 수 있다고 했던가? 그러면 주공탑 앞으로 나아가서 주공의 사리를 보며 자네의 그 마음을 주공께 전하여 그것을 증명해 보여 주게나.

　이렇게 해서 주공의 사리를 수습해서 스승이 남기고 가신 '마음'을 길이 전해 보겠다는 현랑의 '마음'이 허망한 줄을 알았다.

그것은 지황탕 위 거품에 비친 상相을 돌에다 새기려는 것이나 진배없다. 그러니 연암은 애초부터 탑명을 쓸 생각이 조금도 없었던 셈이다. 그래서 제목을 '주공탑명'이라 해 놓고도 짐짓 딴전을 부려 시詩 한 수를 적고 말았던 것이다.

이렇게 해서 「주공탑명」은 끝이 났다. 이제 여기에 첨부된 이덕무의 평어인 게송 부분을 마저 읽어 보자.

[4]

(1) 지황탕의 비유를 　　　　　　　地黃湯喩

　　　부연하여 게송으로 말해 보리라. 　演而說偈曰

　　　내가 지황탕을 마시려는데 　　　我服地黃湯

　　　거품이 부글부글 　　　　　　　泡騰沫漲

　　　내 뺨과 이마 찍혀 있구나. 　　　印我顴顙

　　　거품마다 내가 있고 　　　　　　一泡一我

　　　포말마다 내가 있네. 　　　　　　一沫一吾

　　　거품 크면 나도 크고 　　　　　　大泡大我

　　　포말 작으면 나도 작네. 　　　　小沫小吾

　　　그 나마다 눈동자 있고 　　　　　我各有瞳

　　　눈동자 속엔 거품 있지. 　　　　泡在瞳中

　　　거품 속엔 내가 있고 　　　　　　泡中有我

　　　나는 또 눈동자 있네. 　　　　　我又有瞳

　　　내가 한 번 찡그리자 　　　　　　我試嚬焉

일제히 찌푸린다.	一齊蹙眉
시험 삼아 웃어 보니	我試笑焉
모두 함께 웃는구나.	一齊解頤
짐짓 성을 내었더니	我試怒焉
한꺼번에 팔을 걷네.	一齊搤腕
잠자는 체 시늉하자	我試眠焉
일제히 눈 감는다.	一齊闔眼

(2) 몸을 이겨 빚는다면	謂厥塑身
진흙으로 어이 만들까.	安施聖泥
얼굴을 수로 놓는다면	謂厥繡面
바늘과 실 어이 펴리.	安施鍼絲
붓으로 그린다면	謂畫筆描
채색을 어이 펴나.	安施彩色
박달나무 새긴다면	謂檀木鐫
조각을 어이하리.	安施彫刻
쇠를 부어 만든다면	謂金銅鑄
풀무질은 어찌하나.	安施鼓橐
내가 거품 터뜨리려	我欲撥泡
중간을 눌러 보고,	欲按其腰
포말에 구멍 내려	我欲穿沫
터럭으로 찔러 봤지.	欲持其髮

202

그릇을 싹 비우자	斯須器淸
향기 없고 빛도 없어	香歇光定
백 명 나와 천 명 나는	百我千吾
소리 없고 자취 없네.	了無聲影

(3) 아아! 저 주공은 　　　　　　　咦彼塵公
　　과거의 포말이고, 　　　　　　過去泡沫
　　이 비석 만드는 자 　　　　　　爲此碑者
　　현재의 포말일세. 　　　　　　現在泡沫
　　이제부터 이후로 　　　　　　伊今以往
　　백 년, 천 년 세월 뒤에 　　　　百千歲月
　　이 글을 읽을 자는 　　　　　　讀此文者
　　미래의 포말이라. 　　　　　　未來泡沫
　　거품 비침 나 아니요 　　　　　匪我映疱
　　거품이 거품에 비침이요, 　　　以疱照疱
　　포말 비침 나 아니니 　　　　　匪我映沫
　　포말에 포말이 비침일세. 　　　以沫照沫
　　포말을 적멸 비추니 　　　　　泡沫映滅
　　기쁨 슬픔 어이하리. 　　　　　何歡何桓

　이덕무는 연암이 [2]에서 말한 지황탕의 비유를 부연하여 설명하겠다는 말로 게송의 말문을 열었다. 승려의 탑명에 부친 평어評語여서 게송의 형식을 끌어 썼다. 이 게송의 부연으로 지황탕의 비유는 다시금 생생한 의미를 드러낸다.

게송은 다시 세 개의 의미 단락을 이룬다. (1)은 지황탕 위 거품의 현상함성現相含性하는 실상을 구체적으로 보여 준다. 나는 거품 속의 나를 바라보고, 거품 속의 나는 또 나를 바라본다. 내 눈동자 속에 거품이 있고, 거품 속에는 내 눈동자가 있다. 거품 속의 나와 내 눈 속의 거품은 같은가 다른가? 어느 것이 실상이고 어느 것이 허상인가? 내가 웃으면 거품 속의 나도 웃고, 내가 눈을 감으면 저도 따라 눈을 감는다. 그러니 나는 거품이고 거품은 곧 나가 아닌가?

(2)는 분명히 존재하는 그 상을 형상으로 나타내는 일이 불가능하며, 직접 파악하려 들면 자취도 없이 사라지더라는 이야기다. 거품 위의 상을 어떻게 그려내고, 조각하고, 아로새길 수 있으랴! 분명히 존재하던 거품이 잠깐 사이에 스러져 자취를 감추자, 거품 속에 깃들어 있던 천백千百의 나도 동시에 사라져 버렸다. 나는 어디로 갔는가? 좀 전의 나는 내가 아니었던가? 며칠 전까지만 해도 우리 곁에 있던 주공은 이제 세 알의 사리만 남겨 놓고 사라져 버렸다. 과연 주공은 어디로 갔는가? 우리 곁에 있던 주공은 주공이 아니었던가?

(3)은 (1)과 (2)에 대한 총평이다. 요컨대 과거, 현재, 미래의 모든 자취는 포말에 불과하다는 것이다. 내가 증명하려 들고 증거 삼고 싶어 하는 모든 것들이 포말에 지나지 않는다. 그럴진대

인생이란 하나의 포말일 뿐이 아닌가. 이미 스러진 과거의 포말이 있고, 눈앞에서 영롱한 모습을 비춰 내는 현재의 포말이 있으며, 아직 오지 않은 미래의 포말도 있다. 주공은 이미 스러진 과거의 포말이요, 이 글을 돌에 새기려는 현랑은 현재의 포말에 지나지 않는다. 또 백 년, 천 년 뒤에 이 비석을 읽을 그 어떤 이들 역시 미래의 포말에 지나지 않는다. 그렇다면 앞서 그 거품 위에 비쳤던 내 모습은 내가 아니라 거품일 뿐이 아닌가? 그렇다면 거품 위에 거품이 비쳐진 것일 뿐이 아니겠는가? 거품은 허무요, 거품은 적멸이니, 거기에 내 모습이 비춰졌다 해서 기뻐할 것도 없고, 그 모습이 사라졌다 하여 슬퍼할 것도 없는 것이 아닌가? 주공이 이상한 빛으로 떠돌다가 세 알의 사리를 남겼다 하여 감격할 것도 없고, 다시 볼 수 없는 스승을 그려 슬퍼할 것도 없지 않겠는가? 특히 (3)의 첫 글자인 '이咦'는 선림禪林에서 스승이 학인學人을 인도하며 말로는 미칠 수 없는 깊은 뜻을 열어 보일 때 쓰는 말이다.[19]

이상 「주공탑명」의 전문과 이덕무의 평어 부분을 살펴보았다. [1]에서 탑명을 쓰게 된 경과를 말하고, [2]에서는 지황탕의 비유로 탑명을 써 달라는 요청이 마땅찮음을 밝혔다. [3]에서는 명銘 대신 시詩로 나무에 달린 열매와 씨앗이라는 새로운 화두를 꺼냈다. 이를 읽고 이덕무는 [4]에서 [2]의 지황탕 비유를 게송의 형식을 빌려 부연했다. 하지만 결국 전체 글 어디에도 「주공탑명」

에서 기술되었어야 마땅한 주공에 대한 기술은 찾아볼 수가 없다. 주공에 대한 기술이 없기에 결국 탑명도 있을 수 없다. 본문에 이어 계시係詩를 잇댄 것은 주공의 탑명인데, 주공도 없고 탑명도 없는 이 기형적인 글에 대한 글쓴이의 입장 표명인 셈이다.

「주공탑명」의 주제와 남는 논의

이 글의 주제는 무엇일까? 이규경의 『시가점등』에 적힌 이덕무의 평어는 이렇다.

> 불가의 말을 빌려다 유가의 뜻을 깃들였으니, 용필用筆이 은미하면서도 은근하다. 강엄江淹은 "아마득히 넋을 잃게 한다."고 하였는데, 내가 이 말을 가져다 뜻으로 취하여 「주공탑명」을 평한다.[20]

그는 이 글의 주제를 "가불어假佛語, 우유지寓儒旨." 즉 불교의 말을 끌어와 유가의 뜻을 펼친 것으로 보았다. 『과정록』에서도 이정리는 이 작품을 '불교를 배척한 글'로서 지극히 정묘한 이치를 담고 있다고 했고, 이를 읽은 어느 늙은 승려도 불교를 배척한 글로 이해했다. 그렇다면 이 작품에 내재된 '우유지'의 구체적 내용은 과연 무엇일까? 여기에 어떤 정묘한 이치가 담겨 있던가?

혹 『논어』「선진先進」에서 안연을 후하게 장사 지내자 공자가 이를 깊이 책망한 기사를 떠올려 과공비례過恭非禮의 의미로 읽을 수도 있겠으나,[21] 이런 단순한 파악만으로 넘어가기에는 「주공탑명」의 내용이 너무도 심오한 중층의 의미로 짜여 있다.

작품 속에서 '우유지'와 관련될 만한 내용은, 우선 [2]에서 지황탕의 비유를 통한 연암의 힐난에 현랑이 "아我로써 아를 증명할 뿐, 저 상이란 것은 상관할 것 없겠습지요."라고 하자, 연암이 "마음으로 마음을 본다고 하니, 마음이란 게 몇 개나 있더란 말인고?"라며 비웃는 대목이 주목된다. 이 부분은 주희朱熹가 불가佛家의 '이심관심以心觀心'의 주장을 비판하는 다음 대목의 논의와 매우 흡사하다.

어떤 이가 물었다. "불교에는 관심설觀心說이 있다는데 그러한가?" 내가 말하였다. "대저 마음이란 것은 사람의 몸에 있어 주인이 되는 것인지라 하나일 뿐 둘이 아니요, 주인이 될 뿐 객이 되지 않으며, 사물을 부리지 사물에게 부림을 당하지는 않는 것이다. 그런 까닭에 마음을 가지고 사물을 보면 사물의 이치를 얻게 된다. 이제 다시 사물이 있어 도리어 마음을 본다고 한다면 이것은 이 마음 밖에 다시 한 마음이 있어 능히 이 마음을 관장하는 것이니, 그렇다면 이른바 마음이라는 것은 하나란 말인가, 둘이란 말인가? 주인이란 말인가, 객이란 말인가? 사물을 부리는 것인가, 사물에게 부림을 당하는 것인

가? 이는 또한 가르침을 기다리지 않고도 그 말이 잘못된 것임을 살필 수 있다."²²

요컨대 불교에서는 '이심관심'을 주장하지만 오직 '이심관물以心觀物'이 있을 뿐, 일신의 주체인 마음이 둘로 나뉘는 이치란 있을 수 없다는 것이다. 이러한 주희의 논리와 연암의 주장 사이에는 아무런 차이가 없다.

또 [3]의 계시係詩에서 '생생불식生生不息'을 '인仁'과 관련지으며 이심전심의 논리를 공박한 부분도 '우유지'와 연관된다. 이 부분의 이야기를 다시 환기하면, 씨는 곧 인仁이니, 생생불식하는 실다운 이치가 바로 여기에 담겨 있다. 그러니 이심전심일 수는 없다고 한 대목이다. 허공에서는 찾으려야 찾을 수 없는 실리가 마음이라면, 그 마음을 어찌 전할 수 있을까? 이는 앞서 [2]에서 '현상함성現相含性'을 말한 대목과 맞물려, 심心과 성性의 논의와 관련된 문제를 환기시킨다.

그런데 우리는 이 부분과 밀접한 관련을 갖는 언급 하나를 유만주俞晚柱의 『흠영欽英』 가운데서 얻게 된다.²³ 그는 연암과 문장에 대한 견해 차이로 갈등을 빚었던 창애蒼厓 유한준俞漢雋의 아들이기도 하다.

성정을 통솔하는 것을 심心이라 한다면, 성性 또한 어찌 이 마음의 체體가 아니겠는가? 그러나 성을 논함에 이르러서는 또 어쩔 수 없이 구분해서 설명하여 제가끔 그 뜻을 밝히지 않을 수 없다. 말하기를, 영령靈이 곧 심이요, 그 알맹이는 바로 성이다. 영은 심에 처하여 있지만 성은 아니니, 성은 이理에 그친다고 한다. 그러나 불교에서처럼 한데 섞어서 보는 견해에서는 심을 성으로 보아 한결같이 그 심에다 내맡기므로, 창광猖狂하여 절로 제멋대로 하여 이단의 그릇됨이 되고 만다. (중략)

여기에는 한 가지 비유가 있다. 심은 행자杏子 즉 살구 열매와 같고, 명덕明德은 행핵杏核 곧 살구씨와 같으며, 성은 행인杏仁 즉 살구씨 속의 흰 부분과 같다. 이 세 가지는 본디 서로 떨어져 한 가지 물건으로 되는 것은 아니다. 그러나 이를 행자杏子라고 하면 그 과육까지 아울러 말하는 것이고, 행핵이라 할 때는 과육은 포함하지 않고 그 딱딱한 씨만을 말하는 것이다. 행인이라고 하면 또 행핵의 겉껍질은 포함하지 않고 오로지 그 속의 흰 살만 말하는 것이다. (중략) 성性과 덕德과 심心은 비록 이기理氣의 거칠고 묘한 차이가 있어, 행杏과 핵核과 인仁이 오로지 형기形氣에 속하여 다만 정밀하고 거친 구별이 있는 것과는 같지 않지만, 그 허실이 서로를 포함하여 명의名義의 경계가 나뉘어 제가끔 가리키는 바가 있는 것은 대략 서로 가까우니, 또한 유추하여 살펴볼 수가 있다.[24]

요컨대 살구에는 먹는 열매가 있고, 열매 속의 딱딱한 씨가 있으며, 그 씨 속의 흰 부분인 행인杏仁이 있다. 이와 마찬가지로 심心과 덕德과 성性은 하나이면서도 하나가 아니다. 다시 말해 심心이 살구의 열매라면, 성性은 행인杏仁 즉 씨 속에 있는 약재로 쓰이는 흰 살이라 할 수 있다. 그런데 불가에서는 이것을 구분하지 않고 하나로 보아 "인성위심認性爲心, 일임기심—任其心"으로 이해한 결과 제멋대로 함부로 창광케 되는 이단에 흐르고 만다는 것이다. 『흠영』의 인용에 주목하여 위 연암의 비유를 되짚어 보면, 연암이 말하고자 한 의도 또한 현랑 등이 심과 성의 변별을 인식하지 못하고 그저 '마음으로 마음을 보고, 아我로써 아를 증명'하는 유심적唯心的 논리를 펴면서도 정작 자신은 현상에 현혹되고 만 사실을 비판하려 한 데 있었던 것으로 보인다. 이는 조선 후기 유학의 한 쟁점이었던 심성 논쟁과 무관치 않을 듯하나, 이에 대한 더 깊은 논의는 다루지 않겠다. 한편, 인仁을 생생불식과 연관 지은 것은 정자程子의 글에 그 언급이 보인다.

인이란 조화의 생생불식하는 이치인지라, 비록 사방에 가득하고 두루 미쳐 어디에도 없는 곳이 없다. 그러나 그 유행하고 발생하는 것은 또한 단지 점진적인 데에 있다. (중략) 나무에 비유하자면 새싹과 같다. 이는 바로 나무의 생의生意가 생겨나는 곳이다. 새싹이 돋은 뒤에야 줄기가 나오고, 줄기가 나온 다음에 가지와 잎새가 생겨나니, 그런 뒤라야 생생불식하게 된다. 만약 싹이 없었다면 어찌 줄기가 있고 가지와 잎이 있겠는가? 능히 새싹을 내민다면 반드시 그 아래에는 뿌리가 있을 것인데, 뿌리가 있게 되면 생기롭고, 뿌리가 없고 보면 문득 죽고 마니, 뿌리 없이 어디에서 새싹이 나오겠는가?"[25]

인이란 천지조화의 생생불식하는 원리라고 했다. 이때 인은 우주론적 함의를 지닌 개념이다. 동중서董仲舒가 「왕도통삼王道通三」에서 "대저 인이란 하늘이 만물을 덮어 길러, 변화하여 생명이 태어나면 길러서 완성시키니, 사공事功이 그침이 없어 끝났나 하면 다시 시작된다."라 한 뜻이고, 주희가 「인설仁說」에서 "대개 인이 도가 되는 것은 천지 생물의 마음이니 물物마다 존재한다."고 한 것이나, 가현옹家鉉翁이 「서재설恕齋說」에서 "대개 인이란 것은 천지 생물의 마음이니, 만물의 형상에 흩어져 드러나는 까닭이다."라 한 것도 같은 의미이다.[26]

허공에 달려 있는 열매는 땅 위에 씨를 남기고 사라진다. 씨는 곧 인仁이니 거기에는 생생불식의 이치가 담겨 있다. 정작 아이들은 허공만 보며 열매를 찾는다. 현상의 세계에 존재하던 주공은 세 개의 사리만을 남기고 사라진다. 현랑 등은 스승이 남긴 정신은 잊은 채 사리만 받들고 있다. 땅에 떨어진 씨 속에 담긴 생생불식의 실리實理, 그것은 만물 위에 구현되어 있지 않은 곳이 없다. 그러기에 그것은 마음에서 마음으로 전해지는 이심전심하고 증심상조證心相照하는 미묘한 법문法文이 아니다. 또한 문자로 세울 수 없고, 가르침 너머로 전해지는 불립문자不立文字·교외별

전교外別傳의 깨달음일 수도 없다. 그것은 천하가 천하 되게 하고 사물이 사물 되게 하는 공변된 이치일 뿐이다. 스승의 육신은 사라졌다. 남은 것은 사리뿐이다. 그러나 스승의 정신은 한낱 사리 속에는 없다. 그러니 사리에 집착함은 이심전심의 논법과도 배치되고, 더욱이 생생불식의 이치와는 거리가 멀다. 그럴진대 탑은 무엇 때문에 세우려 하는가? 대개 이것이 연암이 이 글을 통해 말하고자 한 본뜻이다. 이규경이 "불가의 말을 빌려다 유가의 뜻을 깃들였다."고 주제를 이해한 것도 바로 이 점을 간파한 것이다.

한편 박영철본 『연암집』에는 다음과 같은 평어가 붙어 있다.

불가의 말에 비유품譬喩品은 온갖 종류의 물상을 곡진하게 그려 내어 더욱 고묘高妙함을 깨닫게 한다. 이 글이 바로 여기에 가깝다. 그러나 육제六諦를 해탈하고 실상을 원증圓證하였으니 결단코 대승大乘 아래의 구기口氣는 아니다.[27]

이 평어는 이 글의 주제를 "육제를 해탈하고 실상을 원증한다."로 포착했다. 여기서 육제는 고집멸도苦集滅道의 사제四諦에 속제俗諦와 진제眞諦를 보탠 것이다. 수행자는 육제를 청정하게 닦아 평정심을 얻을 때라야 실상을 여여如如하고 원만하게 증명할 수 있게 된다. 그런데 현랑의 무리는 여여한 실상을 원증하기는커녕 육진에 사로잡혀 한갓 허공을 떠돌던 빛이나 몇 알의 사리에 연연하고 급급하여 미망을 걷어내지 못하고 있으니, 연암은 여기에 일침을 가한 것이다. 앞서 본 게송의 논리를 빌리면, 상相은 멸滅이요 포말일 뿐이다. 그렇다면 아我의 실상을 어떻게 원증할 수 있을까? 실상은 외물에 있지 않고 내 마음에 있다. 이것을 알아야 미혹을 돌이켜 깨달음의 문을 활짝 열 수가 있다.

한편 최근 공개된 연암의 『겸헌만필謙軒漫筆』에 수록된 「주공탑명」 끝에도 다음과 같은 평어가 붙어 있는 것을 새롭게 확인하였다.[28]

공空에 대한 깨달음이 절묘하고 투철하니, 『능엄경』은 도리어 진부한 말에 속한다.[29]

이 또한 '공오空悟' 즉 불가의 공空에 대해 일깨운 글로 이해한 셈이다. 『능엄경』 속에 보이는 공의 깨달음에 대한 그 많은 설법들이 이 글에 견준다면 도리어 진부한 말로 느껴질 정도라고 했다. 이 두 가지 평어와 앞서 살핀 이덕무의 게송으로 볼 때, 이 작품의 주제를 불가의 관점으로 이해하는 독법 또한 꾸준히 있어 왔음을 확인할 수 있다.

그렇다면 과연 「주공탑명」은 불가의 말을 빌려 유가의 뜻을 편 글인가? 아니면 "해탈육제解脫六諦, 원증실상圓證實相" 또는 공오空悟를 설파한 대승大乘 이상의 차원 높은 불교 문자인가? 결론부터 말해 나는 이 글이 단지 불교를 배척한 글만은 아니라고 본다. 표면적으로 연암은 사리탑을 세우고 거기에 탑명까지 새겨

넣으려고 하는 현랑 등의 행위를 신랄하게 비판하였다. 그리고 주인공이 되었어야 할 주공의 생애도 외면하고 탑명조차 희화화해 버렸다. 이것을 표층 의미로만 읽는다면 명백히 척불斥佛로 읽힌다. 그러나 정작 연암이 배척한 것은 실상을 원증치 못한 채 육진에 얽매여 거기에서 한 발짝도 벗어나지 못하는 현랑 무리의 어리석은 생각이요, '이심전심, 견성오도見性悟道'의 가르침과도 어긋나는 불교계의 앞뒤 안 맞는 관행일 뿐이다. 또 『과정록』에서 '유가의 뜻을 깃들였다'는 관점에서 이 글을 이해하는 사람을 별반 보지 못했다고 적고 있는 데서 보듯이, 연암이 설파하고 있는 논리는 어쩌면 불가의 대승 이상의 구기口氣를 갖춘 상승의 법문으로 읽는 것이 더 자연스럽기조차 하다. 그러면서도 연암은 인仁의 개념을 끌어와 여기에 유가에서 말하는 생생불식의 이치를 얹는 면밀한 배려도 놓치지 않았다.

내친김에 한 가지 의문을 덧붙인다. 여기 나오는 주공은 과연 실존 인물일까? 혹 실존 인물이라 하더라도 연암이 의도적으로 허구화한 인물로 볼 수는 없을까? 『병세집』에는 '주공麈公'으로 표기하였고, 박영철본 『연암집』과 『시가점등』에는 '규공麈公'으로 나와 있다. 사전을 보면 '주麈'나 '규麈'나 모두 사슴의 일종으로, 특히 '주'는 사슴의 무리를 이끄는 리더 격의 사슴을 뜻한다. 또 '주미麈尾'는 사슴의 꼬리털로 만든 먼지털이로, 수행자가 청중을 인도할 때 사용하는 물건이다.[30] 따라서 '규공'은 별다른 함의를 가질 수 없지만 '주공'은 더 깊은 함축을 내포하므로, 이 글의 제목은 「주공탑명」이라야 한다고 본다.[31] 한편 『한화대사전』에는 '주'와 '규'는 '진塵'의 별자別字라고도 했다.

'주공'은 '주미'의 의미로 보면 '먼지털이'이고, '진공'의 의미로 읽으면 '티끌'이 된다. 혹 '주'를 사슴의 무리를 이끄는 리더 격의 큰 사슴으로 보더라도 주공의 행적과는 자연스레 합치된다. 어느 것으로 보든지, 다비 후 티끌로 사라진 주공의 의미를 읽어내는 데 별 무리가 없다. 그럴진대 이 글의 주공이 실존했던 승려의 실명이 아니라 연암이 의도적으로 허구화한 인물로 볼 수는 없을까 하는 물음을 하나의 가능성으로 던져 본다.[32]

한편 주공 스님을 다비한 곳이 '적조암寂照菴'이라고 했는데, 곡운谷雲 김수증金壽增의 「유송도기遊松都記」에 보면 이곳은 송도 보현봉普賢峯 아래에 있는 암자로 나온다.[33] 작품 속의 적조암이 이곳을 말한다면, 이 작품은 연암이 황해도 연암협에 거처할 당시에 지은 것으로 보아 무리가 없다. 그렇다면 「주공탑명」에서의 기술은 허구적 설정이기보다는 사실에 기초한 것이 된다. 다만 '적조암'은 의미로 풀면 '적멸을 비추는 암자'가 된다.[34] 즉 무에서 와서 무로 돌아간 주공 스님의 자취를 비추는 암자인 셈이다. 연암은 게송의 끝부분에서 '조照'와 '멸滅'의 의미를 재삼 강조함으로써 다분히 '적조암'이란 명칭을 염두에 둔 듯한 인상을 준다.

연암은 이 글을 통해 궁극적으로 무엇을 이야기하고 싶었던 것일까? 단순히 현량과 같은 대비구조차도 미처 깨닫지 못하고 있던 존재와 무의 문제를 정면으로 지적하여 그의 미망迷妄을 깨우처 주려 했던 것일까? 아니면 깨달음의 눈으로 볼 때만 볼 수 있는 '색즉시공, 공즉시색'의 세계, 허무적멸이면서 동시에 생생불식한 천지만물의 오묘한 이치를 우리에게 열어 보이려 했던 것일까? 그것은 아마도 이 두 가지를 포괄하는 지점에 놓여 있을 것이다.

이규경이 『시가점등』에서 말한 대로 연암의 「주공탑명」은 지극히 영환괴기靈幻瑰琦하여 일반적인 글로는 견줄 수가 없는 특이한 글이다. 일찍이 김택영은 「중편 연암집 서문重編燕巖集序」에서 "그 글은 선진先秦을 하고자 하면 선진의 글이 되고, 사마천을 하고자 하면 사마천의 글이 되고, 한유韓愈나 소식蘇軾을 하고자 하면 한유나 소식의 글이 된다."고 하여 그 문장의 천변만화를 경탄한 바 있다. 「주공탑명」은 불교에 대한 해박한 식견이 없이는 도저히 지을 수 없는 글이다. 그러면서도 그는 은연중에 유지儒旨를 깃들이는 통찰력을 잃지 않았다. 이것이 이 작품이 역대로 널리 회자되는 까닭이다.

연암의 글에는 이 밖에도 「관재기觀齋記」나 「답경지答京之」에서처럼 선문답에 가까운 불교 이해의 깊이를 잘 보여 주는 문장들이 꽤 있다. 특히 「관재기」에서 금강산 유람 시 백화암에서 치준대사緇俊大師와 그 상좌 사이에 타오르는 향의 연기가 허공에 스러져 찾을 길 없게 된 것을 두고 주고받는 문답은 이 글에서의 논의와 상당 부분 닮아 있다. 이것과 함께 더욱 논의를 발전시켜 볼 필요를 느낀다.

6

짧은 편지에 담긴
연암의 풍자와 해학

박지원 척독 소품의 문예미

척독尺牘은 일반적으로 짧막한 편지글을 가리킨다. 허물없는 사이에 경쾌하게 주고받는 일상적 대화를 담은 정감 있는 글이다. 예로부터 척독은 문인들 사이에 문예 취미를 잘 구현해 내는 특별한 문학 양식으로 사랑을 받아 왔다. 소식蘇軾과 황정견黃庭堅의 척독을 모아 엮은『소황척독蘇黃尺牘』이후 역대로 많은 문인들이 '서書'와 척독을 구분해서 별도의 책을 남기기도 했다.

　연암 박지원도 문예취文藝趣가 넘치는 척독 소품을 많이 남겼다. 여기서는 박지원 척독 소품의 주제 특성과 수사 장치를 살펴, 척독 문학 속에 담긴 문예미를 검토해 보려고 한다. 연암은『연암집』권2에 27수, 권3에 22수, 권10에 3수 등 모두 52수의 서書 즉 편지를 남겼고, 이와는 별도로 권5「영대정잉묵映帶亭賸墨」에 50수와 박제가와 이덕무의 문집에 3수 등 모두 53수의 척독을 남겼다.「영대정잉묵」은 1772년 10월, 연암의 나이 35세 때 엮은 것이다. 연암의 척독은 30대를 전후한 젊은 시절에 쓰여진 것들로, 그의 발랄한 문학 정신과 사유 방식이 다른 어느 글보다 잘 드러나 있다. 그런데도 그의 척독에 관한 본격적인 논의가 지금까지 거의 이루어지지 않은 것은 뜻밖이다.[1]

문집 편집에서 척독과 서書(서간)를 구분하고 있는 것으로 보아 척독 안에 서와는 다른 문체적 특성이 반영되었음을 짐작할 수 있다. 척독은 서와 어떻게 같고 또 다른가? 둘 다 수신자를 전제로 하여 쓴 글이다. 하지만 분량은 척독이 편지보다 훨씬 짧다. 그렇다면 짧은 편지는 모두 척독인가? 단지 분량만으로 척독과 편지를 구분하기는 어렵다. 실제 연암의 글만 해도 척독보다 짧은 편지도, 편지보다 긴 척독도 없지 않다. 척독은 물론 분량이 길어서는 안 되지만, 서라고 반드시 척독보다 길어야 한다는 법도 없다. 분량의 차이 외에도 척독에는 일반적 편지와는 구분되는 지점이 문체와 주제 면에서 반영되었을 것이다.

연암은 척독에 대해 어떤 인식을 가졌을까? 연암 척독 소품의 주제적 특성은 어떠한가? 그리고 그 문예미는 어떤 수사적 장치에 의해 구현되는가? 이 글은 그의 작품을 통해 이러한 물음에 대답을 찾아가는 과정이 될 것이다. 아울러 이러한 논의를 통해 조선 후기 이른바 소품 작가들의 의식 지향과 소품문의 문예미, 그리고 예술 취향을 좀 더 깊이 있게 이해할 수 있기를 희망한다.[2]

연암에게 척독이란 어떤 의미였나

척독은 짧은 편지다. 허균은 자신이 엮은 『명척독明尺牘』4권 뒤에 쓴 발문에서 "단사척언單詞隻言으로 이치의 핵심을 곧장 깨뜨려, 사람의 뜻을 꺾어 굴복시키면서도 뜻은 말 밖에 있는 것"[3]을 척독의 특성으로 찔러 말한 바 있다. 척독이 단지 짧기만 해서는 안 되고, 의재언외意在言外의 함축과 핵심을 찌르는 흡인력, 그리고 여운을 남기는 강한 서정성을 바탕으로 함을 지적한 것이다.

연암도 「영대정잉묵 자서映帶亭賸墨自序」에서 척독에 대하여 비교적 명확하게 자신의 생각을 밝혔다. 이 글은 처음 60자가 결락되어 있다. 의도적인 것으로 보이나 저간의 사정은 알 수 없다. 남은 글의 첫 부분은 척독을 두고 '우근진右謹陳', 즉 '다음과 같이 말씀드립니다'로 시작하는 투식에 대한 지적으로 시작된다. 연암은 '우근진'이란 것이 속되고 더러운 것은 분명하나, 세간의 많은 글 쓰는 이들이 한결같이 그렇게 쓴다면 공용 격식의 의례적 투식으로 보지 않을 이유가 없다고 했다. 따지고 보면 『서경』「요전堯典」의 '옛일을 상고하건대'란 의미의 '왈약계고曰若稽古'나, 불경에서 '나는 이와 같이 들었노라'란 뜻의 '여시아문如是我聞'으로 시작하는 표현도 상투적인 투식일 뿐이다. 중요한 것은 이들 척독이 "홀로 봄 숲에 우는 새는 소리마다 각각 다르고, 해시海市에서 보물을 살펴보면 하나하나가 모두 새롭다. 연잎에 구르는 이슬은 절로 둥글고, 초나라의 박옥璞玉은 깎지 않아도 보배롭다."

고 하여, 저마다 다르고 모두 새로운 점을 높이 평가했다.⁴ 이어지
는 대목이다.

이는 척독가들이 『논어』를 조술祖述하고 '풍아風雅'로 거슬
러 올라간 점이다. 그 사령辭令은 바로 정자산鄭子産과 숙향叔
向이요, 장고掌故는 유향劉向의 『신서新序』와 유의경劉義慶의
『세설신어世說新語』다. 그 알차고 절실함은 홀로 책策에 뛰어
났던 가의賈誼, 주의奏議에 능했던 육지陸贄만 그랬던 것은 아
니다. 저들은 일단 고문사라고 하면 단지 서序와 기記가 으뜸
이 되는 줄로만 알아, 거짓으로 글을 엮고 부화하고 넘치는 표
현을 끌어오고는, 이러한 글들은 소가小家의 묘품妙品이니 볕
드는 창, 깨끗한 안석에서 자다 말고 턱 괴고 읽는 것이라며
배척한다.⁵

척독가尺牘家와 고문가古文家를 대비했다. 척독의 정신은 위
로 『논어』와 『시경』으로까지 소급된다. 그 속에는 춘추시대 정자
산과 진나라 숙향이 쓴 외교 문서도 있고, 한나라 유향이 『신서』
에서, 위진남북조 때 유의경이 『세설신어』에서 펴 보인 고사 모음
도 있다. 한나라 가의나 당나라 육지가 임금에게 올린 글들도 따
지고 보면 그 시대의 척독이었다고 할 수 있다. 각 시대에는 각 시
대를 대표하는 문체가 있었다. 이것들에 관통하여 흐르는 정신은
똑같다. 여기에는 모두 시대의 진실을 전달하고 인간의 삶을 더

나은 곳으로 향상시키려는 절박함이 담겨 있다. 글쓰기에서 중요한 것은 내용이지, 문체의 외형적 형식이 아니다. 형식은 끊임없이 변한다. 또 변해야 한다. 형식을 고수한다면서 거짓을 늘어놓고 멋대로 떠들어 대기보다는, 비록 낯설고 새로운 형식일망정 진실하고 간절한 이야기를 담는 것이 옳다.

하지만 고문사古文辭를 한다는 사람들은 자기 확신이 지나친 나머지 당연한 변화를 인정할 줄 모른다. 이미 낡아 버린 서序와 기記라는 그릇에 집착한다. 하지만 그 내용은 허황되고 엉뚱하다. 알맹이가 없다. 그러면서 그들은 정작 척독은 소품이라고 극력 배척한다. 고문가들은 척독가들이 밝은 창 아래서 졸다가 턱 괴고 읽는 쓸모없는 글을 쓸 뿐이라며 나무라지만, 척독가들이 보기에 그들이 하는 고문사란 허위를 얽어 놓고 뜬금없는 소리만 해 대는 빈 쭉정이 같은 글일 뿐이라는 것이다. 다분히 소품가를 비난하는 의고문가擬古文家 즉 옛글을 본떠 글 쓰는 자들을 의식한 발언임을 알 수 있다.

이는 홍길주洪吉周가 「삼한 의열녀전 서문三韓義烈女傳序」에서 "좌구명으로 하여금 초나라 회왕 때 태어나게 하여 이별의 근심을 품고 쫓겨나서 부賦를 짓게 하였더라면 그 글은 반드시 「이소離騷」와 같았을 것이요, 장주莊周로 하여금 한나라 무제 때 태어나 금궤석실金匱石室의 기록을 관장케 하여 역사를 서술케 하였더라면 그 글은 반드시 『사기』와 같았을 것이다."[6]라고 한 언급과 그 취지가 완전히 같다. 『삼한의열녀전』의 작가가 어떤 시대 어떤 처지에 놓이느냐에 따라 「이소」도 되고 『사기』도 되는 것이지, 고정된 형식이 있는 것은 아니라는 뜻이다. 이어지는 다음 대목에서 연암의 생각은 좀 더 분명하게 드러난다.

대저 공경한다고 하여 예를 갖춰 엄숙하고 위엄 있는 자태로 근엄하게 서 있는 것은 어버이를 모시는 도리가 아니다. 만약 다시금 옷소매를 넓게 펴서 마치 큰 손님을 보듯 하며 간단히 안부만을 묻고 다시 한마디 말도 하지 않는다면, 공경스럽기는 해도 예를 안다고는 못 할 것이다. 즐거운 낯빛과 기쁜 목소리로 방법을 가리지 않고 어버이를 봉양하는 것을 어찌 기대할 수 있겠는가? 그런 까닭에 "빙그레 웃으면서, 앞서 한 말은 농담일 뿐일세."라고 한 것을 보면 공자께서도 농담을 잘하신 것이며, "아내가 닭 울었다 하자, 남편은 날이 밝지 않았다 하네."라 한 것은 시인의 척독일 뿐이다.[7]

성인의 말씀을 엮은 『논어』에는 근엄한 스승의 싱거운 농담이 실려 있고, 성인이 깎아 내어 없애 버린 『시경』에는 젊은 부부의 애교스런 실랑이가 남아 있다. 연암은 이러한 것이야말로 오늘날로 치면 바로 척독에 해당한다고 말한 것이다. 문장이 절대로 '종경존성宗經尊聖', 즉 경전을 높이고 성인을 존숭하는 엄숙주의를 벗어나서는 안 된다고만 말할 수 없는 증거다. 이는 앞 단락에서 말한 "척독가들이 『논어』를 조술하고 풍아로 거슬러 올라간"다고 한 언급과의 호응을 염두에 둔 예시다. 연암은 특유의 화법으로 '지례知禮'를 거론한다. 진정한 효도는 어버이께 손님 대하듯 깎듯이 예를 갖추는 데 있지 않고, 목소리와 낯빛으로 어버이를 기쁘게 해 드리고 방법을 가리지 않고 봉양하는 데 있다는 것이다. 『예기』에 나오는 말이다.

이 글과는 방향이 조금 다르지만 『연암집』에는 명청明淸 소품에 대한 자신의 견해를 밝힌 글이 한 편 더 있다.

> 평소 문학에서는 비평 소품을 즐겨 본다니, 찾는 것은 다만 묘혜妙慧의 깨달음이요, 깊이 음미하는 것은 톡 쏘는 말 아님이 없구먼. 이런 것은 비록 젊은 날 한때의 기호여서 점차 나이 들어 가면 절로 없어질 터이니 굳이 심각하게 말할 것은 아닐세. 하지만 대저 이러한 문체는 정해진 법식이 전혀 없어 심히 우아하지가 않네. 명明나라 말기 꾸밈이 승하고 바탕이 피폐한 때에, 오초吳楚 지역의 재주가 적고 덕이 부족한 인사들이 꾸며 속이기에 힘쓴 것이지. 얼마간의 풍치風致나 한두 글자의 새로운 말이 없는 것은 아니지만, 비쩍 마르고 바스러져서 원기는 스러져 깎이고 말았네. 예로부터 오나라와 초나라 사람의 구석진 자취와 궁상스런 행적, 그리고 거친 침과 음란한 말이야 어찌 족히 본받겠는가?[8]

연암은 비평 소품을 즐겨 보는 젊은이에게 그가 소품을 읽는 까닭이 글 속에 담긴 '묘혜지해妙慧之解' 즉 오묘한 지혜의 깨달음을 탐색하고, '첨산지어尖酸之語' 즉 톡 쏘는 말을 음미하기 위함일 것이라고 했다. 젊은 날 한때의 기호로는 몰라도 여기에 깊이 빠져서는 안 된다고 충고했다. 연암은 소품의 문체가 우아하지 않고, 일정한 법식이 없는 것을 문제로 지적했다. 그 꾸며 속이는 점은 나쁘지만 그 속에 깃든 얼마간의 풍치와 몇 글자의 새로운 표현만큼은 볼만하며, 다만 지리멸렬하여 원기를 찾아볼 수 없는 것은 절대로 본받아서는 안 된다고 했다.

정리하면, 비평 소품이 우아한 맛이 적고, 지리멸렬하고 제멋대로이며, 원기가 부족하고, 거칠고 음란한 내용이 적지 않은 점을 연암은 인정하고 또 비판했다. 전체적으로 비평 소품에 탐닉하는 젊은이들에게 충고하는 내용으로 되어 있다. 소품문에 대한 비판적 논조가 우세하지만, 연암은 일반적으로 당시 소품문에 대한 탐닉이 익숙한 사물 속에서 찾아내는 새로운 의미의 발견과, 폐부를 찌르고 심금을 울리는 표현, 그리고 그 속에 담긴 풍치風致와 신어新語에 있음을 시사했다.

한편 박제가朴齊家는 척독에 대해 흥미로운 언급을 남겼다. 처남 이몽직李夢直이 박제가가 너무 기이한 것만 좋아한다는 비방이 있음을 들어 이를 책망하는 편지를 보냈는데, 다음은 박제가가 이에 대한 답장으로 쓴 글의 일부다.

대저 기이함을 좋아한다고 말하는 것은 제 시문이나 서찰이

다른 사람과 조금 다르기 때문입니까? 그대가 나의 말이나 서찰을 볼 때, 제가 상대가 누구인지 가리지도 않고 온통 모두에게 이렇게 하던가요? 제게는 한두 사람 이같이 하는 것을 허락한 사람이 있습니다. 또 그대 같은 이가 이를 허락했지요. 만약 그대가 이같이 하지 못하게 한다면 어디에서 이를 하겠습니까?[9]

당시 박제가의 문체를 두고 지나치게 새롭고 기이한 것만을 추구한다는 비방이 있었고, 특히 서찰의 문체에 대해 이러쿵저러쿵 말이 많았다. 박제가는 자신의 편지글이 다른 사람의 것과 다르다는 사실을 인정했다. 하지만 상대를 보아 가며 하는 것이지, 아무에게나 이런 편지를 보내는 것은 아니라고 했다. 통상의 관념에서 선비답지 못하다고 생각된 가볍고 신기한 문체의 편지는 아무하고나 주고받지 않았다. 서로 마음이 통하는 가까운 몇 사람과만 나누었다. 그러니 무슨 문제 될 것이 있느냐는 것이다. 이들이 아무하고나 척독을 주고받지 않은 것은 척독이 나쁜 줄 알아서가 아니라, 다른 사람들은 척독이 담고 있는 표현 방식을 이해하지 못하거나 오해하고 있기 때문이다. 적어도 윗글은 그런 뉘앙스로 되어 있다.

박제가의 이러한 언급은 조선 후기 척독 소품의 문예미를 논할 때 매우 중요한 시사를 준다. 척독 가운데 벗의 범위를 넘어서는 윗사람에게 쓴 글이 보이지 않는 것도 유념할 만하다. 그들에게는 척독이 마음이 통하는 사람들끼리 동지적 결속을 다지고, 그들만의 유대감을 강화시키기 위한 방편이기도 했다. 때로는 거침없는 풍자와 비판도 서슴지 않았다. 그것이 가능했던 것은 척독만이 지닌 문학적 장치 때문이었다. 그것이 무얼까?

이제 연암 척독 소품의 문학적 장치, 그중에서도 주제적 특성에 대해 살필 차례다. 척독이 소품이 되는 까닭과 척독에서 추구한 문예미를 따져 보려면 이 작업이 선행되지 않으면 안 된다. 왜 연암이나 박제가 등은 뜻 맞는 사람들끼리 마음을 주고받을 때 외부의 비방을 무릅쓰고 척독의 양식을 선호했을까? 척독만의 문학적 장치는 도대체 무엇인가?

연암이 「영대정잉묵 자서」와 「어떤 이에게 주다與人」 등 두 편 글에서 한 언급과 실제 작품상의 양상을 고려하여 세 가지 측면에서 연암의 척독을 살펴보자.

정취情趣와 예술성을 추구하다

척독은 예술성을 추구한다. 일반적으로 편지글은 주고받는 두 사람 사이의 사적 대화의 성격을 띠기 마련이지만, 특히 척독에서는 개인 간의 친밀과 유대를 확인하는 사적인 성격이 강화된다. 예술성은 내용상의 정취 또는 풍치 등과 관련된다. 직접 대놓고 실제적인 이야기를 주고받는 글이 아니라는 뜻이다. 척독가들은 특정 상황에서 특정 개인을 염두에 두고 글을 쓰면서도 불특정 다수의 독자를 끊임없이 의식한다. 척독은 결코 시간이 없어 짧게 쓴 것이 아니다. 살펴보면 알겠지만, 긴 편지를 쓰는 것보다 더 큰 노력을 기울여 작품성을 의식하고 제작된 글이다. '오늘은 바빠서 초서로 답장을 보내지 못해 미안하다.'는 옛글을 떠올리게 한다. 척독은 일반 편지글과는 달리 읽고 나면 길게 여운이 남는다. 정경이 떠오르고, 그림이 그려진다. 절제된 비유와 간결한 표현, 말할 듯 하지 않고 머금는 여백의 미를 추구한다. 이런 척독은 산문보다 오히려 시에 더 가깝다.

> 이별의 말이 안타까워도 이른바 "천 리 길에 그댈 보내매 마침내는 한 번 이별일 뿐"이라는 것이니 어찌하겠소. 다만 한 가닥 가녀린 정서가 이리저리 감겨 면면이 끊어지지 않아, 마치 허공 속의 허깨비 꽃이 와도 온 곳이 없고, 가도 다시금 어여쁜 것과 같구려. 저번 때 백화암百華菴에 앉아 있는데, 암주菴主 처화處華가 먼 데 마을에서 바람결에 들려오는 다듬이 소리를 듣고는 그 비구인 영탁靈托에게 게偈를 내려 말하더이다.
> "탁탁 당당 하는 소리 떨어지면 누가 먼저 얻을꼬?"
> 그러자 영탁이 합장하면서 말하더군요.
> "먼저도 아니요 나중도 아닌, 들은 바로 그 지점이지요."
> 어제 그대가 정자 위에서 난간을 돌며 서성거릴 때 나 또한 다리께에서 말을 세우고 있었는데, 그 사이의 거리가 하마

1리 남짓 되었더랬소. 모르겠소만 그때 우리 두 사람이 서로 바라보던 곳도 바로 그 사이가 아니었겠소?[10]

「경지에게 답하다答京之」첫 번째 편지다. 두 사람이 애틋한 마음을 품고 헤어진 후, 지워지지 않는 긴 여운을 적고 있다. 허공의 허깨비 꽃[幻花]과도 같은 감정을 설명하려고 선문답의 한 자락을 끌어들였다. 탁탁, 당당 하는 다듬이 소리는 어디로 먼저 떨어지는가? 스승의 뚱딴지같은 질문에 제자는 앞도 아니요 뒤도 아닌, 다듬이 소리를 듣던 바로 그 지점이라고 말했다. 경지京之를 만나고 떠나올 때, 그는 정자 위 난간을 서성이며 연암을 배웅했고, 연암은 다리를 건너기 전에 말을 세우고 1리 넘게 떨어진 정자를 바라보고 있었다. 두 사람의 시선이 만나던 지점은 과연 어디쯤이었을까? 그 대답은 이미 비구 영탁이 했다. 앞도 아니요 뒤도 아니라, 두 사람의 마음은 동시에 그 중간에서 만났던 것이라고 말이다.

무어라 표현하기 힘든 벗을 향한 간절한 그리움을 선문답의 비유를 통해 절묘하게 그려냈다. 뭉클한 정의 여운이 길게 메아리를 남긴다. 또한 글 속의 설명은 모두 하나하나 아름다운 영상이 되어 되살아난다. 풍치와 예술성을 추구하는 척독의 경우, 특히 영상미를 중시한다. 장면으로 잡아 포착하므로, 언어적 설명이 그만큼 줄어드는 대신 경물景物에 대한 묘사와 관찰이 확대된다.

그대는 여장을 풀고 안장을 내리시지요. 내일은 아마도 비가
올 듯합니다. 시냇물은 우는 소리를 내고, 물에선 물비린내가
납니다. 섬돌까지 개미 떼가 밀려듭니다. 황새는 울면서 북으
로 들고, 안개는 서리어 땅 위를 내달립니다. 유성은 살처럼
서편으로 흘러가고, 바람은 동쪽에서 불어옵니다.[11]

「창애에게 답하다答蒼厓」 일곱 번째 편지다. 연암은 창애 유
한준兪漢雋에게만 아홉 통의 척독을 남겼다. 이 가운데 몇 편을 보
면 두 사람의 관계는 처음엔 아주 좋았던 것으로 보인다. 4언으로
이어진 35자의 글은 마치 시처럼 이미지만을 제시한다. 시내는
물이 불어 우는 소리를 낸다. 물비린내가 코끝에 훅 끼친다. 섬돌
까지 개미 떼가 올라온다. 황새는 불안하게 북쪽으로 날아간다.
안개는 진주해 온 적군처럼 땅 위를 쓸고 지난다. 유성도 동쪽에
서 불어온 바람에 쓸려 가기라도 하듯 서편으로 흘러간다.

　도대체 무슨 소릴까? 시내가 우는 소리를 내는 것은 먼 데서
비가 와 물이 불었기 때문이다. 개미 떼가 섬돌 위로 올라오는 것
은 큰물이 질 조짐이다. 그리고 보니 황새도 안개도 모두 장차 폭
우가 쏟아질 징조다. 유한준이 날 밝는 대로 길을 떠나려 하자 이
를 만류한 편지다. 가지 말라는 말은 한마디도 없이 성동격서 격
으로 뚱딴지같은 소리만 했다. 꾸물꾸물 흐린 날의 축축한 분위
기를 몇 개의 장면으로 묘출해 냈다.

예전 원찬袁粲이 부소傅昭의 맑은 덕을 칭송하여 이렇게 말했다고 합니다. "그 문을 지날 때는 조용하여 아무도 없는 것 같았는데, 장막을 들춰 보니 그 사람이 거기 있었네." 내가 매번 눈 속을 걸어가 쪽문을 열고 매화를 찾을 때마다 문득 부소의 맑은 덕을 깨닫곤 합니다.[12]

「석치에게 주다與石癡」, 즉 석치 정철조鄭喆祚에게 보낸 네 통 중 첫 번째 편지다. 『남사南史』 권60, 「부소 열전傳昭列傳」에 나오는 말을 인용했다. 처음 방문하여 문을 지날 때는 빈집처럼 고요하기에 아무도 없나 보다 하고 여겼는데, 장막을 열어 보니 그 사람이 깎아 놓은 조각처럼 고요히 앉아 있더란 말로 부소의 맑은 덕을 칭송하고, 그 명현名賢 됨을 기린 것이다. 정철조의 계당溪堂으로 매화 구경을 갔다가 느낀 소회를 적어 보낸 글이다. 눈을 밟으며 매화를 찾아갈 때마다, 가 보았자 아무것도 없을 것만 같은 삭막한 풍경뿐이었다. 하지만 막상 쪽문을 열면 매화꽃 맑은 향기가 그림처럼 서 있어 잘 믿기지 않을 정도였다는 것이다.

주인에게 매화 구경을 참 잘했다고 고맙다는 인사를 건넨 것이다. 남송의 명현인 부소에 대한 원찬의 찬탄을 슬쩍 포갬으로써 매화뿐 아니라 매화의 주인인 정철조의 청덕淸德을 높이는 뜻까지 더했다. 정철조에게 보낸 네 통의 편지는 모두 매화와 관련된 것이다. 연암의 척독이 갖는 특징 중 하나는, 한 통 한 통의 척독이 대개 이어지는 연작성을 유지한다는 점이다. 비슷한 시기에 지어진 것들이어서 그렇기도 하겠지만, 여기에는 작품의 완결성을 의식한 작가의 배려도 없지 않다고 본다.

간밤 달이 환하기에 박제가를 찾아가 데리고 집으로 돌아왔지요. 집 지키던 사람이 이렇게 말하더군요. "풍채가 좋고 수염이 난 누런 말을 탄 손님이 벽에다 글씨를 써 놓고 갔습니다." 등잔으로 비춰 보았더니 바로 그대의 글씨입디다. 손님온 것을 알려 주는 학이 없음을 한하다가, 문에다 '봉鳳' 자를 써 놓기에 이르렀군요. 미안하고 송구합니다. 앞으로 달 밝은 밤에는 감히 밖에 나가지 않을 작정입니다.[13]

「담헌에게 답장하다謝湛軒」이다. 연암이 잠깐 이웃에 마실 간 사이에 달빛을 따라 찾아왔다가 허탕을 치고 돌아간 담헌 홍대용 洪大容에게 사과를 겸하여 보낸 글이다. 저녁상을 물리고 둥두렷이 떠오른 달을 보다가 무료함을 못 견뎌 박제가의 집을 찾아갔다. 그러고는 같이 놀자며 집으로 데려왔다. 그사이에 누군가 다녀갔다는 하인의 전갈에 벽에 써 놓은 글씨를 보고서야 다녀간 사람이 누구인지를 알았다. 예전 서호西湖에 살던 임포林逋는 호수에 나가 놀고 있을 때 손님이 찾아오면 기르던 학이 와서 알려주었다. 이 고사를 슬쩍 끌어다가 간발의 차이로 엇갈린 길을 안타까워했다.

여기에 짝을 맞추어 쓴 '제문지봉題門之鳳'도 고사가 있다. 진

晉나라 때 여안呂安이 혜강嵇康과 가까웠는데, 그의 집을 찾았다가 혜강은 없고 평소 백안시하던 그의 형 혜희嵇喜가 나와 맞이하자, 들어가지 않고 문 위에 '봉鳳' 자를 써 두고 가 버렸다. 혜희는 자신을 봉황으로 여긴다는 말로 알고 기뻐했으나, 이는 사실 파자破字하여 '범조凡鳥'로 기롱한 것이었다.[14]

연암은 자신을 보러 왔는데 정작 맞이한 것은 손님을 붙들어 둘 줄도 모르는 물색없는 하인 녀석뿐이어서 미안하단 말을 이렇게 했다. 달 밝은 밤에는 다시는 나가지 않고 기다리겠다는 말이 미소를 머금게 한다. 이런 글은 참 정취가 있다. 아련하게 그날 밤의 풍경이 정경으로 떠오른다. 그저 사무적으로 미안하다고 사과하는 대신, 따뜻이 마음을 감싸 안는 우정의 온기를 담아 냈다.

이상 몇 수 살펴보았듯이 연암 척독 소품의 가장 큰 특징은 정취와 예술성의 추구에 놓여 있다. 예술성의 추구는 기본적으로 철학적 미감에서가 아니라 인간과 인간 사이의 끈끈한 정의 유대에 바탕을 둔다. 연암의 척독은 영상으로 그려지는 장면들과 정서의 물결이 파동치는 시적 함축을 머금은 표현을 통해 말로는 전달할 수 없는 미묘한 감정들을 절묘하게 그려 낸다.

일상성의 묘해妙解, 낯설게 보기와 연결 짓기

연암의 척독은 일상 속에서 포착하는 묘해를 중시한다. 이 사물과 저 사물을 유비類比하여 드러내는 사물 이해의 독특한 방식, 무심코 지나치는 일상 속에서 문득 깨닫는 삶의 철리哲理를 투시하고, 지혜의 구슬을 주워 담는다. 이는 섬광처럼 스쳐 가는 생각, 나만이 가졌던 느낌, 새롭게 바라본 대상의 낯섦, 관련 없어 보이는 사물과의 돌연한 연결로 나타난다.

> 그대는 깨달음과 명민함을 가지고 남에게 교만하고 사물을 업신여겨서는 안 될 것이네. 그가 만약 또한 얼마간의 깨달음을 지녔다면 어찌 스스로 부끄럽지 않겠소? 만약 깨달음이 없다면 교만하고 업신여긴들 무슨 보탬이 있겠소? 우리는 냄새나는 가죽 주머니 속에 몇 개 글자를 넣어 둔 것이 남들보다 조금 많은 데 지나지 않을 뿐일세. 저 매미가 나무에서 맴맴 울고 지렁이가 땅속에서 쩡쩡 우는 것 또한 어찌 시 읊조리고 책 읽는 소리가 아닌 줄 알겠는가?[15]

「초책에게 주다與楚幘」이다. 초책은 박제가의 별호다. 스스로 명민함을 뽐내며 까닭 없이 건방을 떨고 남을 업신여기는 박제가의 습관을 맵게 나무란 글이다. 깨달음이 있건 없건 교만은 안 된다. 우리가 미물이라고 생각하는 매미나 지렁이의 울음소리도 그들의 입장에서 본다면 자연에 대한 예찬이요, 우주에 대한 독서일 터이다. 미물도 이렇다면 사람이 사람에게는 어찌해야 하겠는가?

지식의 하찮음을 강조하기 위해 냄새나는 가죽 주머니 속에 글자 몇 개 저장해 둔 것에 불과할 뿐이라는 극단적인 표현을 사용했고, 거기에 바로 잇대어 매미와 지렁이의 비유를 끌어와 사물에 대한 상대적 인식을 통해 교만의 폐습을 통절히 나무랐다.

나무 심고 꽃모종하는 것은 마땅히 진晉나라 사람 왕희지의 글씨처럼 글자를 억지로 짜 맞추지 않으면서 행간이 절로 시원스레 곧아야만 합니다.[16]

「창애에게 답하다答蒼厓」 여덟 번째 편지다. 나무 심고 꽃모종하는 일을 전혀 엉뚱하게 왕희지의 서법과 비교했다. 이 돌연한 연상이 읽는 즐거움을 준다. 글자 하나하나가 나무 한 그루, 꽃 한 모종이 되고, 글 한 줄 한 줄은 열 지어 심은 한 고랑이 되었다. 나무는 너무 촘촘히 심어서는 안 되고, 또박또박 일정한 간격으로 심어도 제격이 아니라는 말이다. 또 이랑과 이랑 사이는 널찍한 공간을 두어 시원스럽게 하는 것이 좋겠다는 말을 이렇게 했다. 실제 왕희지의 글씨를 보면 행간이 시원스럽고 자간이 일정치가 않아, 세로줄은 듬성듬성하고 가로줄은 열이 맞지 않는다. 그러면서도 전체의 조화는 꽉 짜여 빈틈이 없다. 이렇듯 꽃밭의 화초도 질서 있는 가운데 변화를 주고, 충분히 발육할 수 있도록 널찍널찍하게 심어야 한다고 했다.

처음 다른 사람에게 놀러 가면 모름지기 생소하고 어설픈 듯 행동해야 하네. 옛날 하던 대로 하지 말고, 익숙하게 익혀 다 정해지도록 하게. "손 씻고 국을 끓여, 먼저 어린 시누이에게 맛을 보이네." 이 시를 지은 사람은 예를 알았다고 할 수 있네. 공자께서도 태묘에 들어가서는 매사를 반드시 물어보셨다고 하지 않았던가?[17]

「어떤 이에게 주다與某」 첫 번째 편지다. 낯선 곳으로 가는 어떤 사람에게 처신의 방도를 말해 준 글이다. 두 차례의 인용을 숨겨 놓았다. 끌어온 시는 당나라 왕건王建의 「신가랑新嫁娘」이란 작품이다. 그대로 인용하지 않고 4자구의 리듬에 맞춰 말을 고쳤다. 원시는 "사흘 만에 부엌에 들어가서는 / 손 씻고 국을 끓이려 하나 / 아직은 시어머님 식성을 몰라 / 시누이께 먼저 보내 맛을 보이네."[18]로 되어 있다. 이 중 2구와 4구를 글자를 줄이고 위치를 바꿔 인용했다. 마지막 문장인 "입태묘入太廟, 매사필문每事必問"은 『논어』「팔일八佾」에 나온다. 공자께서 태묘에 드셔서 매사를 묻자 사람들이 예법도 모른다고 이러쿵저러쿵 말들이 많았다. 그러자 공자께서는 이것이야말로 '지례知禮'라고 맞받았다.

시집간 며느리가 시댁에 간 지 사흘 만에 처음으로 부엌에 나왔다. 손을 깨끗이 씻고 정성껏 국을 끓였지만 정작 시어머니의 입맛에 맞을지가 한걱정이다. 그렇다고 그 어려운 시어머니께 바로 들고 가서 간이 어떠냐고 물어볼 수도 없어, 그중 만만한 어린 시누이에게 국 한 그릇을 보내 맛 좀 봐 달라고 했다는 것이다. 연암은 왕건의 이 시를 인용하고, 이것을 곧바로 『논어』의 '지례'로 돌올하게 연결지었다. 그 참신한 발상이 눈길을 끈다. 요컨대 낯선 곳에 가면 어수룩한 채 그곳의 법도를 하나하나 물어 가며 신중 또 신중하게 처신하라는 충고를 이렇게 에둘러 말했다.

유득공의 집에 『속백호통續白虎通』이란 책이 있는데, 한나라 반표班彪가 찬撰하고, 진나라 최표崔豹가 주注 내고, 명나라 당인唐寅이 평評을 단 것이었다네. 내가 기서奇書로 여기고 소매에 넣고 돌아와 등불 아래서 찬찬히 살펴보니, 바로 유득공이 호랑이에 관한 이야기를 모아 심심풀이로 삼은 것이더군. 나는 정말 멍청하다 하겠네. 당인의 자가 백호伯虎인 때문인 게지. 비록 그러나 한바탕 웃을 만은 하니, 다 보고 나면 즉시 돌려줄 작정일세.[19]

「원심재에게 주다與遠心齋」이다. 원심재는 개성 시절의 제자 심원자心遠子 한재렴韓在濂을 가리키는 듯하다. 그의 서울 집은 수많은 희귀한 장서로 유명했다. 『백호통白虎通』은 한나라 반고班固가 경전의 뜻을 풀이한 책이지만, 『속백호통』이란 책은 세상 어디에도 없는 책이다. 유득공이 호랑이와 관련된 글을 모아 놓고 장난삼아 붙인 이름이다. 반표나 최표, 그리고 당인은 모두 실제 인물이지만, 책과는 아무 상관이 없다. 상관이 있다면 책에 '백호'란 말이 들어가고, 그들의 이름 속에 표彪·표豹·인寅 같은 범과 관련된 글자가 들어간다는 것뿐이다. 더욱이 당인은 자가 백호라 여기에도 '호' 자가 들어간다. 이런 퍼즐을 처음엔 이해하지 못하고 기이한 책으로만 여겨 가져갔다가 낭패를 본 이야기를 우스개 삼아 적었다. 당시 이들이 어떤 방식으로 문자를 유희하며 놀았는지 잘 볼 수 있다.

옛사람이 술을 경계한 것이 몹시 깊었다 할 만하네. 술에 부림 당하는 것을 주정한다[酗]고 하니 그 흉덕凶德을 경계한 것이요, 술그릇 중에 주기舟器가 있으니 뒤집어져 빠지는 것을 경계한 것일세. 술독[罍]이란 글자는 괴롭다[纍]는 글자와 관계되고, 술잔[斝]이란 글자는 혹독하다[嚴]는 글자에서 빌려 온 것일세. 잔[盃]이란 글자는 그릇이 아니라[不皿]는 뜻이고, 잔[卮]이란 글자는 위험하다[危]는 글자와 비슷하지 않은가. 뿔잔[觥]이란 글자는 부딪침[觸]을 경계한 것이고, 잔[盞]이란 글자는 창[戈] 두 개를 그릇[皿] 위에 얹은 것이니 서로 다툼을 경계한 것이지. 술통[樽]이란 글자는 절제하라[撙節]는 뜻을 나타내고, 술잔 놓는 탁자[禁]는 금하고 억제하라[禁制]는 말이라네. 죽음을 따르는 것[從卒]이 취함[醉]이 되고, 생生 자가 붙으면[屬生] 술 깸[醒]인 것이지. 『주관周官』에는 "평씨萍氏가 기주幾酒를 맡았다."고 했는데, 『본초강목本草綱目』을 살펴보니 "부평초[萍]가 능히 술을 깨게 한다."고 했더군. 우리들이 술을 즐김은 옛사람보다 더하나 옛사람이 경계를 드리운 뜻에는 어두우니, 어찌 크게 두려워하지 않겠는가? 원컨대 이후로 우리가 술을 보면 문득 옛사람이 글자를 만들었던 뜻을 생각하고, 여기에 더하여 옛사람이 만든 그릇의 이름을 살피기로 하세. 어떠한가?[20]

「영재에게 답하다答泠齋」, 즉 유득공柳得恭에게 보낸 답장이다. 통음痛飮의 술자리를 마친 이튿날, 앞으로는 너무 지나친 음주를 서로 삼가자는 반성을 담았다. 술과 관련된 글자를 있는 대로 끌어와서 그야말로 특유의 기발한 상상력을 동원하여 이 모두를 '계戒'한 글자에 관련지었다. 거의 파자破字 놀이에 가까운 기상奇想을 마음껏 펼쳤는데 그 연상력이 자못 놀랍다. 그러면서도 담은 내용은 희떠운 농담의 수준을 벗어났다. 이런 글은 앉은자리에서 일필휘지로 지을 수 있는 것이 아니다. 오랫동안 축적해 온 생각을 어떤 계기를 만나 펼쳐 본 것이다.

어제는 우리가 달을 저버린 것이 아니라 달이 우리를 저버린 것일세. 세간 모든 일이란 것이 모두 저 달과 같은 것이 아니겠는가? 한 달은 서른 날, 큰 달도 있고 작은 달도 있지. 1일이나 2일은 테두리만 보일 뿐이라네. 3일에는 겨우 손톱자국만 해지지만 그래도 저녁볕에 비치기는 하지. 4일에는 갈고리만 해지고, 5일에는 미인의 눈썹 같아진다네. 6일에는 활과 같지만, 광휘가 활시위처럼 펴지지는 못한다네. 10일이 되면 비록 빗 같다고 말할 만은 해도, 빈 테두리는 여전히 보기가 싫네. 11, 12, 13일에는 마치 남송南宋의 산하와 같아 오촉吳蜀 강남 江南이 차례대로 점차 평정되어 모두 판도 속으로 들어왔지 만, 운연雲燕은 요遼에게 함락되어 금사발이 마침내 이지러진 것과 같지. 14일은 곽분양郭汾陽의 운수가 오복을 두루 갖추 었으나, 다만 한구석에 환간 어조은魚朝恩이 찰싹 붙어 있어 염려하고 경계함과 같으니 이것이 결함이 될 뿐이라네. 그렇 다면 거울처럼 온전히 둥근 것은 15일 하루 저녁에 지나지 않 는군. 혹 보름이 옮겨 가 16일에 있기도 하고, 엷은 월식이 둥 글게 무리 지기도 하지. 그렇지 않으면 짙은 구름에 덮이거나, 세찬 바람과 소낙비로 마치 어제처럼 사람의 뜻을 어그러뜨 리기도 한다네. 우리는 이제부터 마땅히 송나라 조정의 인물 을 본받거나, 곽분양이 복을 아낀 것을 바라는 것이 옳을 것이 네.[21]

「중옥에게 답하다答仲玉」 세 번째 편지다. 보름밤 모처럼 달 보며 놀자던 약속이 날씨 때문에 어긋난 뒤 보낸 편지다. 1일부터 15일까지 달의 모양을 묘사했다. 처음에는 사물과 견주어 나가다 가, 갑자기 남송의 산하와 당 현종 때 곽자의郭子儀의 이야기를 절 묘하게 끌어와 온전히 둥글지 않은 달의 형상을 기막히게 비유했 다. 곽자의는 안녹산의 난을 평정했던 인물로, 후대에 팔자 좋은 인물의 상징으로 대변되는 사람이다. 환관 어조은이 늘 그를 황제에게 헐뜯어 비방하였으므로 항상 조심스레 행동했다. 끝에서 송나라 조정의 인물을 본받거나 곽분양이 복을 아낀 것을 본받자고 한 것은, 다음번엔 15일로 붙박지 말고 그 전이라도 날씨만 좋으면 만나 부족하면 부족한 대로 즐기는 것이 어떻겠느냐고 슬쩍 농친 것이다.

이렇듯 연암 척독 중 일상 속에서 찾아내는 묘해妙解의 포착은 그만의 독특한 안목에 힘입어 독자의 시선을 사로잡는다. 기상천외의 발상, 그리고 전혀 무관한 사물을 느닷없는 연상을 통해 돌연히 접속시켜 상식의 허를 날카롭게 파고든다. 같은 말도 그는 절대로 평순하게 말하는 법이 없다. 성동격서 격으로 딴말을 하는 듯 시선을 한참 빼앗아 놓고, 이야기에 한눈을 팔고 있을 때 다짜고짜 핵심을 찔러 꼼짝 못 하고 승복하게 만든다.

톡 쏘는 풍자, 촌철살인의 해학

연암 척독에서 또 한 가지 두드러지는 주제는 풍자와 해학이다. 날카로운 풍자와 톡 쏘는 해학은 매우 빈번히 나타난다. 충고나 비판을 담은 풍자는 척독 중 비교적 호흡이 긴 글들에, 경쾌한 해학은 촌철살인의 짧은 글 속에 담겨 있다. 이들 글에는 퍼즐 풀기와 같은 놀이가 수반된다. 말이 통하는 두 사람 사이에 즐기는 일종의 게임으로 나타나기도 한다. 언뜻 보아서는 무슨 말인지 알 수 없지만, 곱씹어 보면 간담이 서늘해지고 밥알이 튀어나온다. 풍자는 너무 직접적이어서, 정말로 이런 편지를 부칠 수 있었을까 싶을 때도 있다. 먼저 풍자의 경우를 보자.

> 어찌 말할 수 있겠는가. 어찌 말할 수 있겠는가. 아계鵝溪 이산해李山海가 다른 사람의 서첩에 글을 써 주면서 아옹鵝翁이라고 했더니, 송강 정철이 보고 웃으며 말하더랍니다. "상공이 오늘에야 제소리를 내는구먼!" '아옹'이 고양이 소리와 서로 비슷한 것을 두고 한 말이었지요. 이 사람이 오늘에야 제 본마음을 드러내니 두렵고 두려워할 만합니다.[22]

「설초에게 주다與雪蕉」이다. 첫머리에서 "하가언何可言"을 두 번 반복하고, 끝에서는 '가파可怕'를 되풀이하여 말할 수 없이 염려된다는 뜻을 붙였다. 가운데는 아계 이산해가 스스로 '아옹'이라 쓴 것을 보고 정적이던 송강 정철이 오늘에야 고양이같이 남을 잘 할퀴는 본색을 드러냈다고 비꼰 일화를 끌어왔다. 어떤 사람이 속셈을 감추고 있다가 노골적인 본심을 드러내는 것을 보고 깊은 우려를 표명한 글이다. 대상을 직접 드러내는 대신 예상외의 인용을 통해 핵심을 찌르는 통렬한 풍자가 상쾌한 뒷맛을 남긴다.

귀에 대고 하는 말은 듣지를 말고, 절대 남에게 말하지 말라고 하며 할 얘기라면 하지를 말 일이오. 남이 알까 염려하면서 어찌 말을 하고 어찌 듣는단 말이오. 이미 말을 해 놓고 다시금 경계한다면 이는 사람을 의심하는 것인데, 사람을 의심하면서 말하는 것은 어리석은 일이라 하겠소.[23]

「중옥에게 답하다」 첫 번째 편지다. 다른 사람에게는 절대로 말하지 말라고 당부하는 벗의 글을 받고 보낸 답장인 듯하다. '이건 비밀인데' 하면서 하는 말은 대개 그 말까지 같이 전해진다. 말해 놓고 당부하는 것은 믿지 못한다는 뜻이니, 못 믿는 사람에게 말하는 것은 바보 같은 일이다. 그런 말을 하려거든 아예 하지 말라고 충고했다. 어떤 경우 이런 충고는 약간은 심사가 뒤틀린 비아냥거림의 어조를 보이기도 한다.

말세에 사람과 사귈 때는 마땅히 말수가 적고 차분한지, 성품은 졸박하고 뜻이 간결한지를 보아야 하지요. 절대로 마음으로 계교計較하는 사람과는 사귀어서는 안 됩니다. 품은 뜻이 지나치게 커도 사귀어서는 안 됩니다. 세상에서 이른바 쓸 만하다는 사람은 반드시 쓸데없는 사람이고, 세상에서 이른바 쓸데없다는 사람은 반드시 쓸모 있는 사람인 겝니다. 천하가 안락하고 집안에 일이 없는데 참으로 쓸 만한 사람일 것 같으면 또한 어찌 자신의 재주를 드러내고 정신을 떨쳐서 경솔하게 남에게 보이기를 즐기겠습니까? 저 갑옷을 떨쳐 입고 말에 오르는 것이 용감한 듯하나 사실은 노인이 그동안 해오던 습관인 것이요, 굳이 60만을 청한 것이 비겁한 듯하여도 지혜로운 선비의 깊은 꾀인 것이지요.[24]

「중옥에게 답하다」 네 번째 편지다. 말세에 친구 사귀는 법을 말하고 있다. 무용지용無用之用은 장자莊子의 말이다. 똑똑한 사람, 큰 뜻을 품은 사람과는 사귀지 마라. 정말 쓸모 있는 사람이라면 이런 말세에 경솔하게 자기 재주를 다투지 않는다. 그런 사람은 제명에 못 죽을 사람이다. 말수 적고 조용하며, 욕심 없고 단출한 사람과 사귀어라. 실속도 없이 큰소리치기 좋아하는 사람들과 어울리기 좋아하는 벗에게 충고 삼아 보낸 편지로 보인다. 풍자의 뜻이 담겨 있다.

갑옷을 떨쳐 입고 말에 오른 것은 『사기』의 「염파 인상여 열전廉頗藺相如列傳」에 나오는 염파廉頗의 이야기다. 조왕趙王이 늙은 염파를 다시 불러오려고 사신을 시켜 그가 아직도 쓸 만한지를 살펴보게 했을 때, 염파는 한 끼에 쌀 한 말과 고기 열 근을 먹고 갑옷을 입고 말에 올라 자신이 아직 건재함을 과시했다. 그러나 결국은 이간하는 자의 꾀에 말려 버림받고 말았다. 60만을 요청한 것은 진나라 때 왕전王翦의 이야기다. 진시황이 형荊을 치려고 군사 몇 명이면 되겠느냐고 물었을 때, 이신李信은 20만이면 충분하다고 대답했다. 왕전에게 묻자 그는 60만이 아니면 절대로 안 된다고 했다. 왕은 그가 늙어 겁먹은 것이라 하고 이신을 보냈다.

겉으로 대단해 보인 염파는 얼마 못 가 실의 끝에 죽었고, 비겁하단 말을 들었던 왕전은 20만을 끌고 갔던 이신이 참패하고 돌아온 뒤 60만을 이끌고 가서 마침내 초나라를 항복시켰다. 연암은 무용無用과 유용有用의 문제를 장자의 논법으로 설파하면서 말세를 살아가는 전전긍긍을 담아 처세의 방법을 충고하였다. 역시 적절한 예시와 효과적인 비유로 뒤틀린 역설에 힘을 싣고 있다.

어제 아드님이 와서는 글 짓는 것에 대해 물어보기에, "예禮가 아니면 보지를 말고, 예가 아니면 듣지도 말며, 예가 아니면 움직이지 말고, 예가 아니면 말하지도 말라."고 일러 주었지요. 그랬더니 자못 기뻐하지 않고 돌아가더군요. 모르겠습니다만 문안을 물을 적에 이 말을 하던가요?[25]

「창애에게 답하다」 네 번째 편지다. 유한준의 아들 유만주兪晩柱가 아버지 편지 심부름을 왔다가 연암에게 글 짓는 법에 대해 물었던 모양이다. 유한준에게 보낸 첫 번째 편지에서 연암은 소송하는 사람과 물건 파는 사람의 비유를 들어, 빌려 쓸 게 따로 있지 땅 이름과 벼슬 이름까지 옛날에서 빌려 써서야 되겠느냐고 유한준의 문장을 비판한 바 있고, 이어지는 두 번째 편지에서는 유명한 '눈 뜬 장님'의 우화를 끌어와 남의 것 흉내 내다 집 잃고 길에서 울지 말고 자기의 목소리를 찾으라는 충고를 건넸다. 또 세 번째 편지에서는 마을 꼬맹이가 『천자문』 배우는 이야기를 통해 유한준의 뿌리 깊은 의고擬古 취향을 매섭게 나무란 바 있다.

　이런 편지가 오간 끝이었으니, 글 짓는 방법을 묻는 유만주의 물음에는 '당신이 그렇게 잘났으면, 도대체 어떻게 지어야 잘 지은 글이냐?'는 삐딱함이 묻어 있었을 법하다. 연암은 시치미를 뚝 떼고 '사물잠四勿箴'으로 대답했고, 유만주는 '이 양반이 누구를 놀리나?' 싶어 불쾌해져서 돌아갔던 모양이다. 그러니까 연암의 이 편지는 유한준에게 아들과의 맹랑한 문답을 전하면서, 글이란 일상의 법도 속에서 나오고 예를 지키는 데서 나오는 것이지, 무조건 따를 수 없는 옛날만 추구한대서야 무슨 보람이 있겠느냐고 비꼰 것이다.

　어쨌든 연암은 유한준의 글쓰기를 매우 못마땅하게 생각했고,「창애에게 답하다」연작 속에는 수신자가 모욕감을 느낄 정도로 노골적으로 비판하고 은연중에 비꼰 대목이 많다. 훗날 이런 편지는 두 집안 사이에 돌이킬 수 없는 악연으로 이어졌다.[26]

　그러면 이제 연암 척독에 나타난 해학을 보자.

　곤액困厄이 진채陳蔡 땅보다 심하지만, 도道를 행하느라 그런 것은 아닐세. 망령되이 안회顔回의 누추한 골목에다 견주면 무슨 일로 즐거워하느냐고 묻겠지? 오래 무릎을 굽히지 않은 것이 좋은 벼슬을 함만은 못한 듯하니 어쩌겠는가? 꾸벅꾸벅 절하네. 많으면 많을수록 좋네. 여기 또 호리병을 보내니 가득 담아 보내줌이 어떻겠는가?[27]

「초정에게 부치다寄楚亭」, 즉 박제가에게 보낸 연암의 짧은 편지다.『연암집』에는 실리지 않은 일문逸文이다. 진채의 곤액이란 공자가 제자들과 함께 진채 땅에서 7일간이나 밥을 지어 먹지 못하고 고생한 일을 말함이니, 여러 날을 굶었다는 뜻이다. 무릎을 굽혀 타협하지 않고, 안회가 아무리 가난해도 그 즐거움을 고치지 않겠다고 한 말로 스스로를 다잡아 보지만 당장 눈앞의 굶주림만은 어찌해 볼 수가 없다. '그대는 벼슬을 해서 형편이 나보다 나을 테니 돈을 꾸어 달라.'는 편지인데, 끝까지 돈이란 말은 한마디도 꺼내지도 않았다. 염치없이 빈 술병까지 딸려 보냈다. 전부 48자다. 다음은 이에 대한 박제가의 답장이다.

열흘 장맛비에 밥 싸 들고 찾아가는 벗이 못됨을 부끄러워합니다. 공방孔方 2백을 편지 전하는 하인 편에 보냅니다. 호리병 속의 일은 없습니다. 세상에 양주楊州의 학은 없는 법이지요.[28]

그 역시 돈이라고 말하는 대신 공방孔方이라 돌려 말했다. 양주학楊州鶴은 고사가 있다. 여러 사람이 모여 각자의 소원을 이야기했다. 어떤 사람은 양주자사楊州刺史가 되고 싶다고 하고, 돈을 많이 벌고 싶다는 자도 있었다. 학을 타고 하늘을 훨훨 날고 싶다고도 했다. 맨 마지막 사람이 말했다. "나는 말일세, 허리에 십만 관의 돈을 두르고 학을 타고서 양주로 가서 자사가 되고 싶네."

248

그러니까 양주학이란 말은 이것저것 좋은 것을 한꺼번에 다 누린다는 뜻이다. 남조 때 양梁나라 은운殷芸의 소설에 나온다. 무슨 말인고 하니, 돈은 보내지만 술은 못 보낸다는 말이다. 꿔 달라는 사람이나 꿔 주는 사람이나 피차 구김살이 없다.

그냥 읽으면 두 글 모두 의미가 한눈에 들어오지 않는다. 돈을 빌리자는 글에 돈이란 글자는 나오지 않는다. 진채지액陳蔡之厄이나 양주학 같은 고사를 써서 의미를 간접화했다. 둘 사이에만 통하는 장난기가 느껴진다. 앞서 이몽직이 박제가에게 보낸 편지에서 지나치게 신기를 추구한다는 비방이 있다며 나무랐던 것은 바로 이런 편지들을 염두에 둔 것일 터다. 제자에게 돈을 꿔 달라는 글을 보내면서, 그것도 많으면 많을수록 좋다고 하고 빈 술병까지 딸려 보내는 체신 없는 행동이나, '호중종사오유壺中從事烏有' 운운하며 양주학 이야기로 농치는 제자의 언행은 필시 점잖은 도덕군자의 언행이 아닌 것이 분명하다. 하지만 이 글은 두 사람 사이에만 오간 것이고, 막상 말 너머로 넘쳐나는 사제 간의 도타운 정의 메아리는 진한 울림을 남긴다.

달라는 것과 주는 것 중 어느 것이 싫겠습니까? 그야 달라는 것이 싫지요. 주는 사람의 마음이 진실로 달라는 사람의 싫음과 같다면 줄 사람이 없을 겁니다. 이제 내가 구하지 않았는데도 넉넉하게 내려 주심을 입게 되니, 그대가 주는 것을 즐거워함을 알겠구려.[29]

「대호에게 답하다答大瓠」 두 번째 편지는 먼저 청하지 않았는데 후한 도움을 준 것에 대해 감사의 뜻을 전한 편지다. 남에게 도움을 받는 처지가 되고 싶은지, 도움을 주는 처지가 되고 싶은지를 묻는다면 누구나 도움을 주는 처지가 되기를 원한다. 막상 어렵게 도움을 청했는데 상대방이 외면한다면 도움을 청한 사람은 얼마나 민망하겠는가? 이제 내가 도움을 청하기 전에 그대가 먼저 알아서 넉넉히 도와주니 평소 자네가 베푸는 것을 즐거워함을 확인할 수 있겠다, 뭐 이런 이야기다. 나도 남을 도와주고 싶지 남에게 손 벌리고 싶지는 않지만 어쩔 수 없어 도움을 청하지 않으면 안 될 딱한 사정에 놓여 있었는데, 그대가 이런 사정을 살펴 알아서 먼저 도와주니 참 고맙다는 말을 이렇게 했다.

> 꽃병에 열한 송이 꽃을 꽂아 팔아 동전 스무 닢을 얻었소. 형수님께 열 닢을 드리고, 아내에게 세 닢, 작은딸에게 한 닢, 형님 방에 땔나무 값으로 두 닢, 내 방에도 두 닢, 담배 사느라 한 닢을 쓰고 나니, 공교롭게 한 닢이 남았소. 이에 올려 보내니 웃고 받아 주면 참 좋겠소.[30]

『연암집』에는 누락된 「전첩錢帖」이다. 연암이 손수 밀랍으로 만든 절지매折枝梅 열한 송이를 화병에 담아 비단 가게에 스무 냥에 팔고, 그 받은 돈 가운데 한 냥을 이덕무에게 보내면서 쓴 것이다. 선비가 직접 조매造梅를 만들어 파는 것만 해도 괴이쩍은데,

그 받은 돈의 용처를 일일이 밝혔다. 연암은 당시 우울증에 시달리고 있었다. 이덕무가 그에게 소일하라며 매화 만드는 법을 가르쳐 주었다.[31] 그 후 연암은 연습을 거듭하여 처음으로 자신이 만든 조매를 내다 팔아 동전 스무 닢을 받았다. 집안 살림에 보탠 뒤 나머지 한 냥을 이덕무에게 보냈다. 매화 만드는 법을 가르쳐 준 데 대한 사례였다. 물론 이것은 둘 사이의 장난이다. 이제 자신이 만든 매화를 비단 가게에서 살 정도로 실력이 늘었다는 자랑을 이렇게 한 것이다. 읽으면 웃음이 나온다.

이 글을 받고 이덕무는 이렇게 답장했다.

내가 마침 구멍 난 창을 바르려 했지만 종이만 있고 풀이 없었는데, 무릉武陵 씨가 내게 돈 한 닢을 나누어주는 바람에 풀을 사서 바르는 일을 마쳤다. 올해 귀에 이명이 나지 않고 손이 부르트지 않는 것은 모두 무릉 씨의 덕분이다.[32]

정으로 보낸 것을 정으로 화답했던 것이다. 연암의 척독 중 「어떤 사람에게 주다與人」 또한 자신이 만든 매화를 사 달라며 벗에게 보낸 글이다.

연암 척독을 읽는 가장 큰 즐거움과 괴로움은 바로 연암 특유의 톡 쏘는 풍자와 촌철살인의 해학에 있다. 하지만 그는 이를 위해 쉽게 말할 수 있는 것을 일부러 돌려서 말하고, 길게 말해야 할 것을 한두 마디로 찔러서 이야기하며, 무슨 말인지 모르게 말꼬리를 흐리고, 비유 속에 할 말을 감춰 두기도 한다. 따라서 이들 글은 언뜻 보아서는 분명한 의미를 알 수 없다. 여러 번 곱씹어야 본뜻이 드러난다. 이것은 그가 척독을 본격적인 문학 창작에 임하는 자세로 지었음을 의미한다.

'시치미 떼기'부터 '짜깁기'까지, 연암 척독의 다섯 가지 수사법

논의의 과정에서 대부분 드러난 셈이지만, 여기서는 연암 척독 소품의 여러 수사적 장치들에 대해 간단히 언급하기로 한다. 정취와 묘해, 풍자와 해학의 효과를 위해 그는 끊임없이 다양한 수사적 장치들을 동원한다.

첫째, 시치미 떼기다. 글 속에서 그는 할 말을 다 하지 않는다. 친절히 보여 주지도 않는다. 치고 빠지는 식의 수사를 즐겨 쓴다. 글만 읽어서는 영문을 알 수 없다. 무슨 말을 하려 한 것인지 종잡을 수가 없다. 두 사람만 알 듯한 이야기도 있다. 조응과 함축, 성동격서의 생필법省筆法이 자주 등장한다. 행간을 모호하게 만드는 뚱딴지같은 비유도 빈번히 보인다.

장공예張公藝가 '참을 인忍' 자를 백 번 쓴 것은 마침내 활법活法은 아닙니다. 장공의 9대가 한집에 산 것을 당 대종代宗은 훌륭하다고 했다는데 도대체 무슨 말입니까? 바보도 아니고 귀머거리도 아니면서 어른 노릇도 못 한다면 이것을 어찌 활법이라 하겠습니까? 제가 말씀드리지요. 아비는 아비답고 자식은 자식답게, 형은 형답고 아우는 아우답게 하면 됩니다. 지아비는 지아비답고 지어미는 지어미다우며, 어른은 어른답고 아이는 아이답고, 사내종은 사내종답고 계집종은 계집종다우면 그뿐입니다. 이제 「인재기忍齋記」를 지으면서 이러한 뜻을 끼워 넣을까 싶은데 어떠실지 모르겠습니다. 일러 주시지요.[33]

「중옥에게 답하다」 두 번째 편지다. 무슨 말을 하려 한 것인가? 당나라 때 장공예는 9대가 한집에 모여 살았다. 황제가 지나가다가 그를 불러 비결을 물었다. 그러자 그는 흰 종이에다 '참을 인' 자를 백 번 써서 보여 주었다. 그가 그 엄청난 대가족을 유지할 수 있었던 비결은 다름 아닌, '참고 참고 또 참는다.'였다.[34] 연암은 대뜸 '참을 인' 자를 백 번씩 쓸 지경이 되어 9대가 같이 산다면 지옥이지 무슨 미담일 수 있겠느냐고 매섭게 찔렀다. 이것은 살아 생동하는 활법이 아니라, 멀쩡한 사람을 바보로 만들고 귀머거리로 만들고, 어른이 어른 구실 하지 못하게 만드는 질곡일 뿐이라고 말했다. 그렇다면 활법은 어디에 있는가? 모두가 제 본분으로 돌아가면 된다. 9대가 억지로 자신을 죽여 가며 전체를 위해 희생하는 것이 어떻게 활법일 수 있느냐는 것이다.[35]

연암은 왜 난데없이 장공예 이야기를 들고 나왔을까? 끝에서 그는 이 이야기를 지금 자신이 그를 위해 짓고 있는「인재기」속에 집어넣고 싶은데 허락해 주겠느냐고 묻고 있다. '인재忍齋'는 참는 집이다. 그러니 이 집의 미덕은 '참을 인' 한 글자에 있다. 그런데 연암은 각자 제 할 일을 하면 아무 문제가 없을 텐데, 대체 참기는 뭘 참느냐고 슬쩍 비꼰 것이다. '인재기'를 지어 달라고 했는데, 참는 것은 활법이 아니라고 했으니 결국은 마땅치 않아 못 짓겠다는 말을 이렇게 돌려서 한 듯하다. 이렇듯 행간을 일부러 흐려 놓아 시치미 떼는 글쓰기는 이 밖에「창애에게 답하다」세 번째, 네 번째, 여섯 번째,「어떤 이에게 주다」첫 번째,「군수에게 답하다答君受」,「경보에게 주다與敬甫」첫 번째, 두 번째 편지 등에 보인다. 풍자의 효과를 거두기 위해 즐겨 쓴 수법이다.

둘째, 말꼬리 흐리기다. 시치미 떼기와는 같으면서 조금 다르다. 말을 툭 던져 놓고 다음 말이 없다. 쓰다 만 글 같다. 수사법으로는 도미법掉尾法이다. 끝에 가서 꼬리를 한 번 쳐서 독자를 헷갈리게 만든다.

"문전에는 빚쟁이가 기러기 떼처럼 섰는데, 집 안에는 취한 사람이 고기 꿰미처럼 자고 있네." 이는 당나라 때의 대호걸이요 사내라 하겠습니다. 이제 저는 추운 집에서 홀로 지내니 담담하기가 입정入定에 든 중과 같군요. 다만 문 앞에 기러기처럼 서 있는 자들은 두 눈빛이 가증스럽습니다. 매번 말을 비

굴하게 할 때마다 도리어 등설滕薛의 대부大夫를 떠올리곤 합
니다.[36]

「성백에게 주다與成伯」로, 성백은 연암의 셋째 자형인 서중수
徐重修다.[37] 인용된 시는 유진체劉津逮가 곽양아霍亮雅를 위해 지
어 준 곡시哭詩로, 청나라 왕사정王士禎의 『지북우담池北偶談』 권
20에 실려 있다. 추운 집에 홀로 지내니 텅 빈 살림이 입정에 든
중의 거처와 같다고 했다. 정작 자신은 마실 술 한 병이 없는데,
문 앞에는 곽양아처럼 빚 독촉하는 자들만 늘어서 있다. 금방 갚
겠노라고 굽실거릴 때마다, 등설의 대부를 떠올리곤 했다고 하며
말꼬리를 흐렸다. 『논어』 「헌문憲問」에 맹공작孟公綽은 조趙나라
나 위魏나라의 가신이 되기에는 충분하나 등滕나라나 설薛나라의
대부 노릇은 할 수 없다고 한 말에서 끌어왔다. 무슨 뜻인가? 자
신은 문밖에 빚쟁이들이 늘어서 있어도 아랑곳 않고 술 취해 코
를 드르렁드르렁 골던 곽양아처럼 호걸스럽지 못해서, 대문 밖
빚쟁이들의 등쌀에 초연할 수가 없다는 말이다. 미안하다고 연
신 군색한 변명을 늘어놓으면서 조그만 등나라나 설나라 땅의 대
부를 생각한다는 말은 그래도 몸을 굽혀 남의 밑에 들어가기보다
는 부족하나마 스스로 자부하며 처음 뜻을 지켜 가겠다는 다짐이
기도 하다. 요컨대 몹시 궁하니 돈 좀 빌려 달라는 편지다. 말꼬리
흐리기의 다른 예는 「종형께 올리다上從兄」 두 번째와, 「대호에게
답하다」 첫 번째와 두 번째, 「성백에게 주다」 두 번째 편지 등에

보인다.

셋째, 통렬하게 찌르기다. 거두절미하고 쏘아붙인다. 직절법
直截法이다. 격앙된 감정을 굳이 감추지 않으려 할 때 쓴다. 「경지
에게 답하다」 세 번째 편지에서 「항우 본기」와 「자객 열전」을 읽
다가 그 표현이 실감 나더란 글에 답하면서, 대뜸 늙은 서생의 진
부한 이야기로 부뚜막 아래서 숟가락 줍는 것과 다를 것 없는 소
리라고 쏘아붙이거나, 「중일에게 주다與中一」 두 번째 편지에서
사준士俊에게 푼돈을 주고 장사해서 돈 벌어 오라 한 것을 책망하
는 대목, 「창애에게 답하다」 첫 번째 편지에서 글은 좋은데 이름
과 물건을 자꾸 끌어 쓴 것은 도무지 맞지가 않아 흠결이 된다고
찔러 말한 부분, 「중관에게 주다與仲觀」에서 집안끼리 오랜 인연
이 있는 계우季雨와 절교한다는 것이 가당키나 한 일이냐고 하나
하나 따져서 야단치는 장면, 그리고 「어떤 사람에게 주다與人」에
서 집에 고서를 잔뜩 쌓아 놓고 다른 사람에게는 절대로 빌려주
지 않는 행동을 통절하게 나무라는 대목 등이 바로 여기에 해당
한다.

넷째, 장황하게 늘어놓기다. 수사법으로 치면 침봉법針縫法이
다. 아무것도 아닌 것을 장황하게 늘어놓아 읽는 이의 정신을 빼
놓는 수법이다. 문맥을 일부러 호도하려 하거나, 뜻이 명확히 드
러나는 것을 피하기 위해, 혹은 곡진한 정서를 완곡하게 나타내
려고 연암은 이 방법을 즐겨 썼다.

교묘하기도 하구나, 이 인연이 하나로 모임은! 누가 그 기미를 잡았던가? 그대는 나보다 먼저 나지 않고, 나 또한 그대보다 뒤에 나지 않아 나란히 한 세상에 살고 있고, 그대는 흉노匈奴처럼 얼굴에 칼자국을 내지 않고 나도 남만南蠻같이 이마에 문신하지 않으며 함께 한 나라에 살고 있소. 그대는 남쪽에 살지 않고 나는 북쪽에 살지 않아 더불어 한마을에 집이 있고, 그대는 무武에 종사치 않고 나는 농사일을 배우지 않으며 같이 사문斯文을 하니, 이것이야말로 큰 인연이요 큰 기회라 하겠소. 비록 그러나 말을 구차스레 동조하거나 일을 구차하게 맞추려 한다면, 차라리 천고千古를 벗 삼고 백세百世의 뒤에 의혹하지 않음이 나을 것 같구려.[38]

「경보에게 주다與敬甫」 첫 번째 편지다. '자불子不'과 '아불我不'로 시작되는 구문이 네 번이나 반복된다. 앞서 '인연因緣'을 말해 놓고, 뒤에 다시 '대인연대기회大因緣大機會'로 받았다. 장황하게 너스레를 떨어 놓고, 정작 끝에 가서는 이런 인연도 좋고 이런 기회도 좋긴 하지만, 말이 같고 일이 합당하다면 차라리 위로 상우천고尙友千古 즉 천 년을 거슬러 올라가 옛사람과 벗 삼고, 백세불혹百世不惑 즉 백 년 후에도 미혹되지 않는 길을 택하겠다고 했다. 요컨대 우리는 이렇듯 한 시대 한 나라에 태어나 한마을에 살면서 한 학문을 하는 기막힌 인연이지만, 그대와 나는 생각도 다르고 형편도 안 맞으니, 구차하게 함께하기보다 상우천고하거나 백세 뒤의 양웅揚雄을 기다리며 혼자 놀고 싶다는 말이다. 이런저런 인연을 끌어 대며 더불어 사귀자는 요청을 에둘러 거절한 편지다. 성동격서의 반어가 참으로 절묘하다. 통렬하게 비꼬는 어조가 앞의 장황한 사설에 이끌려 의미가 표면화되지 않고, 모가 살짝 눌려 완곡하게 되었다. 하지만 받는 사람의 입장에서는 모욕감으로 치를 떨었을 법한 편지다.

이 밖에 「영재에게 답하다」 두 번째 편지에서 사람 이름을 죽 늘어놓으며 퍼즐 풀기 놀이를 하는 대목이나, 「중옥에게 답하다」 세 번째 편지에서 초하루부터 보름까지의 달의 모양을 낱낱이 설명하면서 보름날 비가 오는 바람에 놀이가 취소된 것을 애석해하는 내용, 또 「치규에게 주다與稚圭」에서 친구의 병이 위중한 것을 걱정하면서 군자 같은 귀신과 소인 같은 귀신의 종류를 있는 대로 늘어놓는 장면, 앞서 본 「영재에게 답하다」 첫 번째 편지에서 술과 관련된 글자를 가지고 한 말장난 같은 것들이 모두 여기에 해당하는 예들이다.

다섯째, 베껴서 짜깁기다. 연암은 경전에서 슬쩍 끌어와 자기 식으로 문맥화하는 패러디에 탁월한 재주를 가졌다. 수사법으로는 용전법用典法이다. 구절 하나하나에 다 전거典據가 있다. 전거는 문맥을 모호하게 하거나 행간을 심화시키는 역할을 한다.[39] 말꼬리를 흐리고 싶을 때, 직접 말하기 싫을 때 자주 이 수법을 쓴다.

안회顔回의 누항陋巷은 어떤 일로 즐거워하느냐고 물었고, 원헌原憲의 오두막은 병든 것이 아니라 가난한 것이라고 했다네. 아침에 세 개, 저녁에 네 개 도토리를 주고도 원숭이를 성나게 했다지. 혼자서 여덟을 제압함은 하물며 나무에 올라가 고기를 구하는 격임에랴. 그대는 날로 나아가게. 나도 날로 나아가겠네.[40]

「경보에게 주다」 두 번째 편지다. 바로 위에서 본 「경보에게 주다」 첫 번째 편지를 답장으로 보냈음에도 불구하고 다시 어떤 요청의 글이 있자, 여기에 대답한 편지로 보인다. 『논어』 「옹야雍也」와 『한시외전韓詩外傳』에 보이는 자공子貢과 원헌原憲의 문답을 나란히 인용하고, 『열자列子』의 조삼모사朝三暮四와 『맹자』 「양혜왕梁惠王」 상에 나오는 이일복팔以一服八, 연목구어緣木求魚를 끌어 썼다. 끝의 '아일사매我日斯邁'는 『시경』 「소아小雅」 '소완小宛'에 나오는 말이다. 결국 자기 말은 한마디도 없이 경전과 제자諸子의 말로만 엮었다. 무슨 뜻인가?

이를 풀어 읽으면, "나는 단사표음簞食瓢飲 즉 청빈하고 소박하게 사는 안회나 '비병내빈非病乃貧' 즉 병든 게 아니라 가난할 뿐인 원헌처럼 안빈낙도하며 잘 지내고 있네. 조삼모사 하는 얕은꾀로 호도하는 것은 분노를 자아낼 뿐일세. 되지도 않을 일을 어떻게 해 보겠다고 하니 연목구어가 아니겠는가? 자네는 자네 방식대로 살아가게, 나는 나대로 살아갈 테니." 이런 이야기가 된다. 특히 끝 대목은 '소완' 속에 나오는 "각각 행동을 삼가야지, 하늘이 명하여 돕지 않을 것일세.(各敬爾儀, 天命不又.)"나 "무서운 듯 소심함은 골짜기에 임한 듯, 두려워 조심함은 살얼음을 밟은 듯(惴惴小心, 如臨于谷, 戰戰兢兢, 如履薄氷)"의 구절을 상기할 때, 그 나타내고자 하는 뜻이 보다 명확해진다. 척독뿐 아니라 서간[書]과 그 밖의 글에서도 연암은 이루 예거할 수 없을 만큼 이 패러디의 짜깁기 방식을 아주 즐겨 활용하고 있다.

지금까지 연암 척독 소품의 수사적 장치를 간략히 살펴보았다. 시치미 떼기의 생필법省筆法, 말꼬리 흐리기의 도미법掉尾法, 통렬하게 찌르기의 직절법直截法, 장황하게 늘어놓기의 침봉법針縫法, 베껴서 짜깁기의 용전법用典法 등을 우선적으로 꼽아 보았다. 이런 장치들은 적절한 조합을 이루면서 복합적 구성을 빚어내며 주제를 심화시킨다. 정취의 예술성 추구를 위해 시치미 떼기와 말꼬리 흐리기를 즐겨 사용하고, 일상성의 묘취를 묘출하는 데 장황하게 늘어놓기와 베껴서 짜깁기를, 또 신랄한 풍자와 해학을 위해 통렬하게 찌르기와 장황하게 늘어놓기, 베껴서 짜깁기를 교차하여 활용했다. 그러니까 연암 척독은 그의 치밀한 글쓰기 전략과 수사 장치의 활용을 통해 안받침되어 주제를 구현하고 문예미의 완성을 이룩한 것이다.

척독은 『소황척독蘇黃尺牘』 이래로 명청明淸 문인들에게 문예미를 구현하는 주요한 문학 양식으로 각광받았다. 우리나라의 경우도 허균을 비롯하여 다수의 문장가들이 척독에 특별한 애착을 갖고 아름다운 작품들을 남기고 있다. 이서구李書九가, 벗인 이덕무李德懋가 생전에 자신에게 보낸 수백 통의 편지를 하나하나 배접해서 간직해 두었다가 이덕무가 세상을 뜬 후 그의 집으로 돌려보내 문집에 넣게 한 일화 등을 통해서도 척독에 대한 이들의 깊은 애정을 실감할 수 있다.[41]

척독은 편지글의 일종이지만, 의미를 전달하는 방식이 매우 독특하다. 그들은 그저 실용의 편지글로서가 아니라, 한 편 한 편의 작품을 완성하는 마음으로 척독 소품의 제작에 정성을 쏟았다. 이를 굳이 소품의 범주에서 다루는 것은 말 그대로 길이가 짧은 까닭이기도 하지만, 여기에 담긴 정서의 지향이 소품적이기 때문이다.

척독 소품 속에는 확실히 이전 시기의 글에서는 찾아보기 힘든 독특한 정情의 무늬가 아로새겨져 있다. 연암이 남녀의 진솔한 사랑을 노래한 『시경』의 시를 가리켜 '시인의 척독'이라고 말하고 있는 데서도 알 수 있듯이, 척독은 당시 신기하고 경박하다는 비난이 들끓었음에도 불구하고 깊은 정의 울림, 삶의 이면을 절묘하게 포착해 내는 주제, 함축적이면서 경쾌한 특유의 표현 방식 등에 의해 당시 일군의 작가들에게 그들의 정체성을 대표하는 문학 양식의 하나로 애호되었다.

특히 연암의 척독 소품은 비슷한 시기 박제가나 이덕무, 앞시기 허균 등의 경우와는 또 다른 경지를 열어 보여 주었다. 그의 척독 소품이 성취한 문예미의 우뚝한 성과는 지금까지 다른 작품을 통해 검증된 그의 문예 역량을 또 다른 측면에서 확인하는 기쁨을 맛보게 해 준다.

7

예순 살 연암이 집에 보낸
서른 통의 편지

『연암 선생 서간첩』에 담긴 박지원의 인간미

일반적으로 사적인 편지나 가족들과 나눈 개인적 사연들은 문집에 수록하지 않는다. 간혹 이 같은 편지 묶음이 후손에 의해 보관되다가 세상에 출현하는 경우가 있다. 연암 박지원의 여러 편지글은 문집인 『연암집』에 실려 있다. 서울대학교 박물관이 소장한 『연암 선생 서간첩燕巖先生書簡帖』의 30통에 달하는 편지글은 문집에 누락되고 없는 내용이다. 내용은 연암이 60세 때인 안의현감 시절과 이듬해 면천군수 시절 아들 박종의朴宗儀와 처남 이재성李在誠 등 집안사람들에게 보낸 편지들이다.[1]

　여기서는 서울대학교 박물관이 소장하고 있는 박영철朴榮喆(1879-1939)의 기증 자료 중 하나인 『연암 선생 서간첩』의 내용을 소개하고, 그 자료적 가치를 검토해 보려 한다.[2] 날짜별로 정리된, 일상생활과 관련된 편지첩이 공개되어 이 시기 연암의 알려지지 않은 벼슬살이 모습이 구체적으로 정리되고, 나아가 연암을 둘러싼 인물이나 당시의 정황, 그리고 그의 글쓰기와 관련된 여러 가지 유익하고도 흥미로운 내용들을 접할 수 있게 되었다.

서간첩의 수습 경과와 내용

『연암 선생 서간첩』은 서울대학교 박물관이 소장하고 있는 박영
철 기증 유물 가운데 하나다. 진주의 수장가였던 박영철은 대표
적인 친일 관료의 한 사람이다. 그는 일본 육군사관학교를 졸업
한 후 고종 황제 근위장교를 비롯하여, 관직으로는 함경북도 도
지사와 상업은행장 등 정재계의 요직을 두루 역임했던 인물이다.
그는 1939년 타계 직전 『근역서휘槿域書彙』와 『근역화휘槿域畵
彙』를 비롯하여 자신이 애장했던 고서화 100여 점을 경성제국대
학에 기증할 것을 유언으로 남겼다. 이후 1940년 10월 경성제국
대학 진열관이 설립되면서 이들 자료가 기증되었는데, 금번에 소
개하는 『연암 선생 서간첩』도 이때 함께 기증된 유물이다.[3]
　　박영철은 1932년 5월, 17권 6책의 『연암집』을 간행했다. 그
는 필사본으로만 전해 오던 연암의 저작을 한자리에 모아 최초
로 전집으로 공간公刊했다. 다만 이 『서간첩』은 『연암집』 간행 이
후에 박영철의 손에 들어감으로써 박영철본 『연암집』에는 한 편
도 수록되지 않았다. 전후 사정은 『서간첩』의 첫 장에 실린 연암
의 고손 박기양朴綺陽이 박영철에게 보낸 편지에 잘 밝혀져 있다.
당시 충북 옥천 읍내 상계리에 거주하던 박기양은 경성 소격동

144번지에 살던 박영철에게 보낸 편지에 이렇게 적었다.

> 일전에 시율詩律에 힘을 쏟고 있는 우리 고을 이원면伊院面의
> 이준재李俊宰가 태집台執께서 박야원朴也園 형을 통해 연암의
> 수필手筆을 얻고자 한다는 소식을 전해 주었습니다. 태집께서
> 연전에 『연암집』을 간행한 일은 후손 된 자로서 죽을 때까지
> 잊을 수 없는 은혜일 뿐 아니라, 황천에 계신 제 고조高祖의
> 영령 또한 태집께 깊이 감사하는 바가 있을 것입니다. 이제 또
> 간절히 유묵遺墨을 구하신다니, 더더욱 깊이 감사드립니다.
> 감히 전적으로 받들지 않을 수 있겠습니까? 서간문 한 첩帖을
> 받들어 올리오니, 삼가 받아 주시면 고맙겠습니다. 이만 줄입
> 니다.[4]

1935년 4월 11일에 보낸 이 편지를 통해, 박영철이 『연암집』
간행 이후에도 계속해서 연암의 친필을 수소문하고 있었음을 알
수 있다. 박영철이 박야원이란 이를 통해 연암의 고손인 박기양
에게 친필의 존재 여부를 물었고, 이에 박기양은 집안에 보관해
오던 이 서간첩을 그에게 양여하였다.[5] 『연암집』의 간행은, 그러
니까 이 『서간첩』이 박영철의 수중으로 들어가기 세 해 전의 일
이었다. 아마도 박영철은 『연암집』 간행 후에도 더 많은 관련 자
료를 모아 『연암집』의 결정본을 낼 생각이었던 듯하다. 그는 이
꿈을 이루지 못하고 세상을 떴다. 그가 어떤 경위로 연암의 문학

에 경도되었는지는 알려져 있지 않다. 이후 그의 소장 유물이 경성제국대학 박물관에 기증되면서 이 자료의 존재도 완전히 잊혀진 채로 묻혀 있다가, 2005년 연암의 200주기에 즈음하여 공개된 것이다.

『연암 선생 서간첩』에는 모두 32통의 편지가 실려 있다. 이 가운데 첫 번째 편지는 박기양이 박영철에게 보낸 것이고, 마지막에 실린 한 통은 연암의 손자인 박규수의 것이다. 나머지 30통은 연암이 안의현감으로 있던 60세 때인 1796년 1월 27일부터 면천군수였던 1797년 8월 23일까지 안의와 면천에서 주로 한양 집에 보낸 편지가 날짜순으로 정리되어 있다. 겉봉까지 그대로 첩장帖裝되어 있어, 집안에서 소중하게 보관해 오던 것임을 알 수 있다.

이 자료가 가치 있는 것은 몇 남지 않은 연암의 친필 편지라는 점 외에도, 연암과 관련된 매우 유용하고 뜻깊은 정보들을 제공하고 있기 때문이다. 서간첩에 수록된 편지의 발송 일시와 수신자, 그리고 주요 내용과 발신자 및 발신처를 도표로 정리해 보면 다음과 같다.

번호	발송 연월일	수신자	내용	발신처
1	1935. 4. 11.	박영철 朴榮喆	박영철이 연암의 수적手蹟을 구하는 데 대한 답장.	박기양 朴綺陽
2	1796. 1. 27.	이재성 李在誠	처남 이재성에게 자신의 병세를 설명하고, 「숭무당기崇武堂記」의 구상을 지어 보내 줄 것을 부탁.	안의관아 安義官衙
3	1796. 2. 15.	박종의 朴宗儀	신부가 보내온 버선을 신어 본 이야기와 수동 서처徐妻의 병 걱정, 유언호兪彦鎬 등에게 보낸 편지의 배달 여부 확인.	안의 安衙
4	1796. 2. 15.	박종의	3의 별지: 그림 받은 이야기와 이덕무 행장, 묘 쓰는 일로 인한 시비, 그 밖에 안의安義 생활의 단면.	안의 安衙
5	1796. 2. 15.	박종의	『아동기년我東紀年』 2권과 『박씨가훈朴氏家訓』 1책을 지은 일과, 『소학감주小學紺珠』를 분실한 일에 대한 나무람, 먹거리를 보낸 일.	안의 安衙
6	1796. 3. 8.	박종의	며느리의 순산 소식을 기뻐하며 산후 조리 당부. 삼칠일에 아랫사람들에게 밥과 국을 먹인 일.	안의 安衙
7	1796. 3. 10.	이재성	날씨 이야기와 처남 이재성에게 종이를 구해 보낸다는 사연과 숭무당 사적에 관한 내용.	안의 安衙
8	1796. 3. 10.	박종의	손주에 대한 궁금증과 음식을 한양 집에 보낼 일, 이덕무 행장에 관한 일과 한번 다녀가라는 당부.	안의 安衙
9	1796. 3. 15.	박종의	순시 일과 이임을 앞둔 마음가짐, 며느리의 건강 걱정.	안의 安衙
10	1796. 3. 23.	박종의	순시 일과 광주로 성묘 갈 일정 통보.	거창 居昌
11		저동학사 苧洞學士	처남이 제동濟洞으로 이사한 일과, 저동학사가 지은 치안책을 함께 읽은 일.	한양 漢陽
12		불명不明	안부와 방문 예고.	한양
13		박종의	광엽에게 시설 이야기를 듣고, 삭시朔柴 보낸 일의 확인.	의릉 懿陵
14		박종의	눈병에 대한 걱정과 처방, 정원 화초에 대한 걱정.	의릉

예순 살 연암이 집에 보낸 서른 통의 편지

15		박종의	편지지와 창호지 및 책과 그림을 보내 달라는 부탁. 꽃 소식 이야기. 붓에 관한 이야기 등.	의릉
16	1796. 4. 18.	박종의	연암협으로 가는 도중에 안부와 당부	연암행중 燕巖行中
17	1796. 4. 18.	박종의	16의 별지: 책을 보내 달라는 부탁, 과거 시험에 대한 당부, 광엽의 소식에 대해 궁금해하는 내용. 그 밖에 소소한 일상사.	연암행중
18		이재성	5언율시 한 수와 안부.	의릉
19	1797. 윤5.	황승원 黃昇源	송도유수 황승원에게 송도 사람 김광복의 일을 엄하게 처리해 달라는 부탁.	의릉
20	1797. 7. 6.	박종의	무더위와 질병, 도중에 겪은 이야기와, 사돈 집에 들르겠다는 이야기.	평택숙소 平澤宿所
21	1797. 7. 8.	박종의	면천 부임 길의 고초와 고을 모양새. 갑옷에 필요한 물건 요청.	면천행류성하 沔川行留城下
22		서녕정각집사 瑞寧政閣執事	서녕군수의 청함에 응하지 못함을 미안해하는 답장.	면천도중 沔川道中
23	1797. 7. 15.	박종채 朴宗采	둘째 아들의 이름 자에 관한 내용, 『오례통고』 구입 건, 손주 걱정과 「이방익의 일에 대해 쓰다書李邦翼事」와 관련해 유득공, 박제가에게 도움을 청하라는 당부.	면천도중
24	1797. 7. 15.	이재성	수군 조련으로 바쁜 사정과 함께 「이방익의 일에 대해 쓰다」의 관련 자료 정리를 도와달라는 당부.	면천아중 沔川衙中
25	1797. 7. 15.	이재성	24의 별지: 「이방익의 일에 대해 쓰다」 작성과 관련된 세부적 내용.	면아 沔衙
26	1797. 7. 16.	박종의	물건 부탁과 『오례통고五禮通考』와 관련된 이야기.	면아
27	1797. 7. 16.	박종의	26의 별지: 유득공에게 빌려준 두루마기를 되찾아 보내라는 이야기와 한글 편지를 못 쓰니 대신 써 달라는 당부. 그 밖에 집안의 대소사에 대한 당부.	면아
28	1797. 8. 5.	박종의	집안 대소사에 대한 확인과 당부.	면아

29	1797.8.15.	박종의	휴가가 퇴짜 맞아 한양 상경이 어렵게 된 사정과 『오례통고』를 사는 일에 대한 당부.	면아
30	1797.8.15.	박종의	29의 별지: 길에 도둑이 들끓어 걱정임과, 집 짓는 일, 장 담그는 일에 대한 당부.	면아
31	1797.8.23.	박종의	29의 추서追書: 『오례통고』 뒤처리와 관련된 이야기. 그 밖에 필요한 물품에 대한 요청과 이방익전李邦翼傳 독촉.	면아
32	3.23.	삼화부사三和府使(?)	삼화선三和船의 처리에 대한 문의.	박규수朴珪壽

편지의 수신자는 '기가아평서寄家兒平書'라 하여 연암의 형 박희원朴喜源에게 입계入繼한 장남 종의宗儀에게 보낸 것이 20통으로 가장 많다. 안동安洞 살던 처남 중존仲存 이재성李在誠에게 보낸 편지도 5통이 보이고, 저동학사苧洞學士에게 보낸 1통(편지 [11])과 송도유수에게 보낸 1통(편지 [19]), 서녕군수에게 보낸 1통(편지 [22]), 둘째 아들 종채宗采에게 보낸 1통(편지 [23])이 있다. 그 밖에 수신자가 분명치 않은 것이 1통(편지 [12])이다. 편지글의 특성상 전후 문맥을 모르고는 가늠하기 힘든 내용도 있다.

글씨는 힘 있게 또박또박 쓴 유려한 행초체行草體로 되어 있고, 필획이 하나도 흐트러짐이 없이 법에 따라 쓴 빼어난 글씨다. 연암의 글씨는 필획이 군세기로 유명했는데, 『과정록』에 이에 대한 언급이 있다.

선군先君의 글씨는 필획이 군세어서 안진경顔眞卿의 근골筋骨

에 조맹부趙孟頫의 농후濃厚와 미불米芾의 기굴奇堀을 더한 것 같아서 빼어난 품이 분방하였으나, 써 내려가는 질서는 가지런하였다. 소해小楷의 세자細字로 시문을 기초한 것은 모두 서첩에 넣어 보배롭게 완상할 만하고, 행초行草로 쓴 큰 글씨는 다 높직하게 붓자루 꼭대기를 잡고 붓을 드리워 팔을 놀리기를 질으면서도 섬세하게 하였으니, 간간이 나올 때마다 사람들이 모두 보배로 여겨 간직했다.[6]

연암의 서체는 안진경의 근골에 조맹부의 농후함, 여기에 다시 미불의 기굴을 더하였다고 했는데, 특히 행초서行草書에서는 미불의 법식을 깊이 체득했다는 평가를 받았던 빼어난 글씨였다.[7]

『연암 선생 서간첩』에 실린 30통의 편지도 필치가 활달하면서도 굳센 기상이 있고, 획 하나, 삐침 하나도 서법에 어긋남이 없는 엄정한 서체다. 행초임에도 한 글자 한 글자 또박또박 써서 마구 흘려 쓴 것이 하나도 없다. 이 서간첩의 확인으로 연암의 서체가 제대로 평가받게 된 것도 큰 소득이 아닐 수 없다.

연암의 병력病歷과 인간적 면모—서간첩 깊이 읽기 1

이 서간첩은 연암이 주로 자식에게 보낸 편지인 만큼 다른 글에서는 찾아보기 힘든 그의 인간적 면모와 자신의 질병에 관한 언급이 자주 보인다. 당시 60세 노인이었던 연암은 자신의 각종 질병의 고통에 대해 편지의 여러 곳에서 토로하고 있다.

이재성에게 보낸 편지 [2]에서는 "내 나이도 예순이 되고 보니, 나이 먹는 것을 막으려 하는데 도리어 이가 빠지는 형편임을 어찌하겠느냐? 게다가 가슴의 답답한 기운[膈氣]이 편치가 않고, 또 잠들 때면 언제나 심장이 두근거려 문득 깨곤 한다네. 풍담風痰이 아니면 필시 정충怔忡인 듯하니, 이는 수년 이래로 또 다른 증세일세."[8]라고 하였다.

풍담은 팔다리에 이따금 마비가 오고 두통으로 어지러우며 가슴이 답답한 증세로, 심하면 반신불수가 되기도 하는 질환이다. 또 정충은 가슴이 시도 때도 없이 두근거리고 불안해지는 증상으로, 부귀에 급급하거나 가난하고 천한 것을 슬퍼하거나 소원을 이루지 못하여 생기는 병이다.[9]

연암은 20세 전후에도 며칠씩 잠을 이루지 못하는 심각한 우울증과 불면증으로 고생한 일이 있다. 가슴이 답답하고 시도 때도 없이 맥박이 뛰는 증세는 그의 타고난 체질과 관련이 있는 듯하다. 『과정록』에는 담옹澹翁 김기순金起淳이 연암의 체질에 대해 언급한 내용이 실려 있다.

공은 순수한 양기[純陽]를 타고나서, 반 푼의 음기陰氣도 섞여 있지 않습니다. 그래서 고명高明이 과도하여 매양 부드럽고 억누르는 공력이 모자라고, 강방剛方이 과도하여 항상 원만·혼후渾厚한 뜻이 부족하니, 이는 옛사람이 이른 바 태양太陽이라는 증좌입니다. 우리나라 선현들의 기품에 비긴다면 오직 정송강鄭松江, 조남명曹南冥만이 가깝습니다. 지금 같은 어지러운 세상을 살아가며 도처에서 서로 어긋나게 되면 마음속에다 억눌러 감추어 쌓아 두어서 풀어 버리지 못하는 것이 반드시 뒷날 격화膈火의 증상으로 될 터인데, 이는 약석藥石으로는 치료할 수가 없게 될 것입니다.[10]

김기순은 연암이 강방 즉 뻣서고 모난 태양인의 기질을 타고나서, 마음속 울화가 속으로 쌓여 격화가 되면 약으로도 치료할수 없는 병이 되리라고 예견했다. 이에 대해 박종채는 같은 대목에서 "만년에 그의 말이 과연 그대로 들어맞았다."고 적고 있다. 위 연암의 편지에서도 스스로 '격기불녕膈氣不寧'을 말했다. 실제로 연암은 만년에 팔에 마비가 오고 천식까지 겹쳐 말이 어눌해지는 증상을 앓았다. 또 박종채는 "선군은 중년 이래로 험악하고도 위태로운 지경을 거치면서 억눌리고 막힌 것이 풀리지 않으셔서, 항상 기운이 울적하고 화기火氣가 솟구치는 증세가 있으셨다."[11]고 했다.

또 편지 [4]에서는 "아전 수십 명이 온종일 내 앞을 종종걸음치며 다녀도, 내 눈 속에는 적막하게 한 사람도 없다. 방울을 울리면 대답하는 소리가 자못 떠들썩하지만, 내 귓속에는 다만 새와 시내, 그리고 대나무가 바람에 우는 소리만 들리는구나. 이는 나의 큰 병통인데, 늙어 갈수록 더욱 심해만 지니 뉘 능히 이를 말리겠느냐?"[12]라고 적고 있고, 같은 편지에서 '박제가의 집에 있는 중국 사람의 시필첩詩筆帖을 빌려 볼 수만 있다면 며칠 사이의 답답증을 누그러뜨릴 수 있을 텐데.' 하며 안타까운 마음을 토로하기도 했다. 편지 [28]에도 "나른한 증세는 날마다 심해져만 가니 어찌할지 모르겠다."[13]고 적어, 무력증 비슷한 증세가 지속적으로 있었음을 짐작게 한다. 이 밖에도 연암은 [27]에서 "해묵은 기수지증嗜水之症"을 말하고 있는데, 이 또한 가슴속에 울화가 치밀 때 답답증을 이기지 못해 찬물을 벌컥벌컥 들이킨 것을 말한 듯싶다. 이것을 그대로 두면 당뇨병으로 발전한다.

특히 치질은 연암을 몹시 괴롭혔던 모양으로, 편지 [21], [22], [24] 외에 여러 곳에서 반복해서 그 고통을 호소하였다. 이 밖에 학질과 부스럼과 열창에 대한 언급도 편지 [21]에 보인다.

한편 서간첩에는 아버지로서의 인간적 면모가 잘 나타나 있다. 편지 [3]에서는 며느리의 분만을 앞두고 노심초사하는 내용이 보이고, 편지 [5]에서는 직접 담근 고추장을 한 단지 보내면서 "사랑에 놓아두고 밥 먹을 때마다 먹으면 좋겠다. 이것은 내가 손수 담근 것인데, 아직 잘 익지는 않았다."[14]고 적고 있다. 말린 고기와 곶감, 볶은 고기 등의 밑반찬거리도 계속 보냈다.

하지만 이를 받은 아들이 보낸 물건에 대해 아무 말이 없자, 편지 [8]에서는 "전후해서 보낸 소고기볶음은 잘 받아서 능히 아침저녁 찬거리로 하였느냐? 어째서 한 번도 좋다는 뜻을 보여 주지 않느냐? 답답하고 답답하구나. 나는 육포나 장조림 등의 반찬보다 나을 거라고 생각한다. 고추장도 내가 손수 만든 것이니, 모름지기 맛이 어떤지 자세히 알려다오. 두 물건은 인편에 따라 계속해서 보낼 생각이다."[15]라고 적었다.

심지어 편지 [30]에는 "장 담그는 일은 네 누이동생과 둘째 며늘아기와 상의하도록 해라. 만약 □ □ □[원문 결]할 것 같으면, 비록 빚을 내어 담그더라도 괜찮다."[16]는 내용도 보이고, 집 수리에 대해 담장의 높이, 울타리와 사립을 다는 위치까지 일일이 편지 속에서 거론하였다. 경제적으로 형편이 넉넉지 않았으므로 책 한 질 구입할 경우에도 책값 문제까지 직접 이야기했다(편지 [26]).

또 아들이 자신이 직접 베껴 보내 준 『소학감주小學紺珠』를 분실하자, 편지 [5]에서 "네가 서책에 대해 성의 없기가 이와 같으므로 늘상 안타까워하는 것이다. 나는 문서를 살피는 여가에도 오히려 능히 한가한 일에까지 미쳐 때때로 책을 저술하고 혹 법첩法帖을 임서臨書하며 붓글씨 연습을 하는데, 너희들은 1년 내내 무슨 일을 일삼고 있는 게냐?"[17]고 나무랐고, 편지 [14]에서는 "팥배나무 한 짐을 또 간신히 구해서 보내니 잘 심고, 잘 단속하여 다른 사람이 뽑아 가는 일이 없도록 해라. 정원의 나무를 그사이에 많이 잃었다고 하니 실로 안타깝구나."[18]라고도 했다. 편지 [17]에는 과거 시험을 앞둔 아들에게 답안의 필획을 좀 더 도탑고 듬직하게 쓰라는 주문도 남기고 있다. 하지만 자신이 그러했 듯 시험의 결과에 대해서는, 편지 [29]에서 "합격 여부에 상관하 지 말고, 다만 들고 나는 것을 잘해서 욕을 당하지만 않는다면 괜 찮다."¹⁹고 적었다.

특히 안의현감 시기에 얻은 손자 효수孝壽에 대한 애틋한 사 랑은 편지 곳곳에서 반복적으로 나타난다. 편지 [3]에서는 분만 을 앞둔 며느리에 대한 걱정이 보이고, 편지 [6]에는 출산 소식을 접하고서 "응애응애 하는 소리가 종이 위에 가득하다. 인간의 즐 거운 일이 이것보다 더한 것은 없을 게다."²⁰ 하며 활짝 기뻐했다. 그러면서 며느리의 산후조리를 걱정하는 이야기와 손주의 삼칠 일에 관아의 아랫사람들에게 국과 밥을 먹인 일이 차례로 기록되 어 있다. 또 편지 [8]에는 "네 첫 번째 편지에는 아이가 태어났는 데 미목眉目이 밝고 수려하다 하고, 두 번째 편지에서는 점점 충 실해져서 그 사람 꼴을 갖춤이 자못 초초하지 않다고 하더니, 종 간宗侃의 편지에도 골상이 비범하다고 했더구나. 대저 이마는 넓 고 솟았으며 정수리는 평평하고 둥근지 어째서 하나하나 적어 보이지 않는 게냐? 답답하구나."²¹라고 적었다. 편지 [23]에서도 "다만 여태도 잊지 못할 것은 효수뿐이니 우습구나."²²라 했고, 편 지 [26]에서 아들이 면천으로 사탕을 보내오자, "사탕은 어찌 아 이들 먹을거리로 남겨 두지 않은 게냐? 이번에 돌려보낸다."²³고 적고 있다. 편지 [27]에는 술주정이 심한 귀봉이에게 아이를 안 게 해서는 안 된다는 당부도 보이고, 편지 [31]에는 손자 효수의

설사와 감기 증세에 대한 걱정을 피력하였다.[24]

서간첩에는 지방관의 신산스런 생활상도 생생하게 그려져 있다. 편지 [21]에는 수영水營의 수군 조련 때 융복에 필요한 호수虎鬚와 동개同介, 도편刀鞭조차 구하지 못해 남의 것을 빌려다 보내 줄 것을 청하는 궁상스런 내용이 보인다. 편지 [27]에도 수군 조련 때 철릭 아래 받쳐 입을 화포 두루마기가 없으니 유득공에게 빌려준 것을 되찾아 오라는 내용이 있다. 편지 [26]에는 바람막이와 목도리를 부쳐 달라고 했다.

편지 [4]에는 "화양 땅의 선대 묘에 제사 지내는 일 때문에 크게 의심스런 비방을 받게 되었다니 우습구나. 호장戸長이 아직 한 차례 제사조차 지내지 못했는데, 장차 어디에다 축문을 쓴단 말이냐?"[25]라고 한 대목이 나온다. 당시 연암은 합천군 화양동에 있던 선조 야천冶川 박소朴紹 묘의 무너진 병사丙舍와 결실缺失된 제전祭田을 성금을 모아 새로 마련하여 그곳 사람에게 관리를 맡겼으나, 폐단이 고쳐지지 않아 안의현 이청吏廳에서 관리케 한 일이 있었다. 이것이 잘못 알려져 호장이 축문을 쓴다는 오해로 번져 문중에 물의가 일자, 족형인 박윤원朴胤源이 편지를 써서 항의하기에 이르렀고, 이에 연암은 사실을 확인하는 답장을 쓰기까지 했다. 윗글은 이 일을 두고 한 말이다.

또 편지 곳곳에 광장廣莊이란 표현이 나오는데, 선영이 있던 광주廣州 전장田庄을 가리킨다. 이 밖에도 배천白川과 금천金川에도 전장이 있었다. 성묘와 가을걷이 감독 등에 관한 내용이 반복해서 나오는데, 당시 멀리 떨어진 곳의 소작인에게 사람을 보내 추수를 감독하고 도지를 받아 오는 일이 몹시 어려웠던 듯, 심지어는 면천의 아전을 전장으로 보내 직접 감독게 하기도 했다. 이런저런 일로 한양과 안의 사이를 왕래하고 집안의 대소사를 맡아 처리하던 광엽光燁은 연암이 몹시 아끼고 신임했던 인물로, 편지 속에 가장 많이 등장한다. 하인 석庶과 대大, 사돈인 안사安査 같은 인물과 그 밖에 연암과 왕래가 있던 사람들의 이름이 편지 속에 자주 보인다.

한편 연암은 한글을 쓸 줄 몰랐던 듯하다. 편지 [27]에 "누님에게 요전 두 냥을 보내는데, 한글 편지를 쓸 수가 없으니 네 누이를 시켜 대신 써서 보내 주면 좋겠다."[26]고 한 대목이 보인다.

이렇듯 이 서간첩은 문집에서는 전혀 찾아볼 수 없던, 연암과 관련된 여러 가지 개인적이고 인간적인 측면들을 세세하게 보여 준다. 문집에서 장대한 기골에 날카로운 풍자와 빛나는 유머로 반짝이던 연암의 면모가 편지글 속에서는 곰살궂고 자상한 어버이의 모습으로 나타나는 것이다.

연암의 교유 내용과 숨김없는 인물평—서간첩 깊이 읽기 2

이 서간첩의 흥미로운 점은 가까이 지내던 인물에 관한 새로운 정보들을 제공하고 있다는 점이다. 박제가와 유득공, 이희경 등

가까이 지내던 인물들에 대한 언급을 통해 이들에 대한 연암의 속내를 들여다볼 수 있는 한 단서를 제공한다. 집안에 보낸 편지여서 거리낌이 없었던 데다, 앞뒤의 특수한 맥락이 얽혀 흥미로운 내용이 적지 않다.

먼저 박제가와 관련된 언급으로, 편지 [4] 가운데 한 도막이다.

재선在先 박제가의 집에 소유하고 있는, 우리나라로 건너온 중국 사람의 시필詩筆 몇 첩을 빌려 볼 수만 있다면 마땅히 요 며칠 사이의 답답증을 누그러뜨릴 수 있을 것 같구나. 하지만 그 인간이 형편없고 무도하니, 어찌 능히 지극한 보물을 잠시인들 손에서 내놓겠느냐? 모름지기 이를 빌려 오도록 해라.[27]

박제가를 두고 '망상무도罔狀無道'하다고 했다. 글자 그대로 풀면 '꼴같잖고 무도하다'는 말이다. 물론 소중히 여기는 물건을 쉽게 내주지 않을 거라는 뜻을 강조하기 위한 우스갯소리일 뿐이다. 허물없는 사이가 아니고는 쉽게 하기 어려운 표현이다.

연암은 『연암집』 권5의 「초책에게 주다與楚幘」, 즉 박제가에게 보낸 편지에서 "그대는 깨달음과 명민함을 가지고 남에게 교만하고 사물을 업신여겨서는 안 될 것이네. 그가 만약 또한 얼마간의 깨달음을 지녔다면 어찌 스스로 부끄럽지 않겠소? 만약 깨달음이 없다면 교만하고 업신여긴들 무슨 보탬이 있겠소? 우리는 냄새 나는 가죽 주머니 속에 몇 개 글자를 넣어 둔 것이 남들보다 조금 많은 데 지나지 않을 뿐일세.”²⁸라고 하여 그 가벼운 언행을 나무란 바 있다. 반면 편지 [15]에는 박제가가 쓴 「적벽부」를 부쳐 보내라는 내용이 보이고, 편지 [25]에는 박제가의 집에 있던 『설령說鈴』과 『태평광기太平廣記』를 참고하라는 언급이 있다. 글을 쓰기 위해 자료를 찾는 일도 어김없이 박제가를 찾아서 문제를 해결했다. 연암이 박제가를 몹시 아꼈던 것만은 분명하다.

더 흥미로운 것은 유득공에 대한 인물평이다. 편지 [31]의 한 대목이다.

『오례통고』의 첫 갑甲은 대략 훑어보았더니 참으로 좋은 책이더구나. 뇌아賴兒가 이를 얻어 비록 손과 발이 너울너울 춤을 춘다고는 했지만, 책을 묶어 두고 보지 않으면 무슨 소용이 있겠느냐? 비록 한 차례 섭렵하였더라도 찬찬히 궁구하지 않는다면, 또한 어찌 수박을 겉만 핥고 후추를 통째로 삼키는 것과 무엇이 다르겠느냐? 반드시 유생柳生의 무리에게 이를 자랑해서는 안 된다. 유柳는 더함을 구하는 사람이 아닌 데다 침잠하는 기상이 적어, 단지 책을 빌려 박식을 뽐내기만 좋아할 뿐이다.²⁹

직접 유득공의 이름을 거명하지는 않았지만, 앞뒤 문맥으로 보아 유득공을 지칭한 것으로 보인다. 더함을 구하지 않고, 차분히 침잠하는 기상이 적으며, 책을 빌려다가 자신의 박식을 뽐내기만 좋아하는 인간이라고 그에 대해 깎아 말하고 있다. 자못 신랄하게 폄하한 평이다. 당시 연암은 왕명으로 이방익의 표해漂海 사실에 관한 글을 쓰고 있었는데, 참고할 자료가 전혀 없어 유득 공과 박제가 등에게 자료의 수집과 정리를 부탁해 놓고 독촉 편 지를 써 보내고 있던 참이었다. 그런데도 아무런 대꾸가 없자 이 들에게 단단히 화가 나 있었다. 같은 편지의 끝에서는 "유득공은 아예 돌아보지도 않고, 박제가가 혼자 감당하고 있느냐?"[30]고 물 어 유득공에 대한 불편한 심기를 다시 한번 드러냈다.

유득공에 대한 연암의 이러한 인식은 『연암집』 권5에 수록 된 두 통의 편지를 통해서도 살펴볼 수가 있다. 유득공에게 보낸 편지 「영재에게 답하다答泠齋」에서는 술을 지나치게 과음하는 것 에 대한 경계를 담고 있고, 두 번째 편지는 유득공이 여러 전고를 끌어다가 은어隱語로 쓴 편지를 연암이 이미 해독하였노라고 보 낸 답장이다.[31] 또 「원심재에게 주다與遠心齋」에는 유득공의 집에 서 『속백호통續白虎通』이란 책이 있기에 듣도 보도 못한 기서인 줄 알고 빌려 왔는데, 와서 보니 유득공이 범에 관한 얘기를 여기 저기서 모아 웃음거리로 삼은 것에 자신이 속았다고 하는 대목이 나온다.[32] 유득공은 서책에 대한 집착과 적잖은 과시욕이 있었던 것으로 보인다. 편지 속에 보이는, 침잠하는 기상이 적고 단지 책 을 빌려 박식을 뽐내기만을 좋아하는 사람이라는 평가와 서로 부 합한다.

이 밖에 현재 이름을 확인할 수 없는 백선伯善 부자에 대해 편지 [15]에서 "그 미봉책으로 그때그때 모면하는 어리석은 형상은 전에 비해 어떻더냐?"[33]고 묻고 있는 것이라든지, 편지 [17]에서 "이희명李喜明이 좋은 칼을 만들었다는데 여태 보내오지 않는구나. 그 사람의 일처리가 번번이 이렇다. 마땅히 이희경李喜經에게 재촉하여 즉시 찾아오게 하고, 이희경을 준열하게 나무라야 할 것이야."[34]라고 하여, 자신의 속내를 비교적 꾸밈없이 드러내 보이고 있다.

한편 편지 속 자료에는 당시 연암이 처했던 상황이나 당시 교유한 인물에 대한 언급도 들어 있어, 생애 사실을 보충하는 데 도움이 된다. 편지 [3]에는 "작년에 저인邸人이 돌아갈 때 편지를 써서 유합兪閤께 그 병이 어떠신지 문안하고, 함께 약 재료와 그 밖에 물건 몇 종류를 보냈었다. 그런데 여태 답장도 오지 않고, 네 편지에도 이에 대한 언급이 없으니 참으로 괴이하다."[35]고 적고 있다. 유합은 유언호兪彦鎬를 가리킨다. 박종채가 쓴 『과정록』에서 "선군은 안의에 계실 때 공의 병환이 위중하다는 소문을 듣고 편지 봉함 속에 인삼 몇 뿌리를 넣어 보내셨다."[36]고 한 언급과 일치한다. 하지만 이때 유언호는 병이 위중하여 답장할 형편이 못되었다. 또 체직遞職되어 서울로 올라오던 연암을 애타게 기다리다가 결국 만나 보지 못하고 1796년 3월 19일에 세상을 떴다.

또 편지 [4]에는 "함양 승려 경암대사敬菴大師가 의술이 뛰어나다고 하므로 맞아 올까 싶다."[37]고 한 대목이 보인다. 『과정록』에서 "영남 고을에 있을 때 경암과 역암櫟菴이라는 두 승려가 있었는데, 모두 한두 차례 선禪을 담론하였다. 경암은 본디 영남의 선비 집 사람인데, 사서에 능하였다."38고 한 그 사람이다. 경암과 만나게 된 계기가 자신의 병을 치료하기 위한 목적이었음이 편지 글을 통하여 확인된다.

글쓰기와 관련된 정보

무엇보다 『연암 선생 서간첩』의 가치를 높여 주는 것은 편지글 속에 보이는 글쓰기와 관련된 정보들이다. 특히 문집 권6에 실린 「이방익의 일에 대해 쓰다書李邦翼事」와 권3의 「형암 행장炯菴行狀」을 쓰던 과정이 상세하게 실려 있어, 한 편의 글을 완성하기까 지 연암의 고심을 엿볼 수 있다. 특히 이 두 글은 왕명에 의해 지은 것이다. 연암은 전후해서 왕명으로 모두 네 편의 글을 지었는 데, 이 두 편 외에 「금성위 묘지명錦城尉墓誌銘」과 「과농소초課農小抄」가 있다.

먼저 「이방익의 일에 대해 쓰다」에 대해 살펴보자. 문집의 제목 바로 아래 "면천군수 신 박지원 봉교 찬진沔川郡守臣朴趾源奉敎撰進"이라 쓰여 있는 데서 보듯, 이 글은 왕명으로 지은 글이었다. 1797년 7월 연암이 면천군수에 제수되어 어전에 나아갔을 때, 정조는 연암에게 지난번에 문체를 바꾸라고 단단히 당부했는데 과연 바꾸었느냐고 묻는다. 이어 "내가 근래 좋은 글감 하나를 얻었다. 너를 시켜 한 편의 호문자好文字를 짓게 하려고 전부터 생각했다.”고 하며, 제주 사람 이방익이 바다에서 표류한 일을 수미首尾를 갖추어 들려주고, 한 편의 글로 완성할 것을 명하였다.[39]

제주 사람 이방익은 1796년 9월 21일, 제주에서 서울에 있는 부친을 뵈러 배를 탔다가 태풍을 만나 표류하였다. 이후 팽호와 대만, 하문과 복건·절강·강남·산동 등지를 거쳐 북경에 이르렀고, 다시 요양을 경유하여 이듬해인 1797년 윤6월에 서울로 돌아왔다. 그는 문자를 겨우 알아 노정만 기록해 놓았을 뿐이었고, 기억을 더듬어 이야기한 것은 앞뒤 차례가 뒤죽박죽이었다. 정조는 “이방익의 사건이 몹시 기이한데 좋은 기록이 없어 애석하니 네가 한 책을 지어 올리도록 하라.”고 명하였고, 이에 연암은 거칠고 소략한 데다 오류투성이인 그의 구술 기록을 바탕으로 이 글을 짓게 되었다.

하지만 관련 자료도 없이 이방익의 진술만으로 쓸 수 있는 글이 아니었던 데다, 부임 초 업무 파악에다 수군 합동 훈련까지 겹쳐, 연암은 왕명에도 불구하고 여기에 몰두할 수 있는 형편이 아니었다. 이에 편지 [23]부터는 거의 매 편지마다 이방익과 관련된 내용이 나온다. 연암은 처음 왕명을 받고 임지로 내려와 7월 15일에 보낸 편지 [23]에서 “이방익의 전을 짓는 것은 한때의 급한 것이니, 박제가와 유득공 두 벗에게 찾아가서 서둘러 엮어 내야 할 뜻을 전하는 것이 어떠냐?”[40]고 했다. 연암은 그러고도 마음이 안 놓였는지 같은 날 이재성에게 보낸 편지 [24]에서는 이방익전을 빨리 지어야 하는데, 공무가 바빠 지체되는 것이 아니라 이방익이 지나간 길과 고을의 이름, 유람할 때 적은 기록 등을 대충대충 할 수가 없어 그렇다고 하면서, "『일통지一統志』와 그 밖에 옛사람의 문적文籍을 살펴 뜻에 따라 안배하여, 반드시 그 기록 중에 보이는 대로 잘못을 답습할 필요는 없다고 보네. 유득공과 박제가 두 벗과 함께 서둘러 읽어 보내 주심이 어떠하겠는가?"[41]라고 다급하게 부탁했다.

연암은 워낙 이방익이 말한 내용이 부실한 데다 검증할 자료도 없는 형편이어서, 박제가와 유득공에게 자료를 찾아 줄 것을 부탁하는 한편, 처남 이재성에게도 함께 도와 기본 골격을 읽어 줄 것을 부탁했던 것이다.

편지 [25]는 [24]의 별지로, 전체 내용이 모두 「이방익의 일에 대해 쓰다」의 작성과 관련된 내용을 담고 있다. 문체에 대해서는 이 글이 왕명을 받들어 짓는 글이므로 통상의 관례에 따라서는 안 되고, '비고비금지문非古非今之文', 즉 옛글도 아니고 지금 글도 아닌 문장으로 짓되, 문법은『사기』,『한서』와 비슷하게 하며, 문장에 파란이 있고 생색이 나야 한다고 했다. 여기에 더하여 문체는 전겸익錢謙益이 지은 「서하객전徐霞客傳」과 청나라 방상영方象瑛이 지은 「장백산기長白山記」와 같으면 좋겠다고 주문했다.

실제 「서하객전」은 명나라의 유명한 여행가인 서하객의 일생을 그가 답사한 여정에 따라 정리한 글이고, 「장백산기」는 청 태조의 명에 따라 장백산에 봉선封禪 즉 제사 지낸 일을 노정에 따라 기록하면서 관련 기록을 참조한 글이다.

편지 [25]에는 이런 내용도 보인다.

이방익이 말한 것이 자세치가 않고 본 것도 찬찬히 살피지 못
한 데다, 사물의 이름이 잘못된 것이 많고 일의 형상도 정확지
가 않네. 유람한 산천 누대와 지나쳐 온 고을의 도리道里도 반
드시 사실이 잘못된 것이 많을 것이므로 한글로 된 기록을 다
따를 필요는 없을 걸세. 다행히 『일통지』와 그 밖의 전기에 실
린 것에 의거하여 베껴 쓰고 채워 기술하여 완연히 눈으로 본
것같이 하여 파란과 생색을 낸다면, 비록 고인의 작품 속에서
한 차례 옮겨 적어오더라도, 이것으로 저것을 징험하면 사실
이 서로 맞아떨어질 터이니 진부한 것을 신기하게 하는 방법
이 바로 그 가운데 있다 하겠네.**42**

실제 문집에 실린 글을 보면, 이방익이 말한 내용을 한 단락
적고, 그 아래에는 이보다 훨씬 많은 분량으로 『청일통지淸一統
志』를 비롯하여 각종 문헌 자료에서 뽑아 낸 그 지역 관련 정보들
을 세세히 변증하여 잘못된 부분을 바로잡고, 부족한 부분을 보
충하는 방식으로 집필되어 있다.

정조가 연암에게 글 지을 것을 명하면서 문체를 고쳤느냐고
물었으므로, 연암으로서는 이 글을 작성하는 데 문체의 문제가
가장 신경 쓰인 부분이었던 것으로 보인다. 이에 연암은 비고비

금非古非今 즉 새것과 옛것이 어우러진, 명실이 상부하고 익숙한 것 속에 새로움이 깃든 한 편의 글로 완성코자 했다.

이를 위해 연암 자신도 정운경鄭運經의 『탐라문견록耽羅聞見錄』을 비롯하여 그 밖의 관련 자료를 꼼꼼히 검토하였고, 승정원과 비변사 등에 요청해 관련 자료를 보내 줄 것을 부탁하기도 하였다. 제목도 처음에는 「이방익의 전기李邦益傳」를 고려했다가, 다시 「이방익이 표해한 일을 기록하다記李邦益漂海事」로 고친 후, 마지막에는 「이방익의 일에 대해 쓰다」로 결정하였다.

연암이 이 글을 작성하는 데 비중을 두었던 이유는 청나라가 중국을 지배한 이후 아무도 가 보지 못했던 강남 지역을 이방익이 두루 살펴보고 왔다는 사실 때문이었다. 다음은 편지 [25]의 마지막 단락이다.

대저 우리나라의 사신들이 비록 해마다 중국에 들어가고 연경은 천하의 한 모퉁이의 땅인데도 황성의 일조차 진실로 알지 못하오. 어디서고 국 끓듯 하는 문견聞見은 사실이 아니어서 늘상 마치 멍청한 사람의 꿈 이야기 같으니, 하물며 대강大江 너머의 일이겠소? 강희 때 삼번三藩의 반란 때도 전문傳聞이 잘못된 것이 많았다오. 농암農巖 김창협金昌協의 「심적편審敵篇」에서도 억탁臆度으로 생각한 것을 볼 수가 있고, 노가재老稼齋 김창업金昌業에 이르러서도 직접 해랑적海浪賊을 본 것을 기문記文으로 지었는데, 그 듣고 본 것이 진실이 아님을 이번에 알 수 있었소.

그러나 사대부들은 춘추존양春秋尊攘의 의리에 엄격한지라, [걸핏하면 중국에 변이 있기만을 생각하여], 먼 모퉁이의 어리석은 백성들이 가져다 붙여 떠들기를 즐겨, 언제나 묘만苗蠻이 강남 길을 끊어 막은 것으로 의심을 하곤 하오. 금번 이방익이 바다에 표류하여 민월閩越 땅을 두루 뚫고 지나와 만리에 막힘이 없었으니, 그렇다면 사해가 편안하고 조용한 것을 징험하기에 충분하여, 우리나라 사람들의 여러 의심을 통쾌하게 깨뜨린 셈이오. 이는 그 공이 진실로 보통의 한 사람 사신보다 훨씬 낫다 하겠소. 이 뜻을 부연하여 넣는 것은 좋겠소.[43]

요컨대 그간 조선에 전해진 강남에 대한 전문은 오류가 많고, 특히 춘추존양의 의리에 엄격하여 중국에 변란이 일어나기만을 고대한 나머지, 툭하면 남방에서 반란이 일어나 강남 길이 막힌 것으로 생각들을 한다는 것이다. 그러나 이방익의 표류를 통해 저 대만에서부터 민월을 거치는 동안 아무런 막힘이 없었으니, 사해가 편안하고 조용한 것을 확실히 알 수 있게 되었다고 했다.

여기에는 비록 간접적이나마 청나라를 바라보는 연암의 정치적 입장이 명확하게 피력되어 있다. 연암이 「이방익의 일에 대해 쓰다」를 쓰면서 가장 강조하고 싶었던 문안文眼은 청나라의 지배가 안정 국면에 접어들어 사해가 이미 평안하다는 사실을 강조하는 것이었다. 이는 세상의 변화를 외면한 채 여태도 북벌 대의를 외치고 있던 존왕양이론자들을 겨냥한 것이었음은 물론이다.

실제 문집에 실린 「이방익의 일에 대해 쓰다」에도 "이에 앞서 연경에 들어간 자가 들은 바로는 해적이 중국의 남해를 가로막고 있어 상려商旅가 통하지 못한다고 하였는데, 지금 방익이 만 리길을 뚫고 지나왔으나 그런 일이 있었다는 것을 조금도 듣지 못했으니 온 누리가 태평한 것을 알 수 있습니다."[44]라고 하여, 연암의 생각이 그대로 반영되어 있다. 다만 이것만으로는 행간을 짚기가 다소 어려웠는데, 이 서간첩을 통해 보다 분명하게 연암의 의도를 헤아릴 수 있게 되었다.

또 편지 [24]에서 "앞서 바다에 표류하던 아무개가 있는데, 사적事跡이 몹시 기이하다 하오. 함께 전傳을 짓는 것이 좋겠다고 하는군요."[45]라고 한 것도 실제 글 속에 반영되어 임진왜란 때 노인魯認이 일본에 포로로 잡혀갔다가 중국으로 도망쳐서 고정서원考亭書院에서 공부하다가 돌아온 일이 적혀 있다.[46] 또 같은 편지 [25]에서 "부연하여 수십 길의 기이한 글을 이루어 총서 가운데 넣을 수 있다면 좋겠소."[47]라고 한 것으로 보아, 이들이 기초자료와 함께 초고를 작성하여 보내오면 이를 부연하여 한 편의 기이한 문장으로 만든 뒤, 자신이 엮으려 했던 『삼한총서三韓叢書』속에 편입시킬 작정까지 했던 듯하다.

하지만 자료의 조사는 의외로 방대해서 시일이 상당히 지체되었던 모양이다. 앞서 편지를 보낸 한 달 뒤인 8월 15일의 편지

[29]에는 "유득공과 박제가에게 부탁한 일은 어찌 되었느냐? 모름지기 바로 찾아와서 이번에 부치도록 해라. 만약 여의치 않거든 또한 이 애타게 걱정하는 뜻을 전해서 속히 도모해야 할 것이다."⁴⁸라고 조바심을 보였고, 다시 8월 23일에 보낸 편지 [31]에서는 "「이방익의 전기」는 이번에 온 인편을 고대했는데 역시 오지 않았으니 탄식할 만하다. 유득공은 아예 돌아보지도 않고, 박제가가 혼자 감당하고 있느냐? 상세히 알려 줌이 어떠냐?"⁴⁹며, 답답하고 불편한 심기를 감추지 않았다. 하지만 막상 유득공의 『고운당필기古芸堂筆記』 권5에 「이방익 표해 일기李邦翼漂海日記」란 항목이 있고 전후 사실이 자세히 적혀 있는 것으로 보아, 유득공 또한 자료의 정리와 조사에 일정한 역할을 맡았던 것은 분명하다.⁵⁰

어쨌거나 연암의 서간첩은 특별히 「이방익의 일에 대해 쓰다」의 집필 과정에 얽힌 전후 사정을 명확히 살펴볼 수 있는 풍부한 정보를 제공한다. 흔히 생각하듯 연암 자신이 중국에 관한 그 많은 문헌을 직접 섭렵하여 이 글을 엮은 것은 아니고, 박제가와 유득공이 이방익의 구술을 토대로 관련 문헌 자료를 모두 뽑아 처남 이재성에게 주고, 이를 이재성이 다듬어 읽어 초고를 완성했던 것으로 보인다. 이렇게 건네받은 글을 연암이 자신의 솜씨로 다듬고 정리하여 임금께 올린 것이 현재 문집에 실려 있는 글이다.

편지 [4]와 [8]에는 역시 왕명으로 짓게 된 이덕무의 행장에 관한 내용이 보인다. [4]에서는 "이덕무의 행장은 아직 붓을 대지 못하고 있다. 그 잡록을 보니 모두 이덕무의 쭉정이요 성근 행실뿐이어서 보잘것없으니 보배로이 여길 만한 것이 못 되더구나. 마음에 거리낌이 없이 한 이름을 이루고 나서야 문장이 문로門路를 얻을 것이다. 이 편지를 박제가 등 여러 사람에게 보여 주는 것이 어떠하냐?"[51]고 했다. 보내온 행장 집필을 위한 기초 자료가 부실하니 박제가 등에게 보완할 만한 자료를 요청하라는 뜻으로 읽힌다. 또 [8]에서는 "이덕무의 행장은 대략 초를 잡았으나 아직 탈고하지는 못했다. 이 뜻을 그 아들에게 말해 주는 것이 어떠하냐? 완성되면 마땅히 사람을 시켜 보내마."[52]라고 하였다.

이 밖에 편지 [2]에는 한산도 충렬사忠烈祠의 별각인 숭무당崇武堂에 대한 기문을 쓴 일이 보인다. 처남 이재성에게 보낸 내용은 이렇다.

> 통제사가 운자韻字를 내어 이것으로 글을 지어 보내라고 요구하고, 또 편지를 써서 「숭무당기崇武堂記」를 재촉하네그려. 숭무당은 한산도 충렬사의 별각別閣일세. 통제사가 봄 들어 체직遞職되어 돌아갈 듯하므로, 그 전에 새겨 걸려고 한다면서 이를 요구함이 몹시 간절하네. 이로 인해 정신이 없어 능히 구상하지 못하겠네. 빠른 인편에 구상해서 보내 주면 좋겠는데 어떻겠는가? 모름지기 먼저 지은 것이 있은 뒤에야 능히 뜻을 이끌어 낼 수 있겠기 때문일세.[53]

또 편지 [7]에도 "숭무당 사적은 앞서 이미 보냈는데 살펴보았던가? 달리 다른 일이 없다면, 다만 무武를 높이는 뜻으로 글을 엮으면 좋을 성싶네만."[54]이라고 했다. 1년 전인 1895년에 정조는 『충무공전서忠武公全書』를 간행하고 어제제문御製祭文을 하사하기까지 하여, 당시 한산도의 충렬사도 한창 새 단장이 마무리되어 가고 있을 때였다. 당시 수군통제사로 있던 이득제李得濟가 자신의 임기를 마치면서, 그간 자신이 한 일을 글로 새기기 위해 연암에게 「숭무당기」를 지어 줄 것을 굳이 부탁했던 모양이다. 이때도 연암은 자신이 짓지 않고, 먼저 처남 이재성에게 초고를 마련해 줄 것을 부탁하였다.

두 글을 모두 이재성에게 부탁하고 있는 것으로 보아 연암의 그에 대한 신뢰가 대단했음을 알 수 있다. 이는 『과정록』에서 연암이 이재성을 평하여 "문장을 평론하는 데는 남다른 견식을 갖고 있어서, 옛사람이 고심한 곳을 잘 알아내었다. 매양 한 편을 써낼 때마다 반드시 '나를 위해 결점을 논평해 달라.' 부탁을 하였다."고 한 내용과 부합된다. 편지 [11]에도 이재성과 둘이서 저동학사苧洞學士가 쓴 「치안책治安策」을 읽으며 평을 다는 이야기가 보인다.

이 밖에 편지 [5]에서 연암은 『아동기년我東紀秊』 두 권을 지은 일을 적었다. 우리나라의 역사를 연도별로 간추려 정리한 책으로, 나이 어려 총명할 때 보지 않으면 안 될 책이라고 했다. 아마도 『기년아람紀年兒覽』과 비슷한 성격의 책이었을 것으로 보인다. 또『박씨가훈』한 권도 저술한 듯한데, 집안 선대의 가르침을 모아 엮은 책인 듯하다. 이 책을 올려 보내면서 연암은 선조의 휘자諱字를 푸른색 종이로 가리는 것이 좋겠다고 하면서, 절대로 다른 사람에게 빌려주지 말 것을 당부하였다. 연암이 이 두 책을 엮었다는 사실도 이 서간첩에 의해 처음 확인한 사실이다.

서간문의 문예취

서간첩에 실린 편지글에는 연암 특유의 해학과 기지가 도처에서 빛난다. 또한 문예취 짙은 표현들이 적지 않아, 연암 문장의 미감을 잘 보여 준다.

> 석치石痴 정철조鄭喆祚의 두 첩帖과 그림 두루마리는 잘 도착했다. 지난번 보내온 나빙羅聘의 대나무 그림 족자는 기이한 솜씨더구나. 온종일 강물 소리가 울부짖는데, 마치 몸이 배 가운데 앉은 것처럼 흔들흔들하였다. 대개 고요하고 적막하기 짝이 없는지라, 강물 소리가 그렇게 들렸던 것이다. 문을 닫아 걸고 숨을 죽이며 이 두루마리를 때때로 펼쳐 감상하지 않았더라면 무엇으로 이 마음을 위로했겠느냐? 대개 날마다 열 몇 번씩은 접었다 폈다 하니, 작문의 요령을 익히는 데 크게 유익함이 있다.[55]

정철조와 나빙의 그림을 받고 쓴 편지 [4]의 한 도막이다. 대나무 그림을 보고 있는데, 울부짖는 강물 소리를 들으면서 배 가운데 앉아 있는 것처럼 몸이 흔들흔들하였다고 했다. 고요와 적막이 지극한지라 강물 소리가 그렇게 들렸다고 한 대목은 「하룻밤에 강을 아홉 번 건넌 이야기一夜九渡河記」의 한 대목을 연상시킨다. 하루에도 열 몇 번씩 접었다 폈다 하며 작문의 요령을 익혔다는 말도 재미있다.

동추同推하는 걸음이 아니면 창고를 돌며 조적糶糴을 나누는 일로, 비록 한가한 고을이라고는 해도 장부 정리도 때에 맞추어야 하고 공문 처리하기에도 겨를이 없다. 여러 고을이 대부분 같아서, 진실로 덜하고 더한 차이가 없다. 붓을 들고 종이를 펴니 문득 좋은 생각이 떠오르는데, 미처 한 글자 적기도 전에 창밖에서는 형방이 무릎을 꿇고 '하슴오며[爲白乎旀]'나 '저저자자[這這剌剌]' 등의 소리를 내며 읽고 있고, 개구쟁이 아이가 진한 먹에 붓을 적시고 종이 모서리를 비스듬히 잡고 있으니, 나는 먹으로 돼지 모양 비슷하게 수십 개의 서명을 바쁘게 한다. 물러나 생각해 보면, 앞서 가슴속에 있던 미처 쓰지 못한 한 편의 좋은 문장은 가석하게도 어느새 만 길 지리산 너머로 달아나 버렸으니 어찌한단 말이냐?[56]

역시 편지 [4]의 한 도막이다. 일없이 바쁜 지방관의 고단한 일과를 해학적 필치 속에 절묘하게 그려냈다. 공문을 처리하려고 종이를 펴자 갑자기 좋은 글의 구상이 떠오른다. 그래서 생각의 끄트머리를 잡아 적으려는데, 창밖에서 형방은 밀린 문서의 처결을 요청하며 '하슒 오며' 또는 '저저자자' 하며 처리할 문서를 읽어댄다. 또 그 곁의 완동頑童은 먹에 붓을 찍어 들고 빨리 서명할 것을 재촉한다. 그래서 하는 수 없이 쓰려던 글을 밀쳐 두고 묵저墨猪, 즉 돼지 비슷한 모양으로 수결手決하여 서명하고 말았다. 간신히 서류 처리를 끝내고 아까의 구상을 떠올려 보면, 쓰지 못한 한 편의 좋은 글은 벌써 지리산 너머로 달아나 버리고 말아 하나도 생각나지 않는다며 너스레를 떨었다. 연암 특유의 넉살과 장면 포착이 돋보이는 글이다.

> 밤비는 마치 부견符堅이 강물에 던진 채찍처럼 처정처정 집을 뒤흔들며 밤새도록 잠을 빼앗아 가는군. 게다가 벼룩이 수도 없이 튀어 올라 거의 크게 소리치며 발광할 것만 같네그려. 모르겠거니와 고헌高軒께선 능히 이 같은 근심을 면할 수 있으신가? 남에게 보낼 긴 편지 한 통을 보내니 한 번 웃고 보시길 바라네.57

연암협에서 한양으로 부친 편지 [18]의 한 대목이다. 『진서晉書』「부견재기符堅載記」에 나오는 '투편단류投鞭斷流'의 고사를 인용하고 있다. 전 군대의 말 채찍을 일제히 강물 속으로 던지면 흐르는 강물도 막을 수 있다는 의미다. 하지만 여기서는 수많은 채찍이 일제히 수면 위를 때리는 것처럼 빗소리가 집을 온통 뒤흔든다고 말한 것이다. 그 표현이 자못 절묘하다. 게다가 벼룩마저 들끓어 거의 발광하기 직전이라고 끈적끈적한 여름밤의 괴로움을 토로했다. 한편 편지 [18]에는 5언 8구의 시 한 수가 적혀 있다.

긴긴 날 띳집 위에 앉아 있자니	長日草堂上
나무 그늘 정원 가득 짙푸르구나.	樹陰滿庭綠
이따금 꾀꼬리 찾아와서는	時有黃鸝來
벗 부르는 소리를 재잘대누나.	喚友聲嚶嚶
그 가운데 책 읽는 사람이 있어	中有讀書人
배고픔 즐기며 집에만 있네.	樂饑不出門
이번 길에 공책 두 권 보내 드리니	今送二空冊
글 지어 모름지기 가득 채우길.	著書須滿卷

이 시는 운자를 제대로 맞추지 않은 상태로 그저 편지 쓰듯 자연스런 리듬에 맞춰 쓴 것이다. 편지 [13]에도 "나무 그늘이 짙어 온종일 꾀꼬리 울음소리가 들려오는구나. 다만 너무 가물고 건조해서 두 눈이 흐리고 눈곱이 끼니 이것이 걱정이다."[58]라고 한 표현이 보이는데, 이 시 또한 고즈넉한 분위기가 평화롭게 느껴지는 작품이다.

이상 서울대학교 박물관이 소장한 『연암 선생 서간첩』에 실린 30통의 연암 친필 편지를 검토하였다. 연암의 필적이 이렇게 한꺼번에 세상에 나온 것은 처음 있는 일이다.

이 서간첩에는 지금까지 잘 알려지지 않았던 안의현감과 면천군수 시절의 이야기가 날짜순으로 실려 있어, 연암의 생애 관련 사실을 확인하는 데 귀중한 자료가 된다. 또 아버지로서 연암의 인간적 면모를 확인하는 기쁨도 적지 않다. 광주廣州의 처가와 연암협의 집, 그리고 계산초당과 한양 집에 얽힌 이런저런 걱정을 담은 내용, 집안의 혼사나 인사치레에 대한 걱정도 쉴 새 없다. 그 밖에 연암이 앓았던 질병과 지방관의 여러 고충, 그리고 평생을 가까이 지냈던 박제가, 유득공 등에 대한 솔직한 인물평에 이르기까지 새롭고 의미 있는 내용이 서간첩 속에 풍부하게 실려 있다. 직접 고추장을 담근 일부터 서책 구입과 자식의 과거 시험 걱정, 한글을 몰라 한글 편지를 쓰지 못했던 일에 이르기까지 소소한 내용들이 꾸밈없이 그려진다.

특히 「이방익의 일에 대해 쓰다」나 「형암 행장」의 작성에 얽힌 뒷이야기, 남의 이름으로 써 준 「숭무당기」 같은 글의 존재를 확인한 것도 특별한 의미가 있다. 『아동기년』 2책과 『박씨가훈』 1책을 연암이 저술한 사실도 이 편지를 통해 처음 확인한 내용이다.

맨 앞에 실린 박기양이 박영철에게 보낸 편지는 이 서간첩의 전래 경위를 알려 주고, 또 마지막에 실린 연암의 손자 박규수의 편지 한 통은 1868년(고종 5), 미국 배 셰넌도어Shenandoah 호가 평양에 억류된 셔먼 호 선원들을 구출하기 위해 3월 18일부터 4월 26일까지 근 40일간 황해도와 평안도의 접경 해역을 오르내릴 때 일을 수습하는 과정에서 삼화부사에게 보낸 편지 가운데 한 통인 것으로 보인다.[59]

이 서간첩의 소개가 연암 문학을 재조명하고, 그의 인간적 면모를 복원하는 데 유용하게 활용될 수 있기를 바란다.

미주

1. 옛 선비들의 독서법: 고전 독서 방법론의 양상과 층위

1 徐應淳,「論文與李近章」,『絅堂集曰』: "韓昌黎曰: '古聖賢書具存, 宜師其意, 不師其辭.' 不師其辭云者, 不規規爲模擬云爾. 古人之辭, 簡而質, 後世之辭, 繁而僞, 如之何不師古人而可也? 然則不爲模擬, 而能師其意, 有法乎? 曰熟讀古人書, 使古人聲氣, 浹於喉物, 則下筆自有古人聲氣."

2 徐應淳,「論文與李近章」[18],『絅堂集曰』: "古人所謂讀書, 凡繙閱諷玩是也, 非獨此呻唔聲之謂也. 然一筆千言, 非此呻唔聲不能."

3 徐復觀,「中國文學中的氣的問題」,『徐復觀先生全集』(二), 臺灣: 學生書局, 1985, 331면 참조.

4 白光勳,「答亨南書一庚辰」,『玉峯集』別集(총간 47~146면): "書來悉好在, 且聞汝勤於讀書, 爲孝孰大於此哉. 頗用慰喜不禁. 論語讀畢後, 須從初卷, 更日學一卷, 以首尾貫徹無碍爲期. 而無作輟之頃, 則七卷之書, 未十五六日, 可盡一遍. 果能此後, 則雖學他書之時, 亦可日誦一遍. 如此不廢, 只做數月之功, 而可至百遍, 爲效不亦萬萬耶? 平生誦此一書, 亦足無愧於冠儒冠而行, 況汝之聰明, 苟篤志力學, 則其於進益, 將有不自知自止者矣."

5 兪晚柱,『欽英』(규장각 영인본 1~11면): "初四日壬午, 大風雪以寒. 誦貨殖傳, 滿百遍止. 借李氏尙書, 審定禹貢. 初五日癸未, 讀禹貢. 初六日甲申陰. 禹貢成誦. 禹貢文總一千有二百有一字, 而多重疊 …… 畵禹貢九州田賦正錯升降之圖. 夕始亂風飛雪, 通宵不止 …… 初九日丁亥, 誦禹貢滿百遍止."

6 정민,『책읽는 소리』, 마음산책, 2003, 56면에 전문이 실려 있다. 원제는「壬戌臘月, 自驪江往留淸峽玉華臺時課程」이다.

7 金得臣,「古文三十六首讀數記」,『柏谷集』冊五(총간 104~164면): "讀獲麟解 · 師說 · 送高閑上人序 · 藍田縣丞廳壁記 · 送窮文 · 燕喜亭記 · 至鄧州北寄上襄陽于相公書 · 應科目時與人書 · 送區冊序 · 張君墓碣銘 · 馬說 · 坊者王承福傳一萬三千番; 讀鱷魚文一萬四千番, 讀鄭尙書序 · 送董邵南序一萬三千番, 讀十九日復上書一萬三千番, 讀上兵部李侍郎書 · 送廖道士序一萬三千番, 讀龍說二萬番, 讀伯夷傳一億一萬一千番, 讀老子傳二萬番, 讀分王二萬番, 讀霹靂琴二萬番, 讀齊策一萬六千番, 讀凌虛臺記二萬五百番, 讀鬼神章一萬八千番, 讀衣錦章二萬番, 讀補亡章二萬番,

300

讀木假山記二萬番, 讀祭歐陽文一萬八千番, 讀薛存義送元秀才 · 周策一萬五千番, 讀中庸序二萬番, 讀百里奚章一萬五千番. 自甲戌至庚戌. 而其間莊子 · 馬史 · 班史 · 學庸, 非不多讀, 不至於萬, 則不載讀數記爾. 若後之子孫, 觀余讀數記, 則知余之不惰窳于讀. 庚戌季夏, 柏谷老叟, 題槐州醉默堂.”

8 김득신의 독서벽讀書癖에 대해서는 안대회, 「1억 1만 3천 번의 독서—김득신의 독수기讀數記」, 『문헌과 해석』 2001년 여름호, 문헌과해석사, 17~26면; 정민, 「독서광이야기」, 『미쳐야 미친다』, 푸른역사, 2004, 51~67면 참조.

9 황덕길黃德吉의 「서김백곡득신독수기후書金伯谷得臣讀數記後」 전문은 안대회, 「1억 1만 3천 번의 독서—김득신의 독수기讀數記」, 『문헌과 해석』 2001년 여름호, 문헌과해석사, 24면을 참조할 것.

10 宋能相, 「讀書法」, 『雲坪集』 卷十(총간 225~281면): “古人曰: ‘讀書有三到. 心到眼到口到.’ 此爲小子之專事乎口耳者發也 …… 夫先看一遍, 使之背記, 而掩卷瞑目, 整襟危坐, 口誦而手數之. 畢則下籌. 如此則心自然不走散, 字字句句, 皆能點檢過. 心不散則無非思者, 方誦時會思, 方靜默時亦會思. 或誦詠而思, 或默坐而思, 循環熟復, 待得浹洽時, 其味無窮, 不可以形言矣.”

11 成文濬, 「讀書七訣」, 『滄浪集』 卷四(총간 64~55면): “讀書切須專攻一書, 定作一兩年工夫. 讀取數百來遍, 要令倍誦精熟, 如某濟河焚舟法, 然後又移一書. 如此精專, 久之自能左右逢原, 開拓筆路, 古文今文, 惟吾所欲, 無不如志矣. 若心志不定, 不勝見小欲速之心. 今月讀一書未畢, 來月又換一書, 則雖讀得五車書, 費盡一生精力, 徒成書置, 卒無見效之期矣. 若患靠着一書, 心氣鬱滯, 則或置奮讀一兩卷閑謾文字於旁邊, 時時諷味, 消散滯氣却無妨也. 但勿令分功費日, 虧退本課則善矣.”

12 정약용, 「소학주관서小學珠串序」, 『다산시문집』 제12권(고전국역총서 『국역다산시문집』, 6~17면.

13 정약용, 「천문평千文評」, 『다산시문집』 제22권(고전국역총서 『국역다산시문집』 9~146면).

14 정약용, 「기유아寄游兒」, 『다산시문집』 제21권(고전국역총서 『국역다산시문집』 9~40면).

15 정약용, 「기유아寄游兒」, 『다산시문집』 제21권(고전국역총서 『국역다산시문집』 9~40면).

16 정민, 「18세기 지식인의 완물취미와 지적 경향」, 『18세기 조선 지식인의 발견』, 휴머니스트, 2007 참조.

17 河弘度,「讀書說示人」,『謙齋集』卷十(총간 97~170면): "書多而讀少, 舊不熟而新不精, 目纔過了, 怠心已生. 書愈多而學愈荒, 畢竟新與舊亡之也已. 此固蒙學小子通病也. 逐一字尋一字之義, 逐一句尋一句之義, 一章如此, 一卷亦如此, 不貪多而恥小. 惟務精而自熟然後, 書一書而爲我有也, 書二書而爲我有也. 若是而往, 至於十百千萬書之多, 無非我有而書與我一也. 不然, 竭會稽之藤, 盡中山之兎, 朝書十冊, 暮書十冊, 天下古今之書, 無有遺漏而膽之, 書自書, 我自我, 於汝身無益也."

18 朴世采,「讀書淺說」,『南溪集』卷五十五(총간 140~153면): "讀書而無甚會疑, 此初學之通病. 苟能終始致誠, 不得不措, 則亦必有時而通矣. 然人氣質之稟有敏鈍, 文理之通有早晩, 其有憤悱之心, 而不獲啓發之益, 則往往不無心怠意沮, 反而之他者, 此尤學者之大患也. 凡讀書務就安靜處, 虛心平氣, 優游涵泳, 必使心與理脗然相合然後, 可以有得. 其所得力, 多在於晨起氣淸之時, 燈下境靜之際, 能燭其平日所未燭者, 其理固然. 亦程子所謂未有致知而不在敬之意. 如以愚所經歷者言之, 志學數三歲, 讀書若未會疑, 一日偶看論語某章, 義頗緊切處, 如前不透, 遂乃精心理會, 不限遍數, 看來看去, 以聽其自得. 旣久而漸次開明, 渙然氷釋, 其時心甚快適, 始知古人讀書之效有如是者, 雖天下之樂, 無以易此矣. 自此凡遇肯綮可理會處, 一用前法, 亦鮮有不通者, 此區區拙法之所得也."

19 朴世采,「讀書淺說」,『南溪集』卷五十五(총간 140~153면): "致知之方, 有窮格焉, 有玩味焉. 門庭工夫雖同, 而意趣少別. 所謂窮格者, 直用大學或問議論節次而下功, 如張子秉燭疾書, 朱子徹夜聞杜鵑聲, 誠實刻厲, 不得不措, 以至大疑則大進是也. 所謂玩味者, 兼取程子所謂 '將聖賢言語, 玩味久則自然有得. 及論孟, 只剩讀着, 便自意足' 之語爲法. 如尹和靖門人贊其師學曰: '玩味以索之', 延平先生常語學者曰: '講學切在深潛縝密然後, 氣味深長', 蹊逕不差者, 皆可推見. 蓋窮格之事, 必高明聰敏者, 易以得力, 玩味之功, 雖謹飭遲鈍者, 足以馴致."

20 李瀷,「書贈克己讀書山堂」,『星湖全集』卷四十八(총간 199~386면): "凡讀者初間全無疑, 少焉微有疑. 久之句句字字無不疑. 有疑而至於無疑, 方始是見得, 昔之無者, 豈眞條暢沛然而然哉? 張子曰 '無疑處有疑看', 蓋有是夫. 學者學而不思, 則終無以達. 故古之人, 以疑之有無, 驗己功之進不進也."

21 이하 이익李瀷의 독서법 관련 내용은 원재린,『조선후기 성호학파의 학풍연구』, 혜안, 2003, 65~120면에 자세하다.

22 이익 저, 최석기 역,「묘계질서」,『성호사설』, 한길사, 1999, 511면: "橫渠贊云

'妙契疾書'. 妙契難能, 而疾書乃其所短也. 横渠之作正蒙, 隨處置筆硯, 又或夜中有得, 起而取燭書之. 恐其不疾則旋遺也. 故程子譏之曰: '子厚如此不熟. 蓋熟則不必疾其書, 而自不忘也.'"

23 李秉休,「家狀」,『星湖全集』附錄 卷一(총간 200~180면): "疾書者取横渠畫像贊妙契疾書之義也. 先生之學, 不喜依樣, 要以自得. 經文注說之間, 有疑必思, 思而得之, 則疾書之. 不得則後復思之, 必得乃已. 故疾書中, 槩多前儒未發之旨."

24 이익 저, 안병학 외 역주,『국역성호질서』, 태동고전연구소, 1998, 4면.

25 李瀷,「書贈克己讀書山堂」,『星湖全集』卷四十八(총간 199~386면): "朋友麗澤聖師所訓, 而後學之必不可不資者也. 然或閒居獨處, 可論者不一, 可問者甚尠. 而猝然遇嚴師良友, 心與口不相應, 棘棘然不能一有所發蒙, 此人之通患. 切宜隨事箚記, 難解處誌其疑, 見得處錄其語, 或爲佗日講劘之資. 或書札問訊, 與之辨明, 則鉤深掣微之道, 莫益於此. 程子曰: '書札於儒者事最近.' 大賢必有見而言也. 余常曰: '書札有三益, 的出發問, 漸覺奧旨, 一益也; 答問者亦不敢容易立說, 二益也; 留之篋笥, 爲後之不忘, 三益也.'"

26 朴趾源,「答京之三」,『燕巖集』卷五(총간 252~95면): "足下讀太史公, 讀其書, 未嘗讀其心耳. 何也? 讀項羽, 思壁上觀戰; 讀刺客, 思漸離擊筑, 此老生陳談, 亦何異於廚下拾匙? 見小兒捕蝶, 可以得馬遷之心矣. 前股半跽, 後脚斜翹, 丫指以前, 手猶然疑, 蝶則去矣. 四顧無人, 哦然而笑, 將羞將怒, 此馬遷著書時也."

27 洪大容,「與梅軒書」,『湛軒書』外集 卷一(총간 248~119면): "余嘗以孟子以意逆志四字, 爲讀書符訣. 古人作書, 不惟義理事功, 雖篇法起結, 文辭之末技, 莫不各有其志. 今以吾之意, 逆古人之志, 融合無間, 相說以解, 是古人之精神見識, 透接我心, 譬如乩神降附靈巫, 分外超悟, 不知自何而來能如是. 不待依樣章句, 蹈襲陳跡, 而酬酢萬變, 左右逢原, 我亦古人而已矣. 如是讀書然後, 可以奪天巧."

28 金昌翕,「語錄」,『三淵集』拾遺 卷三十一(총간 167~263면): "讀書亦有死讀書活讀書. 掩卷後, 便見義理森在目前, 是活讀書, 若於啓卷時有知, 掩卷後茫然, 則是死讀書."

29 魏伯珪,「與金燮之」,『存齋集』卷四(총간 243~79면): "讀書之際, 不能深究趣趣, 苟以句讀音釋, 涉躐口耳, 終不得融會一貫, 左右逢原. 故其發而爲文者, 亦自如此而已. 盖讀書之法, 以文讀文而已者, 終不能造其妙."

30 魏伯珪,「與金燮之」,『存齋集』卷四(총간 243~78면): "欲爲文者, 先知讀

書之法. 如掘井人, 先掘三尺土, 見其濕濕之氣, 又進到六尺深, 酌取其濁水. 又穿到九尺泉, 汲出其甘淡. 又遂引而飮之, 細認其自然之味, 在於水水之外者. 又復飮而飫之, 體得之精氣之浹洽於臟腑膝理者. 然後發而爲文, 則如汲取此水, 以之而餰饎, 以之而烹牲瀹魚, 以之而洗濯沈沃, 無所往而不得其用. 幸必無只取其三尺下濕土, 走墁其破竈額, 遂以爲掘井之效也."

31 李德壽,「贈兪生拓基書」,『西堂私載』(총간 186~204면): "夫讀書貴浹洽. 浹洽則書與我, 融而爲一; 不浹洽則旋讀而旋失, 讀而與不讀者, 無甚相遠. 此所以書貴浹洽也. 驟雨之作也, 飄風驚電, 以助其勢, 大者如柱, 小者如竹, 急如翻盆, 猛如建瓴. 斯須之間, 溝澮皆盈, 其爲澤可謂盛矣. 然倏焉開霽, 日光下爍, 則地面如拭, 掘之數寸, 猶見燥土. 此無他. 其爲澤, 不能浹洽焉耳. 若夫天地之氣, 氤氳交感, 沛然興霖, 霏霏溶溶, 終朝竟夕, 則潤徹九泉, 澤周萬品, 斯所謂浹洽也. 讀書亦然. 務欲其交貫互徹, 緝以抽繹之功, 持以不輟之志, 以至於浸涵自得. 反是而惟速與多之務, 雖伊吾之聲, 不絶於朝夕, 而及其過也, 其中無得焉, 猶數寸之外, 尚爲燥土, 甚可戒也."

32 金澤榮,「漱潤堂記」,『韶濩堂集』(총간 347~289면): "天下之所謂道術文章者, 莫不由勤而精, 由悟而成. 苟能悟之, 則向之聞一而不知一者, 可以知十百矣; 向之遠在千萬里之外者, 可以逢諸左右矣; 向之憂憂乎難者, 可以油油然化爲易矣; 向之求之於千萬卷之書者, 一二卷而足矣; 向之言法言決者, 無所謂法決者矣. 瓦礫可使爲金玉, 升斗可使爲釜鍾, 入之無窮, 出之不竭, 何其快矣. 雖然, 悟之道, 無方無體, 不可以握, 不可而定. 昔者成連見海波之洶湧, 而悟琴之道. 成連固如此矣. 假令復有人慕成連之事, 而抱琴更立於海波洶湧之際, 則當何如哉. 夫成連之悟, 乃屢年深思之力之所爲, 而非一朝之間, 無故而致者. 故與其勸人以悟, 毋寧勸人以思, 臨淵羨魚, 不如退而結網. 慕道術文章, 不如仰而一思."

33 洪吉周,『睡餘放筆』: "才不如勤, 勤不如悟, 悟之一字道德之元符也. 古人書如經史之類, 一字不可放過, 餘書或瑣瑣者, 不必一一精究, 以分心力. 假如一卷書約七八十葉, 捃其菁華, 不過十數葉, 俗士從頭漫讀, 而不知其菁華之所在. 唯有悟者, 信手披過, 而菁華處, 自觸于眼, 一卷之內, 只究了十數葉而止. 其見功倍于盡讀者. 以故人方讀二三卷書, 我已了却百卷, 而見功亦倍於人."

34 朴趾源,「答京之」二,『燕巖集』卷五(총간 252~95면): "讀書精勤, 孰與庖犧? 其神精意態, 佈羅六合, 散在萬物, 是特不字不書之文耳. 後世號勤讀書者, 以蠡心淺識, 蒿目於枯墨爛楮之間, 討掇其蟬溺鼠渤, 是所謂哺糟醨而醉欲死. 豈不哀哉! 彼空裡飛鳴, 何等生意? 而寂寞以一鳥字抹搬, 沒却

彩色, 遺落容聲, 奚異乎赴社邨翁杖頭之物耶? 或復嫌其道常, 思變輕淸, 換
箇奇字, 此讀書作文者之過也. 朝起綠樹陰庭, 時鳥鳴嚶. 擧扇拍案胡叫曰:
'是吾飛去飛來之字, 相鳴相和之書. 五采之謂文章, 則文章莫過於此. 今日
僕讀書矣.'"

35 洪吉周,「李生文藁序」,『峴首甲藁』: "公明宣居曾子之門三年不讀書. 余嘗
謂, 公明宣讀孝經論語, 皆萬籌, 未可謂不讀書也. 然此猶待聖人而爲師耳.
人之日用起居視聽事爲, 固無非天下之至文也. 人自不以文觀焉, 必開卷,
數行墨嘎嘎作喉齒音, 然後始謂之讀書. 若是者, 雖百萬籌, 奚功焉?"

36 洪吉周,「送金性原宰江東縣序」,『沆瀣丙函』卷二: "天下之人, 無可與讀書
者, 天下之人, 無不可與讀書者. 詩書六藝古作者, 皆逝矣, 我之有契於書,
將誰與語諸! 故曰, 天下之人, 無可與讀書. 然彼山之樵野之農, 巷市之賈
儈, 其人或不識一字, 又未嘗與我有一言之素也. 遇而視其爲, 則目之所遊,
足之所循, 手之所携, 口之所發, 凡天下日用彝倫人情之善惡, 與夫星辰風
雨山川林澤煙雲鳥獸之變, 雜然往復于其間. 蓋其聲音狀貌, 莫非天下之至
文, 而吾皆得以讀之. 故曰, 天下之人, 無不可與讀書."

37 洪吉周,『睡餘放筆』: "余嘗論, 文章不但在讀書, 讀書不但在卷帙. 山川雲物
鳥獸草木之觀, 及日用瑣細事務, 皆讀書也."

38 洪吉周,『睡餘瀾筆續』上: "嬴政焚書千古之愚人也. 書顧可焚耶? 是徒以簡
編之所載謂之書, 故意其可焚而滅也. 書固與天地俱生, 其將與天地俱滅,
烏可得以焚而滅也. 倉頡朱襄未生之前, 天地之間未始無書也. 試嘗見平朝
雲海之間, 恒有累億萬卷文字. 雖萬嬴政焉能焚此. 嬴政所焚之書, 儒者誦
以相傳, 至漢而六經之文以次復出. 世以是爲幸. 然藉使六經遂不傳, 雲海
之間累億萬卷固自在也, 何患乎六經之不復作也?"

2. 옛 선비들의 글쓰기: 고전 문장론의 '법', 그리고 고문에 관한 세 관점

1 이들 논의의 구체적 내용은 왕보심王葆心의『고문사통의古文詞通義』권1,
「해폐解蔽」편과『고대산문백과대사전古代散文百科大辭典』해당 항목을
참조할 것.

2 金允植,「答丁小耘論文書」『雲養集』卷十一(총간 328~430면): "漢時稱文
章, 以相如爲首, 若賈誼·董仲舒·司馬遷·劉向·揚雄之徒, 時或稱其學
術, 稱其政事, 未嘗論其行文之美. 蓋後之人, 追尊其文, 以爲文章耳, 自唐

宋以後, 至于近世, 行文之論大盛, 既捨道與事, 而別論行文, 則又不得不求諸聲響氣色之間. 然求氣色於行文, 非古人之意也."

3 羅萬藻, 「韓臨之制藝序」, 『此觀堂集』 卷一: "文字之規矩繩墨, 自唐宋以下, 所謂抑揚開闔起伏呼照之法, 晉漢以上, 絶無所聞. 而韓柳歐蘇諸大儒設之, 遂以爲家, 出入有度, 而神氣自流, 故自上古之文至此, 而別爲一界."

4 李天輔, 「答族弟尙絅文輔」, 『晉菴集』 卷六(총간 218～227면): "文章雖小技, 而卽道中之一事也. 詩云有物有則, 使文章不爲物則已, 苟爲物, 則獨不有是則乎? 爲文之道, 有其本焉, 足下所謂意與氣者, 是也. 意以實之, 氣以行之, 而文之道, 若可以盡矣, 然無法以飾之, 則其文又無以傳遠."

5 黃玹, 「答李石亭書」, 『梅泉集』 卷六(총간 348～495면): "楊子雲曰: '斷木爲棋, 梡革爲鞠, 莫不有法.' 況於文乎? 由此觀之, 文以法論, 盖古矣, 誰不謂然, 但其徒法, 爲不可恃耳. 所貴乎法者, 操其規矩, 而運以巧也. 今擧規矩, 而號於衆曰: '此公輸之古法也.' 法則信矣, 信其人之必公輸乎! 然則不失公輸之古者, 不在規矩, 而在於巧, 明矣. 天下何嘗無規矩哉!"

6 洪奭周, 「答金平仲論文書」, 『淵泉集』 卷十六(총간 293～353면): "筆落而謂之字, 字累而謂之章, 章聯而謂之篇."

7 許筠, 「文說」, 『惺所覆瓿藁』 卷十二(총간 74～238면): "當於篇法章法字法求之. 篇有一意直下者, 或鉤連筦鑰者, 或節節生情者. 或鋪敍而用冷語結者, 或委曲繁瑣而有法者. 章有井井不紊者. 有錯落而不雜者, 有若斷而承前繳後者, 有極宂有極短者, 有說不了者. 字有響處幹處伏處收拾處, 疊而不亂處, 强而不努處, 引而不費力處, 開闔處. 呼喚處. 字不亮則句不雅, 章不妥則意不續. 二者備而乃可以成篇."

8 朴趾源, 「騷壇赤幟引」, 『燕巖集』 卷一(총간 252～27면): "善爲文者, 其知兵乎? 字譬則士也; 意譬則將也; 題目者, 敵國也; 掌故者, 戰場墟壘也; 束字爲句, 團句成章, 猶隊伍行陣也; 韻以聲之, 詞以耀之, 猶金鼓旌旗也; 照應者, 烽埈也; 譬喩者, 遊騎也; 抑揚反復者, 鏖戰撕殺也; 破題而結束者, 先登而擒敵也; 貴含蓄者, 不禽二毛也; 有餘音者, 振旅而凱旋也."

9 李煥模, 「文章模範」(『斗室寤言』卷三, 張46. 『한국고전비평론자료집』2책, 249면): "首尾 · 開闔 · 繁簡 · 奇正, 各極其度, 篇法也; 抑揚 · 頓挫 · 長短 · 節奏, 各極其致, 句法也; 點綴 · 關鍵 · 金石 · 綺綵, 各極其造, 字法也. 篇有百尺之錦, 句有千勾之弩, 字有百鍊之金."

10 李建昌, 「答友人論作文書」, 『明美堂集』 卷八(총간 349～120면): "凡爲文必先構意, 意有首尾有間架. 首尾粗具, 間架粗當, 卽疾筆寫之. 但令聯屬相貫通, 了了易曉, 不暇用語助等閑字, 不暇避俗俚語, 恐亡失正意, 所欲言者

不載也. 意立然後修其辭, 凡修辭者, 欲諧美潔精而已. 修前一句, 勿思後一句, 修上一字, 勿思下一字, 雖爲千萬言之文, 其兢兢乎一字如爲小律詩. 然凡辭有雙行有單行, 有四字成句有三五字成句, 修之宜先擇之. 雙之不可以單, 猶單之不可以雙. 四與三五亦如之 …… 意立辭修, 則文可畢矣. 而又取意與辭, 而稱量比絜之以有事焉. 於是長者短之, 短者長之; 疎者密之, 密者疎之; 緩者促之, 促者緩之; 顯者晦之, 晦者顯之; 虛者實之, 實者虛之; 首顧尾, 尾瞻首; 前呼後, 後應前; 或縱或擒, 或揣或挫, 或結或理, 紛紜乎其不可壹槪也, 瞭乎其不可歧也, 適乎其相當也. 以辭當意, 以意當辭, 辭不當意, 則雖巧可使拙也; 意不當辭, 則雖整可使亂也. 拙之然後逾工, 亂之然後逾整, 句句而皆工者, 必害於意; 言言而皆正者, 必累於辭. 辭與意不相癒之爲當, 當之爲法, 法定而文斯可畢矣. 然又惡可以自是哉?"

11 趙龜命, 「又答林彦春書」, 『東谿集』卷十 (총간 215~217면): "且古人之文之法, 讀古人之文, 而可學矣, 古人之文之意, 非讀古人之文所可學也. 特學其所以生發其意者而已. 然則, 何道而可也? 探透物理於未形之初, 涵養識解於無文之先, 使目之所攬, 心之所藏, 窮其妙而極其玄, 則其發之也, 口靈手慧, 紙神墨化, 而其文自佳. 不惟合乎古人之法, 古人之法, 乃不能違乎吾. 彼古人之文, 亦何嘗鑿鑿於法? 乃後世見其佳, 而强名之法耳. 不然, 古人又何所棄其法哉?"

12 金澤榮, 「答人論古文書」, 『韶濩堂集』卷一 (총간 347~236면): "法者, 於章篇之間, 起之, 承之, 轉之, 合之之名也 …… 至於起承轉合, 乃爲文者, 萬世不易之定法, 非是則言無其序, 辭不得達, 而無所謂文者矣."

13 金澤榮, 「答人論古文書」, 『韶濩堂集』卷一 (총간 347~236면): "然法雖萬世不易, 而不易之中, 又必有大變易然後, 其法也活, 而文至於工. 此所以有出入·縱橫·長短·高下之類之運用之妙."

14 趙翼, 「上月汀先生書」, 『浦渚集』卷十五 (총간 85~265면): "辭有緩急長短者, 辭之勢也. 屬字離辭, 安有常則? 勢固有所必然, 當緩者不可急, 當急者不可緩. 勢之所必然者. 加之一字則衍, 削之一字, 則語斷而不成. 鶴長鳧短, 宜從其長短, 非所斷續也. 故古文或一字句, 或二字句, 或三字句, 或以至六七, 至數十字. 苟辭屬意連, 皆是一句. 此辭之勢也."

15 문장 이론에서 정법定法과 활법活法에 관한 중국 쪽의 논의는 기지상祁志祥의 『중국고대문학원리中國古代文學原理』(中國, 學林出版社, 1993) 가운데 「활법설活法說」과 「정법설定法說」을 참조할 것.

16 柳夢寅, 「所難者命意」, 『於于野談』: "朴贊成忠元, 爲文未嘗起草. 良久沈思, 展一紙, 或上一點, 或作圓圈, 或作折劃, 或書雖然者, 或書嗚呼字. 然後正書字試卷, 不改一字. 或問之, 曰: '凡爲文, 所難者命意, 至於文字, 在筆下矣.'"

17 朴趾源, 「騷壇赤幟引」, 『燕巖集』卷一(총간 252~27면): "不勇之將, 心無定策, 猝然臨題, 屹如堅城, 眼前之筆墨, 先挫於山上之草木, 而胸裏之記誦, 已化爲沙中之猿鶴矣. 故爲文者, 其患常在乎自迷蹊逕, 未得要領."

18 徐應淳, 「論文與李近章」(『絅堂集』卷三, 張32. 『한국고전비평론자료집』3, 375면): "或曰: '得於文有道, 通於道, 斯得於文. 何必學文?' 先生曰: '生乎古者. 不學而能之, 生乎今者, 不學則不能也; 生乎中國者, 不學而能之, 生乎東方者, 不學則不能也. 何也? 由秦漢而上之說辭文章, 合而爲一, 故其辭達者, 其文必章. 是以國風之詩, 出於婦人者十九, 書之誥誓, 衆庶可以悉聽. 唐宋以下則不然, 所道在彼, 所讀在此, 齟齬而不入, 不亦宜乎? 雖然中國言語, 猶不離於文字, 若三韓方言, 則與文字不相干, 以言配文, 往往名不副實. 是故, 以言譯文, 則不盡乎其意, 以文譯言, 則不盡乎吾之意, 生乎今, 生乎東方, 不學於文, 而可以得於文耶?'"

19 李廷爕, 「答徐君受」(『樗村集』卷四, 張22): "凡文章, 雖以理致爲主, 而詞法亦未可易忽也. 今君之爲也, 則命意旣未免陳陋, 而章句又不中律令, 豈非兩失之耶? 如是而曰: '我乃貴實而賤華, 尙理而不尙詞.' 則無乃近於猖狂者乎? 此不但爲文字之失, 而於進德修業, 大有所妨. 故縷縷至此, 幸諒其誠也."

20 趙存榮, 「答人論文書」(『鍾山集』卷四, 張三): "每讀一篇, 字以析之, 句以辨之, 設以吾處作者之地, 以作者而處吾之地, 究觀其立言命意之何如, 操縱變幻之何如, 起何必如是而起, 結何必如是而結. 其有不穩於心, 反覆讀之, 讀已而諦視之, 口語而心思之, 必得其至當至妥而後已."

21 南公轍, 「與金國器載璉論文書」, 『金陵集』卷十(총간 272~174면): "何謂法? 篇有篇法, 句有句法, 字有字法. 序記有序記法, 碑誌有碑誌法, 章疏策論有章疏策論法, 書牘題跋有書牘題跋法. 法相師而不相襲. 序記主醇雅齊整, 碑誌務摹寫風神, 鋪敍簡易該, 章疏策論導情欲婉而切, 述事欲明而覈. 其或川橫馳騖, 變化百出, 而各至工力之所及. 尺牘題跋, 淸新奇絶, 纖細斷續, 時有爛草戲作, 各極其妙. 今人作文, 患不知法. 以史韓之筆力, 移之於尺牘題跋, 而失之矣. 以明淸之小品, 效之於王公之碑誌, 而失之矣. 韓柳之序記, 歐王之碑誌, 三蘇之章疏策論, 自有所長, 而各得其體 …… 嘗怪人學書, 喜二王者, 爲題額大字, 臨蘭亭洛神諸帖而廣之, 非蘭亭洛神矣; 喜顔柳者, 爲畫識書品, 倣家廟玄秘諸碑而小之, 非家廟玄秘矣. 若使二王顔柳當之, 必不泥於一法. 學文如學書, 在其人通變之如何. 故曰: '法相師而不相

襲.'"

22 李定稷,「富於萬篇貧於一字論」(『石亭集』卷五, 張26): "盖治文猶治國, 文之於字, 亦猶國之於人. 凡治國自公卿大夫百執事, 以至于伯連帥州牧之官, 各有其職, 不得相兼, 得其人則其職舉, 不得其人則其職廢. 如唐虞之世, 司徒之職, 契惟其人, 而未必能典樂; 秩宗之職, 伯夷惟其人, 而未必能播百穀. 故官不求備, 惟其能而已. 凡治文亦然. 朝廷之上, 有詔制奏議; 試闈之間, 有策賦詩論; 序事記言之篇, 頌功箴銘之辭, 與夫講儒之詁訓箋釋, 從戎之傳檄露布, 生而慶餽訊謝, 死而吊誄碑狀, 咸有體裁, 不可相混."

23 李奎報,「答全履之論文書」,『東國李相國集』卷二十六(총간 1~557면): "昔李翺曰: '六經之詞, 創意造言, 皆不相師. 故其讀春秋也, 如未嘗有詩; 其讀詩也, 如未嘗有易; 其讀易也, 如未嘗有書. 若山有恒華, 瀆有淮濟.' 夫六經者, 非欲夸衒詞華, 要其歸, 率皆談王霸, 論道德與夫政教風俗興亡理亂之源者也. 其辭意, 宜若有相襲, 而其不同如此."

24 金錫胄,「題徐昌穀文集後示申瑞明」,『息庵先生遺稿』卷九(총간 145~265면): "卽譬之畫者, 特於目之橫鼻之豎, 毛髮之鬈然, 雖有一二之似, 至其精神所注, 若怒若笑, 若悲而慨, 若喜而快, 凡可爲淋漓而頓挫者, 卒皆蔑焉, 未之及也."

25 李奎報,「答全履之論文書」,『東國李相國集』卷二十六(총간 1~557면): "梨橘異味, 無有不可於口者."

26 成俔,「村中鄙語序」,『虛白堂集』卷七(총간 14~474면): "夫六經如五穀之精者也, 史記如肉胾之美者也, 諸家所錄如菓蓏菜茹. 味雖不同, 而莫不有適於口者也, 莫不有適於口, 則莫不有補於榮衛骨髓也."

27 許筠,「歐蘇文略跋」,『惺所覆瓿藁』卷十三(총간 74~247면): "文章各有其味. 人有嘗內廚禁臠·豹胎熊踣, 自以爲盡天下之味, 遂廢黍稷膾炙, 而不之食, 如此則不餓死者, 幾希矣. 此奚異宗先秦盛漢, 而薄歐蘇之人耶?"

28 李定稷,「富於萬篇貧於一字論」(『石亭集』卷五, 張二十六): "司馬遷作史記, 凡記尙書之事, 遇克字, 率易之以能字. 夫克之爲字, 其辭典, 能之爲字, 其辭不古. 以司馬氏之才, 非不知不古之不如典也, 猶且易之. 豈不以克字之典, 宜於古之尙書, 能字之不古, 未嘗不宜於己之所著之史也耶? 尙書有尙書之體裁, 史記有史記之體裁. 司馬氏惟知不失體裁而已, 夫焉知典與不古之異也. 不知者, 必富於克字, 而惟深造乎文字而後, 乃知其貧. 思之之精, 得一能字以易之也."

29 趙存榮,「答人論文書」(『鍾山集』卷四, 張三): "今若責柳子之鑱劃, 曰: '何不爲韓子之雄渾?' 責王氏之簡潔, 曰: '何不爲歐之和平?' 責蘇之馳騁, 曰:

'何不爲曾之典雅乎?' 是則烏可與論文乎哉? 若使八君子者, 幷詞垣而操觚翰, 則要不無寸長尺短, 而決知其相師而更僕矣."

30 李植, 「作文模範」, 『澤堂集』卷十四(총간 88~518면): "古今風俗, 事情懸殊, 而文章詞令, 通於其間. 雖使古人生於今世, 必爲今之文."

31 金邁淳, 「答士心」, 『臺山集』卷五(총간 294~365면): "天下之生久矣, 三才萬象, 日變而不已, 今之不能爲古, 猶古之不能爲今也. 況文之爲物, 要在適用, 則今文之不能爲秦漢, 非直才之罪也. 顧勢亦有不可焉耳."

32 洪良浩, 「稽古堂記」, 『耳溪集』卷十三(총간 241~216면): "古者當時之今也, 今者後世之古也. 古之爲古, 非年代之謂也, 盖有不可以言傳者. 若夫貴古而賤今者, 非知道之言也. 世有志於古者, 慕其名而泥其跡, 譬如學音者, 執追蠡而拊土鼓, 不知韶武之變; 好味者, 挹汙樽而啜大羹, 不識鹽梅之和, 號於人曰: '我能古也, 我能古也.' 其可乎哉."

33 申琓, 「文說」上, 『幷世集』文卷一(『한국고전비평론 자료집』 6책, 402면): "秦士持大王之杖, 執舜所作之椀, 而行乞太公九府之錢者也."

34 趙龜命, 「又答林彦春書」(총간 215~218면): "僕季世人也, 已安於廣廈匡牀之居, 不能復就茅屋越席也; 已飫於甘毳麯蘗之味, 不能復食大羹玄酒也. 非惟僕如此, 三代聖人亦如此. 何則? 邃古之初, 惟欲便體而爲宮室, 惟欲適口而爲飮食, 則彼非故爲舍華而取儉, 惡甘而喜淡. 自巢居而茅屋越席, 體已便矣, 自木實食而大羹玄酒, 口已適矣. 降而室於三代, 智慮日廣, 制度日備, 於是乎廢茅屋越席, 代之以廣廈匡牀, 而宮室之則立; 廢大羹玄酒, 代之以甘毳麯蘗, 而飮食之分定, 惟基時而已. 彼文章之道, 亦然. 以記事則左氏不爲書之灝噩, 而史遷不爲左氏之簡奧, 以纂言則易象已密於象, 而十翼又邃於象. 此盖風氣之漸變, 而時借之體, 不得不爾. …… 彦春將力追古文乎? 追其實, 毋追其名; 學其意, 毋學其聲音笑貌; 務求其自得之眞, 毋務求其模擬之贋."

35 沈魯崇, 「與愼生千能」(『孝田散藁』, 연세대 필사본): "僕嘗觀世之號爲文者, 輒自稱曰古文古文, 今人何以爲古文? 古人之前, 亦有古文, 古人何嘗好古而惡今? 如今人之矻矻於字句糟粕之間, 求其似而切切然自好, 愈求而愈不似乎? 許眉叟性癖好古, 爲文非典謨不爲, 爲詩非雅頌不爲. 見其集中, 令人多可笑. 秦箚之末, 必曰: '唯殿下懋哉懋哉.' 詩必四言, 末又分章而曰: '第幾章 章幾句.' 如是而眞可謂典謨也, 雅頌也乎? 適見其無一夆活氣, 無一端眞意, 人而無活氣曰偶人, 文而無眞意曰僞文, 求爲文而豈可爲偶人僞文乎?"

36 朴趾源, 「綠天館集序」, 『燕巖集』卷七(총간 252~111면): "夫何求乎似也?

求似者, 非眞也. 天下之所謂相同者, 必稱酷肖, 難辨者, 亦曰逼眞. 夫語眞語肖之際, 假與異, 在其中矣. 故天下有難解而可學, 絶異而相似者. 鞮象寄譯, 可以通意, 篆籀隷楷, 皆能成文. 何則? 所異者形, 所同者心故耳. 繇是觀之, 心似者, 志意也, 形似者, 皮毛也."

37 고문에 대한 관점의 차이는 정민, 『조선후기 고문론 연구』(아세아문화사, 1989), 20~27면에서 상세히 논의한 바 있다.

38 김매순金邁淳은 「답사심答士心」에서 "세상에서 진한의 글을 한다는 사람을 내가 또한 많이 보아 왔지만, 자구만을 모방하여 의장意匠은 볼만한 것이 없는 듯하고, 문장의 짜임새를 본떴지만 정신은 아득하니, 기뻐하고 슬퍼하여도 남을 감동시키기에는 부족하고, 왕패王霸를 벌여 놓고 성현을 높이 세웠어도 더불어 도를 전하고 의혹을 풀지는 못하였다.(世之爲秦漢之文者, 愚見亦多矣. 字句之摹, 而意匠蔑如, 步趨之擬, 而神情索然, 懽愉慘怛, 不足以感人, 而鋪王霸揭聖賢, 無與於傳道而解惑.)"고 했고, 김윤식金允植은 「정소운에게 답한, 문장에 대해 논한 글答丁小耘論文書」에서 "근고의 명가는 그 아래에 피하기를 싫어하여, 스스로 붉은 깃발을 세우고 당송을 뛰어넘고자 하여 육경과 제자서 가운데 희어벽자希語僻字를 취해 엮어 글을 이루고는 스스로는 진짜 복고의 글이라고 생각한다.(近古名家, 厭避其宇下, 乃欲自立赤幟, 駕宋邁唐, 取六經諸子中希語僻字, 愗拾而成文, 自以爲眞復古之文也.)"라 하였다.

39 김매순이 「사심에게 답하다答士心」에서 "천하가 생겨난 지 오래되었으나 삼라만상은 날마다 쉼 없이 변화한다. 지금이 옛날이 될 수 없는 것은 옛날이 지금이 될 수 없는 것과 같다. 더구나 글의 요체는 적용함에 달려 있다. 지금의 글이 진한秦漢의 글이 될 수 없는 것은 재주가 부족해서가 아니라, 진실로 형세가 어쩔 수 없기 때문일 뿐이다.(天下之生久矣. 三才萬象日變而不已. 今之不能爲古, 猶古之不能爲今也. 況文之爲物, 要在適用, 則今文之不能爲秦漢, 非直才之罪也, 顧勢亦有不可焉耳.)"라 한 것이나, 「궐여산필闕餘散筆」에서 "문자는 언어를 따라 생겨나고, 언어는 시대를 따라 달라진다. 우하虞夏 때 없던 글자가 상주商周 때에는 있고, 상주 때 없던 글자가 진한 때에 있는 것은 시대가 그러한 것이다. 그 시대에 통용하는 것이면 쓰는 것이니, 예와 지금을 무엇 때문에 논하며 우리 유가에 이단 됨을 왜 가리는가? 구별할 수 있는 것은 그 뜻을 둔 곳의 소재일 뿐이다.(文字從言語以生, 言語以時代而異. 虞夏所無之字, 商周有之, 商周所無之字, 秦漢有之者, 時代然也. 時代之所通用, 則斯用之矣古今何論焉, 異端吾儒何擇焉? 所可辨者, 其指意所在耳.)"라 한 것이 그것이다.

40 신유한申維翰이 「문장에 대해 논하여 정언 임박에게 준 글與任正言璞論文書」에서 "한유는 도학으로 자임하여 입만 열면 맹자를 끌어와 기준으로 삼으니 「원도原道」와 같은 여러 편의 글은 자주 유기에서 사람을 가르치는 말로 사용하였다. 「송궁문送窮文」이나 「진학해進學解」는 과장하는 데에 병통이 있고, 「모영전毛穎傳」이나 「혁화전革華傳」은 속이는 데서 잡스러워졌다. 험벽한 것을 기이함으로 여기니 초식撨湜의 전모前茅라 하겠다. 나는 고문의 문체가 이에 이르러 파괴되어 오히려 유종원의 깨끗함만 같지 못하게 될까 염려한다.(彼以道學自任, 動引鄒孟氏爲準, 故原道諸篇, 亟用儒家誨人語, 其爲送窮文進學解, 傷於夸矣, 毛穎革華傳, 雜於詭矣. 險辟爲奇, 則撨湜之前茅矣, 吾恐古文之體, 至此破壞, 而尙不如柳州潔也.)"라 한 것이 그 예이다.

41 심노숭沈魯崇은 「신천능에게 주다與愼生千能」에서 "내가 세상에서 문장을 한다 하는 자들을 보니, 스스로 일컫기를 '고문이다, 고문이다.'라고 한다. 지금 사람이 어찌하여 고문古文을 한단 말인가? 옛사람 이전에도 고문은 있었다. 옛사람이 어찌 옛것만 좋아하고 지금 것을 미워했겠는가? 만약 지금 사람이 자구字句의 껍데기에 골몰하면서 비슷함을 추구하여 간절히 좋아하더라도, 구할수록 더 비슷하지 않게 될 것이다.(僕嘗觀世之號爲文者, 輒自稱曰古文古文, 今人何以爲古文? 古人之前, 亦有古文, 古人何嘗好古而惡今? 如今人之矻矻於字句糟粕之間, 求其似而切切然自好, 愈求而愈不似乎.)"라 했다.

42 한장석韓章錫이 「한유를 읽다讀昌黎」에서 "한유를 배운 자 중에 구양수보다 나은 자는 없다. 그러나 한유의 문장은 우뚝하고 기이하며 웅장하고 깊은데, 구양수는 굳세고 화려하며 평이하고 고움에 뛰어나니 어찌 이다지도 서로 다르단 말인가. 이에 있어서 옛사람의 잘 배우는 도리를 볼 수가 있다. 안으로 마음에서 이를 얻어 밖에서 기운으로 호응하여 자기의 능한 바를 가지고 이를 행하니, 자구의 같고 다름은 논할 틈이 없다.(學韓者, 莫善於歐陽子. 然韓之文, 崛奇而雄深, 歐陽則以遒麗平婉勝, 何若是相反也. 於是乎可見古人善學之道矣. 內得之心, 而外應乎氣, 以己之所能行之, 而字句之同與不同, 有不暇論也.)"고 하고, 이어 "구양수와 소식으로 하여금 올라가 한유와 유종원이 되게 한다면 진실로 할 수 없을 뿐 아니라, 또한 하지 않는 바가 될 것이다. 한유와 유종원으로 하여금 내려와 구양수와 소식이 되게 한다면 하지 않을 바가 될 뿐 아니라 할 수도 없을 것이다. 한유 · 유종원 · 구양수 · 소식은 마침내 한유 · 유종원 · 구양수 · 소식이 될 뿐이니, 이를 반대로 하여도 스승으로 본받음이 되기에 해 되지 않으니, 만 가지로 달라져도 이치는 한

가지라는 것이 이를 이름이다. 그런 까닭에 구양수가 한유를 잘 배운 사람이라고 말하는 것이다.(使歐蘇上而爲韓柳, 固不能也, 亦所不爲也. 使韓柳下而爲歐蘇, 則所不爲也, 亦未之能也. 韓柳歐蘇, 竟爲韓柳歐蘇而已矣, 反之而不害爲師. 法萬殊一理之謂也, 故曰: '歐陽子善學昌黎者也.')"한 것이 그 예다.

43 강명관, 「16세기 말 17세기 초 의고문파의 수용과 진한고문파의 성립」(『한국한문학연구』제18집, 한국한문학회, 1995)은 진한의 고문파의 존재를 처음으로 거론했다.

44 정민, 『조선후기 고문론 연구』(아세아문화사, 1988)는 기호문장학을 중심으로 당송과 고문가의 계보와 고문론을 통시적으로 접근한 것이다.

45 張潮, 『幽夢影』七十一則: "積畫以成字, 積字以成句, 積句以成篇, 謂之文. 文體日增, 至八股而遂止. 如古文, 如詩, 如賦, 如詞, 如曲, 如說部, 如傳奇小說, 皆自無而有. 方其未有之時, 固不料後來之有此一體也; 逮旣有此一體之後, 又若天造地設, 爲世必應有之物. 然自明以來, 未見有創一體裁新人耳目者. 遙計百年之後, 必有其人, 惜乎不及見耳."

46 申琬, 「文說」上, 『幷世集』文卷一: "文章者猶言, 而有法之云爾. 文者言也, 章者法也. 人必有意而後能言, 言必有法而後可述. 故文者原於意, 而成於法者也. 然意有奇正之殊, 而法有古今之變, 此不可不知也."

47 張維, 「答人論文」, 『谿谷集』卷三(총간 92~54면): "夫文有華有實, 辭者其華也, 理者其實也."

48 徐應淳, 「論文與李近章」: "文者道之著也, 舍道則非文."

49 權採, 「圃隱集序」(총간 5~561면): "文以載道, 故詩書禮樂, 威儀文辭, 皆至道之所寓也."

50 南公轍, 「與金國器載璉論文書」, 『金陵集』卷十(총간 272~174면): "文章以氣爲主, 法次之. 何爲氣? 氣在六經, 必先讀六經, 以窺其理道之淵藪, 涵泳渟蓄, 充實光輝, 以養吾氣, 以達吾氣然後, 發之於文, 文不期氣而自氣."

51 申琬, 「文說」上, 『幷世集』文卷一: "文固原於意, 而成於法. 然尤當以氣爲主. 文之有氣也, 猶火之有膏也, 猶叢之有神也, 猶草木之有瀝液也. 火無膏則滅, 叢無神則廢, 草木無瀝液則死. 凡文之色澤渴, 不能極其所欲言者, 皆其詘於氣, 而澁於筆者也."

52 이식李植이 「현주유고 서문玄洲遺稿序」에서 "예전에 소식蘇軾은 문을 논하면서 공자께서 말씀하신 '말은 뜻을 전달할 뿐이다.(辭達而已矣.)'라는 한 구절로 종지로 삼았다. 설명하는 자는 달한다는 것은 그 뜻을 전달하는 것이니, 문사가 뜻을 전달하는 데에 그친다면 드넓고 기이하고 화려함을 높일 필

요가 없다고들 말한다. 물론 그렇기는 하다. 그러나 다만 사물이 제가끔 다른 것은 이치가 다르기 때문이다. 뜻에는 멀고 가까움이 있고, 말에는 어렵고 쉬움이 있다. 하·은·주 3대의 글부터도 두텁고 엄숙하고 읽기 어려운 차이가 있었다. 하물며 굴원과 송옥 이래로는 육의六義가 파로 나뉘고 여러 가지 법도가 나란히 내달려서 모두들 각기 자기 뜻을 말하여 이치에서 벗어남이 없었으나, 수레바퀴와 끌채의 꾸밈은 더 화려해지고, 범과 표범 무늬 장식은 더욱 빛을 발하였으니, 이 또한 문의 지극함이 아니겠는가?(昔蘇長公論文, 以孔子辭達一句爲宗旨. 說者謂達者, 達其意也. 詞止於達, 不必宏肆奇麗之爲尙, 是固然矣. 然惟物之不齊, 理之殊也. 意有遠近, 辭有險易. 自虞夏商周之文, 尙有渾噩詰屈之不同, 況有屈宋以來, 六義派分, 群軌竝騖, 均之各言其志, 無闕於理, 而輪轅之節致遠, 虎豹之斑章彩, 斯不亦文之至哉?)"라고 한 것이나, 김창희金昌熙가「문장에 대해 논하여 벗에게 답한 글答友人論文書」기2에서 "글월을 받아 보니 행문行文이 평이한 것을 가지고 '사달辭達'이라고 하였는데, 이것은 읽는 사람으로 하여금 읽기 편하게 하는 데서는 괜찮겠지만, 사달의 본래 뜻에서는 치우쳐 막혀 통하지 않는 이야기가 된다. 왜 그럴까? 문사가 뜻을 전달하고 전달하지 못하고는 본시 행문의 쉽고 어려움과는 관계되지 않는다. 그 스러져 없어질 것으로 말한다면, 쉽거나 어렵거나 모두 문사가 전달되지 않음으로 귀결될 뿐이다. 이제 쉬운 것만 좋아하여 글이 산만한 데로 흐르거나, 어려운 것을 아껴서 어둡고 껄끄러움에 이르는 것은 모두 다 잘못이다. 그 썩지 않을 것을 가지고 살핀다면, 또한 쉽거나 어렵거나 반드시 모두 문사가 전달됨을 기약한 뒤라야 그만둘 것이다.(承示以行文平易爲辭達, 此在使讀者口順則可矣. 在辭達本旨, 則爲偏滯不通之論也. 何者? 辭之達不達, 本不係於行文之易難也. 自其泯滅者而言之, 則無易無難, 同歸於辭之不達而已. 今夫好易而流於散漫, 愛難而至於晦澁, 其失均也. 自其不朽者而觀之, 則亦無易無難, 必皆期於辭達而後已.)"라 한 것이 그 예다.

53 王禹偁,「答張扶書」: "夫文傳道而明心也, 古聖人不得已而爲之也. 且人能一心至乎道, 修身則無咎, 事君則有立, 及其無位也, 懼乎心之所有, 不得明乎外, 道之所蓄, 不得傳乎後, 于是乎有言焉; 又懼乎言之易泯也, 于是乎有文焉. 信哉不得已而爲之也."

54 韓愈,「答劉正夫書」: "或問: '爲文宜何師?' 必謹對曰: '宜師古聖賢人.' 曰: '古聖賢人所爲書俱存, 辭皆不同, 宜何師?' 必謹對曰: '師其意, 不師其辭.'"

55 洪吉周,「與人論文書」(『峴首甲稿』, 연세대 필사본): "血氣方壯之人, 自養如耆老坐臥, 使人扶飧搗肉, 吸糜粥, 不至一朞半朞, 肢體痿弱, 遂爲廢疾人

而止耳. 如是而自以爲吾居養, 如某老, 壽亦當如某老, 其可乎哉!"

56 李廷燮,「答徐君受」:"凡文章, 雖以理致爲主, 而詞法亦未可易忽也."

57 朴趾源,「騷壇赤幟引」,『燕巖集』卷一(총간 252～27면):"夫蹊逕之不明, 則一字難下, 而常病其遲澁; 要領之未得, 則周匝雖密, 而猶患其疎漏."

58 趙存榮,「答人論文書」:"大凡文者, 活物也. 無局無定體, 無定態無境界, 可 以正, 可以奇, 可以巧, 可以拙, 可以循蹈規矩, 可以擺脫繩削. 引而之焉. 而 無所不至, 縮而藏焉, 而無所不藏."

59 黃玹,「答李石亭書」,『梅泉集』卷六(총간 348～495면):"古人文章, 就其極 高之作, 有雄渾者, 有奇崛者, 有爾雅者, 有濃麗者, 有瘦勁者, 有古拙者, 有 纖巧者, 千彙萬狀, 至不能究詰, 而各自成家, 寄在天壤, 則仁者見之謂之 仁, 智者見之謂之智, 於是乎强名之曰法. 然彼作者之始, 何嘗計慮創何法, 欲後人遵守乎. 雖然, 法旣成於人, 見而其爲門者, 遂衆, 不正則變, 不陂則 平, 不巨則細, 出乎彼則入乎此. 吾雖欲離法獨行, 終不免爲法所目. 然則雖 求所以解脫夫法者, 尙不可得, 況甘爲所縛哉."

3. 진지함과 발랄함으로 던지는 연암의 풍자와 질타:「황금대기黃金臺記」로 본 박 지원의 글쓰기 방식

---

1 洪聖民,「黃金臺記」,『拙翁集』卷七(총간 46～536면):"夫黃金物之最貴, 而人之所同寶也. 予則不以此爲貴, 而不以此寶之. 以其有所貴於此者, 有 所寶於此者, 只賢士也. 賢士之來, 不可無休息之所, 其築黃金以臺之, 於是 廷臣稽顙, 感泣以退 …… 天下之懷才抱奇者, 不之他而必之燕, 將見群力 擧衆智合, 以守則固, 以征則剋, 無敵於天下 …… 黃金在天地間, 自達者而 觀之, 則無用之一物也. 然而物旣有數, 事亦有期, 天於將亡之國, 乃降哲王 以啓之, 又降賢才以佐之, 做出貸中之金, 爲寶賢之具, 扶其替而勃然興, 誠 非偶爾也."

2 權韠,「燕都行送李子敏」:"知君定過黃金臺, 爲我一弔燕昭王."

3 『연행록선집』제3책, 민족문화추진회, 1986, 259면.

4 『연행록선집』제6책, 454면.

5 『연행록선집』제10책, 335면.

6 『연행록선집』제8책 199면과 제11책 410면을 참조할 것. 그러나 연암은 석 조사夕照寺를 황금대의 옛터로 생각지 않은 듯,『열하일기』「앙엽기」가운데

서 「석조사」의 항목을 따로 두어 기술하였다.

7 『연행록선집』제8책, 199면, "土劫相乘海種桑, 黃金新築釋迦堂. 涓人俊骨 無消息, 衰草斜陽大地荒."

8 朴趾源, 「黃金臺」, 黃圖紀略, 『熱河日記』: "盧君以漸, 在國以經行稱. 素嚴 於春秋尊攘之義, 在道逢人, 無論滿漢, 一例稱胡. 所過山川樓臺以其爲腥 膻之鄉, 而不視也. 古跡之如黃金臺·射虎·太子河, 則不計道里之迂曲, 號名之繆訛, 必窮搜乃已."

9 朴趾源, 「黃金臺」, 黃圖紀略, 『熱河日記』: "日約余同尋黃金臺. 余乃博訪于 人, 而無知者. 求之古記, 其說不一. 述異記以爲燕昭王爲郭隗築臺, 今在幽 州燕王故城中, 土人呼爲賢士臺, 亦謂之招賢臺. 今皇都乃冀州之地, 則燕 王故城, 吾不知在於何處, 況所謂黃金臺乎. 太平御覽云, 燕昭王置千金于 臺上, 以延天下士, 謂之黃金臺. 則後世徒傳其名, 而無其臺, 可知也."

10 朴趾源, 「黃金臺」, 黃圖紀略, 『熱河日記』: "而盧君一日, 得之於蒙古人博 明, 其所錄示曰長安客話. '出朝陽門, 循壕而南, 至東南角, 巋然一土阜是 也. 日迫崦嵫, 茫茫落落, 弔古之士, 登斯臺者, 輒低回睠顧, 有千古之思'云. 盧君由是, 憮然罷行, 不復言黃金臺."

11 朴趾源, 「黃金臺」, 黃圖紀略, 『熱河日記』: "暇日與盧爲觀東嶽廟廠戲, 同車 出朝陽門, 將歸, 逢高太史棫生, 高與凌簜軒野同載, 謂將尋黃金臺. 凌是越 中人且奇士, 初至燕, 爲訪古蹟. 要余偕行, 盧大喜, 謂有天緣. 旣至不過數 丈頹阜, 如無主荒墳, 强爲名之曰, 黃金臺. 別爲之記."

12 남권희南權熙, 「새로 발견된 노이점盧以漸의 『수사록隨槎錄』에 대한 서지 적 연구」(『도서관학논집』제23집, 경북대, 1995년 겨울)에서 처음 소개되었 고, 이후 권연웅權延雄의 「노이점의 수사록 해제 및 원문 표점」(『경북사학』 제22집, 경북대 사학과, 1998)을 이어, 최근 김동석, 「노이점盧以漸의 『수사 록』에 관한 연구」(『한국한문학연구』제27집, 한국한문학회, 2001. 6)가 나왔 다. 특히 김동석의 논문은 『열하일기』와의 비교를 중심으로 논지를 전개하여 본고의 작성에 큰 도움이 되었다.

13 권연웅, 「노이점의 수사록 해제 및 원문 표점」, 『경북사학』제22집, 경북대 사 학과, 1998, 193면: "初十日, 晴. 聞金臺遺址在朝陽門外五里許, 毋論其眞 假, 欲爲一見. 而驛隷中知者甚少, 無以往訪, 殊可菀也. 昨見博明, 聞其論 卞, 眞可謂博學多聞者. 其容貌不揚, 而眼彩射外, 此其所以異於人者耶? 明 卽蒙人, 其曾祖爲淸之駙馬云."

14 정작 그는 연암이 첫 단락에서 말한 대로 사호석射虎石에 대해서는 매우 장 황한 언급을 남기고 있다. 참고로 사호석에 관련된 대목을 번역으로 보이면

316

다음과 같다. "26일 맑음. 새벽에 길을 떠났다. 들자니 남문 밖 10리쯤 되는 곳에 이 장군李將軍의 사호석이 있다고 하는데, 갈 길이 바쁘고 말이 병 나가 볼 수가 없었으니 안타깝다. 전날 찾아가 본 사람의 말을 들어 보니, 언덕 위에 바위 하나가 놓여 있는데, 그 크기가 마치 범의 몸뚱아리만 해서 캄캄한 밤에 갑작스레 보게 되면 영락없이 범이 웅크린 모습이라는 것이다. 바위의 표면에는 작게 떨어져 나간 곳이 있다. 세상에서 전하기를 이것이 바로 활촉이 박혔던 곳이라는데, 이 말은 믿을 것이 못 된다. 강희 연간에는 그 곁에 작은 빗돌을 세워 놓고 '이 장군이 범을 쏜 곳'이라고 써 놓아 사뭇 분명한 증거가 있었다. 건륭 연간에는 이곳이 사호석이 아니라고 여겨 이런저런 증거를 많이 대었지만 어느 말이 옳은지는 알지 못하겠다."(원문은 권연웅, 「노이점의 수사록 해제 및 원문 표점」, 『경북사학』 제22집, 경북대 사학과, 1998, 178면 참조) 황금대에 대한 무성의한 기술과는 아주 다른 태도다.

15 권연웅, 「노이점의 수사록 해제 및 원문 표점」, 『경북사학』 제22집, 경북대 사학과, 1998, 194면: "博明以文學名於一世, 中國之人, 少有及之者, 以十年翰林, 多被乾隆之寵渥矣 …… 蓋其學甚博, 至於天文地理醫術音律, 無所不通."

16 권연웅, 「노이점의 수사록 해제 및 원문 표점」, 『경북사학』 제22집, 경북대 사학과, 1998, 202면: "博之於經義, 實不精詳. 且其爲人多才, 每見問處, 只見初頭數字, 而輒對之. 燕巖亦多有問者, 左右酬應之際, 誤對者多矣. 然其博識實非俗儒之所可及矣."

17 『열하일기』 속에는 박명과의 필담 사실은 전혀 언급되어 있지 않다. 다만 「알성퇴술謁聖退述」 중 「태학太學」조에 『장안객화』의 인용이 한 번 보이고, 「산장잡기」 가운데 「만국진공기萬國進貢記」 뒤의 별기別記에 그의 이름이 한 차례 나온다.

18 「黃金臺記」, 黃圖紀略, 『熱河日記』: "出朝陽門, 循壕而南, 有數丈頹阜, 曰此古之黃金臺也. 世傳燕昭王築宮, 置千金于臺上, 招延天下之士, 以報强齊. 故弔古之士至此, 莫不悲懷感慨, 彷徨而不能去. 嗟乎! 臺上之黃金盡, 而國士不來. 然天下之人, 本無讐怨, 而報仇者無窮已時, 則未必非此臺之金, 相仍於天下也."

19 『사기』 「몽염열전」에 나온다. 몽염의 선조는 제나라 사람이었는데, 조부 몽오蒙驁는 진秦나라로 가서 장군이 되어 소왕昭王을 섬겼다. 그는 한韓나라를 쳐서 성고成皐와 형양滎陽을 탈취하고, 조趙나라와 위魏나라를 공격하여 각각 37개 성과 20개 성을 탈취하였다. 그리고 몽오의 아들 몽무蒙武는 진시황 때 진秦의 비장裨將으로 초를 공격하여 대파하고 초나라 장수 항연

項燕을 죽이고, 그다음 해에 다시 초나라를 공격하여 초왕楚王을 사로잡았다. 또 그의 아들 몽염은 진秦의 장군이 되어 제나라를 공격하여 대파하였고, 그 공을 인정받아 내사內史에 배수되었다. 본문에서 황금으로 제후의 장수들을 먹여 그 나라를 멸망케 했다고 한 것은 몽씨 3대가 여러 제후 국가들을 차례로 정벌한 일을 말한다.

20 이사는 초나라 사람으로 진나라의 객경客卿이 되어, 뒤에 진시황이 죽자 조고趙高와 결탁하여 장자 부소扶蘇를 죽이고 차자인 호해胡亥를 천자로 세웠다. 그리고 몽염과 몽의蒙毅 형제에게 거짓 명을 내려 자살케 하였다. 제후를 위해 복수했다는 말은 그저 수사적인 말이다.

21 「黃金臺記」: "請爲歷數報仇之大者, 以告海內之積金多者. 秦之時, 以金啗諸侯之將, 而盡滅其國, 則蒙氏有力焉. 李斯本以諸侯之客, 爲諸侯報仇蒙恬. 天下之報仇者, 玆可以少息矣. 旣而趙高殺李斯, 子嬰殺趙高, 項羽殺子嬰, 沛公殺項羽, 其金四萬斤. 石崇之富, 有自來, 而乃反罵曰: '奴利吾財', 何其愚也? 然轉傳相報, 千載至今, 而其金尙在也."

22 「黃金臺記」: "何以知其然也? 元魏爾朱兆之亂, 城陽王徽齎金百斤, 以洛陽令寇祖仁一門三刺史, 皆已所拔, 往投之. 祖仁謂其家人曰: '今日富貴至矣. 乃怖徽' 云. 捕將至, 令徽逃於他所, 邀於路而殺之, 送其首於兆. 兆夢徽告云, 我有金二百斤, 在祖仁家. 卿可取之. 兆捕祖仁, 依夢徵之, 不得乃殺之. 此不乃其報仇者. 尙在乎? 五代時, 成德節度使董溫箕金鋸萬, 溫箕爲契丹所虜, 則衙內指揮使秘瓊盡殺溫箕家族, 瘞之一穴, 而取其金. 晉高祖立, 徙瓊爲齊州防禦使, 橐其金, 道出魏州, 范延光伏兵境上, 殺瓊, 悉取之. 延光終以金爲楊光遠所殺, 光遠爲晉出帝所誅, 而其故吏宋顏悉取其金, 獻之李守貞. 後守貞爲周高祖所破, 與妻子自焚. 然其金當尙留人間也."

23 「黃金臺記」: "何以知其然也. 昔有三盜, 共發一塚, 相謂曰: '今日憊矣. 得金多, 盍沽酒食來?' 一人欣然而去, 沿道自賀曰: '天假之便也. 與其三分, 寧專之.' 鴆其食而還. 二盜突起格殺之. 先飽酒食, 兩分之, 旣而俱死塚旁. 嗟乎! 是金也, 必將宛轉于道左, 而必將有人拾而得之也. 其拾而得之者, 亦必將默謝于天, 而殊不識是金者, 乃塚中之發, 而鴆毒之餘, 而由前由後, 又未知毒殺幾千百人. 然而天下之人, 無有不愛金者, 何也? 易曰: '二人同心, 其利斷金.' 此必盜賊之繇也."

24 피터 L. 번스타인, 『황금의 지배』, 경영정신, 2001, 11면.

25 「黃金臺記」: "何以知其然也? 斷者分也, 所分者金, 則其同心之利, 可知矣. 不言義而曰利, 則其不義之財, 可知矣. 此非盜賊而何? 我願天下之人, 有之不必喜, 無之不必悲. 無故而忽然至前, 驚若雷霆, 嚴若鬼神, 行遇草蛇, 未有不髮竦, 而卻立者也."

26 「馹迅隨筆」, 『熱河日記』: "上士則愀然變色, 易容而言曰: '都無可觀.' '何謂
都無可觀?' 曰: '皇帝也薙髮, 將相大臣百執事也薙髮, 士庶人也薙髮, 雖功
德侔殷周, 富强邁秦漢, 自生民以來未有薙髮之天子也. 雖有陸隴其・李光
地之學問, 魏禧・汪琬・王士徵之文章, 顧炎武・朱彛尊之博識, 一薙髮則
胡虜也, 胡虜則犬羊也, 吾於犬羊也, 何觀焉?'"

27 「馹迅隨筆」: "城郭長城之餘也, 宮室阿房之遺也, 士庶則魏晉之浮華也, 風
俗則大業天寶之侈靡也, 神州陸沈則山川變作腥羶之鄕, 聖緖湮晦則言語
化爲侏儒之俗, 何足觀也. 誠得十萬之衆, 長驅入關, 掃淸函夏然後, 壯觀可
論."

28 「馹迅隨筆」: "薙天下之髮而盡胡之, 一隅海東, 雖免斯恥, 其爲中國, 復讐刷
恥之心, 豈可一日而忘之哉. 我東士大夫之爲春秋尊攘之論者, 磊落相望,
百年如一日, 可謂盛矣."

29 「馹迅隨筆」: "爲天下者, 苟利於民而厚於國, 雖其法之或出於夷狄, 固將取
而則之."

4. 지식인 사회를 향한 연암의 거침없는 항의와 분노: 박지원의 「홍덕보 묘지명洪 德保墓誌銘」 명사銘詞에 대하여

1 이동환, 「박연암의 홍덕보묘지명에 대하여」, 『이조후기 한문학의 재조명』(창
작과비평사, 1983)과 김혈조, 「연암 박지원의 사유양식과 산문문학」(성균관
대 박사논문, 1992, 298~307면) 참조.

2 우리 한문학 연구는 그간 자료의 발굴과 소개 수준을 넘어 비약적인 발전을
거듭해 왔다. 또 그간의 성과를 결집하여 거시적 전망을 제시하는 연구 성과
들이 속속 제출되고 있다. 이와 함께 기존의 연구 성과에 대한 새로운 각도의
천착과 재음미 또한 어느 때보다 절실하다.

3 이가원, 「연암집일서燕巖集逸書・일문逸文 및 부록에 대한 소고」, 『국어국
문학』 통권 39・40 합병호, 국어국문학회, 1968. 5.

4 이 자료는 임형택 선생께서 직접 복사하여 제본한 것이다. 뭉개진 글자 옆에
선생이 원본을 비춰 보고 읽은 글자가 적혀 있다. 귀한 자료를 선뜻 제공해
주신 선생께 고마운 뜻을 전한다.

5 이동환, 「박연암의 홍덕보묘지명에 대하여」, 『이조후기 한문학의 재조명』, 창

작과비평사, 1983, 90면.

6 김혈조, 「연암 박지원의 사유양식과 산문문학」, 성균관대 박사논문, 304면 참조. 김혈조가 재구성한 6구는 다음과 같다. "宜笑歌舞呼, 魂去不須(愉). 想逢西子湖, 知君不羞吾. 口中(裏)不含珠, 怊悵(空悲)詠麥儒." 그러나 이 것은 [1], [2], [3]의 구절을 모두 모아 재조합한 것이어서 지나치게 자의적 이라는 혐의를 피할 수 없다. 현재 상태로의 해석이 여의치 않았기 때문일 터 인데, 그렇다고 해서 독립적으로 존재하던 명사를 연구자 임의로 한데 묶는 것은 적절치 않다고 본다.

7 이동환, 「박연암의 홍덕보묘지명에 대하여」, 『이조후기 한문학의 재조명』, 창 작과비평사, 1983, 90면.

8 김혈조, 「연암 박지원의 사유양식과 산문문학」, 성균관대 박사논문, 305면.

9 洪大容, 「乾淨衕筆談」, 『湛軒書』(총간 248~129면, 248~156면).

10 洪大容, 「與秋書」, 『湛軒書』(총간 116면): "情已如兄弟, 交眞善始終. 相思 不相見, 慟哭向秋風. 見面悲無日, 論心喜有書."

11 「洪德保墓誌銘」(총간 248~321면): "及將訣去, 相視泣下曰: '一別千古矣, 泉下相逢, 誓無愧色.'"

12 실제로 연암의 글 가운데 원작과 개작이 함께 남아 있는 경우가 적지 않다. 문집에 실린 「백자 증정부인 박씨 묘지명伯姊贈貞夫人朴氏墓誌銘」은 『병 세집幷世集』에 실려 있는 「백자 유인 박씨 묘지명伯姊孺人朴氏墓誌銘」을 개작한 것이고, 「초정집 서문楚亭集序」만 해도 박제가의 『정유집』에 실린 것을 상당 부분 손질하였다. 이 밖에 「사장애사士章哀辭」나 「주공탑명麈公 塔銘」 등은 박영철본 『연암집』에 누락된 내용까지 실려 있다. 관련 논의는 김윤조, 「병세집 소재 연암작품의 검토」(『안동한문학』 제6집, 안동한문학회, 1997), 345~365면과 정민, 「연암 박지원의 주공탑명 관규管窺」(『한국고문 의 이론과 전개』, 태학사, 1998), 487~513면, 그리고 정민, 「연암 박지원의 백자증정부인박씨묘지명의 개작과정」(『문헌과 해석』 13호, 문헌과해석사, 2000년 겨울호), 96~105면을 참조할 것.

13 김혈조, 「연암 박지원의 사유양식과 산문문학」, 성균관대 박사논문, 303면.

14 김혈조는 1구의 '招' 자를 지워진 글자의 윤곽과 운목을 따져 '愉' 자로 추정 하여 "담헌의 혼백이 이미 떠났으니 모름지기 다시는 기뻐할 수가 없게 되었 구나."의 뜻으로 풀이했다. 그러나 원본을 직접 복사한 임형택 교수는 이 글 자를 '招'로 읽었다. '招'로 읽어야만 앞뒤의 문맥이 소연해진다.

15 박종채 저, 김윤조 역주, 『역주 과정록』, 태학사, 1997, 73면.

16 이동환, 「박연암의 홍덕보묘지명에 대하여」, 『이조후기 한문학의 재조명』, 창

작과비평사, 1983, 각주 13 참조.

17 「輿服志」(劉昭의 補注), 『後漢書』, "蟬居高飮潔, 口在腋下."; 徐廣, "蟬取其淸高, 飮露不食."; 「屈原列傳」『史記』, "蟬蛻以濁穢, 以浮遊塵埃之外, 不獲世之滋垢."; 『公羊傳』(何休의 註), "天子以珠, 諸侯以玉, 大夫以碧, 士以貝, 春秋之製也, 文家加飯以稻米." 『古玉博覽』(臺灣, 藝術圖書公司, 1994)의 '崧澤文化玉唅'條 참조.

18 李瀷, 「飯含說」, 『星湖全集』 卷四十一 (총간 199~244면): "予壹不知夫喪之含也. 將欲含之, 不得已先楔, 哭擗方始而擧措殆類不忍, 旣楔之後, 口急不可復閉, 以此殮葬, 何異目之不瞑乎? 且米穀不日朽腐, 爲死者害, 聖人之制, 雖不可妄意去取, 然古者繁縟之儀, 今未必皆擧."

19 이동환, 「박연암의 홍덕보묘지명에 대하여」, 『이조후기 한문학의 재조명』, 창작과비평사, 1983, 93면.

20 김혈조, 「연암 박지원의 사유양식과 산문문학」, 성균관대 박사논문, 306면.

21 『莊子』 「外物」: "儒以詩禮發塚. 大儒臚傳曰: '東方作矣, 事之何若?' 小儒曰: '裙襦未解, 口中有珠.' 詩固有之曰: '靑靑之麥, 生於陵陂. 生不布施, 死何含珠爲?' 接其鬢, 壓其顪. 儒以金椎控其頤, 徐別其頰, 無傷口中珠."

22 「洪德保墓誌銘」(총간 248~321면): "世之慕德保者, 見其早自廢擧, 絶意名利, 閒居蓺名香鼓琴瑟, 謂將泊然自喜, 玩心世外."

23 「穢德先生傳」: "人之大往, 飮珠飯玉, 明其潔也."

24 「穢德先生傳」(총간 252~119면): "苟非其義, 雖萬鍾之祿, 有不潔者耳. 不力而致財, 雖埒富素封, 有臭其名矣. 故人之大往, 飮珠飯玉, 明其潔也."

25 「自序」, 『放璚閣外傳』: "詩發含珠, 愿賊亂紫."

26 「胠篋」, 『莊子』: "摘玉毁珠, 小盜不起."

27 「虎叱」 後識 (총간 252~189면): "世運入於長夜, 而夷狄之禍, 甚於猛獸. 士之無恥者, 綴拾章句以狐媚當世, 豈非發塚之儒, 而豺狼之所不食者乎?"

28 「廖扶列傳」: "父爲北地太守, 永初中, 坐羌沒郡下獄死. 扶感父以法喪身, 憚爲吏. 及服終而歎曰: '老子有言, 名與身熟親? 吾豈爲名乎!' 遂絶志世外. 專精經典, 尤明天文·讖緯·風角·推步之術. 州郡公府辟召皆不應. 就問災異, 亦無所對 …… 常居先人塚側, 未曾入城市. 太守謁煥, 先爲諸生, 從扶學, 後臨郡, 未到, 先遣吏脩門人之禮, 又欲擢扶子弟, 固不肯, 當時人因號爲北郭先生. 年八十, 終于家."

29 「憲問」, 『論語』, "東里子産潤色之."; 『論語集註』, "東里地名, 子産所居也."

5. 참신한 비유와 절묘한 기법, 연암체의 절정: 박지원의 「주공탑명塵公塔銘」 행간과 주제 읽기

1 안대회, 「연암 박지원 산문의 표현기법과 주제 시고─주공탑명을 중심으로」, 『한국어문』 3(한국정신문화연구원, 1994), 153~166면과 박종채 저, 김윤조 역주, 『역주 과정록』(태학사, 1997), 211면, 그리고 김윤조, 「『병세집』 소재 연암 작품의 검토」, 『안동한문학논집』 제6집(안동한문학회, 1997), 345~365면을 참조할 것.

2 이 논문은 본래 「연암 박지원의 주공탑명 관규」란 제목으로 『한국고문의 이론과 전개』(태학사, 1998), 487~513면에 수록된 바 있다. 당시 작품 끝에 수록된 게송을 연암이 지은 것으로 보아 논의를 전개했었다. 이후 김영진 교수가 이덕무 친필본 『종북소선』에 이 게송이 본문과 구분된 상단에 이덕무의 글로 적혀 있었음을 확인함으로써 이덕무의 글임이 밝혀졌다. 이에 따라 전체 논문의 논지 중 게송과 관련된 논의를 수정하여 다시 작성하였다. 관련 내용은 김영진, 『조선후기의 명청소품 수용과 소품문의 전개 양상』(고려대 박사논문, 2003), 101면 참조.

3 『병세집幷世集』은 윤광심尹光心이 당대의 대표적 시문을 작가별로 모아 문 2책, 시 2책으로 엮은 선집이다. 산문에는 신완申琬·서명응徐命膺·황경원黃景源·조준趙埈·이용휴李用休·이광사李匡師·박지원朴趾源·심익운沈翼雲·김종수金鍾秀·홍양한洪良漢·홍재洪梓·조명정趙明鼎·홍상철洪相喆·이미李瀰·이덕리李德履·이덕무李德懋·홍낙명洪樂命 등의 글이 실려 있다. 연암의 경우 산문 11편, 시 2편이 수록되었다. 수록된 작품은 「증 홍문관 정자 박군 묘지명贈弘文館正字朴君墓誌銘」, 「백자 유인 박씨 묘지명伯姊孺人朴氏墓誌銘」, 「공작관집 서문孔雀館集序」, 「선귤당기蟬橘堂記」, 「주공탑명塵公塔銘」, 「사장애사士章哀辭」, 「형언도필첩 서문炯言挑筆帖序」, 「치규에게 주다與穉圭」, 「옥새론玉璽論」, 「계우에게 드리는 서문贈季雨序」, 「녹천관집 서문綠天館集序」과 시 「숙인 조씨를 위한 만사輓趙淑人」, 「총석관일총석관일叢石觀日」 등이다.

4 이규경李圭景, 『시가점등詩家點燈』(영인본), 아세아문화사, 1981, 590면. 이 책에는 이 작품 외에도 「녹앵무경 서문과 평문綠鸚鵡經序與評」의 항목이 들어 있다.

5 박종채 저, 김윤조 역주, 『역주 과정록』, 태학사, 1997, 211면 인용.

6 박종채 저, 김윤조 역주, 『역주 과정록』, 태학사, 1997, 404면 참조.

322

7 「백자 유인 박씨 묘지명伯姊孺人朴氏墓誌銘」의 경우 「백자 증정부인 박씨 묘지명伯姊贈貞夫人朴氏墓誌銘」보다 누이의 행장 부분이 확대되어 있고, 반대로 명銘 앞부분의 한 단락은 생략되었다. 본문에도 자구에 상당한 출입이 있다. 이로 보아 『병세집』에 수록된 「백자 유인 박씨 묘지명」은 초고 상태의 글이었고, 호칭이 '유인孺人'에서 '정부인貞夫人'으로 바뀐 것으로 보아 연암은 누이가 후에 정부인으로 추증된 뒤 다시 개고하여 최종 원고를 완성했던 것으로 보인다. 이는 『병세집』이 연암 생존 시에 엮어진 선집임을 의미하는 것이다. 또한 「사장애사」의 전반부 126자가 결락된 것은 단순한 누락이 아니라, 이 부분에 기록된, 후에 사사賜死된 홍낙임洪樂任 관련 언급이 삭제의 결정적 이유였을 것으로 분석하고 있다. 자세한 내용은 김윤조, 「『병세집』 소재 연암 작품의 검토」(『안동한문학논집』 제6집, 안동한문학회, 1997)를 참조할 것.

8 이와 비슷한 경우로, 「초정집 서문楚亭集序」은 『연암집』에 수록된 것과 『초정전서』에 수록된 것을 비교해 보면 자구에 상당한 출입이 발견된다. 『초정집』에 실린 서문은 처음 써 준 그대로이고, 『연암집』에 수록된 것은 그 후 여러 차례의 개고를 거쳐 완성한 것으로 보인다. 이들 글의 비교를 통해 우리는 연암의 개고 과정을 엿볼 수 있을 뿐 아니라, 수사적 측면에서도 연암체의 한 특성을 엿볼 수 있을 것으로 본다.

9 李圭景, 『詩家點燈』: "燕巖朴趾源塵公塔銘, 極爲靈幻瑰琦, 匪尋常文字可比也."

10 李圭景, 『詩家點燈』: "假佛語, 寓儒旨, 用筆微而婉. 江郞曰: 黯然銷魂, 余斷章取義, 以評塵公塔."

11 김윤조, 「『병세집』 소재 연암 작품의 검토」, 『안동한문학논집』 제6집, 안동한문학회, 1997, 353면.

12 미주 2를 참조할 것.

13 앞의 본문은 박영철본 『연암집』을 따랐고, 뒤의 게송 부분은 『병세집』을 기초로 『시가점등』본을 참조하여 정리하였다. 게송 부분은 『병세집』과 『시가점등』 간에 약간의 글자 출입과 순서의 착오가 있다. 일일이 대교하지 않는다.

14 「塵公塔銘」: "釋塵公示寂六日, 茶毗于寂照菴之東臺, 距溫宿泉檜樹下不十武. 夜常有光, 蟲背之綠也, 魚鱗之白也, 柳木朽之玄也. 大比邱玄郞率衆繞場, 齋戒震悚, 誓心功德. 越四夜, 迺得師腦珠三枚, 將修浮圖, 俱書與幣, 請銘于余."

15 안대회, 「연암 박지원 산문의 표현기법과 주제 시고—주공탑명을 중심으로」, 『한국어문』 3, 한국정신문화연구원, 1994, 157면.

16 李德懋, 『耳目口心書』卷二(총간 258~379면): "魚膠栗茸, 皆夜有光. 朽柳 夜如燐. 烏圓之背, 黑夜拂之, 火光燁燁. 玆四者, 陰類也. 至陰通明." 『국역 청장관전서』8책(솔출판사, 1997) 98면 참조.

17 「塵公塔銘」: "余雅不解浮圖語, 旣勤其請, 迺嘗試問之曰: '郎! 我疇昔而病, 服地黃湯, 漉汁注器, 泡沫細漲, 金粟銀星, 魚呷蜂房. 卬我膚髮, 如瞳栖佛, 各各現相, 如如含性. 熱退泡止, 吸盡器空, 昔者惺惺, 誰證爾公.' 郎叩頭曰: '以我證我, 無關彼相.' 余大笑曰: '以心觀心, 心其有幾.'" 이규경李圭景의 『시가점등詩家點燈』에서는 이 원문 첫 구절의 '不解'를 '不喜'로 적고 있어, 그저 불교에 대해 잘 모른다고 하는 대신 좋아하지 않는다는 뜻으로 의미를 강조하였다.

18 연암의 「관재기觀齋記」에도 이와 비슷한 언급이 있다. 젊은 시절 금강산 유람 시 치준대사緇俊大師를 방문한 일을 적은 것인데, 거기에 나오는 치준과 동자와의 문답이 그것이다. 동자는 입정入定에 든 스님 곁에서 향을 피우다가 몽글몽글 피어오르던 연기가 문득 허공으로 사라져 찾을 길 없게 된 것을 두고 문득 묘오妙悟를 발하여 말을 꺼내자, 치준은 향을 맡지 말고 재를 보며, 연기를 기뻐하지 말고 공空을 바라보라고 말한다. 좀 전까지 분명히 존재하던 연기가 허공으로 흩어져 버리고 재로 화해 버린 것에서, 만해萬海 식으로 말하자면 타고 남은 재가 다시 기름이 되는 이치를 보라고 하며 명이관아命以觀我, 이이관물理以觀物의 법을 말하고 있다. 지황탕 위 거품의 비유나재만 남기고 허공으로 흩어져 버린 연기의 비유는 의미를 공유하는 부분이 적지 않다. 「관재기」에 대한 자세한 분석은 정민, 『비슷한 것은 가짜다』(태학사, 2000)에 실린 졸고, 「스님! 무엇을 봅니까? 觀齋記」를 참조할 것.

19 『대한화사전大漢和辭典』'該'조를 참조할 것. 「무문관無門關」 제41칙에는 "末後接得一箇門人, 又却六根不具, 咦."라 하였다.

20 "假佛語, 寓儒旨, 用筆微而婉. 江郎曰: 黯然銷魂, 余斷章取義, 以評塵公塔."

21 『論語』「先進」: "顔淵死, 門人欲厚葬之, 子曰: '不可.' 門人厚葬之, 子曰: '回也, 視予猶父也, 予不得視猶子也. 非我也, 夫二三子也.'"

22 朱熹, 「觀心說」, 『朱子大全』卷六十七, 張 20a: "或問: '佛者有觀心說, 然乎?' 曰: '夫心者人之所以主乎身者也, 一而不二者也, 爲主而不爲客者也, 命物而不命於物者也. 故以心觀物, 則物之理得, 今夫有物以反觀乎心, 則是此心之外, 復有一心而能管乎此心也. 然則所謂心者, 爲一耶, 爲二耶? 爲主耶, 爲客耶? 爲命物者耶, 爲命於物者耶? 此亦不待敎而審其言之謬矣.'" 이 점에 대해서는 안대회의 논문 「연암 박지원 산문의 표현기법과 주제 시

고—주공탑명을 중심으로」(『한국어문』3, 한국정신문화연구원, 1994)에 대한 김명호 교수의 논평에서 잠깐 지적된 바 있다.

23 『흠영欽英』은 유만주兪晚柱가 21세 나던 1775년 1월 1일부터 세상을 뜨기 두 달 전인 1787년 12월 14일까지 쓴 13년간의 일기인데, 1997년 서울대학교 규장각에서 모두 여섯 책으로 영인되어 나왔다. 이 일기에는 지금까지 잘 알려지지 않았던 연암 관련 기록이 상당수 실려 있다. 자세한 내용은 『흠영欽英』(서울대 규장각, 1997)에 실린 박희병의 해제「『흠영欽英』의 성격과 내용」, 김윤조의 「유만주兪晚柱가 본 연암燕巖」 그리고 『한국의 경학과 한문학』(竹夫李簾衡敎授定年退職紀念論叢, 태학사, 1996) 687~703면을 참조할 것.

24 유만주兪晚柱, 『흠영欽英』4(서울대 규장각, 1997), 15면: "統性情爲心, 則性豈不亦是心之體? 而至論性, 則又不得不分說, 而各明其義. 曰: 靈底是心, 宗底是性, 靈處是心, 不是性, 性止是理. 而其渾合之見如佛者, 認心爲性, 一任其心, 則猖狂自恣, 而爲異端之違矣. …… 此有一喩. 心如杏子, 明德如杏核, 性如杏仁, 三者固非相離爲各一物者, 而謂之杏, 則連其肉說; 謂之核, 則不連肉, 止從其殼說; 謂之仁, 則又不連核殼, 而專說裏面白肉矣. …… 性德心, 雖有理氣粗妙之分, 與杏核仁之專屬形氣, 而但有精粗之別者, 不同. 其虛實遂相含包, 而名義界分, 各有所指者, 大略相近, 亦可以類推而體察也."

25 『近思錄』卷一, 「道體」(『漢文大系』22, 新文豊出版公司 影印, 1978, 18면): "仁是造化生生不息之理. 雖彌漫周徧, 無處不是. 然其流行發生, 亦只有箇漸. …… 譬之木, 其如抽芽. 便是木之生意發端處. 抽芽然後發幹, 發幹然後生枝生葉. 然後生生不息. 若無芽, 何以有幹有枝葉? 能抽芽, 必是下面有箇根在. 有根方生, 無根便死, 無根何從抽芽?"

26 董仲舒, 「王道通三」, "夫仁也, 天覆育萬物, 旣化而生之, 有養而成之, 事功無已, 終而復始."; 朱熹, 「仁說」, "蓋仁之爲道, 乃天地生物之心, 卽物而在."; 家鉉翁, 「恕齋說」, "蓋仁者, 天地生物之心, 所以散見乎萬形者也." 韋政通編著, 『中國哲學辭典』(臺灣, 大林出版社, 1978) '仁'條를 참조할 것.

27 "佛說譬喩品, 曲盡種種物相, 彌覺高妙, 此文近之. 而解脫六諦, 圓證實相, 決非大乘以下口氣."

28 이 자료는 단국대 소장 연민문고에 포함되어 있다.

29 "空悟妙透, 楞嚴反屬腐語."

30 『佛學大辭典』(臺灣, 新文豊出版公司, 1974) '該'조에는 「동자지기기同資持記」의 인용으로, "塵謂鹿之大者. 群鹿行時, 看尾指處, 卽隨所往. 講者持拂,

指授聽衆, 故以爲名. 但不得畜毛爲之, 故制犯罪."라 하였다. '麈'는 말하자면 사슴 무리의 리더인 셈인데, '麈'의 꼬리가 가리키는 방향을 보며 사슴의 무리들이 뒤따른다는 데서 강자講者가 청중聽衆을 인도하는 의미를 갖게 된 것이다.

31 이와 관련하여, 안대회와 김윤조는 박영철본 『연암집』의 표기에 따라 '규공'으로 표기하였고, 김혈조는 『그렇다면 도로 눈을 감고 가시오』(학고재, 1997)에서 '주공'으로 표기하고 있다.

32 안대회, 「연암 박지원 산문의 표현기법과 주제 시고─주공탑명을 중심으로」(『한국어문』3, 한국정신문화연구원, 1994) 169면에 붙은 논평에서 김명호 교수도 "불교의 환망설幻妄說을 역이용해서 사리탑을 세우고 그 탑명을 구하는 행위를 허망한 짓으로 조롱하며 나아가 불교의 출세간주의 자체를 비판하고 있는 내용으로 보아, 이 작품을 과연 문면 그대로 실존했던 어느 승려의 청탁을 받아 창작된 것으로 볼 수 있을지 의심이 된다. 다시 말해 이 작품이 탑명의 형식을 빌린 일종의 희작일 가능성도 전적으로 배제할 수는 없지 않을까 한다."는 견해를 피력한 바 있다.

33 金壽增, 「遊松都記」, 『谷雲集』 卷三, 張 26a: "담여를 버리고 내려가 적조암에 이르렀다. 암자는 보현봉 아래에 있다.(去輿而下, 至寂照菴, 菴在普賢峯下.)"

34 위 『佛學大辭典』 該 조에 따르면 '眞理之體'를 '寂'이라 하고, '眞智之用'을 '照'라 한다 하였다. 또 「正陳論」에는 "眞如照而常寂爲法性, 寂而常照是法身. 義雖有二名, 寂照亦非二."라 했다.

6. 짧은 편지에 담긴 연암의 풍자와 해학: 박지원 척독 소품의 문예미

1 연암의 척독에 대해서는 김성진이 「조선후기 소품체 산문 연구」(부산대 박사학위논문, 1991)에서 별도의 장을 마련해 검토한 것과 안대회가 「더 이상 짧을 수 없는 편지─박지원의 척독소품」(『문학과경계』 통권 제3호, 2001. 11, 254~264면)에서 척독 작품을 소개한 것 외에는 달리 본격적인 논의를 찾아볼 수 없다. 안대회는 위의 글에서 "참신하고 자극적인 문장에다가 생활의 체험으로써 감수感受하고 즐길 수 있는 내용과 정을 표현하고, 또 작가의 우울과 분노, 해학과 농담을 담고 있다."고 지적한 뒤, 척독이야말로 연암의 문학적 재능이 유감없이 발휘된 문체라고 했다.

2 김풍기는 「조선 중기 고문의 소품문적 성향과 허균의 척독」(『민족문화연구』
35호, 고려대 민족문화연구원, 2001, 393~418면)으로 척독에 대한 학문적
관심을 제기했고, 노경희는 「마음으로 쓰는 편지―허균의 짧은 편지글」(『문
헌과해석』, 2002. 9) 발표 요지로 척독 문학에 대한 점증하는 관심을 반영했
다. 18세기 소품 작가들의 내면의식과 예술 취향에 대해서는 정민, 「18세기
산수유기의 새로운 경향」과 「18세기 조선 지식인의 '벽벽癖'과 '치癡' 추구 경
향」에서 검토된 바 있다. 두 글은 모두 『18세기 조선 지식인의 발견』(휴머니
스트, 2007)에 수록되어 있다.

3 許筠, 「明尺牘跋」, 『惺所覆瓿藁』 卷十三(총간 74~247면): "單詞隻言, 直
破理竅, 而折伏人意, 在於言外."

4 朴趾源, 「映帶亭賸墨自序」(총간 252~95면): "睡以右謹陳, 所謂右謹陳, 誠
俚且穢. 獨不知世間操觚者何限, 印板摠是餖飣餕餘, 則何傷於公格之頭辭
發語之例套乎? 帝典之 '曰若稽古', 佛經之 '如是我聞', 遒今時之右謹陳爾.
獨其聽禽春林, 聲聲各異, 閱寶海市, 件件皆新. 荷珠自圓, 楚璞不劚."

5 朴趾源, 「映帶亭賸墨自序」(총간 252~95면): "此尺牘家之祖述論語, 泝泝
風雅, 其辭令則子産叔向, 掌故則新序世說, 其核實剴切, 不獨長策之賈傅,
執事之宣公爾. 彼一號古文辭, 則但知序記之爲宗, 架鑿虛譌, 挐挹浮濫. 指
斥此等爲小家妙品, 明牕淨几, 睡餘支枕."

6 洪吉周, 「三韓義烈女傳序」(『縹礱乙籤』, 연세대 필사본): "使左邱而生楚懷
之世, 離憂放逐而作賦, 則其文必如離騷; 使莊周而生漢武之時, 掌金匱石
室之策而述史, 則其文必如史記, 餘數子咸然. 又使此數子, 而生齊梁隋唐
之間, 作騈儷對隅, 則必如庾信王勃; 使之生開元大曆之際, 作樂府古詩律
絶, 則必如李白杜甫; 使之生興元貞元之中, 奏議論事, 則必如陸贄; 使之生
唐若宋, 作制詔論策碑誌序記諸文, 則必如韓愈蘇軾; 使之生元明之交, 作
小說塡詞, 則必如羅貫中王實甫; 使之生今之世, 演香娘義烈, 則必如竹溪;
使之讀香娘義烈傳而叙之, 則必如余."

7 朴趾源, 「映帶亭賸墨自序」, 『燕巖集』 卷五(총간 252~95면): "夫敬以禮
立, 而嚴威儼愨, 非所以事親也. 若復廣張衣袖, 如見大賓, 略敍寒暄, 更無
一語, 敬則敬矣, 知禮則未也. 安在其婾色怡聲, 左右無方也? 故曰: '莞爾而
笑, 前言戲耳.' 夫子之善謔. '女曰雞鳴, 士曰昧朝' 詩人之尺牘爾."

8 朴趾源, 「與人」, 『燕巖集』 卷三(총간 252~75면): "平日於文學, 好看批評
小品. 探索者, 惟是妙慧之解, 深味者, 無非尖酸之語. 此等雖年少一時之嗜
好, 漸到老實, 則自然刊落, 不必深言. 而大抵此等文體, 全無典刑, 不甚爾
雅. 明末文勝質弊之時, 吳楚間小才薄德之士, 務爲弔詭, 非無一段風致, 隻

字新語, 而瘦貧破碎, 元氣消削, 則古來吳儈楚儂之畸蹤窮跡, 齁唾淫咳, 何足步武哉."

9 朴齊家,「答李夢直哀」,『貞蕤閣集』卷四(총간 261~658면): "夫好奇云者, 以其詩文書札, 少異於人耶? 足下見僕言語書札, 不問誰人, 盡皆如是耶? 僕有一二人許如是, 又如足下許如是, 如足下許不如是, 則何處而爲之哉."

10 朴趾源,「答京之」一,『燕巖集』卷五(총간 252~95면): "別語關關, 所謂送君千里, 終當一別, 奈何奈何. 只有一端弱緖, 飄裊纏綿, 如空裡幻花. 來郤無從, 去復婀娜耳. 頃坐百華菴, 菴主處華, 聞遠邨風砧, 傳偈其比北靈托曰: '掾掾礚礚, 落得誰先?' 托拱手曰: '不先不後, 聽是那際?' 昨日足下, 猶於亭上, 循欄徘徊, 僕亦立馬橋頭, 其間相去已爲里許. 不知兩相望處, 還是那際."

11 朴趾源,「答蒼厓」七,『燕巖集』卷五(총간 252~96면): "足下其稅裝卸鞍, 來日其雨. 泉鳴水腥, 堦潮螳陣, 鸛鳴入北, 烟盤走地. 星矢西流, 占風自東."

12 朴趾源,「與石癡」一,『燕巖集』卷五(총간 252~99면): "昔袁愍孫, 誦傳常侍淸云: '經其戶, 闃若無人. 披其帷, 其人斯在.' 吾每雪中步往, 開閣尋梅, 便覺常侍淸德."

13 朴趾源,「謝湛軒」,『燕巖集』卷五(총간 252~101면): "昨夜月明, 訪斐生, 仍相携而歸. 守舍者告曰: '客乘黃馬, 頎而鬚, 壁書而去.' 燭而照之, 乃足下筆也. 恨無報客之鶴, 致有題門之鳳. 懍懍悚悚. 繼此月明之夕, 聊當不敢出."

14 『蒙求集註』: "嵇康與呂安善. 每一相思, 千里命駕. 安後來, 値康不在. 嵇喜出戶延之, 不入, 題門作鳳字而去. 喜不覺, 猶以爲忻. 拆言凡鳥也."

15 朴趾源,「與楚幘」,『燕巖集』卷五(총간 252~100면): "足下無以靈覺機悟, 驕人而蔑物, 彼若亦有一部靈悟, 豈不自羞? 若無靈覺, 驕蔑何益? 吾輩臭皮佮中, 裹得幾箇字, 不過稍多於人耳. 彼蟬噪於樹, 蚓鳴於竅, 亦安知非誦詩讀書之聲耶?"

16 朴趾源,「答蒼厓」八,『燕巖集』卷五(총간 252~97면): "種樹蒔花, 當如晋人之筆, 字不苟排, 而行自疎直."

17 朴趾源,「與某」一(총간 252~99면): "初客他人, 須存生澁, 故態勿爲, 練熟多情. 洗手作羹, 先嘗小姑.' 作此詩者, 其知禮乎? 入太廟, 每事必問."

18 "三日入廚下, 洗手作羹湯. 未諳姑食性, 先遣小姑嘗."

19 朴趾源,「與遠心齋」(총간 252~100면): "惠風家有續白虎通, 漢班彪撰, 晋崔豹注, 明唐寅評. 僕以爲奇書, 袖歸, 燈下細閱, 乃惠風自集虎說, 以資解頤. 僕可謂鈍根. 唐寅字伯虎故耳. 雖然可博一粲, 覽已可卽還投."

20 朴趾源,「答泠齋」(총간 252~98면): "古人之戒酒, 可謂深矣. 使酒曰酗, 戒其凶德也. 酒器有舟, 戒其覆溺也. 罍係纍, 罸借嚴, 盃慼不皿, 卮類危字. 觥戒其觸, 兩戔臨皿, 戒其相爭. 樽示撙節, 禁謂禁制. 從卒爲醉, 屬生爲醒. 周官萍氏掌幾酒, 按本草, 萍能勝酒. 僕輩嗜飲, 賢於古人. 而昧古人垂戒之義, 豈不大可懼哉! 願從今以往, 吾輩當酒, 輒思古人作字之義, 復顧古人製器之名. 如何如何."

21 朴趾源,「答仲玉」三(총간 252~98면): "昨日非吾輩負月, 月負吾輩也. 世間甚事, 摠非彼月耶? 一月三十日, 有大有小. 一日二日, 旁魄而已. 三日堇如爪痕, 而猶爲落照所射. 四日如鉤, 五日如美人眉, 六日如弓, 光輝未敷自弦. 至旬, 雖云如梳, 虛圈猶醜. 十一二三, 如宋宋之山河, 吳蜀江南, 次第漸平, 盡入版圖, 而雲燕陷邃, 金甌終缺. 十四如汾陽之身命, 五福俱全, 惟是一邊, 旁着魚朝, 恐懼戒謹, 乃缺陷事耳. 然則正圓如鏡, 不過十五一夕. 或移望於六, 或薄蝕暈珥, 或頑雲掩單, 或甚風疾雨, 沮敗人意, 如昨日耳. 吾輩從今, 當效宋朝之人物, 正希汾陽之惜福, 可耳."

22 朴趾源,「與雪蕉」(총간 252~97면): "何可言! 何可言! 鵝溪題人帖, 稱鵝翁, 松江見而笑之曰: '相公今日, 喚出自家聲.' 謂其鵝翁, 與猫聲相類. 此人今日寫出自家心, 可怕可怕!"

23 朴趾源,「答仲玉」一(총간 252~98면): "附耳之言勿聽焉, 戒洩之談勿言焉. 猶恐人知, 奈何言之, 奈何聽之? 旣言而復戒, 是疑人也, 疑人而言之, 是不智也."

24 朴趾源,「答仲玉」四(총간 252~98면): "末世交人, 當看言簡而氣沈, 性拙而志約者. 絶有心計之人不可交, 志意廣張不可交. 世所謂可用之人, 是必無用之人. 世所謂無用之人, 是必有用之人. 天下安樂, 鄕井無故, 眞若可用, 亦安肯披露才氣, 抖擻精神, 輕示於人耶? 彼被甲上馬似勇, 而乃老人例智, 固請六十萬似劫, 而乃智士深謀."

25 朴趾源,「答蒼厓」四(총간 252~96면): "昨日令胤來, 問爲文. 告之曰: '非禮勿視, 非禮勿聽, 非禮勿動, 非禮勿言.' 頗不悅而去. 不審, 定省之際, 言告否."

26 박지원과 유한준을 둘러싼 논의는 김명호 교수의 「박지원과 유한준」(『박지원문학연구』, 성균관대 대동문화연구원, 2001)에 자세하다.

27 朴趾源,「寄楚亭」(朴齊家,『貞蕤閣集』卷四, 총간 261~659면): "厄甚陳蔡, 非行道而爲然. 妄擬陋巷, 問所樂而何事. 久此膝之不屈, 奈好官之莫如. 僕僕亞拜, 多多益善. 玆又送壺, 滿送如何?"

28 朴齊家,「答孔雀館」,『貞蕤閣集』卷四(총간 261~659면): "十日霖雨, 愧非

裹飯之朋. 二百孔方, 爰付傳書之僕. 壺中從事烏有. 世間楊州鶴無."

29 朴趾源,「答大瓠」二(총간 252~100면): "求與予, 孰厭? 曰: 求厭. 使予者之心, 誠若求者之厭, 人無予者, 今僕不求, 而獲賜至厚, 信乎足下之樂予也."

30 朴趾源,「錢帖」(李德懋,『靑莊館全書』卷六十二,「輪回梅十箋」第八 '帖', 총간 259~109면): "畵甁揷十一花, 得錢二十. 嫂獻十葉, 妻與三, 小女與一, 兄房爨柴二, 吾房亦同. 南草一, 巧餘一, 玆以送上, 笑領大好."

31 李德懋,「輪回梅十箋」(『국역 청장관전서』, 10~221면)에 자세한 내용이 보인다.

32 李德懋,「輪回梅十箋」(총간 259~109면): "余方補敗囪, 有紙無糊. 武陵分我一錢, 買糊抹綴. 今年耳不鳴, 手不皴, 皆武陵之力也."

33 朴趾源,「答仲玉」二(총간 252~98면): "張公藝百忍字, 終非活法. 張公之九世, 唐代宗能之, 何以言之? 不痴不聾, 不作阿翁, 然則那是活法? 曰: 父父子子, 兄兄弟弟, 夫夫婦婦, 長長幼幼, 奴奴婢婢耳. 今作忍齋記, 欲攙入此意, 未知如何? 示破."

34 청나라 장조張潮는 청언소품집『유몽영幽夢影』에서 "우리 집안의 장공예는 백 번 참는 것을 믿고서 한집에 살아 천고에 미담으로 전해진다. 나는 잘 모르겠다. 참는 것이 백 번에 이르렀다면 그 가정에 틈이 벌어져 어그러진 곳을 하인을 바꿔 가며 헤아리더라도 다 세기가 쉽지 않을 것이다.(吾家公藝, 恃百忍以同居, 千古傳爲美談. 殊不知忍而至於百, 則其家庭乖戾睽隔之處, 正未易更僕數也.)"라 했다. 정민,『내가 사랑하는 삶』(태학사, 2001) 157면 참조.

35 장공예의 백인百忍 고사에 대해 연암은「대구판관 이후에게 진정에 대해 대답한 글答大邱判官李侯論賑政書」(총간 252~34면)에서 상세하게 다시 언급하고 있다. 이 글에서 연암은 "참을 인忍 자는 한 번도 심하다 하겠는데 차마 백 번을 쓰겠는가? 백 번의 참을 인 자를 쓸 때 머리는 지끈거리고 이마는 찌푸려져서 온 얼굴에 주름살이 온통 잡혔을 것이다. 양미간의 내 천川 자와 이마 위의 임壬 자가 그려질 것만 같다. 보이는 것을 참으려니 장님이 되고, 들리는 것을 참자니 귀머거리가 되며, 말할 것을 참으려니 벙어리가 될 터이니 옳지 않다 하겠다. 그 측은지심의 싹을 자르려거든 마음 위에 한 번의 칼질이면 족할 텐데 어찌 이것을 포개어 백 번이나 쓴단 말인가?"라고 했다.

36 朴趾源,「與成伯」一(총간 252~100면): "門前債客鴈行立, 屋裡醉人魚貫眠.' 此唐時大豪傑男子漢. 今僕孤棲寒齋, 淡如定僧, 而但門前鴈立者, 雙眼可憎. 每卑辭之時, 還念滕薛之大夫."

37 박종채 저, 김윤조 역주,『역주 과정록』, 태학사, 1997, 20면 각주. 이 글에서

김윤조 교수는 이 편지가 1768년에 쓰여진 것으로 추정했다.

38 朴趾源,「與敬甫」一(총간 252~100면): "巧哉妙哉! 此緣因湊合, 孰執其機? 君不先吾, 吾不後子, 並生一世; 子不髥面, 我不雕題, 並生一國; 子不居南, 我不居北, 幷家一里; 子不業武, 我不學圃, 同爲斯文. 此大因緣大期會也. 雖然言若苟同, 事若苟合, 無寧尙友於千古, 不惑於百世."

39 연암 산문의 패러디에 대해서는 강혜선,『박지원 산문의 고문 변용 양상』(태학사, 1999) 55~65면에서 다룬 바 있고, 김혈조,『박지원의 산문문학』(성균관대 대동문화연구원, 2002) 432~560면에서도 연암 산문의 여러 기법에 대해 깊이 있게 살핀 바 있다.

40 朴趾源,「與敬甫」二(총간 252~100면): "顔回陋巷, 問所樂之何事, 原憲蓬廬曰, 非病而乃貧. 朝三暮四, 旣賦芧而怒狙. 以一服八, 況緣木而求魚. 爾日斯征, 我日斯邁."

41 『국역 청장관전서』 IV-238에 실린 「선고부군유사先考府君遺事」에 이 일이 보인다.

7. 예순 살 연암이 집에 보낸 서른 통의 편지: 『연암 선생 서간첩』에 담긴 박지원의 인간미

1 연암 척독 전반의 문예 특성에 대해서는 정민,「연암 척독소품의 문예미」,『한국한문학연구』 제31집(한국한문학회, 2003. 6) 49~87면에서 검토한 바 있다.

2 『연암선생서간첩』의 탈초와 번역은 박철상 선생과 함께 진행하였다.

3 진준현,「근역서휘와 근역화휘에 대하여」,『근역서휘 근역화휘 명품선』, 서울대박물관, 2002, 137면.

4 "日前鄙郡伊院李友俊宰, 專詩律, 傳台執間接朴兄也園, 要得燕巖手筆矣. 台執年前刊布燕巖集一事, 非徒爲其後裔者之沒身感佩, 鄙高祖在泉之靈, 亦有所深感於台執矣. 今且懇求遺墨, 尤切感洽, 敢不顚倒奉符也. 書簡文一帖奉呈, 頻領爲荷. 姑閣不敬具."

5 박영철의 시집인『다산시고多山詩稿』(1939년 간행)에는 야원也園과 함께 수창한 시들이 실려 있다. 이 책에 따르면 야원은 박철희朴喆熙의 호이고, 그는 당시 도지사의 자문이라 할 수 있는 참여관參與官을 지냈던 것으로 되어 있다. 또한 박영철 등과 함께 경성한강용봉정시회京城漢江龍鳳亭詩會

의 회원이기도 했던 것으로 보아 박영철과는 아주 친밀했던 것으로 보인다.

6 박종채 저, 김윤조 역주, 『역주 과정록』, 태학사, 1997, 289면에서 재인용.

7 박종채 저, 김윤조 역주, 『역주 과정록』(태학사, 1997) 291면에 「치암 최공 묘갈명癡庵崔公墓碣銘」을 짓고, 붉은 먹으로 돌에다 직접 미불의 서체로 써 준 비석의 탑본 이야기가 나온다.

8 "弟年屆耳順, 而欲塞添齒而還落勢也, 奈何? 連以膈氣不寧, 又於入睡時, 常患跳動旋覺, 若非風痰, 則必是怔忡, 此乃數年以來別症也."

9 관련 증세에 대한 설명은 허준 저, 동의과학연구소 옮김, 『동의보감』 제1권 내경편(휴머니스트, 2002) 881면과 427면을 참조할 것.

10 박종채 저, 김윤조 역주, 『역주 과정록』, 태학사, 1997, 208면.

11 박종채 저, 김윤조 역주, 『역주 과정록』, 태학사, 1997, 196면.

12 "吏人數十輩, 終日趨走於前, 而吾目中, 寂寂無一人, 鈴下聲嗒頗喧, 吾耳中, 只有禽鳥水竹之鳴, 此吾之大病也. 老去益甚, 孰能已之?"

13 "而但厭倦之症, 日甚一日, 奈何奈何?"

14 "置之斜廊, 每飯喫之可也. 此吾手所自沈, 而未及爛熟耳."

15 "前後所送黃肉熬塊, 考納而能爲朝夕供助耶? 何不一示其好否? 甚泄甚泄. 吾則以爲勝於脯貼肉醬諸饌矣, 苦椒醬亦吾手所爲之, 須詳示其善否? 以爲續續兩物, 隨便繼送之地也."

16 "沈醬事, 與汝妹及次婦相議. 如□□□[原文 3字缺], 則雖出債沈之, 無妨也."

17 "汝之於書冊, 無誠如此, 常爲慨然者也. 吾則朱墨之暇, 猶能及於閒事, 時時著書, 或臨帖試筆. 汝輩終歲, 所業何事?"

18 "野棠一馱, 又艱得入送, 善植之, 又善結束, 毋令人拔去之地也. 園樹其間多失云, 良可痛歎."

19 "得失無所關, 但善出入不逢辱, 可也."

20 "呱呱揎揎, 厥聲滿紙, 人間樂事, 無踰於此."

21 "汝之初書則曰: '兒生眉目明秀.' 再書云, '漸就充實, 其作人頗不艸艸.' 侃也書以爲骨相非凡, 大抵額角豊膺陁楞, 頂盖平圓, 何不一一錄示耶? 可鬱."

22 "但所未忘者, 孝壽耳, 好笑好笑."

23 "砂糖何不留作兒供耶? 玆以還送耳."

24 하지만 연암의 이런 걱정에도 불구하고 효수는 일찍 죽었던 모양이다. 종의는 아우인 종채의 아들 주수珠壽를 입계入繼하여 다시 대를 이었다.

25 "以華陽先墓用祝事, 大致疑謗, 可笑. 戶長尙未及一次行祀, 將何處用祝耶.”

26 “姊主料錢貳兩, 覓送而不能作諺書, 令汝妹倩艸書送可也.”

27 “在先家所有東來今人詩筆數帖, 如得借觀, 當寬此數日躁症, 而其人也, 罔狀無道, 安能以至寶, 蹔時出手乎? 第須借之.”

28 朴趾源, 「與楚幘」, 『燕巖集』卷五(총간 252~100면): “足下無以靈覺機悟, 驕人而蔑物, 彼若亦有一部靈覺, 豈不自差? 若無靈覺, 驕蔑何益? 吾輩臭皮帒中, 裹得幾箇字, 不過稍多於人耳.”

29 “五禮首匣, 略略點視, 儘是好冊子. 賴兒得此, 雖曰手舞足蹈, 其於束書不觀何? 雖一次涉獵, 若不細究, 則亦何異乎皮舐西瓜, 全呑胡椒耶? 不必誇之柳生輩. 柳非求益者, 少沈潛氣像, 只好借書誇博而已.”

30 “惠甫則全不顧見, 而楚也獨當耶?”

31 신호열 · 김명호 역, 『국역 연암집』2, 민족문화추진회, 2005, 98면 참조.

32 신호열 · 김명호 역, 『국역 연암집』2, 민족문화추진회, 2005, 110면.

33 “而其彌縫頑賴之狀, 比前如何?”

34 “秋餐作好刀, 而尙今不送來, 其人事每每若此, 須趣聖緯, 使之卽推之地, 峻責聖緯, 可也.”

35 “昨年邸人還時, 作書愈闊, 爲問其病, 且送藥料及他物種矣. 尙不見答, 汝書亦不提及, 可怪可怪.”

36 박종채 저, 김윤조 역주, 『역주 과정록』, 태학사, 1997, 148면.

37 “咸陽僧敬菴大士, 醫術精微云, 欲邀來.”

38 박종채 저, 김윤조 역주, 『역주 과정록』, 태학사, 1997, 142면.

39 박종채 저, 김윤조 역주, 『역주 과정록』(태학사, 1997) 154면에 자세한 내용이 있다. 한편 이방익은 표해의 과정을 국문 가사 「표해가」로 남겼다.

40 “李邦益作傳, 一時爲急, 楚洽兩友, 須往見急急搆出之意, 傳之如何?”

41 [相考一統志, 及他古人文蹟, 以意分排, 不必於其錄中循例襲訛而已也.] 幸須與洽楚兩友, 急速搆送之地如何?”

42 “彼旣語焉而不詳, 目焉而未省, 名物多舛, 事狀未的, 遊覽處山川樓臺, 所經處州郡道里, 必多爽實, 不必盡於諺錄. 幸須憑據一統志及他傳記所載, 抄謄鋪述, 宛若目覩, 以作波瀾生色, 則雖於古人篇中, 移摹一番, 以此驗彼, 事實相符, 腐臭神奇, 要在其中.”

43 “大抵我東使价, 雖歲入中國, 而燕京乃天下一隅之地也, 於皇城事固不識. 何處沸羹聞見非眞, 常如癡人說夢, 況大江以外事乎? 康熙時三藩之叛, 傳聞多訛, 農巖所著審敵篇, 可見其臆料, 而至於老稼齋則以親見海浪賊爲記, 其聞見之非眞, 此可驗矣. 然而士大夫則嚴於春秋尊攘之義, [輒思中國之有變], 退噉愚氓好爲繹騷, 常以苗蠻梗化江南路斷爲疑. 今此邦益之漂海, 貫穿閩越, 萬里無梗則足可徵四海之寧謐, 快破我東之群疑. 此其功固賢於尋常一介之使矣. 此意演入爲玅."

44 신호열・김명호 역,『국역 연암집』2, 민족문화추진회, 2005, 140면.

45 "前有漂海者某, 事蹟甚奇, 同爲作傳爲好云."

46 노인魯認의 일은 박제가의「연경잡절燕京雜絶」제20수에도 보인다.

47 "演成數十丈奇文, 可入叢書中, 爲玅."

48 "泠楚所托事, 何以爲之耶? 須卽地尋覓, 付之此回. 如或未就, 亦須傳此渴悶之意, 速圖之可也."

49 "李傳今便苦待而亦不來, 可歎可歎. 惠甫則全不顧見, 而楚也獨當耶? 詳示之如何?"

50 유득공,『고운당필기』권5(『설수외사雪岫外史』외 2종, 아세아문화사, 1986, 197면) 참조.

51 "懋官行狀, 尙未及屬筆. 觀其雜錄, 皆懋官之粗魄疎節, 碌碌尋常, 不足爲珍. 大體不諱, 其爲一名然後, 文始得門路耳. 此書示之楚亭諸人如何?"

52 "靑莊行狀, 略得影似, 而姑未脫藁, 此意言及其子如何? 成當專人耳."

53 "統制使出韻, 要此賦送, 又書促崇武堂記. 此乃閑山島忠烈祠別閣也. 統相入春似遞歸, 故未前刻揭云. 要之甚懇, 緣此索莫, 未能構思, 幸於速便構出如何? 須有先作然後, 乃能導意故耳."

54 "崇武堂事蹟, 前已送去, 未知覽否. 別無他事, 但以崇武之意構成, 似好耳."

55 "石痴兩帖及畵軸依到. 頃來羅聘竹簇, 奇筆也. 盡日河聲如吼, 身搖搖如坐舟中. 盖靜極寂極, 故河聲然也. 閉戶屛息, 非得此卷時時展玩, 何以慰懷? 盖日十數舒卷, 大有益於作文蹊逕耳."

56 "非同推之行, 則巡倉分糴之役, 雖曰閒邑, 簿書期會, 朱墨無暇. 列邑大同, 固無漫劇之異. 執筆展紙, 方將有好意思, 未及下得一字, 窓外刑房, 跪讀爲白乎旀, 這這刺刺等聲讀, 頑童濃墨蘸筆, 斜執紙角, 而忙署數十墨猪, 退思俄刻胸中未字之一篇好文, 可惜已提在萬丈智異山外, 奈何奈何?"

57 "夜雨如苻堅投江之鞭, 澎湃城屋, 終宵失睡. 加以萬蚤跳踉, 幾乎大叫發狂, 未審高軒能免此患否? 與人長牘一粲."

58 "萬樹陰陰, 盡日黃鸝聲, 但太旱乾, 兩眼迷眵, 是悶是悶."

59 이에 대해서는 김명호,『초기 한미관계의 재조명』(역사비평사, 2005)에 전후관계 사실이 일목요연하게 정리되어 있다.

수록문 출처

이 책에 실린 논문의 수록 당시 원출전과 제목은 아래와 같다. 일부 원고는 제목과 내용을 부분 수정 또는 전면 개고하였다. 학술 자료로 인용할 경우 이 책에 따라 주기 바란다.

옛 선비들의 독서법: 고전 독서 방법론의 양상과 층위
「고전독서방법론의 양상과 층위」, 『한문교육연구』 제25호, 한국한문교육학회, 2005. 12, 515~547면.

옛 선비들의 글쓰기: 고전 문장론의 '법', 그리고 고문에 관한 세 관점
「고전문장이론에서 '법'의 문제에 대하여」, 『고전문학연구』 제15집, 한국고전문학회, 1999, 281~315면.
「고문관의 세 층위와 활물적 문장 인식」, 『시학과 언어학』 제1호, 시학과언어학회, 2001, 37~61면.
* 두 논문을 하나의 장章으로 합침

진지함과 발랄함으로 던지는 연암의 풍자와 질타: 「황금대기黃金臺記」로 본 박지원의 글쓰기 방식
「황금대기를 통해 본 연암 산문의 글쓰기 방식」, 『고전문학연구』 제20집, 한국고전문학회, 2001. 12, 330~357면.

지식인 사회를 향한 연암의 거침없는 항의와 분노: 박지원의 「홍덕보 묘지명洪德保墓誌銘」 명사銘詞에 대하여
「홍덕보묘지명의 명사고」, 『동방한문학』 제21집, 동방한문학회, 2001. 8, 213~233면.

참신한 비유와 절묘한 기법, 연암체의 절정: 박지원의 「주공탑명塵公塔銘」 행간과 주제 읽기
「연암 박지원의 주공탑명 관규」, 김도련 편, 『한국 고문의 이론과 전개』, 태학사, 1998, 487~513면.

짧은 편지에 담긴 연암의 풍자와 해학: 박지원 척독 소품의 문예미
「연암 척독소품의 문예미」, 『한국한문학연구』 제31집, 한국한문학회, 2003. 6, 49~87면.

예순 살 연암이 집에 보낸 서른 통의 편지: 『연암 선생 서간첩』에 담긴 박지원의 인간미
「새 발굴 『연암선생서간첩』의 자료적 가치」, 『대동한문학』, 대동한문학회, 2005. 6, 311~393면.